KB207340

점성술 살인사건

점성술 살인사건

占星術殺人事件

한희선 옮김
시마다 소지

SIGONGSA

—이 책은 1981년 출간한《점성술 살인사건》을 작가가 전면 개고하여 2013년
　고단샤에서 재출간한 완전 개정판《점성술 살인사건》을 완역한 것입니다.
—독자의 이해를 돕기 위해 별자리, 금속 원소 기호는 원문과 달리 우리말을 먼저
　밝혔습니다.
—본문 내 모든 주석은 옮긴이가 작성하였습니다.
—주석이 아닌 편집자 주는 원문을 번역한 것입니다.

| 차례 |

프롤로그

이것은 내가 아는 한 가장 괴이한 사건이다. 세계적으로도 아마 유례를 찾기 어려운 불가능 범죄일 거라 생각한다.

1936년 도쿄에서 일어난 일종의 엽기적인 연쇄살인사건인데, 등장인물 중 누구도 범행은 불가능했으며, 끝까지(이 표현에는 조금의 과장도 없다) 범인을 찾지 못했다.

따라서 사건은 당연히 미궁에 빠졌고 이후 40년 넘게 일본 전국에서 난리법석으로 지혜를 짜내어 범인을 찾았지만, 내가 이 사건에 관계한 1979년 봄에 이르도록 수수께끼는 고스란히 남았다.

게다가 상세한 기록이 남아 있고 모든 단서가 완벽하게 공표되었는데도 여전히 결과가 이렇다니, 정말 믿을 수 없을 정도로 힘에 겨운 사건이라 할 수밖에 없다.

이 책에서도 해답이 밝혀지기 훨씬 전 독자의 눈앞에는 해결에 필요한 모든 단서가 명백히 제시될 것이다.

AZOTH

이것은 나 자신을 위해 쓴 소설이며 처음부터 다른 이가 볼 것이라고 의식하지 않았다.

그러나 이렇게 형태를 이룬 이상 타인이 볼 가능성도 고려하지 않을 수 없으니, 그때를 가정하여 내게는 이 글이 유언장 혹은 그에 버금가는 의미가 있다는 것, 또한 '소설'이라는 것을 나 자신을 위해 명기해둔다.

고흐의 경우처럼 죽은 뒤 내 창작물이 자산이 된다면 이 '소설'에서 내 의지를 올바르게 이해해 유산을 합당하게 처리할지는 이 글을 읽는 분의 자유이다.

1936년 2월 21일 (금) 우메자와 헤이키치

나는 악마에 씌었다.

내 안에는 명백히 또 다른 의지를 가진 존재가 자리 잡고 있다. 내 몸은 이미 이것의 생각대로 조종당하는 꼭두각시에 지나지 않는다.

이것은 정말 심술궂다. 어린아이 같은 못된 장난을 일삼는다. 갖은 방법으로 나를 겁주려 한다.

어느 날 밤, 나는 송아지만 한 거대한 대합이 촉수를 뻗어 끈적이는 액체를 바닥에 남기며 내 방을 가로지르는 것을 보았다. 그것은 책상 밑에서 느릿느릿 나타나 참으로 천천히 마루방을 기어 나갔다.

어느 해질 무렵에는 철 격자 창문의 그림자가 드리워진 방구석과 어두운 곳이라면 예외 없이 모든 곳에 도마뱀 두세 마리가 웅크리고 있었던 적도 있다. 이것들은 모두 내 안의 존재가 보여주는 현실이다.

어느 봄날 동틀 녘에는 마치 얼어 죽어버릴 듯한 추위에 나를 몰아넣은 적도 있다. 내 안에 있는 악마의 소행이다. 내가 점점 젊음을 잃고 체력이 쇠하자 내 안의 이것은 점점 방약무인하게 힘을 휘두르기 시작했다.

켈수스[1]의 지적대로 병자를 선동하는 악마를 몸에서 쫓아내기 위해서는 병자에게 빵과 물만 주고 몽둥이로 때려야 한다.

마르코 복음서에는 "스승님, 벙어리 영이 들린 제 아들을 스승님께 데리고 왔습니다. 어디에서건 그 영이 아이를 사로잡기만 하면 거꾸러뜨립니다. 그러면 아이는 거품을 흘리고 이를 갈며 몸이 뻣뻣해집니다. 그래서 스승님의 제자들에게 저 영을 쫓아내 달라고 하였지만, 그

---

1)   로마 제국의 저술가.

들은 쫓아내지 못하였습니다."[2]라고 되어 있다.

어릴 때부터 악마를 몸속에서 몰아내기 위해 나는 얼마나 스스로에게 고통을 강요했던가. 나는 어릴 때부터 내 안의 존재를 알고 있었다.

어떤 글에는 이런 문장도 보인다. '중세, 악마가 씐 환자 앞에서 강한 향을 피우고 환자가 발작을 일으켜 쓰러지면 그자의 머리카락을 한 움큼 뽑아 병에 넣어 봉한다. 이렇게 하면 악마는 병에 갇히고 환자는 회복한다.'

내가 발작을 일으키면 이대로 해달라고 주위 사람들에게 부탁했다. 그러나 선뜻 응하는 사람이 없어서 직접 시험해보았지만 혼자서는 무리였고, 당장에 미친 사람 취급을 받게 되었다. 사람들은 내게 나타나는 현상을 뇌전증이라는 무섭도록 평범한 명칭에 가두려 했다.

경험한 적 없는 사람은 결코 알 수 없다. 그 고통은 이미 신체적인 단계를 넘었고 수치나 명예심 같은 하찮은 정신의 차원도 초월했다. 장중한 의식 앞에 저항하기 힘들어 넙죽 엎드리는 듯했고, 그때 나는 황홀함 속에서 이승의 모든 행위가 그저 가짜에 지나지 않는다는 것을 깨달았다.

내 몸 안에는 분명히 나와 다른 의지를 가진 존재가 기생하고 있다. 그것은 공 모양을 하고 있으므로, 중세 시대의 이른바 히스테리구[3]라 불러야 할 것이다.

---

2) 　마르코 복음서, 9장 17~18절.
3) 　실제로는 이상이 없으나 목에 뭔가 걸린 듯하거나 조이는 느낌이 드는 것.

평소에는 아랫배와 골반 근처에 있다가 일주일에 한 번 금요일에 위나 식도를 헤집고 다니다가 목구멍까지 올라온다. 그럴 때면 성 키릴로스가 묘사한 것처럼 나는 땅바닥에 픽 쓰러져 혀가 딱딱하게 굳고 입술을 와들와들 떨며 입에 거품을 문다. 악마들의 소름 끼치는 웃음이 들리고 그들이 내 온몸에 날카로운 못을 몇 개고 박으려 망치질하는 걸 느낀다.

구더기, 뱀, 두꺼비가 연달아 기어 나오고 인간이나 동물의 시체가 방에 나타나고, 그 지저분한 파충류는 내 옆에 다가와 코, 귀, 입술을 깨물고 쉭쉭 김을 뿜는 듯한 소리를 내면서 고약한 악취를 주위에 흩뿌린다. 그래서 나는 마술의 제사나 의식에 흔히 파충류를 준비하는 것을 조금도 기이하다고 생각하지 않는다.

또한 요즘은 거품을 뿜지는 않더라도(최근에는 거의 쓰러지지 않는다), 매주 금요일이면 가슴속 성흔(聖痕)에서 피가 흐르는 것을 느낀다. 이것은 어떤 의미로는 쓰러지는 것 이상으로 고통스러운 시련이다. 17세기의 카탈리나 치아리나 수녀나 베르사유의 아멜리아 비체리처럼 깨달음을 얻은 것 같다.

내 안의 악마가 나를 다그치는 것이다. 나를 향한 수없는 괴롭힘은 그 때문이다. 나는 행동에 나서야 한다. 즉 악마의 도움을 빌려 악마가 요구하는 완벽한 여자, 어떤 의미로는 신이며 통속적인 호칭으로는 마녀라고 할 수 있는 전지전능한 여자 하나를 세상에 태어나게 하는 것이다.

요즘은 그 꿈을 자주 꾼다. 계속 똑같은 꿈을 꾼다. 꿈이야말로 온갖 마술의 원점이다. 플리니우스[4]의 마법사의 풀도 좋지만 내게는 도마뱀 살을 재가 될 때까지 구워 고급 포도주에 섞어서 몸에 바르고 자는 것도 효과가 있다. 나는 이미 악마의 꼭두각시, 아니 악마 그 자체로 변하기도 한다. 밤마다 환시 속에서 나는 내가 악마가 되어 만들어낸 완벽하게 아름다운 여자를 본다.

그녀는 마치 꿈처럼 아름다웠고 나 따위가 도저히 캔버스에 옮길 수도 없는 정신의 무게, 힘, 그리고 형태의 기운을 지녔다. 나는 당장에라도 그 모습을 한 번 보고 싶다, 죽더라도 보고 죽고 싶다는 미칠 것 같은 기도를 넘어선 바람을 억누를 수 없게 되었다.

이 여자는 '아조트'이다. 철학자의 아조트(돌)이다. 나는 이 여자를 아조트라 부르기로 했다. 아조트야말로 내가 30년 이상 캔버스 위에서 추구해온 이상적인 여자이며 내 꿈이다.

나는 인간의 몸을 여섯 부분으로 나누어 이해하고 있다. 즉 머리, 가슴, 배, 허리, 허벅지, 종아리 이렇게 여섯 부분이다.

서양 점성술에서는 일종의 주머니 모양이라 할 수 있는 인체야말로 우주의 투영이며 축소형이기 때문에 여섯 부분을 수호하는 별이 각각 존재한다고 한다.

머리는 양자리의 수호성 화성(δ)이 지배하고 있다. 즉 머리라는 인

---

4) 로마 제국의 정치가, 군인, 학자. 자연에 관한 지식을 종합한 자연사를 썼는데, 백과사전과 같은 이 책의 형식은 후대의 연구와 저술에 많은 영향을 끼쳤다.

체 우주의 한 모퉁이는 양자리의 지배 영역이며 양자리는 화성이 수호하고 있어서 머리는 화성의 힘을 받는다고 할 수 있다.

가슴은 쌍둥이자리의 영역이면서 동시에 사자자리의 영역이다. 따라서 쌍둥이자리의 수호성 수성($)$, 혹은 사자자리의 태양(☉)이 수호한다. 혹시 여성이라면 유방으로 볼 수도 있고, 그렇다면 이것은 게자리의 지배 영역이므로 달(☽)의 수호 범위다.

배는 처녀자리에 해당하므로 처녀자리의 수호성 수성이 통치한다.

허리는 천칭자리이므로 천칭자리의 수호성 금성(♀)이 지배한다. 다만 여성의 경우 자궁, 즉 생식기관이라 생각할 수 있고, 그렇다면 전갈자리의 통치 영역이다. 그러니까 전갈자리의 수호성 명왕성(♇)이 이곳을 통치한다고도 할 수 있다.

허벅지는 궁수자리의 범위에 해당한다. 따라서 궁수자리의 수호성 목성(♃)이 지배한다.

종아리는 물병자리이다. 따라서 물병자리 수호성 천왕성(♅)의 통치하에 있다.

인간의 육체에는 이처럼 행성에 의해 강화된 부분이 한군데씩 있다. 예를 들어 양자리의 인간이라면 머리가 강화되고, 천칭자리에서 태어난 사람은 허리가 별에 의해 강화된다. 태어나는 순간 태양의 위치에 따라 강화되는 부분이 결정되는데, 바꿔 말하면 강화된 부분이 하나뿐이라는 점이 인간을 인간답게 한다. 살아 있는 동안 결코 인간이라는 흔해 빠진 존재 이상이 될 수 없는 것은 별의 축복을 몸의 한 부분에만 받았기 때문이다.

머리가 강화된 인간, 배가 강화된 인간, 이런 식으로 제각기 강화된 부분을 하나씩 가진 사람들이 세상에 흩어져 살고 있다. 이들 중에서 머리가 강화된 자의 머리, 가슴이 강화된 자의 가슴, 배가 강화된 자의 배 같은 식으로 서로 다른 부분이 강화된 인간 여섯 명을 모아 각각 강화된 부분만을 떼 내어 하나의 육체로 합성할 수 있다면 어떨까!

육체의 모든 부위에 행성의 축복을 받은 완벽한 육체, 빛의 무용수가 탄생한다. 이것이야말로 인간을 초월한 존재가 아니면 무엇이겠는가?

힘을 받은 자는 대개 아름답다. 만일 이 빛나는 육체가 여섯 명의 처녀로 만들어진다면 완벽한 아름다움을 지닌 '여자'가 될 것이다. 캔버스에 여성의 완성미를 줄기차게 추구해온 자로서 이렇게 구현될 아름다움을 나는 무섭도록 동경한다.

얼마나 행운인지 내 눈앞에 우연히도 여섯 명의 처녀가 있다는 것을 최근에 알아차렸다. 아니, 좀 더 정확히 말하자면 함께 사는 여섯 명의 딸들이 우연히도 모두 다른 별자리에 속해, 저마다 별의 축복을 받은 부분이 다르다는 것을 알게 되었고, 아조트 제작이라는 예술적 영감을 얻을 수 있었다.

세상의 상식으로 보면 놀랍게도 나는 다섯 딸의 아버지다.

맏딸부터 순서대로 가즈에, 도모코, 아키코, 도키코, 유키코인데, 가즈에, 도모코, 아키코까지는 두 번째 아내 마사코가 데려온 자식들이다. 유키코가 나와 마사코 사이에서 태어난 딸이며, 도키코는 전처인 다에와의 사이에서 태어난 딸이다. 유키코와 도키코는 우연찮게도 나이가 같다.

아내 마사코가 발레를 했기 때문에 딸들에게 취미로 발레와 피아노를 가르쳤고, 동생 요시오의 딸 레이코와 노부코가 학생으로 왔다. 이 둘은 동생의 집이 셋집이고 비좁다며 내 집 안채에서 지내 어느덧 집 안에는 항상 젊은 딸들이 여럿 머물게 되었다.

다만 아내가 데려온 아이 중에 장녀 가즈에는 이미 결혼하여 가정을 꾸렸다. 따라서 집에 있는 딸들은 모두 여섯 명, 도모코, 아키코, 도키코, 유키코, 레이코, 노부코이다.

각각이 속하는 별자리는 가즈에가 1904년생 염소자리, 도모코가 1910년생 물병자리, 아키코가 1911년생 전갈자리, 도키코는 1913년생 양자리이다. 그리고 유키코가 같은 1913년생 게자리, 동생의 딸 중 큰 아이인 레이코도 1913년생 처녀자리, 노부코는 1915년생 궁수자리이다.

내 집에는 만 스물두 살인 딸이 셋 있는데, 우연이지만 잘도 이렇게 딱 맞춘 듯이 여섯 명의 딸들이 모인 것이다. 머리부터 발끝까지 각각 다른 별의 축복을 받은 딸이 여섯 명, 하나도 중복되지 않는다. 나는 점점 이 일을 우연이라고 생각할 수 없게 되었다. 이들은 내 앞에 모인 재료인 것이다. 악마가 내게 이들을 이용해 공물을 만들라 명하고 있다. 의심의 여지가 없다.

장녀인 가즈에는 서른한 살로 혼자만 나이 차이가 나는 데다 현재 결혼해 사는 곳도 멀리 떨어져서 대상이 되지 않는다. 위에서부터 순서대로 머리는 양자리 도키코, 가슴은 게자리 유키코, 배는 처녀자리 레이코, 허리는 전갈자리 아키코, 허벅지는 궁수자리 노부코, 종아리는 물병자리 도모코의 것으로 각각 떼 내어 합치는 것이다. 허리는 천칭자리, 가슴은 쌍둥이자리인 처녀가 더 바람직하다고도 할 수 있지만 그렇게까지 딱 맞출 수는 없다.

게다가 아조트는 '여자'이기 때문에 가슴은 유방, 허리는 자궁이라 생각하는 편이 오히려 작업 의의에 부합한다. 이 행운을 하늘에 감사해야 할 것이다. 혹은 악마에게일까.

아조트는 순수하게 연금술에 따라 제작해야 한다. 그러지 않으면 아조트는 영원한 생명을 얻을 수 없다. 여섯 명의 처녀들은 금속원소이다. 아직은 산화하는 몸이지만 머지않아 정련되어 황금으로 변할 것이다. 낮게 뜬 비구름이 걷히고 진짜 푸른 하늘이 나타난다. 이 얼마나 거룩한 일인가.

아, 상상만 해도 몸이 떨려온다. 어떻게든 보고 싶다. 내 눈으로 직접 보고 죽고 싶다! 세속적인 인생 중 30여 년을 캔버스와 악전고투한 것은 내 안의 아조트를 물감으로 그려내고 싶었기 때문이다. 붓이 아니라 실제 육체로 만들어낼 수 있다면 얼마나 아름다운 일일까! 세상의 모든 예술가들이여, 이 이상 대체 무엇을 바라리.

이것은 유사 이래 아무도 생각하지 못했던 꿈이다. 완벽한 의미의 창작이다. 흑마술의 미사도 연금술의 현자의 돌도 여체의 아름다움을 추구하는 온갖 조각도 아조트를 창조하는 것에 비하면 무슨 의미가 있었을까.

우선 아조트의 소재인 딸들의 세속적 생명을 빼앗아야 한다. 육체는 세 부분으로 절단해 한 부분은 쓰고 나머지 두 부분은 버리기 때문에(도키코와 도모코의 경우는 각각 머리와 무릎 아래가 필요하므로 한 부분만 남지만), 세속적 생명은 보전할 수 없으나 남은 육체는 정련되어 영원한 존재가 될 테니 거부할 리 없지 않은가.

작업은 연금술 제1원질의 원칙에 따라 태양이 양자리에 있는 동안 시작해야 한다.

머리를 맡을 도키코는 양자리이므로 ♂에 의해 생명을 빼앗아야 한다. (♂은 화성의 기호이며 연금술에서는 철을 의미한다.)

가슴을 맡을 유키코는 게자리이다. 따라서 ☽으로 생명을 빼앗는다. (☽은 달의 기호이고 연금술에서는 은을 의미한다.)

배를 맡을 레이코는 처녀자리, 따라서 ☿을 삼키고 죽어야 한다. (☿은 수성의 기호이고 연금술에서는 수은을 의미한다.)

허리를 맡을 아키코는 전갈자리. 전갈자리의 지배성은 현재 명왕성(♇)인데, 발견되기 전인 중세의 관례에 따라 철(♂)으로 생명을 빼앗는 것이 바람직하다.

허벅지인 노부코는 궁수자리이다. 그러므로 ♃으로 죽어야 한다. (♃은 목성을 의미하며 연금술에서는 주석의 기호이다.)

종아리를 맡을 도모코는 물병자리. 물병자리의 지배성은 현재 천왕성(♅)인데, 중세에 발견되지 않아서 ♄이 대신했다. 따라서 ♄에 의해 죽음을 맞이하는 것이 좋다. (♄은 토성이며 연금술에서는 납이다.)

이렇게 여섯 개의 육체가 수중에 들어오면, 그 육체와 내 육체를 깨끗이 하는 것부터 시작해야 한다. 이것은 포도주와 어떤 종류의 재를 섞어 행한다.

그리고 철(♂)으로 된 톱으로 각각의 육체에서 필요한 부분을 잘라 내어 십자가 부조가 있는 판자 위에서 조합한다. 이때 그리스도 상처럼 못으로 고정해도 되지만 나는 육체에 불필요한 주름이나 상처를 내고 싶지 않다. 아조트는 헤카테[5]의 신탁에 있는 것과 같이 미리 목조상을 만들어 윤을 내고 작은 도마뱀으로 장식해두는 것이 바람직하다.

그리고 드디어 감추어진 불을 준비하는 단계로 들어간다. 폰타누스[6]와 같이 많은 연금술사가 어리석게도 감추어진 불을 진짜 불로 해석해 실패를 거듭했다. 손을 적시지 않는 물, 불꽃을 내지 않고 타오르는 불이라는 것은 일종의 소금(⊖)과 향이다.

다음으로 황도대(열두 별자리)를 구성하는 각 요소, 즉 양, 소, 어린 아이, 게, 사자, 처녀, 전갈, 염소, 물고기 중 입수 가능한 모든 살덩이와 피, 그리고 두꺼비와 도마뱀의 살점을 추가해 냄비에 끓인다. 이 냄비야말로 아타노르[7], 즉 황금로이다.

이때 마음에 새겨야 할 강령술의 주문을 나는 《모든 이단을 논박함(Philosophoumena)》에서 찾았다. 오리게네스, 혹은 성 히폴리토가 쓴

---

5) 그리스 신화의 여신. 마법과 주술을 관장. 몸이 세 개인 삼신상으로 표현됨.
6) 현자의 불을 깨닫지 못해 200번 이상 실험에 실패한 연금술사.
7) 연금술 실험 장치. 이 장치로 현자의 돌을 만든다고 한다.

것이다.

'오라 그대, 나락의, 지상의, 그리고 천상의 봄보, 가도, 십자로의 여신이여. 빛을 가져와, 밤을 헤매어, 빛의 적, 밤의 친구로 반려가 된 그대. 개 짖는 소리와 흘러내리는 피에 흥겨워, 망령들에 섞여 묘지를 떠도는 그대. 피를 구하여 인간에게 공포를 가져오는 그대. 고르고, 모르노, 천 번이고 모습을 바꾸는 달이여, 인자한 눈동자로 우리의 공의(供儀)에 입회하라.'

이 혼합물은 '철학자의 알'[8]에 밀봉해야 한다. 그리고 알을 부화시키는 암탉의 체온과 비슷하게 유지해야 한다. 이윽고 파나체(마술적인 만능약이란 뜻일까?)로 승화해간다.

파나체에 의해 여섯 부분으로 이루어진 아조트는 하나의 육체로 결합되어 전지전능하고 영원한 신의 육체를 가진, 빛의 동맹인 여자로서 생명을 얻는다. 그렇게 하여 나는 어뎁트(깨달은 사람)가 되고 아조트의 빛의 육체는 불괴(不壞)가 되는 것이다.

사람들은 흔히 이 마그누스 오푸스(위대한 작업)인 연금술을 비금속을 황금으로 바꾸는 것으로 오해하는데, 그것은 완전히 엉터리이다. 천문학이 점성술을 모태로 발전한 것처럼 화학의 여명기에 연금술이 크게 공헌했는데, 현대 화학자들은 이 사실에 열등감을 느껴 구태여 연금술에 저속한 인상을 주려는 게 아닐까. 이름을 떨친 학자가

───────────

8) 연금술에서 현자의 돌의 원료를 넣어 가열이나 증류할 때 쓰는 밀폐 용기.

술고래인 부친을 가리켜 저 사람은 자기 아버지가 아니라고 주장하는 것과 비슷하다.

연금술의 진정한 목적은 더 높은 차원에 있다. 진부한 일상적 인식에 감춰진 현실의 본질을 완벽한 의미로 구현시키는 것이다. '아름다움 중의 아름다움', 혹은 '궁극의 사랑' 등으로 단순하게 표현되는 지고의 존재를 구현하는 일이다. 그 과정에 의해 의식은 뿌리부터 변하고 깨끗해진다. 세속이 원하는 평범함 때문에 납처럼 무가치해졌던 의식을 정묘한, 마치 황금과 같은 인식 수준으로 끌어올린다. 동양에서는 아마 '선(禪)'이 그에 해당하지 않을까. 이와 같이 모든 사물의 영원한 완성, 또는 '보편적 구제'라고도 불리는 이 창조 행위가 연금술의 진정한 목적이다.

따라서 연금술사가 실제로 금을 만들려 한 적도 있었겠지만, 그것은 의미 없는 장난이거나 태반은 속임수였을 것이다.

깨달음에 도달하지 못한 많은 사람들은 제1원질을 구하러 갱도를 내려갔지만, 그 원질이 반드시 광물이라고는 할 수 없다. 파라켈수스[9]는 '그것은 도처에 있어 아이와 함께 놀고 있다'라고 하지 않았나. 진정한 제1원질이 인간 여자의 육체가 아니면 무엇이란 말인가.

사람들이 나를 광인으로 본다는 것은 누구보다 나 자신이 잘 알고 있다. 나는 타인과 다를지 모르지만, 예술가라면 당연한 일이다. 타인

---

9) 16세기 스위스의 의학자, 화학자. 연금술을 연구하여 의학에 화학 개념을 도입한 의화학을 발전시킴.

과 다른 점이 대개는 재능이라 불리는 것이다. 과거 누군가가 만든 것과 별다를 바 없는 것을 만든다면 어찌 그것을 예술이라 부를 수 있을까. 창조는 오직 반항 속에만 있다.

나는 필요 이상으로 피를 좋아하는 사람이 아니다. 그러나 작가로서 해부된 인체를 보았을 때의 감동은 절대 잊을 수 없다. 평소와 다른 상태의 인체에 동경을 금할 수 없다. 젊을 때부터 탈구한 어깨를 데생해보고 싶은 마음이 강렬했으며, 죽음으로 인해 점점 힘이 풀리는 근육을 관찰하고 싶다고 생각한 적도 몇 번이나 있다. 예술가라면 누구나 마찬가지일 것이다.

나 자신에 관해 조금 이야기하자. 내가 처음 서양 점성술에 빠져든 것은 10대 시절로, 당시 아주 드물었던 서양 점성술사를 어머니가 좋아했다. 내키지 않았지만 어머니를 따라 점을 보았는데, 그때 그는 현재까지의 내 인생을 모조리 맞추었다. 후에 나는 그에게 가르침을 청했다. 그는 네덜란드에서 온 전직 그리스도교 선교사로 서양 점성술에 지나치게 빠져서 선교사 자격을 잃고 점술가로 생계를 이어가는 남자였다. 메이지 시대에 도쿄는 물론이고 일본 전국에서 서양 점성술사는 그 한 사람밖에 없었다.

나는 1886년 1월 26일 오후 7시 31분에 도쿄에서 태어났다. 태양궁은 물병자리, 상승궁은 처녀자리, 상승점(태어난 순간의 동쪽 지평선상)에 토성(♄)이 있어서 나는 평생 토성의 영향을 무척 강하게 받았다.

토성이야말로 나의 별, 내 인생의 상징이다. 후에 내가 연금술에 흥미가 생긴 것도 토성이 연금술에서 금으로 변화하는 제1원질인 납도 동시에 의미한다는 것을 알았기 때문이다. 나는 예술가로서의 자질을 황금으로 승화시킬 방법을 알고 싶었다.

토성은 사람의 운명에 가장 큰 시련과 인내를 야기하는 별이다. 나는 출발점부터 어떤 결정적인 열등의식이 있으며, 인생은 그것을 극복해가는 역사가 될 거라고 점술가가 말했는데, 돌이켜 보면 내 일생은 바로 그 말대로였다.

나는 몸이 튼튼하다고는 할 수 없고, 특이체질로 어릴 적에 특히 허약하고 또 화상에 주의해야 한다고 했다. 내 체질에 관해 다시 한번 반복할 필요는 없겠지. 초등학생 시절에는 앞에서 말한 발작 때문에 교실 난로에 데어 오른발에 큰 화상을 입었다. 그 상처는 아직도 커다랗게 남아 있다.

인생의 어느 시기에 여성과 비밀 교제를 한다는 예언은 도키코와 유키코라는 동갑내기 두 딸로 현실이 되었다.

나는 금성(♀)이 물고기자리에 있기 때문에 물고기자리 여자가 취향이며, 최종적으로는 사자자리 여자를 아내로 맞이한다고 했다. 그리고 스물여덟에 가족에 대한 책임이 무거워지는 시련이 있다고 했다. 그 말대로 나는 물고기자리인 다에를 첫 아내로 맞는데, 이후 한동안 드가에 빠져 발레리나를 줄창 그렸다. 그 시절 모델이 지금의 아내인 마사코이며, 첫눈에 반한 나는 강제로 관계를 했고 유부녀였던 마사코는 임신했다. 그 아이가 유키코였다. 다에와 마사코는 운명인지 몰라도 같은 해에 차례로 아이를 낳았고 결과적으로 나는 다에와 이혼하고 사자자리인 마사코와 결혼했다. 내가 바로 스물여덟 되는 해였다.

다에는 현재 도쿄 외곽 호야에 있는 내가 사준 집에서 담배 가게를 하고 있다. 도키코는 나와 함께 살고 있지만 때때로 엄마를 찾아가는 듯하다. 도키코와 다른 딸들의 사이도 걱정했던 것과 달리 더없이 좋아 보인다. 나는 늘 다에게 죄책감을 품고 있다. 헤어진 지 벌써 20년도 지났지만, 이 마음은 사라지지 않는다. 오히려 최근 더 심해졌다. 혹여 아조트가 장래에 돈을 번다면 전액을 다에에게 주어도 좋다고까지 생각한다.

또한 나는 말년에 사생활에 비밀이 생기거나 고독하게 지내며, 병원이나 수용소 등에 들어가 속세를 벗어나거나 혹은 정신적으로 세속을 떠나 공상의 세계에서 살 것이라 했다. 이것도 완전히 들어맞았다. 나는 요즘 정원 구석에 있는 흙으로 지은 광을 개조한 아틀리에에 혼자 틀어박혀 안채에 가는 일조차 드문 일상을 보내고 있다.

그리고 내 현재를 가장 잘 맞혔다고 생각하는 부분은 다음과 같다. 해왕성(Ψ)과 명왕성(P)이 아홉 번째 하우스[10]에서 합하는데, 이것은 초자연계에 있어 순수한 영적 생활의 암시이자 내면의 계시와 신비한 능력을 가질 거라는 의미이다. 이단에 끌리기 쉬워 마술이나

---

10) 황도를 열두 개의 하우스로 나눈 것으로 황도십이궁을 기본으로 한다. 각 하우스는 인생의 여러 문제를 의미하는데 아홉 번째 하우스는 인생관, 종교, 해외여행, 학문, 외국에 관한 문제를 의미한다.

주술 연구를 시작하게 될 거라는 뜻도 있다. 또 여기에는 의미 없이 외국을 방랑한다는 암시도 있는데, 심지어 외국으로 나가면 성격이 완전히 바뀐다고 했다. 달의 진행으로 보아 그 시기는 열아홉에서 스무 살 때가 될 것이라 했다.

해왕성과 명왕성이 합해져 있다는 것만으로도 상당히 특이한 일인데 나는 그 별들의 움직임이 가장 강화되는 아홉 번째 하우스에 들어갔을 때 태어났다. 내 인생의 후반은 이 두 흉성에 지배되었다. 나는 열아홉 때 일본을 떠나 프랑스를 중심으로 유럽을 방랑했다. 그리고 이 생활이 내게 신비주의적인 인생관을 심어주었다.

그 외에도 소소한 것들이 있다. 젊은 시절 나는 서양 점성술 따위는 전혀 믿지 않았고, 당연히 반발심에 의식적으로 반대로 행동했지만 점성술사가 기뻐할 만한 결과를 낳았을 뿐이다.

나뿐만 아니라 내 가족, 그리고 나와 연관된 사람은 신기하게 운명적인 인연에 좌우되는 것 같다. 단적인 예가 내 주위의 여자들이다. 나와 관계가 있는 여자들은 무슨 연유인지 결혼과 연이 없는 숙명을 지고 있다.

이렇게 말하는 나 자신도 첫 아내와 이혼했다. 현재 아내인 마사코는 내게 두 번째 아내일 뿐만 아니라 그녀에게도 나는 두 번째 남편이다. 그리고 나는 지금 죽음을 결심하고 있으니 머지않아 마사코는 두 번째 남편도 잃을 것이다.

내 어머니도 아버지와의 결혼에 실패했다. 할머니도 실패했다고 들었다. 그리고 마사코가 데려온 아이 중 장녀 가즈에도 얼마 전 이혼했다.

　도모코는 이미 스물여섯이 되었고 아키코는 스물넷이 되었다. 넓은 집도 있고 모친과 마음도 잘 맞아 결혼은 관둔 것 같다. 아무래도 중국과 전쟁을 할 듯한 심상치 않은 시절이고 막상 전쟁이 나서 남편을 잃는다고 생각하면, 피아노도 발레도 능숙해진 지금 이대로가 좋다고 생각하는 것 같다. 마사코는 군인을 좋아하는 여자가 아니다.

　다만 결혼을 관두었으니 마사코와 딸들이 돈에 흥미를 가지기 시작한 것이 당연하게 생각되지만 나는 달갑지 않다. 600평이나 되는 토지를 그냥 놀리는 것은 아깝다며 양식 연립주택을 짓자고 자꾸 나를 졸랐다.

　마사코와 딸들에게는 내가 죽으면 마음대로 해도 된다고 말해놓았다. 동생 요시오도 아직 셋집에 살고 있으니 당연히 찬성할 것이다. 다 지으면 한 세대는 무료로 차지할 수 있기 때문이다.

　생각해보면 장남이라는 이유만으로 나 같은 인간이 저택을 모조리 상속받는 것은 분명히 불공평하다. 안채가 충분히 넓으니 요시오 부부도 함께 살면 되겠다 싶은데, 요시오의 아내 아야코가 거북해하는 것인지 마사코가 허락하지 않는 것인지 몰라도 아직 근처에 집을 빌려 살고 있다.

　요컨대 나를 뺀 모두가 양식 연립주택 건설에 찬성이다. 혼자서 반대하는 내가 당연히 싫을 것이다. 요즘은 다에가 그립다. 다에는 장점이라곤 순종적인 것뿐인 아무 재미도 없는 여자였지만, 이대로 가면 마사코와 딸들이 내 식사에 독을 넣을지도 모르겠다.

내가 완고하게 연립주택 건설을 반대하는 데는 이유가 있다. 나는 현재 선친에게 물려받은 메구로 구 오하라마치의 저택 정원 북서쪽 구석에 있는 광을 아틀리에로 개조해 살고 있는데 몹시 마음에 든다. 창을 통해 기분 좋게 녹음을 조망할 수 있다. 그러나 연립주택이 들어서면 이 나무들을 대신하여 호기심 어린 많은 눈들이 아틀리에를 들여다보게 된다. 그렇지 않아도 기인 소리를 듣는 마당에 주민들의 호기심 어린 눈빛이 내게 쏟아질 것이다. 창작 생활에 이런 종류의 성가심은 큰 적이다. 도저히 찬성할 마음이 들지 않는다.

이 광은 어릴 때부터 음산한 분위기가 마음에 들어서 자주 놀던 곳이다. 나는 어린 시절부터 완전히 밀폐된 공간이 아니면 기분이 안정되지 않았다. 그러나 아틀리에로 쓰기에 너무 어두워도 곤란하므로 천장에 커다란 채광창을 두 개 만들었다. 사람이 침입할 가능성이 있는 게 찜찜해서 둘 다 튼튼한 철 격자를 달고 유리를 그 위에 얹었다.

창문에도 모두 철 격자를 설치하고 화장실과 개수대를 만들고 원래 2층이었던 바닥을 제거해 천장이 높은 단층으로 만들었다.

대개 아틀리에가 그렇겠지만, 왜 높은 천장이 좋은가 하면 넓은 곳이 주는 탁 트인 느낌이 창작에 도움이 되는 것은 물론이고, 대작과 씨름할 때 천장이 낮으면 컨디션이 나빠진다. 물론 캔버스가 낮은 천장에 부딪히거나 하는 것은 말할 필요도 없고, 거리를 두고 멀리서 작품을 바라볼 필요가 있기 때문에 커다란 벽면, 넓은 공간이 있어야 한다. 그리고 이 때문에 바닥 면적도 넓어야 한다.

나는 이 작업장이 정말 마음에 들어서 군병원에서 쓰는 바퀴 달린 금속제 침대를 입수해 여기서 숙식하고 있다. 바퀴가 달려 있으면 이 넓은 공간에서 원하는 위치로 침대를 끌고 가 잘 수 있다.

나는 높다란 창이 좋다. 가을날 오후, 넓은 바닥에 천장 창문의 철 격자가 만든 줄무늬 모양이 두 개의 사각형 양지가 되고, 시들어 떨 어진 나뭇잎이 그 위에 여기저기 흩어져 있는 것이 마치 음표처럼 보 인다.

2층에 남아 있는 창문이 벽 높이 보이는 것도 기분이 좋다. 이럴 때 나는 〈아일 오브 카프리〉나 〈오키즈 인 더 문라이트〉 같은 좋아하는 노래를 선율도 모른 채 흥얼거리기도 한다.

북쪽과 서쪽에 있는 1층 창문은 담과 붙어 있어서 남쪽을 제외하 고 창문은 모두 막았다. 빛이 들지 않는 창이라면 차라리 넓은 벽이 낫다. 어린 시절에는 응회석 담 같은 것은 없었다. 동쪽은 입구와 새 로 만든 화장실이 차지하고 있다.

담 때문에 창문을 잃어버린 북쪽과 서쪽 벽면에 심혈을 기울인 열 한 장의 작품이 늘어서 있다. 이것은 열두 별자리를 테마로 한 각각 100호 크기 대작으로, 머지않아 열두 장이 될 예정이다.

이제 마지막으로 양자리 작품을 제작하려는 참인데, 이 일생을 건 작업이 끝나는 대로 아조트를 제작하여 완성되면 그 모습을 눈에 새 기고 스스로 목숨을 끊을 것이다.

유럽에서 방랑하던 시절도 언급해두는 편이 좋겠다. 나는 프랑스 에 있을 때 한 일본인을 만났다. 도미구치 야스에라는 여성이다.

내가 파리의 돌길을 처음으로 밟은 것은 1906년이었다. 내 청춘의 방황은 그 돌로 된 거리에 두고 온 느낌이 든다. 지금은 좀 달라졌겠지만 당시 프랑스어도 제대로 못하는 동양인이 거리를 서성거리다 같은 나라 사람과 우연히 마주칠 가능성 따위는 만에 하나도 없었고 그래서 참 불안했다. 달 밝은 밤, 거리에 나가면 나는 세상에 홀로 살아남은 인간이나 마찬가지였다.

그러나 곧 익숙해졌고 서투르지만 프랑스어도 할 수 있게 되자 불안함은 얼마 안 가서 기분 좋은 애달픔으로 변해갔고, 의미도 없이 카르티에 라탱[11] 근처를 헤매곤 했다.

그러던 내게 파리의 가을은 한층 더 근사해서 마른 잎 밟는 소리를 내며 돌길을 가로칠 때면 내 눈은 모든 것에 감동할 준비를 마친 것 같았다. 잿빛 돌의 거리에 마른 잎은 잘 어울렸다.

귀스타브 모로[12]에게 감명을 받은 것은 그 무렵이었다. 로슈푸코 길에 14번[13]이라는 금속판이 끼워져 있었다. 이후, 나는 모로와 고흐를 마음의 양식으로 삼아왔다.

어느 늦은 가을, 언제나 산책 코스로 들르던 메디시스 분수[14]에서 나는 도미구치 야스에와 만났다. 야스에는 분수의 금속 난간에 몸을 기대고 멍하니 서 있었다. 주위의 나무들은 잎이 다 떨어져 노인의 혈관을 연상시켰고, 가지는 허연 납빛 하늘을 향해 날카롭게 솟아 있던

---

11) 소르본 대학을 중심으로 한 파리의 대학가.
12) 프랑스의 화가. 신화를 주제로 한 그림을 주로 그린 대표적인 상징주의 화가.
13) 모로가 살던 집. 현재는 모로 박물관이 있음.
14) 파리의 뤽상부르 공원 입구에 위치한 이탈리아풍 분수.

그날은 갑자기 떨어진 기온 때문에 이방인에게 한층 더 황량한 인상을 주었다.

나는 한눈에 야스에가 동양인인 것을 알아차리고 다가갔다. 어딘가 침착하지 못한 그녀의 모습은 내 기억에도 있는 것이었다. 왜인지 나는 야스에를 중국인이라 생각하고 있었다.

그쪽도 반갑다는 듯이 나를 보기에, 오늘부터 겨울이 된 것 같군요, 라고 프랑스어로 말을 걸었다. 일본에서는 절대 이렇게 하지 못하지만, 외국어에는 이런 식으로 사람을 편하게 하는 힘이 있다. 그러나 말을 거는 방식이 잘못되었나 보다. 그녀는 침울한 듯이 고개를 젓고는 등을 휙 돌려 가려고 했다. 나는 놀라서 그녀의 등에 대고 혹시 일본인이세요, 하고 이번에는 일본어로 말을 걸었다. 그때 돌아본 여자의 얼굴은 안도감으로 가득해서, 우리는 사랑에 빠질 운명이란 것을 알았다.

그 근방은 겨울이 되면 군밤 장수가 나온다. '쇼, 쇼, 마롱, 쇼!'[15]라며 그리움을 자아내는 목소리로 권해서 우리는 자주 군밤을 먹었다. 의지할 데 없는 타향 땅에서 만난 사이라 우리는 매일 만났다.

야스에는 나와 같은 해에 태어났는데 내가 1월, 그녀는 11월 말 생이라서 한 살 연하나 마찬가지였다. 그녀도 그림 공부를 하러 온 부잣집 철없는 딸이었을 것이다.

내가 스물둘, 야스에가 스물하나일 때 손을 맞잡고 일본으로 돌아

---

15) '따뜻한 군밤 있어요'라는 뜻.

왔다. 그로부터 몇 년 후, 파리는 제1차 세계대전에 휘말렸다.

도쿄에서도 우리는 계속 사귀었고 나는 결혼할 생각이었지만, 고독했던 파리에서와 달리 도쿄에 오자 많은 사람들이 야스에를 둘러쌌고, 그녀의 분방함을 따라갈 수 없어서 헤어졌다. 그 후 결혼했다는 소문을 들었는데 한동안 만날 일은 없었다.

내가 다에와 결혼한 것은 스물여섯이 되는 해였다. 요시오가 부립고등(현재의 도쿄도립대학) 근처의 포목전에서 반 농담처럼 꺼낸 이야기로, 그해 모친을 병으로 여읜 나는 외로워서 누구라도 상관없다는 심정이었다. 나는 이미 땅과 저택을 물려받은 어엿한 자산가였으므로, 결혼 상대로는 나름 괜찮았던 게 아닐까.

그러나 얄궂게도 내가 결혼하고 몇 개월 지났을 무렵 긴자에서 뜻밖에 야스에와 재회했다. 그녀는 아이를 데리고 있었다. 역시 결혼했군, 이라고 말하자 남편과 헤어졌다고 했다. 지금은 긴자에서 화랑 카페를 하고 있다고 했다. 가게 이름은 잊을 수 없는 장소의 이름을 땄는데, 알겠어? 라고 묻기에, 메디시스야? 라고 하니 그렇다고 말했다.

나는 작품을 모두 그녀에게 맡기기로 했다. 그렇다고 해도 그리 잘 팔리지는 않았다. 개인전도 권유를 받아 몇 번쯤 했다. 그러나 나는 니카[16]나 고후카이[17] 같은 공모전에 열중하지 않아서, 여전히 아무

---

16) 1914년 설립된 일본 미술가 단체. 매년 니카텐 전람회를 개최함.
17) 1912년 미술공예의 발전과 보급을 위해 설립된 단체로, 이곳에서 주최한 공모전은 권위가 높음.

성과도 내지 못한 채 자기소개 문안을 작성하느라 고생을 했다. 야스에는 때로 내 아틀리에에도 찾아왔으므로, 그녀의 초상화도 그려서 메디시스의 개인전 때에는 꼭 넣었다.

야스에는 1886년 11월 27일생 궁수자리, 아들은 1909년생 황소자리였는데, 어느 날 야스에가 헤이타로(平太郞)가 내 아들이라고 넌지시 비춘 적이 있었다. 여느 때처럼 그 여자의 재미있는 농담일지도 모르지만 계산이 맞지 않는 것도 아니다. 일부러 헤이(平) 자를 이름 첫머리에 붙여서 헤이타로라고 한 것도 의미심장하다. 만일 사실이라면 운명이라 할 수밖에 없다.

나는 시대에 뒤떨어진 성향의 예술가라서, 최근 유행하는 피카소나 미로 같은 이른바 아방가르드 경향에는 별 흥미가 없다. 내가 마음의 양식으로 삼는 것은 고흐와 모로뿐이다.

내가 구식인 것은 잘 알고 있다. 그러나 나는 '힘'이 느껴지는 작품이 좋다. 힘이 들어가 있지 않은 그림 따위, 그저 물감을 칠한 천 조각에 지나지 않는다. 그러나 해석할 수 있는 범위 내의 추상이라면 충분히 이해한다. 피카소 작품의 일부나, 몸을 캔버스에 부딪쳐서 그리는 스미에 후가쿠 등은 내 취향이다.

그러나 나는 창작에는 기술이 필요조건이라 본다. 아이가 진흙 묻은 구슬을 내동댕이친 블록담과는 자연히 차이가 나야 한다. 흔해 빠진, 소위 아방가르드 화가의 작품에 비하면 포장도로에 남은 교통사고의 타이어 자국이 몇 배나 감동스럽다. 돌 위에 남은 강렬한 에너지

의 궤적, 진홍빛 균열과 같은, 혹은 돌에서 배어 나온 듯한 핏방울. 이
것과 좋은 대조를 이루는 가느다란 백묵의 선. 이것들은 완벽한 작품
의 조건을 갖추고 있다. 고흐나 모로 다음으로 나를 감동시킨 작품
이다.

그렇다. 내가 자신을 시대에 뒤떨어진 인간이라고 쓴 데에는 다른
의도가 있다. 나는 조각도 좋지만 인형 쪽에 더 매력을 느낀다. 그러
니 철사 같은 몸을 가진 금속 조각 따위는 고철 부스러기로밖에 보이
지 않는다. 지나치게 전위에 치우친 것은 대체로 나와 맞지 않는다.

젊은 시절, 나는 부립고등 부근의 양장점 쇼윈도에서 무척 매력적
인 여자를 발견했다. 그녀는 마네킹이었지만 나는 완전히 푹 빠져서
매일 가게 앞에 서서 지그시 바라보았다. 역 앞에 갈 일이 생기면 아
무리 멀리 돌아가더라도 그 가게 앞을 지나갔고, 많을 때는 하루에
다섯 번, 여섯 번도 더 들여다보았다. 1년 이상 그런 상태가 지속되었
기 때문에, 나는 그녀의 여름 옷, 겨울 옷, 봄 드레스 등을 전부 볼 수
있었다.

지금 같으면 이러니저러니 할 것 없이 가게 주인에게 마네킹을 넘
겨받았겠지만, 당시 나는 너무 어렸고 부끄러움을 많이 타서, 가게에
들어가 그런 이야기를 꺼내는 것은 상상조차 못 했다. 또 마음대로
쓸 수 있는 돈도 없었다.

담배 연기도 거북하고 취객의 탁한 목소리가 귀에 거슬리기도 해서
좀처럼 술집에는 가지 않지만, 요즘 가키노키라는 가게에 비교적 자
주 간다. 이 가게 단골 중 마네킹 인형 공방의 경영자가 있기 때문이다.

취기를 빌려 나는 그에게 이야기를 한 적이 있다. 그는 자신의 공방을 보여주었는데 물론 거기에 도키에는 없었고 그녀의 100분의 1 정도의 매력이라도 갖춘 여자는 찾을 수 없었다. 꼭 집어 설명은 못 하겠지만 아마도 사람들은 그 공방의 인형과 도키에의 얼굴 생김새나 자태를 구별하지 못할 것이다. 그러나 내가 볼 때는 확실히 달랐다. 내게는 진주 목걸이와 철사로 만든 바퀴 정도로 차이가 있었다.

순서가 바뀌어버렸는데 나는 그녀를 내 멋대로 도키에라 부르고 있었다. 당시 인기 있던 같은 이름의 배우와 그녀의 얼굴이 약간 닮아서인데, 나는 인형 도키에에게 완전히 마음을 빼앗겨서, 요즘 말로 하면 자나 깨나 그녀의 얼굴이 눈앞에 아른거렸다. 그녀에게 바치는 시도 수없이 썼고 그녀의 얼굴이나 몸을 떠올리며 그림을 그리기 시작했다. 생각해보면 그것이 내 화가 생활의 원점이 아닐까.

그 가게 옆에는 실 가게가 있어서 짐마차가 와서 끊임없이 짐을 내리곤 했다. 나는 그것을 구경하는 척하면서 도키에를 훔쳐볼 수 있어서 정말 좋았다. 그녀의 거만한 얼굴, 뻣뻣해 보이는 밤색 머리카락. 부러질 듯 가냘픈 손가락, 그리고 스커트 밑으로 보이는 무릎에서 발까지의 선. 30년이나 지난 지금도 나는 도키에의 얼굴과 자태를 생생히 떠올릴 수 있다.

어느 날 나는 그녀가 쇼윈도 안에서 알몸이 되어 옷을 갈아 입혀지는 장면을 보았다. 나는 그때 이상의 충격을 이후 여자와의 관계에서 겪지 못했다. 무릎이 후들거려 서 있기도 힘들 지경이었다. 그 후로 나는 여성의 하복부에 털이 있다는 것, 그 안에 생식기능이 갖추어져 있는 것의 의미나 가치를 상당히 오랫동안 이해할 수 없었다.

그 외에도 내 인생이 도키에로 인해 얼마나 크게 비틀렸는지 절실히 깨달을 기회가 여러 번 있었다. 셀 수 없을 정도로 많았다. 먼저 머리카락이 뻣뻣한 여자를 선호한다. 말 못하는 여자에게 큰 매력을 느낀다. 심지어 식물 같은, 움직이지 않을 때가 쉽게 연상되는 여자에게 끌리는 등 얼마든지 들 수 있다.

이것이 앞서 말한 예술관과 어긋난다는 것을 나 자신이 누구보다 잘 알고 있으며, 스스로 기이하게 여긴 적도 많다. 그것은 모로와 고흐라는 확연히 경향이 다른 작가를 동시에 좋아하는 것에서도 단적으로 드러난다. 도키에를 만나지 않았다면 어쩌면 예술관도 일관적이었을지도 모르겠다.

전처 다에는 바로 그런 식물 같은, 인형 같은 여자였다. 그러나 예술가로서의 까다로운 내면에서는 나도 모르게 마사코를 원했다.

도키에는 분명 내 첫사랑이었다. 그리고 잊을 수도 없는 3월 21일, 도키에는 쇼윈도에서 자취를 감추었다. 봄이었다. 벚꽃이 드문드문 피기 시작할 무렵이었다.

그때의 충격은 도저히 말로는 표현할 수 없다. 나는 모든 것이 허무해졌고, 아니, 그 사건으로 모든 것은 이미 상실되었다는 것을 깨닫고 유럽으로 방랑 여행을 떠났던 것이다. 유럽을 택한 것은 도키에가 그 무렵 본 프랑스 영화 분위기가 있었으므로, 프랑스에 가면 혹시 도키에와 닮은 여자와 만날지도 모른다고 멋대로 상상했기 때문이다.

그리고 몇 년 후 처음으로 딸을 가졌을 때 나는 아이 이름을 주저 없이 도키코라고 지었다. 이 아이가 태어난 날이 도키에가 쇼윈도에서 자취를 감춘 3월 21일이라 거기서 신비한 운명의 암시를 느꼈기 때문이다.

　　그리고 나는 도키에도 양자리일 것이라 확신하게 되었다. 또 나는 쇼윈도 안의 도키에가 내 것이 될 수 없어서, 도키코로 다시 태어나 내 곁에 온 것이라 믿었다. 그러므로 도키코가 성장함에 따라 도키에의 얼굴이 되어갈 것을 알고 있었다.

　　그러나 이 아이는 몸이 약했다.

　　여기까지 글을 쓰다가 비로소 깨닫고는 아연했다. 나는 도키코를 제일 사랑했고 그녀의 몸이 튼튼하지 않아서 무의식중에 그 얼굴에 어울리는 완벽한 육체를 만들어주려고 생각했던 게 아닐까.

　　분명히 나는 도키코를 편애한다. 도키코는 양자리 출생답게 명랑한데, 불과 물의 경계가 되는 날에 태어나서(양자리의 원소는 불, 바로 앞의 물고기자리는 물, 3월 21일은 두 별자리의 경계에 해당한다) 조울증 기미도 다분하다. 도키코가 우울증 상태에 있을 때, 그 아이의 연약한 심장을 생각하면 참을 수 없는 애정이 끓어오른다. 보통 아버지가 딸을 생각하는 감정 이상임을 고백해야 할 것이다.

　　맏딸 가즈에를 뺀 여섯 명의 딸들 중 동생의 딸인 레이코와 노부코를 빼고는 모두 반라의 크로키를 그린 적이 있다. 도키코의 몸은 별로 풍만하지 않다. 오른쪽 옆구리에는 작은 반점도 있다. 그때 내가 도키코의 얼굴이 완벽하게 아름다운 육체 위에 있었다면 하고 생각한 것이 확실하다.

아니, 도키코의 몸이 제일 빈약하다는 말은 결코 아니다. 오히려 도모코나, 알몸을 본 적은 없지만 레이코나 노부코 쪽이 훨씬 빈약할 것이다. 나는 도키코만은 완벽한 여자이기를 바랐다.

생각해보면 내 친딸은 도키코와 유키코밖에 없으니까 이런 내 마음도 그렇게 부자연스러운 것만은 아니겠지.

브론즈로 된 몸 따위에는 흥미가 없지만 유일한 예외가 있다. 몇 년 전, 나는 두 번째 유럽 여행을 했다. 그때 루브르에서는 별다른 감동을 받지 못했다. 내가 가장 감동한 것은 르누아르나 피카소도 아니고, 더구나 로댕도 아닌 네덜란드 암스테르담에서 본 안드레 미요라는 무명 조각가의 개인전이었다. 완전히 압도되어 창작할 기력을 1년 동안이나 잃어버렸을 정도이다.

그것은 이를테면 죽음의 예술이라는 종류로, 이미 폐허처럼 버려진 낡은 수족관이 전시회장이었다.

전신주에 늘어진 남자의 목매단 시체, 길가에 방치된 어머니와 딸의 시체, 모두 상당히 부패가 진행돼 썩은 냄새가 강렬히 감돌고 있었다. (그것이 연출된 것이라는 데에 생각이 미친 것은 그로부터 1년도 더 지났을 무렵이었다.)

공포에 일그러진 얼굴, 죽음의 고통으로 인한 강렬한 에너지로 팽팽해진 근육, 그것들이 얼어붙은 듯 힘을 응결한 채로 부식해가는 모습이 극명하게 묘사되어 있었다.

금속으로 만들어졌다는 것을 잊게 하는 부드러운 곡면, 단색인데도 그것을 완전히 잊게 만드는 입체감.

압권은 익사 장면이었다. 한 남자가 물속에 서서, 뒤로 수갑을 찬 남자의 머리를 억지로 물속으로 누르고 있었다. 그 남자의 입에서는 단말마의 물거품이 가느다란 사슬처럼 선을 그리며 수면과 이어져 있었다. 요지경처럼, 어두운 회장에서 꿈같이 밝은 수조 안을 들여다보는 것이다.

그렇다, 그것은 틀림없는 현장이었다. 그리고 나는 기억 속에서 아직도 사건을 추억하고 있다.

넋이 나간 듯한 허탈감은 그 후 1년이나 계속되었고, 어설픈 창작으로는 그 경지를 넘어설 수 없음을 깨닫고 아조트를 제작하기로 결심했다. 아조트라면 그것을 뛰어넘을 수 있다.

개를 조심해야 한다. 저 죽음의 전시회장에는 온갖 비명이 충만해 있었다. 주파수 2만을 넘는 소리는 사람 귀에 들리지 않는다. 소리가 되기 이전의 비명, 주파수 3만의 새된 슬픈 목소리, 내 앞을 지나가는 부인에게 안긴 요크셔테리어는 귀를 쫑긋 세워 분명히 그것을 듣고 있었다.

아조트를 제작하고 설치하는 장소는 순수하게 수학적 계산에 따라 산출해 결정한 땅이어야 한다.

제작만 한다면 내 아틀리에여도 괜찮지만, 여섯 명의 딸이 동시에 행방불명이 된다면 아틀리에를 조사하지 않을 리도 없고, 설령 경찰이 조사하지 않아도 마사코가 들어오려 할 것이다. 그 때문에 아조트를 제작할 전용 집을 구해야 한다. 그곳은 아조트의 설치 장소를 겸한다. 시골이라면 그다지 돈도 많이 들지 않을 것이다. 아조트 완성 전, 그리고 내가 죽기 전에 이 수기가 발견될 만일의 가능성을 고려해 정확한 장소는 기록하지 않겠다. 다만 니가타 현이라는 것만 말해둔다.

이 소설은 말하자면 아조트의 부속품과 같은 것이다. 아조트와 함께 일본 제국의 중심에 두어야 한다. 아조트 없이 소설만 다른 사람의 눈에 띄는 사태는 없을 것이다.

아조트를 위해 몸의 일부를 제공한 여섯 딸의 남은 육체는 일본 제국에서 각각의 별자리에 속하는 땅에 돌려보내야 한다.

나는 어떤 금속이 생산되는지에 따라 별자리가 결정된다고 생각한다. 즉 철(♂)을 생산하는 토지는 양자리 혹은 전갈자리에 속한다. 금(☉)을 생산하는 지역은 사자자리이다. 마찬가지로 은(☽)을 생산하는 지방은 게자리, 주석(♃)을 생산하는 토지는 궁수자리와 물고기자리의 지배를 받는 땅이기도 하다.

이 방식에 따라 도키코의 남은 몸은 양자리에 속하는 철을 생산하는 곳에, 유키코의 남은 육체는 게자리인 은을 생산하는 곳에, 레이코의 몸은 처녀자리인 수은(☿)을 생산하는 곳에, 아키코의 몸은 전갈자리인 철을 생산하는 곳에, 또한 노부코는 궁수자리인 주석을 생산하는 곳에, 도모코는 물병자리이므로 납(♄)을 생산하는 곳에 각각 돌려보내야 한다. 그것으로 아조트 제작이라는 공전의 마그누스 오푸스는 완벽해지며, 아조트가 가진 힘을 가능한 한 유효하게 행사할 수 있는 것이다. 이 작업 중 어느 하나도 빠져서는 안 된다. 완수하는 것이야말로 마그누스 오푸스이다.

아조트는 왜 만들어져야 하는가. 그것은 내가 서양화를 그리는 것과 같은 한 개인의 변덕스러운 창작 행위가 아니다. 극한의 미의식이며 무한한 동경이지만 그것은 어디까지나 내 개인 차원이며, 아조트는 그러한 사정과는 별개로 우리 대일본 제국의 미래를 위해 만들어야 한다. 일본 제국은 잘못된 길을 걸어 역사를 만들어왔다. 그 부자연스러운 흔적은 역사 연표의 도처에서 찾아낼 수 있지만, 지금 우리나라는 전에 없는 커다란 변화를 시작하려 하고 있다. 2천 년에 이르는 잘못의 대가를 지금 치러야 하는 것이다. 한 걸음만 잘못 디뎌도 대일본 제국은 지구의에서 자취를 감출 것이다. 망국의 위기가 눈앞에 있다. 그리고 이 위기를 구할 존재가 바로 아조트이다.

아조트는 말할 것도 없이 아름다움 그 자체이며 신이며 악마이다. 그리고 온갖 주술적인 상징이며 결정(結晶)이다. 일본 역사를 2천 년쯤 거슬러 올라가면 아조트와 닮은 존재를 쉽게 찾을 수 있다. 그것은 말할 필요도 없이 히미코[18]이다.

일본 제국이 서양 점성술상 천칭궁에 속하는 것을 봐도 일본인은

---

18) 3세기 야마타이국의 여왕. 남왕들이 지배하던 소국들의 대립 끝에 연합국의 왕으로 추대되어 혼란스럽던 일본을 안정시켰다. 히미코 치하에서 나라는 번영했다고 한다.

원래 축제를 좋아하는 밝고 사교적인 민족이었다. 그러나 조선계 민족에게 지배당하고, 또한 중국 유교 문화의 영향하에서 무척 억제된, 어떤 의미에서는 음습하기까지 한 국민성을 키우게 되었다.

불교 하나를 보아도 중국을 경유한 탓에 본래의 스케일을 완전히 잃어버렸다. 나는 한자도 중국으로부터 배우지 말았어야 한다고 생각한다. 그 이유는 길어지기 때문에 생략하겠지만, 아무튼 일본 제국은 야마타이국[19] 시대의 여왕제로 되돌아가는 것이 옳다고 생각한다.

일본은 신의 나라이다. 모노노베 씨[20]의 주장은 옳았던 것이다. 미소기[21]와 하라이[22]를 중시하고, 후토마니[23]로 신의 뜻을 구하는 고래의 일본을 버리고, 외국에 물든 소가 씨의 감언이설에 속아 천박하고 피상적인 불교 숭배로 치달은 과보는 그 후 역사의 흐름 속에서 명백히 나타난다. 일본은 여신의 나라인 것이다.

그런 의미에서 우리 국민성은 대영제국과 비슷하다. 일본의 무사도 정신을 해외에서 찾는다면 대영제국의 기사도 정신과 가장 유사하다.

히미코가 없는 지금, 아조트는 장래 일본 제국을 구원으로 인도할

---

19) 2세기 후반부터 3세기에 걸쳐 일본에 있었다고 전해지는 나라.
20) 불교 도입을 반대하여 친불파인 소가 씨와 대립을 이루던 신도를 신봉한 유력 가문.
21) 부정을 씻어내기 위해 냇물에 몸을 씻는 것.
22) 신에게 빌어 죄, 부정, 재앙 등을 물리치는 것.
23) 수사슴의 어깨뼈를 태워 갈라진 금을 보고 길흉을 점침.

존재이므로 일본의 중심에 올바르게 놓여야 한다. 중심이란 어디인 가. 일본의 표준시는 아카시를 통과하는 동경 135도를 기준으로 하 므로, 동경 135도가 일본 남북 방향의 중심선이라 생각할 수도 있으 나 이는 정말 터무니없다. 우리 일본 제국의 중심선은 그 척도를 빌려 말하자면 분명 동경 138도 48분이다.

일본열도는 아름다운 활이다. 어디까지를 활에 포함할지 결정하 기는 매우 어렵지만, 동북 방향으로는 캄차카 반도 바로 앞의 지시마 열도[24]라고 보는 것이 타당하다. 그리고 남단은 오가사와라 제도의 남쪽에 떠 있는 이오지마 섬으로 해야 한다. 오키나와 사키시마 제도 의 하테루마지마 섬이 위도는 더 남쪽이지만, 이오지마를 더 중요시 해야 한다. 왜냐하면 이 섬이야말로 활의 화살촉이기 때문이다.

일본 제국은 비너스가 지배하는 천칭자리답게 실로 아름답고 특 색 있는 모습을 하고 있다. 세계지도를 아무리 노려봐도 이렇게 아름 다운 섬이 줄지어 있는 것을 다른 곳에서 찾기는 불가능하다. 이는 균 형 잡힌 미녀의 몸을 연상시킨다.

활 모양의 섬에 메겨진 화살이 태평양으로 뻗은 후지화산대이며, 그 끝에 빛나는 보석 화살촉이 이오지마이다. 그러므로 이 섬은 일본 제국에게 매우 중요한 의미를 가진다. 머지않아 이오지마가 우리 일 본열도라는 활에서 얼마나 중요한 의미가 있는지 알게 될 때가 올 것 이다.

---

24) 쿠릴 열도.

일본열도에 메겨진 화살은 과거, 쏘아진 적도 있다. 활의 방향으로 계속 지구의를 따라가면 오스트레일리아의 왼쪽을 통과해 남극 옆을 빠져나간 후 혼 곳을 지나 남미의 브라질과 맞닥뜨린다. 브라질은 일본 이민자가 가장 많은 곳이다. 더 나아가면 대영제국을 지나 아시아 대륙을 통과해 일본으로 돌아온다.

일본열도의 동북단도 정확히 표시해두자. 지시마 열도의 대부분은 일본열도에 포함되어야 한다. 파라무시르 섬도 오네코탄 섬도 일본 영토라 생각하는 사람이 많은데, 이들 섬은 캄차카 반도에 가깝고 크기도 크기 때문에 대륙에 속하며, 하림코탄 섬 이남의 작은 섬들을 일본의 영역이라 생각해야 한다. 그러면 라스슈아 섬과 케토이 섬 가운데에서 공평하게 양쪽으로 가르는 편이 적절할지도 모르겠는데, 옛날부터 지시마 열도라는 이름이 붙은 이상 대부분은 일본열도의 일부라 생각한다. 그렇지 않으면 남쪽의 오키나와 제도와의 균형이 나빠진다. 이 작은 섬들은 활의 양끝을 장식하는 끈이며, 이 두 줄의 끈에 의해 일본열도라는 활은 대륙에 매달려 있다.

하림코탄 섬은 동단이 동경 154도 36분, 북단이 북위 49도 11분이다.

다음으로 남서단인데, 서단은 명백히 요나구니지마 섬이다. 이 섬의 서단은 동경 123도 0분.

일본제국의 남단은 이오지마라고 앞에 썼는데, 진정한 남단도 일단 기록해둔다. 요나구니지마 섬 동남쪽에 위치한 하테루마지마 섬이다. 이 섬 남단의 위도는 북위 24도 3분. 이오지마의 위치는 섬 남단이 북위 24도 43분이다.

한편 동서를 살펴보면 동단의 하림코탄 섬과 서단의 요나구니지마섬의 중심선, 즉 평균치를 구해보면 동경 138도 48분이다. 이 선이야말로 우리 일본제국의 중심선이다. 이즈 반도의 끝과 니가타 평야의 거의 중앙, 가장 북쪽으로 부푼 부분을 잇고 있다.

후지 산도 대체로 이 선상에 포함된다(동경 138도 44분). 이 선은 일본제국에게 매우 중대한 의미가 있다. 과거에도 미래에도 의미가 있다. 나는 일종의 영 능력이 있으므로 확실히 말할 수 있다. 알 수 있는 것이다.

동경 138도 48분이라는 선은 무척 중요하다.

동경 138도 48분 선상의 북단에 야히코야마 산이 있다. 여기에는 야히코 신사가 있다고 한다. 이 신사는 주술적인 의미에서 중요한 땅이다. 여기에 신의 돌이 있을 것이다. 비유하자면 야히코야마 산은 일본의 배꼽에 해당한다. 그러므로 이 땅을 소홀히 해서는 안 된다. 일본의 운명이 걸려 있다. 나는 죽을 때까지 에치고에 있는 야히코야마 산만은 꼭 찾아가 보고 싶다. 반드시 갈 생각이다. 만일 목적을 달성하지 못하고 쓰러진다면 내 자손이라도 좋으니 꼭 찾아가면 좋겠다. 이 선, 특히 북단 야히코야마 산에서 나를 부르는 힘을 느낀다.

이 선 위, 남쪽부터 숫자 4, 6, 3이 늘어선다. 모두 더하면 13, 악마를 즐겁게 하는 숫자이다. 나의 아조트는 이 13의 한가운데에 놓일 것이다.

※본문 중 ( )의 대부분은 편집부에서 붙인 것이다. 또한 오래된 표현은 새로 고치고 별자리의 이름도 현재 일반적으로 쓰이는 것으로 변경했다. (예. 백양궁 → 양자리)

I

40년의 난제

1

"뭐야? 이거."

미타라이는 책을 덮어 내 쪽으로 던지고는 다시 소파에 누웠
다.

"벌써 다 읽었어?"

나는 말했다.

"응, 우메자와 헤이키치 씨 수기 부분은."

"어때?"

나는 상당한 열의를 담아 물었다.

그러나 완전히 기운을 잃은 미타라이는, "으음……"이라고만
하며 좀처럼 대답하지 않았다.

그러다 잠시 후 말했다.

"전화번호부를 읽은 것 같아."

"여기 나온 서양 점성술에 대한 견해는 어때? 틀린 게 많아?"

그는 점성술사답게, 그런 말을 듣더니 다소 위엄을 회복하고 말했다.

"독단으로 가득 차 있어. 몸의 특징을 결정하는 것은 태양궁보다는 상승궁이니까. 태양궁만 보고 몸을 말하기는 좀 그래. 그래도 뭐, 그 외에는 대체로 정확해. 기본적인 지식이 틀린 건 없는 것 같고."

"연금술은?"

"그건 아예 근본적으로 착각한 것 같아. 옛날 일본인들은 자주 이런 식으로 착각을 했어. 예를 들어 미국인은 정신 수행으로 야구를 했다고 생각한다거나. '이 경기에서 안타를 치지 못하면 할복으로 사죄하겠습니다' 같은 말 정도로 어긋나는 거야. 하지만 납을 금으로 바꾸는 거라 생각하는 사람들 수준보다는 몇 단계 높겠지."

나, 이시오카 가즈미는 예전부터 미스터리나 수수께끼라는 이름이 붙는 것을 정말 좋아했다. 일종의 중독이라고 해도 될 것이다.

일주일만 그런 책을 읽지 않으면 금세 금단증상이 나타나 비틀비틀 책방으로 가서, 정신을 차리면 책 뒤표지에서 '수수께끼'라는 글자를 찾고 있었다.

이런 상태라 야마타이국 논쟁이나 3억 엔 강탈사건[25] 같이 아직까지도 수수께끼로 남은 사건은 대부분 책에서 읽어 알고 있다. 나는 지적 미스터리 마니아라고도 할 수 있을 것이다.

그러나 지금까지 일본에 남아 있는 많은 수수께끼 가운데에서도 전쟁 전인 1936년 2·26 사건[26]과 동시에 일어난 '점성술 살인'만큼 수수께끼로 가득 찬 매력적인 사건은 없었다.

이것은 미타라이나 내가 우연한 계기로 알게 된 몇 가지 사소한 사건 중에서는 두말할 것 없이 뛰어난, 이라기에는 차원이 다른 대사건이며, 아무리 생각해도 절대로 해결할 수 없는 불가해함, 기괴함, 그리고 무엇보다 엄청난 스케일을 갖추고 있었다.

조금의 과장도 없이 일본 전체가 휘말린 대사건이며, 머리가 좋다는 전국 각지의 무수한 사람들이 40년 이상이나 계속 논쟁을 하고 지혜도 짜내었지만, 1979년에 이르러서도 거의 손도 못 대고 발생 당시 그대로 남아 있는, 믿기 힘들 정도로 버거운 사건이었다.

나도 머리가 나쁜 편은 아니어서 일단 도전은 해봤지만, 이 수수께끼는 너무 힘에 부쳐 도저히 감당할 수 없었다.

이 사건은 내가 태어났을 무렵, 앞에 소개한 살해당한 우메자

---

25) 1968년 12월 10일 도쿄 근교의 국도에서 3억 엔가량의 현금을 싣고 가던 현금수송 차량이 3분 만에 털린 사건.
26) 1936년 2월 26일 일본 육군 황도파 청년 장교들이 일으킨 쿠데타.

와 헤이키치의 사소설적 수기와 사건의 경과를 논픽션풍으로 엮은 기록을 합쳐 《우메자와가(家) 점성술 살인》이라는 제목으로 출판되어 금세 베스트셀러가 되었고, 일본 전역에서 몇백 명의 아마추어 홈스들이 뛰어들어 추리 논쟁을 펼쳤을 정도로 붐이 일었다고 들었다.

결국 범인은 밝혀지지 않아 사건이 미궁에 빠졌다는 것도 흥미롭지만, 이런 역사에 보기 드문 엽기 사건은 태평양 전쟁 직전의 어두운 시대를 상징적으로 반영했기 때문에 일본인의 마음을 끌었을 것이다.

사건의 상세한 경과는 나중에 기술하겠지만, 가장 섬뜩하고 이상한 부분은 우메자와가의 여섯 딸이 수기에 나온 대로 살해되어 전국 각지에서 띄엄띄엄 발견되었다는 것이다. 게다가 그녀들은 수기에 쓰인 대로 몸의 일부분이 도려내어졌으며, 그녀들이 속한 별자리를 의미하는 금속원소가 함께 발견되었다.

그러나 그녀들이 살해당했다고 추정되는 시점에 헤이키치는 이미 살해당했고, 그 외의 용의자들은 전원 알리바이가 있었다.

게다가 그 알리바이는 어떤 각도에서 검토해봐도 의도적으로 만들어낸 것이 아니었기 때문에, 살해당한 딸들을 제외한 수기 속의 등장인물은 모두 이 광기의 임무를 수행하기에는 물리적으로 불가능했다고 단언할 수 있다. 즉 죽은 헤이키치를 제외해도 이러한 범행을 할 수 있었던 자는 동기로도 물리적으로도 절대 존재하지 않는다.

이 때문에 외부 범행설이 압도적이었다. 의견이 백출하여 한때는 세상에 종말이 온 것 같은 대소동이 일어났다. 그야말로 고려할 수 있는 모든 생각에 대한 온갖 명답이 족족 제시되었으므로, 그들 사이를 비집고 들어가 덧붙일 정도로 탁월한 아이디어를 떠올리기는 무리였다.

사실 사람들이 이 문제를 진지하게 생각한 것은 쇼와 30년대[27]까지였고, 최근에는 기발한 아이디어 경쟁이라 부르는 편이 적절하다. 정말 진지하게 생각한 결과인지 머리를 갸우뚱하게 만드는 출판물이 근래에 속속 나왔는데, 이유는 잘 팔리기 때문이다. 금이 나왔다는 소리에 일제히 서부로 몰려드는 미국의 골드러시를 연상시킨다.

그중 획기적인 것을 꼽아보면, 우선 경시총감설 또는 총리대신설인데 이것들은 차라리 점잖은 편이다. 훨씬 완성도가 높은 것(?)으로는 나치의 생체실험설이 있다. 그리고 뉴기니의 식인종이 당시 일본에 있었다는 설도 있다.

그러자 세상은 넓어서 금세 '맞아, 나도 놈들이 아사쿠사에서 춤추는 것을 보았다'라거나 '자칫하면 나도 먹힐 뻔 했다'라는 말을 하는 사람까지 여기저기서 튀어나오는 실정이었고, 결국 모 잡지에서는 이들과 요리연구가들을 불러 모아 인육 먹는 법이라는 좌담회를 기획하기에 이르렀다.

---

27) 1955년에서 1964년 사이.

그러나 그것들은 그나마 우등생의 해답이라 할 수 있고 최신 이론으로는 UFO 우주인설이 대두했다. 1979년 당시는 SF 붐이었기 때문이다. 이것은 말할 것도 없이 할리우드 분위기에 편승한 것이다. 그렇게 생각해보면 이 추리 붐이 근래 다시 일어난 것도 할리우드의 오컬트 붐에 보조를 맞춘 듯하다.

그러나 이들 외부 범행설에는 명백히 치명적인 결함이 있다. 외부자가 어떻게 헤이키치의 수기를 읽었고 왜 수기대로 일을 진행할 필요가 있었는지 하는 점이다.

이에 관한 내 의견을 말하자면 누군가가 헤이키치의 수기를 이용해서 자기 뜻을 이루려 했다고 생각한다. 즉 여섯 딸 중 하나를 사모하는 남자가 있었는데 그녀에게 냉대를 받아 살의를 품었고 다른 딸들도 모두 수기대로 죽여버리면 수사는 혼란스러워질 거라 생각했을 것이다.

그러나 이것도 여러 각도에서 간단히 반박된다. 첫 번째로 여섯 딸들은 어머니 마사코가 매우 엄격히 감독했고, 남자관계는 전혀 없었던 것으로 경찰이 결론을 냈다. 지금이라면 어떨지 몰라도 1936년이라는 시절을 고려하면 충분히 있을 만한 일이다.

또한 만약 그런 일이 있었다고 해도 나머지 여자 다섯 명을 동시에 죽여서 시체를 버리러 일본 전역을 돌아다닌다는 정신이 아찔할 만큼 번거로운 짓을 무릅쓸까? 조금 더 손쉬운 방법을 택하는 편이 자연스럽다.

또 하나 덧붙이자면 그 남자가 어떻게 헤이키치의 수기를 읽을 수 있었다는 말인가.

그런 이유에서 이 가설을 버려야 했고, 종전 직후 경찰과 일반 대중이 내린 결론은 이른바 군 관계 특무기관의 짓이라는 것이다. 그 정도로 심하지 않더라도 전쟁 전에는 국민에게 알려지지 않은 이와 비슷한 사건이나 계획이 많았다고 한다.

군이 그녀들을 처형한 이유는 마사코의 장녀 가즈에가 결혼한 상대가 중국인이며 그녀에게는 스파이 혐의가 있었다는 것이다. 사건 다음 해 중일전쟁이 발발한 점을 생각하면 매우 설득력 있다.

따라서 우리가 옛사람의 가설을 능가해 누구도 해결하지 못한 이 난해한 사건의 해답에 다가가려 한다면, 군 특무기관설이야말로 뒤집어야 할 최대의 벽이라는 말이 된다.

다만 사건 해결까지는 무리라고 해도 이 벽을 부수는 것은 불가능하지 않다. 그 이유는 이 가설도 다른 외부 범행설과 동일한 약점이 있기 때문이다. 상대가 군 특무기관이라 해도 행동력의 차원이 달라진다는 것뿐, 어떻게 헤이키치의 수기를 훑어볼 수 있었는지 그리고 어째서 일개 민간인의 수기대로 일을 추진할 필요가 있었는지 하는 의문은 여전히 남는다. 그렇게 되면 이 미스터리는 또다시 해결 불가라는 성채 속으로 슬쩍 달아나 버리겠지만.

1979년 봄 언제나 지긋지긋하게 기운이 넘치던 미타라이는 무슨 까닭인지 심한 우울증에 걸려 있었다. 따라서 그는 이렇게 차원이 다른 어려운 문제에 도전하기에는 컨디션이 좀 나빴다. 이것만은 그를 위해서 써둔다.

미타라이라는 남자는 예술적 자질이 있는 인간이 그러하듯, 남들과는 달리 아무 기대도 없이 사 온 치약이 뜻밖에도 맛이 좋다며 하루 종일 신이 나서 떠들거나, 좋아하는 레스토랑 테이블이 '너무 시시한' 것으로 바뀌었다 말하고는 사흘 동안 우울해하며 한숨만 쉬기도 한다. 입에 발린 말이라도 친해지기 쉬운 인간이라고는 할 수 없었고, 따라서 우울한 모습이 전혀 놀랍지는 않았지만 이후 그와의 오랜 교제 중에서도 그만큼 상태가 심한 적은 없다.

화장실에 갈 때도 물을 마시러 갈 때도 빈사 상태의 코끼리처럼 몸을 일으켰고, 가끔 집으로 점을 보러 오는 손님과 마주하는 것도 힘들어했다. 언제나 그에게 방약무인한 취급을 받는 내게 그 모습은 제법 마음이 편해지는 광경이었다.

나는 당시 약 1년 전의 어떤 사건을 계기로 미타라이를 알게 되어, 그의 점성술 교실에 종종 갔었다. 그의 사무소에 학생이나 손님이 오면 나는 언제나 무급 조수 취급을 감수해야 했는데, 어느 날 홀연히 찾아온 미사코라는 부인이 과거 어떤 유명한 점성술 살인에 관계된 당사자의 딸이라고 하며 아직 누구도 본 적이 없는 증거자료를 내밀며 해결을 의뢰하고 갔을 때는 이 엄청난 일에 심장이 멎을 것 같았다. 그리고 이때만큼은 미타라이와 알게 된 행운에 감사하며 이 괴짜를 다시 보게 됐다. 아무래도 이 무명의 젊은 점술가는 세상의 지극히 일부에서는 변변찮은 명성을 얻고 있는 모양이었다.

그 무렵 이 사건을 잊고 있었는데, 생각해내는 데 시간이 걸릴 정도는 아니었다. 내가 이 사건에 관계하게 된다면 이보다 더한 기쁨은 없었다. 그런데 정작 미타라이는 점성술사인 주제에 그 유명한 점성술 살인사건을 전혀 몰랐다. 그래서 나는 내 책장에서 《우메자와 점성술 살인》에 앉은 먼지를 털어 내고 가져와서 그에게 처음부터 강의를 해야만 했다.

"그 후 이 소설을 쓴 장본인인 우메자와 헤이키치가 살해당했겠지?"

미타라이는 답답한 듯이 말했다.

"맞아. 책 뒷부분을 보면 자세히 나와 있어."

내가 말했다.

"읽기 귀찮아. 글씨가 작으니까."

"그야 그림책이 아니니까."

나는 말했다.

"네가 잘 알잖아? 솜씨 좋게 설명해주면 고맙겠어."

"난 괜찮은데 잘 설명할 수 있을까. 너만큼 연설하는 재능이 없어서 말이야."

"난……."

미타라이는 말을 꺼내려다가 기력이 달리는지 입을 다물었다.

늘 이렇게 얌전하면 정말 일하기 편할 텐데.

"그러면 미타라이, 먼저 일련의 사건에 관련된 전모를 말할까. 응?"

"……."

"괜찮아?"

"괜찮아……."

"점성술 살인은 크게 나누어 세 개의 사건으로 이루어져 있어. 제일 처음이 헤이키치 살해, 두 번째가 가즈에 살해, 세 번째가 아조트 살인이지.

수기를 쓴 헤이키치는 수기에 있는 날짜로부터 닷새 후, 즉 1936년 2월 26일 아침 10시가 지나 수기에도 나오는 광을 개조한 아틀리에에서 시체로 발견되었어. 그리고 이때, 아까 네가 읽은 기묘한 소설도 아틀리에 책상 서랍에서 발견되었고.

다음으로 헤이키치가 살해된 메구로 구 오하라마치에서 상당히 떨어진 세타가야 구 가미노게에서 혼자 살던 장녀 가즈에가 살해되었어. 강도 사건으로 폭행의 흔적도 있어서 범인은 남자임에 틀림없었지. 혹시 이 사건은 범인이 전혀 다른, 불운한 해프닝이었을지도 몰라. 객관적으로 봐서 그럴 가능성이 크다고 생각하고, 우연히 헤이키치 살해와 아조트 살인 사이에 일어났기 때문에 우메자와가를 둘러싼 참극의 일부로 연상될 뿐이지.

이걸로 끝인가 했는데 천만의 말씀, 그다음부터가 진짜였어. 헤이키치의 수기에 나오는 대로 연쇄살인이 실제로 일어나기 시작했거든. 연쇄살인이라고 하지만 동시에 살해당한 것 같아. 이것이 이른바 아조트 살인이지.

우메자와가는 말하자면 저주받은 집안이야. 그런데 미타라이, 헤이키치의 시체가 발견된 1936년 2월 26일이 무슨 날인지 알지?"

미타라이는 귀찮다는 목소리로 짧게 대답했다.

"그래, 2·26 사건 날이야. 어라? 의외로 네가 이런 걸 알고 있을 때도 있구나. 음? 뭐야, 여기에 쓰여 있네.

자, 그러면 이 전대미문의 수수께끼를 어떻게 설명하면 좋을까. 먼저 헤이키치 소설에 나오는 인물들을 모두 올바른 이름으로 소개하는 것부터 시작하지. 이 책 여기에 표(그림 1)가 있어. 잠깐 이걸 봐, 미타라이.

헤이키치 소설과 이름이 달라. 대부분은 한자가 다를 뿐이지만(괄호 안이 수기의 이름). 안 그래도 인간관계가 뒤얽힌 복잡한 사건인데, 이것 때문에 더욱 혼란스럽더라.

한자뿐만이 아니라 발음도 달라서, 소설 속 노부코는 노부코가 아니라 노부요야. 그리고 메디시스의 도미타 야스에는 성이 도미구치로 되어 있어. 아마 도미타를 다른 한자로 대치할 수 없었겠지. 아들 헤이타로는 소설 속에서도 이름이 바뀌지 않았어. 헤이라는 글자에 중요한 의미가 있고 타로는 다른 한자로 쓸 수 없으니까 그랬다는 추측이 틀리지는 않았을 거야.

나이도 나와 있는데, 사건이 일어난 1936년 2월 26일 시점의

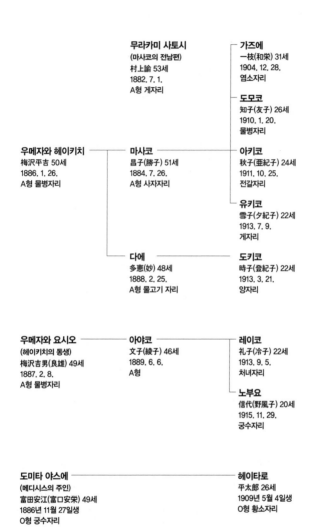

무라카미 사토시
(마사코의 전남편)
村上諭 53세
1882. 7. 1.
A형 게자리

가즈에
一枝(和栄) 31세
1904. 12. 28.
염소자리

도모코
知子(友子) 26세
1910. 1. 20.
물병자리

우메자와 헤이키치
梅沢平吉 50세
1886. 1. 26.
A형 물병자리

마사코
昌子(勝子) 51세
1884. 7. 26.
A형 사자자리

아키코
秋子(亜紀子) 24세
1911. 10. 25.
전갈자리

유키코
雪子(夕紀子) 22세
1913. 7. 9.
게자리

다에
多恵(妙) 48세
1888. 2. 25.
A형 물고기 자리

도키코
時子(登紀子) 22세
1913. 3. 21.
양자리

우메자와 요시오
(헤이키치의 동생)
梅沢吉男(良雄) 49세
1887. 2. 8.
A형 물병자리

아야코
文子(綾子) 46세
1889. 6. 6.
A형

레이코
礼子(冷子) 22세
1913. 9. 5.
처녀자리

노부요
信代(野風子) 20세
1915. 11. 29.
궁수자리

도미타 야스에
(메디시스의 주인)
富田安江(富口安栄) 49세
1886년 11월 27일생
O형 궁수자리

헤이타로
平太郎 26세
1909년 5월 4일생
O형 황소자리

〈그림 1〉

나이이고."

"혈액형까지 나와 있네?"

"응, 혈액형에 관해서는 사건 설명을 진행하다 보면 알게 될 거야. 앞으로 등장인물의 혈액형이 필요한 부분이 있거든.

등장인물들의 사람 됨됨이나 에피소드는 헤이키치의 소설에 나오는 게 정확한 것 같아. 사실이라 봐도 문제없어.

헤이키치의 동생 요시오에 관해 보충하자면, 그는 작가이고 여행 잡지에 잡문을 쓰거나 신문에 소설을 연재했던 것 같아. 예술가 형제이지. 첫 번째 헤이키치 살해 때에도 그는 도호쿠 지방에 취재 여행을 가 있어서 행적이 불확실한 경향은 있어. 일단 알리바이는 성립했지만. 그건 나중에 더 자세히 말할게. 각각의 범행 가능성에 관해 논하는 단계가 되면 말이야.

참, 마사코에 대해서도 보충해야겠네. 결혼 전 성은 히라타인데 아이즈 와카마쓰의 무척 유서 깊은 집안 출신이래. 무라카미 사토시라는 무역회사의 중역과 중매결혼을 했어. 가즈에, 도모코, 아키코는 모두 무라카미 사토시와의 사이에서 낳은 딸이고."

"도미타 헤이타로는?"

"맞다, 헤이타로는 사건 당시 스물여섯이었는데 독신이고 어머니의 가게를 돕고 있었대. 메디시스를 말이야. 도왔다기보다 경영자였겠지. 만일 그가 정말 헤이키치의 아들이라면 헤이키치가 스물세 살일 때 작품이 되겠군."

"혈액형은?"

"그건 좀 애매해. 야스에와 헤이타로 모자가 O형, 헤이키치는 A형이니까."

"도미타 야스에라는 여성은 파리 시절에서밖에 등장하지 않던데 1936년 당시에는 헤이키치와 가까운 사이였을까?"

"그런 것 같아. 헤이키치가 집 밖에서 누군가를 만난다면 거의 야스에일 정도로 아주 신뢰했나 봐. 그림을 아는 여성이니까. 아내 마사코나 자신의 친딸이 아닌 딸들은 아무래도 별로 믿지 않았던 것 같아."

"흠, 그러면 왜 결혼했지. 마사코와 야스에는 사이가 어땠어?"

"안 좋았던 것 같아. 길에서 만나면 인사하는 정도. 헤이키치의 아틀리에에 야스에가 가끔 오기도 했는데 안채는 들르지 않고 그대로 돌아갔던 것 같아.

그가 별채를 마음에 들어 해서 계속 독립생활을 할 수 있었던 것도 의외로 그런 이유가 있었을지도 모르지. 아틀리에는 쪽문으로 들어가면 바로 나오니까. 야스에는 집안사람 중 누구도 만나지 않고 헤이키치를 찾아갈 수 있어. 그러니까 헤이키치는 여전히 야스에를 좋아했던 거야. 미련이 남았을 가능성은 크지. 그는 야스에가 싫어서 헤어진 게 아니야. 헤어지고 나서 바로 다에와 결혼한 것도 실연해서 자포자기하고 있었기 때문이겠지. 그러니 금세 마사코 같은 여자에게 흔들렸고. 흔들렸다니 좀 고풍스런 표현인가. 그런 식으로 기분이 들뜬 것도 파리에서 만난 야스에에 대한 감정을 마음속 어딘가에서 질질 끌고 있었던 탓이라는 생각도 들어."

"흠. 그러면 그 두 여자가 손을 잡았다면……."

"절대로 있을 수 없어."

"헤이키치는 전처인 다에와 만나지는 않았을까?"

"전혀 안 만났던 것 같아. 딸 도키코는 호야의 친어머니 집에 자주 갔다지만. 모친이 혼자 살면서 작은 담배 가게를 했다니까 걱정이 됐겠지."

"냉정하네."

"응, 헤이키치가 도키코와 함께 다에의 집에 간 적은 없었고 다에도 헤이키치의 아틀리에에 오는 일이 없었어."

"당연히 다에와 마사코는 사이가 안 좋았겠네."

"물론 그랬겠지. 다에가 볼 때 마사코는 남편을 빼앗아 간 나쁜 여자이니까. 여자끼리는 그런 거겠지."

"맞아, 넌 여성 심리에 정통하지!"

"……"

"도키코는 그렇게 엄마를 걱정하면서 왜 같이 살지 않았을까?"

"여성 심리에 정통하지 않아서 모르겠는데."

"헤이키치의 동생 요시오의 아내 아야코는 마사코와 친했어?"

"친했던 것 같아."

"그래도 넓은 안채에서 함께 살기는 싫다는 건데. 그런데 딸 둘은 마치 당연한 권리처럼 우메자와가에 얹혀살았다는 건가."

"뭐, 의외로 내심 서로 반목하고 있었을지도 모르니까."

"야스에의 아들 헤이타로와 헤이키치는 어땠어? 사이가 좋았나?"

"거기까지는 몰라, 책에 안 나와 있어서. 헤이키치는 야스에와 친해서 긴자에 있는 메디시스에 자주 갔으니까 거기서 이야기 정도는 했겠지. 대충 친했다고 해도 되지 않을까."

"흠, 그러면 서론은 이 정도겠네. 요컨대 우메자와 헤이키치라는 남자가 옛날 예술가 중에 흔히 있었던 파천황 같은 행동거지를 해서 이런 복잡한 인간관계가 생겨나 버렸다."

"맞아. 너도 주의하도록 해."

그러자 미타라이는 이상하다는 표정을 지었다.

"뭐? 나는 너무 도덕적이라서 그런 사람의 기분은 전혀 짐작도 가지 않는데."

인간은 자기 자신은 전혀 모른다.

"서론은 끝났어, 이시오카. 당장 헤이키치 살해에 대해 자세하게 설명해줘."

"그 문제라면 내가 훤히 알지."

"오호."

미타라이는 놀리듯이 히죽거리는 웃음을 띠었다.

"책을 안 보고 설명할 수 있다고. 책은 네가 들고 있어. 아, 그림이 실린 페이지는 잠시 그대로 두고!"

"네가 범인은 아니겠지?"

"뭐?"

"네가 범인이면 편할 텐데. 이렇게 소파에 누운 채로 해결이니까. 살짝 손을 뻗어 경찰에 전화하기만 하면 되는데. 덤으로 전화도 네가 해줄래?"

"무슨 말도 안 되는 소리야. 40년 전 사건이라는 걸 잊지 마. 내가 마흔이 넘어 보여? 아니, 그보다 너 지금 뭐라고 했어? 해결? 나는 그렇게 들었는데."

"그렇게 들었으면 그렇게 말한 거겠지. 그러려고 네 지루한 강의를 듣고 있잖아."

"후후후후."

나는 그만 입속에서 웃음이 터졌다.

"야, 이건 보통 사건과는 달라. 네가 너무 쉽게 생각한다는 걸 지적해야겠네. 아마 홈스 정도의 명탐정이 여기에 있어도……."

미타라이는 대놓고 하품을 했다. 그리고 빨리 시작해달라고 했다.

"딸들 중 도키코는 2월 25일 정오경, 우메자와가를 나와 친어머니 다에가 사는 호야의 집으로 갔어. 그리고 26일 아침 9시쯤 메구로로 돌아왔지.

25일에서 26일까지는 2·26 사건 날로 도쿄에는 30년 만에 큰눈이 내렸어. 이 점은 중요해. 그 좋은 머리에 잘 새겨둬.

도키코는 우메자와가의 안채로 돌아와 헤이키치의 아침 식사를 만들었어. 헤이키치는 친딸 도키코가 만든 거라면 믿고 먹었대.

그녀가 식사를 아틀리에로 들고 간 시각은 오전 10시 조금 전, 10시 조금 전이야. 문을 두드려도 대답이 없었어. 그래서 옆으로 돌아가서 창문 안을 들여다보았지. 그랬더니 말이야, 헤이키치가 쓰러져 있고 마루방에는 피도 흘러 있었어.

깜짝 놀라 안채에서 여자들을 불러와 같이 몸을 부딪쳐 문을 부쉈어. 헤이키치에게 다가가니 머리 뒤쪽을 뭔가 면적이 있는 것, 예를 들면 프라이팬 같은 걸로 맞아서 죽어 있었대. 소위 뇌타박상, 두개골이 부서져 뇌 일부가 으깨진 상태에 코와 입에 출혈이 있었고.

책상 서랍에는 돈과 약간의 귀중품도 있었는데 도둑맞지는 않았어. 그리고 서랍에서 그로테스크한 그 소설이 나왔지.

북쪽 벽에는 헤이키치가 일생의 대작이라 부르던 열한 장의 그림이 걸려 있었고, 딱히 손상된 흔적은 없었어. 열두 장 째, 즉 최후의 작품은 그때 이젤 위에 놓여 있었지. 밑그림 단계라 색칠은 되어 있지 않았지만 별 이상한 점은 없었어.

딸들이 현장에 들어간 시점에도 석탄 난로에 불씨가 조금은 남아 있었어. 활활 탔던 건 아니지만 완전히 꺼지지도 않았지.

그 당시에도 탐정소설이 있었으니까 모두들 대충 알아서 창문 밑 발자국이나 아틀리에 안에도 가능한 한 손을 대지 않도록 서로 주의해서, 경찰이 도착했을 때 현장은 지극히 양호한 상태로 보존되어 있었어. 아까도 말했지만 도쿄에는 전날 밤 30년 만에 큰 눈이 내려서 아틀리에에서 쪽문까지 눈이 쌓였고 그 위에 발자국이 분명히 남아 있었어.

그림(그림 2)을 봐. 발자국이 있지? 이게 큰 단서가 될 거야. 드물게 도쿄에 눈이 쌓였기 때문에 뜻밖의 실마리가 드러난 거지. 그것도 딱 사건 당일 밤이잖아.

게다가 이 발자국은 묘하게도 남녀의 것이야. 남자구두와 여자구두 발자국. 그런데 두 사람이 동시에 돌아갔다고 보기는 힘들어. 첫 번째 이유는 발자국이 겹쳐져 있기 때문이야. 적어도 옆

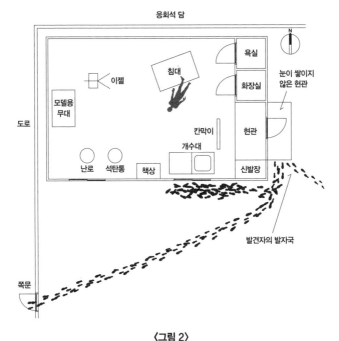

〈그림 2〉

에서 나란히 걷지는 않았어.

같이 돌아갔다고 해도 앞뒤로 나란히 걸으면 발자국도 겹치게 되겠지. 그런데 이것도 아닌 것 같아. 왜냐하면 정말 이상하게도 남자구두는 아틀리에를 나가서 옆에 있는 창문 쪽으로 돌아가 웬일인지 여기서 몇 번이고 제자리걸음을 하고 나서 돌아갔어. 한편 여자구두 쪽은 멈춰 선 흔적이 없고, 재빨리 쪽문까지 최단거리로 걸어 나갔지. 만일 두 사람이 동시에 아틀리에를 나왔다면, 남자구두는 여자구두보다 훨씬 늦게 나간 거겠지. 실제로 남자구두가 여자구두를 밟고 있어. 그러니까 남자구두 쪽이 나중에 돌아갔다는 거야.

쪽문 밖은 포장도로인데 시체를 발견한 10시경에는 이미 차나 사람이 다니고 있었기 때문에, 쪽문을 빠져나간 후에는 어디로 갔는지 추적할 수 없었어."

"흠."

"눈이 내린 시각이 포인트니까, 그 부분을 확실히 해두자. 메구로 구 주변은 25일 오후 2시쯤부터 내리기 시작했대. 그전까지는 눈이 내릴 것 같지도 않았고 더구나 눈이 쌓일 수도 있다고 생각한 사람은 도쿄에 한 명도 없었을 거야. 지금처럼 정확한 일기예보가 있었던 시대가 아니니까.

그런데 예상을 벗어나 밤 11시 반까지 눈이 계속 내렸어. 그러니까 11시 반에 그쳤다는 거지. 오후 2시부터 오후 11시 반까지 9시간 반 동안이나 계속 내렸어. 그러니까 쌓였고.

그리고 다음 날인 26일 아침 8시 반부터 약 15분 정도, 이때는 아주 조금 팔랑팔랑 내리다 말았어. 이게 눈이 내린 시간대야. 알겠지? 눈은 두 번 내렸어.

그리고 그 발자국들을 보면 눈이 살짝 덮여 있으니까, 둘 다 눈이 그친 밤 11시 반보다는 최소한 30분 전에 아틀리에에 들어갔고, 11시 반에서 다음 날 아침 8시 반 사이에 여자구두가 먼저 남자구두가 나중에 돌아갔다고 할 수 있지. 눈이 그치기 30분 전에 들어갔다고 추리하는 이유는 말할 것도 없이 들어왔을 때 발자국이 없기 때문이겠지.

발자국을 단서로 남자구두 주인, 여자구두 주인 그리고 헤이키치 세 사람이 아틀리에에서 얼굴을 마주한 시간대가 분명히 존재했다고 추측할 수 있어.

그렇잖아? 여자구두가 먼저 아틀리에에 들어가서 헤이키치를 만나고 돌아가고 그다음에 남자구두가 와서 헤이키치를 죽이고 돌아갔다는 것은 남은 발자국으로 봐선 있을 수 없는 일이야. 이것이 이 사건의 재미있는 부분이지.

그러니까, 만일 남자구두가 범인이라면 여자구두 손님은 범인의 얼굴을 확실히 봤다는 게 돼. 혹시 그 반대라면 남자구두가 범인인 여자를 봤다는 게 되고. 하지만 그건 말이 안 돼. 왜냐하면 남자구두가 나중에 돌아갔으니까. 여자구두가 범행을 저지르는 사이에 남자구두는 가만히 옆에서 견학하고, 범인이 돌아간 후에도 계속 현장에 남아 있다가 창문 쪽으로 다시 돌아와서

미련이 남은 듯 행진 연습을 한 후에 돌아갔다는 이상한 이야기
가 돼버려.

지금까지 단독 범행이라는 전제로 이야기했는데, 그렇다면 남
자구두와 여자구두가 같이 범행을 저질렀다면 어떨까? 당연히
이 문제를 생각해야 해. 공동 범행이라면 무척 이해하기 힘든 사
실이 있어. 살해당한 헤이키치가 수면제를 먹었다는 거지.

헤이키치의 위에서 수면제가 검출되었거든. 물론 치사량은 전
혀 아니고. 잠들려고 먹은 거지. 스스로 먹었다고 봐도 틀림없을
거야. 그리고 약을 먹은 직후 살해당한 것 같아. 남자구두와 여자
구두가 공범이라면 헤이키치는 손님이 둘이나 와 있는데 그 사람
들 앞에서 수면제를 먹었다는 거잖아.

어때? 이상하지? 상대가 한 사람이라면 그래도 이해가 가. 어
지간히 친한 경우겠지만. 그런데 두 사람이야, 두 사람 앞에서 수
면제를 먹을까? 둘 다 헤이키치와 아주 친한 사이였나? 어쨌든
손님이 있는데 수면제를 먹으면 예의 없이 잠들지도 모르잖아.
사교적이지 못한 헤이키치에게 그렇게까지 친한 사람이 있을까?

그렇게 생각하면 단독 범행설이 가능성이 커. 그러니까 이런
거지. 11시 반에 눈이 그치고 여자구두가 돌아간다. 남자구두와
단둘이 남는다. 그때 헤이키치가 남자구두 앞에서 수면제를 먹었
다, 이렇게 말이야.

그런데 이것도 이해가 안 가. 여자 한 사람 앞에서는 먹을지도
몰라. 여자라면 체력도 약하고 무엇보다 그런 여자 친구라면 몇

명쯤 있을 수 있고. 그런데 헤이키치와 그렇게 친한 남자는 없지.

이래서 수면제 문제는 정말 골치가 아파. 내가 지금 이 문제를 잘 정리해서 말할 수 있었던 것도 40년간 계속 논의되어왔기 때문이야. 내가 스스로 생각해낸 게 아니라.

어쨌든 좀 이상하지만 발자국은 그렇게 생각할 수밖에 없어. 남자구두의 단독 범행, 그리고 여자구두는 범인 얼굴을 봤다고. 넌 여자구두가 누구라고 생각해?"

"모델 아냐?"

"오! 맞아, 모델이 아닌가 했지. 범인을 목격한 모델. 그래서 당시 경찰은 비밀을 엄수할 테니 모습을 드러내라고 몇 번이나 호소했어. 그런데 결국은 나오지 않았지. 40년이 지난 오늘까지도 이 여자가 누군지 몰라. 환상의 모델이지. 뭐, 이 일은 나중에 이야기하자.

그런데 모델이었다면 또 묘하게 되거든. 모델이 밤 11시 반을 넘어서까지 포즈를 취했느냐는 문제. 만일 그랬다면 헤이키치와 가까운 여자라고 봐야겠지. 또 그렇다면 주부나 결혼하지 않은 아가씨는 아닐 테고.

추측할 수 있는 건 우산이 없어서 눈이 그칠 때까지 기다렸을 수도 있었다는 거야. 아틀리에에 우산은 없었어. 그런데 과연 그럴까? 헤이키치가 안채에 빌리러 가도 되는데.

그래서 모델은 존재하지 않았다는 의견도 있지. 아직도 못 찾은 건 역시 이상하니까. 나중에 언급되는데 경찰은 철저히 수사했어. 그래서 모델이 존재하지 않았다는 설은 의외로 근거가 탄탄해. 발자국은 트릭일 수도 있고.

이 발자국 트릭설도 질릴 정도로 논의되었어. 그러니까 이미 나올 건 다 나왔다고 할 수 있지. 현재 확실한 것은 두 발자국은 다 전진했다는 것, 이건 발자국을 세밀하게 관찰해서 반동의 흔적, 힘을 준 방법 등을 근거로 확인했어.

그리고 이 발자국들은 둘 다 한 번만 걸어가 생겼다는 것, 그러니까 설령 여자구두 발자국 위를 큰 남자구두로 밟고 가서 남자구두만 드러나게 한 것은 절대로 아닌데, 어딘가 반드시 테두리가 이중으로 생기기 때문에 잘 관찰하면 알 수 있대. 이 경우, 아침 8시 반부터 내린 눈이 조금 덮였을 테니까 알기는 어려웠겠지만.

그리고 네 발로 기었을 가능성이지. 좀 터무니없긴 해도 엎드려서 손에 여자구두, 발에 남자구두를 신고 느릿느릿 걸어도 발자국이 이런 식으로 찍히지 않는다고 실험에서 결론이 났어. 왜냐하면 남자구두 쪽이 여자구두보다 훨씬 보폭이 크거든.

그럼 발자국 이야기는 이만하면 됐고, 사실 헤이키치 살해에서 가장 재미있는 부분은 발자국이 아니야. 헤이키치의 소설에도 나왔듯이 이 아틀리에는 모든 창문, 천장에 붙은 창문에도 튼튼한 철 격자가 설치되어 있어. 헤이키치는 그런 부분에 아주 민감해서, 정말 튼튼한 철 격자를 달았지. 게다가 떼어 낸 흔적도 없고, 일단 밖에서는 절대 떼어 낼 수 없는 구조야. 떼어 낼 수 있다면 의미가 없으니까. 그러니까 인간이라면 딱 하나 있는 문으로 드나들 수밖에 없었어. 범인도 예외가 아니고.

입구의 문은 약간 특이해. 서양식이고 바깥쪽으로 여는 한 장으로 된 문인데, 슬라이드 바 방식으로 빗장이 달려 있어. 헤이키치가 유럽을 방랑했을 때 프랑스 시골 여관 문이 대체로 그런 식이었는데, 그게 마음에 들었다더군. 안쪽에서 닫으면 문에 달린 바를 옆으로 밀어서 벽에 있는 구멍에 끼워 넣어 고정해. 그리고 바에 달린 혀 같은 부분을 잡고 아래쪽으로 내리면 문에 구멍 뚫린 돌기 부분에 겹치는 거 있잖아? 그 돌기에 뚫린 구멍에 자물쇠까지 채워놨어."

미타라이는 감고 있던 눈을 번쩍 뜨고 천천히 소파 위로 몸을 일으켰다.

"정말이야?"

"응, 완전한 밀실이었어."

2

"그러면 범죄는 불가능해. 자물쇠가 있는데? 그럼 범인은 자물쇠로 잠근 밀실에서 헤이키치를 죽이고 나서 구멍 같은 데로 탈출했다고, 누가 뭐라 해도 그렇게 생각할 수밖에 없어."

"경찰도 조사를 많이 했어. 아주 철저하게. 아틀리에 어디에도 빠져나갈 구멍은 없었어. 화장실의 오물을 뚫고 나갔을 가능성조차 부정당했지. 아이 몸이라도 물리적으로 무리라고 결론이 났다고.

슬라이드 바 방식 빗장뿐이라면 어떻게든 됐겠지만 자물쇠라면 어떤 기계 트릭도 무리야. 안에서만 잠글 수 있으니까. 그러면 남자구두가 창문 쪽에서 어물거리면서 뭘 했냐는 거지. 이상하잖아?

그리고 헤이키치의 사망추정시각을 분명히 해둬야 해. 사망추정시각은 26일 오전 0시를 중심으로, 그러니까 딱 25일과 26일의 경계에서 앞뒤 1시간씩, 2시간 동안이야. 즉 25일 오후 11시부터 26일 오전 1시 사이. 그렇다면 눈이 그친 11시 반까지는 30분이 겹쳐. 이 부분은 주목할 가치가 있어.

그리고 현장에는 두 가지 기묘한 점이 있어. 하나는 그림(그림 2)과 같이 침대가 벽에 평행하게 놓여 있지 않은 것, 그리고 헤이키치의 발이 침대 밑에 들어가 있던 것.

헤이키치는 침대를 옮겨 가며 넓은 아틀리에에서 원하는 곳에서 자는 게 취미였으니, 특별히 이상한 점이라고 할 수는 없지. 하지만 생각에 따라서는 아주 중요한 점인 것 같기도 하고.

나머지 하나도 이상해. 헤이키치는 코밑과 턱에 수염을 길렀는데 시체에는 수염이 없었어.

정말 이해가 안 가. 살해되기 이틀 전까지 수염이 있었다고 가족이 증언했어. 뭐가 이해가 안 가냐면, 수염을 자기 의지로 깎은 게 아니라고 보이고, 그렇다면 아무래도 범인이 한 짓 같다는 거지.

수염이 없어졌다고 해도 제대로 면도를 한 건 아니야. 그냥 가위로 짧게 잘라져 있었지. 범인이 했다고 보는 이유는 잘라 낸 수염 일부가 시체 옆에 아주 조금 떨어져 있고, 아틀리에 안에는 가위도 면도칼도 없었기 때문이야.

이상하지?

여기서 동생 요시오와 바꿔치기설이 나왔어. 깎인 걸로도 볼 수 있지만, 거꾸로 귀찮아서 수염을 길렀다고 볼 수도 있어. 헤이키치와 요시오 형제는 쌍둥이처럼 닮았나 봐. 요시오는 수염이 없었고, 헤이키치가 어떤 이유로 요시오를 아틀리에로 불러들여 죽여서 바꿔치기하려고 했다거나 혹은 그 반대라거나……

뭐, 이건 너무 소년소녀용 탐정소설 같은 발상이라서 지금은 아무도 문제 삼지 않아. 그런데 가족도 수염이 없는 헤이키치의 얼굴을 보는 것은 오랜만이었고 뇌타박상으로 얼굴이 변했으니 가족이라도 피해자가 헤이키치라고 단정하기 힘들었을 가능성은 있지. 따라서 이 가설도 완전히 소멸한 건 아니야. 헤이키치는 미치광이 예술가라서 아조트를 위해서라면 뭐든 할 테니까.

그럼, 현장 설명은 이 정도면 됐겠지? 다음은 등장인물들의 알리바이야."

"선생님, 잠깐 기다려봐."

"뭡니까?"

"수업 속도가 너무 빨라. 깜빡 졸 시간도 없잖아."

"무슨 학생이 이래!"

나는 분개했다.

"밀실이 좀 걸려. 그것도 발자국처럼 충분히 논의되었겠지?"

"40년분은 있어."

"그걸 들어볼까."

"지금 바로는 전부 생각이 안 날지도 모르지만, 침대를 세로로 세워 놓고 그 위로 올라간다고 해도 천장 창문에는 닿지 않아. 2층 높이니까. 설령 닿더라도 철 격자와 유리가 있어. 실내에 사다리 같은 건 당연히 없고 그런 목적에 쓸 만한 것도 전혀 없지. 그림 열두 장도 평소 놓아둔 위치에서 딱히 움직인 흔적은 없고.

석탄 난로의 굴뚝은 함석으로 가느다랗게 만든 거라서 산타클로스도 올라갈 수 없을 정도야. 게다가 불도 다 꺼지지 않았지. 벽에 뚫려 있는 굴뚝용 구멍은 작아서 머리도 안 들어가고, 그 정도야. 요컨대 빠져나갈 구멍은 없다는 거지."

"창문에 커튼은?"

"있었어. 아, 맞다, 아틀리에 안에는 높은 창문에 달린 커튼을 걸고 치는 데 쓰는 기다란 봉이 있었던 것 같아. 그런데 이건 창문 쪽에서 멀리 떨어진 북쪽 벽 바로 앞, 침대 근처에 있었어. 게다가 아주 가늘었다고 하고."

"흠, 창문에 자물쇠는?"

"걸려 있는 것도 있었고 아닌 것도 있었어."

"발자국이 뒤섞여 있는 쪽 창문에는?"

"걸려 있지 않았어."

"흠, 그럼 또 실내에 어떤 게 있었는지 들어볼까."

"음, 별 대단한 건 없었어. 이 그림(그림 2)에 보이는 게 전부라고 해도 될 정도. 침대에 책상, 유화 그림 도구들, 물감, 책상 안에는 필기도구, 그리고 수기 노트, 손목시계, 약간의 돈, 그리고 지도책이 있었어. 그 정도인 것 같아. 헤이키치는 일부러 문서 종류는 전혀 아틀리에에 놓아두지 않았어. 잡지나 신문도 없고, 읽지 않았다더군. 게다가 라디오나 축음기도 없어. 순수하게 그림만 그리는 방이었던 것 같아."

"오, 그러면 담장에 붙은 쪽문 자물쇠는 어때? 걸려 있었어?"

"일단 안쪽에서도 잠글 수 있지만 부서져 있었대. 억지로 열려면 밖에서도 쉽게 할 수 있으니까 열려 있던 거나 마찬가지였어."

"허술하네."

"그렇지. 헤이키치는 살해되기 직전에 식사도 제대로 하지 않았고 불면증 때문에 수면제를 먹어서 상당히 몸이 쇠약해진 상태였어. 그러니 쪽문은 자물쇠가 튼튼할 필요가 있었다고 생각해."

"헤이키치는 체력이 약해져 있었다. 그런데다 혼자 수면제를 먹고 후두부를 강타당했고, 게다가 밀실에서 살해당했다……. 묘한 사건이네, 완전히 뒤죽박죽인데."

"그리고 수염도 잘렸지."

"그런 건 상관없다니까!"

미타라이는 시끄럽다는 듯이 내 눈앞에서 손을 흔들었다.

"후두부를 맞아 죽었으면 타살이 분명해. 그런데 왜 밀실로 꾸몄지? 밀실이라는 장치는 자살로 위장하기 위해서잖아?"

나는 생각하는 척했다. 그 문제에 관해서는 일단 해답이 있었기 때문이다.

"그건 그렇고 미타라이 선생님. 수면제 말이야, 아까 발자국 문제에서 설명한 대로 헤이키치는 남자구두와 여자구두 손님 두 사람 앞에서 수면제를 먹었거나, 아니면 남자구두 한 사람 앞에서 먹은 게 돼. 이 두 가지 가능성 중 확률이 높은 쪽은 역시 두 사람보다는 한 사람이겠지. 남자 한 사람과 있었을 때야. 물론 헤이키치와 안면이 있고 상당히 가까운 남자겠지. 그러면 동생 요시오 아니면 기껏해야 메디시스의 헤이타로 둘 정도밖에 없는데."

"헤이키치는 소설에 나오는 사람 외에 친한 사람은 없어?"

"메디시스에서 사귄 예술가 친구가 두세 명, 그리고 근처의 가키노키자카에 수기에도 나왔던 '가키노키'라는, 잘 아는 술집이 있었고, 그리 친한 사이까지는 아니겠지만 거기서 알게 된 사람이 역시 두셋 있어. 그중 헤이키치의 소설에도 나온 마네킹 공방 경영자 오가타 겐조와 공방 장인인 야스카와 다미오라는 남자가 있지.

그런데 이들은 아주 조금 안면이 있는 정도라서, 이들 중에서 헤이키치의 아틀리에를 방문한 적 있는 사람은 하나밖에 없어. 그것도 한 번뿐이고, 이 사람은 헤이키치와는 별로 친하지 않아.

그러니까 만일 사건 당일 밤, 그들 중 누군가가 헤이키치의 아틀리에에 몰래 왔다면 일단 처음일 거야. 그들의 증언을 신뢰한다는 전제하에서지만. 처음 온 사람 앞에서 헤이키치가 수면제 같은 걸 먹겠어?"

"그렇지. 그런데 경찰 조사에서 요시오와 헤이타로는 어떻게 됐어?"

"결백했어. 둘 다 확실하진 않아도 알리바이가 성립했지. 우선 헤이타로는 긴자의 화랑 카페 '메디시스'의 주인 도미타 야스에도 포함해서, 25일 오후 가게 문을 닫고 나서부터 10시 반 정도까지 지인과 트럼프를 했다고 해. 10시 20분 정도에 모두 귀가했고, 모자는 2층에 있는 각자의 침실로 돌아가서 잤다는데, 그때가 거의 10시 반이었어.

메구로 근처에 눈이 그친 시각이 11시 반인데 그 30분 전까지 아틀리에에 들어가야 한다면 시간은 30분밖에 없다는 계산이 나와. 만일 발자국이 눈이 20분 내린 정도로 완전히 덮였다고 해도 40분의 여유밖에 없고, 큰 눈이 내려서 차도 빨리 달릴 수 없는데 그런 길을 긴자에서 메구로 구 오하라마치까지 차로 40분 안에 갈 수 있을까?

그러면 모자가 공모한 범행이라고 보면 어떨까? 그러면 아틀리에 앞에 남은 눈 위 남녀 구두 자국과도 맞아떨어지는 것 같아. 게다가 이 경우에는 10분쯤 더 추가할 수 있어. 메디시스에서 손님이 돌아가자마자 바로 둘이서 뛰쳐나오면 돼. 그러면 약 50분,

79

어떻게든 아틀리에에 들어갈 수 있을지도 모르지. 좀 애매하긴 하지만.

그런데 이 경우 동기가 모호해. 헤이타로라면 동기가 없는 것도 아니야. 아주 약하지만. 무책임한 아버지라거나 어머니를 힘들게 했다 그런 이유. 그런데 야스에가 합류했다면 동기는 알 수 없어져. 왜냐하면 야스에는 헤이키치와 사이가 좋았거든. 게다가 일, 그러니까 헤이키치가 그녀에게 그림을 맡기는 일을 교섭 중이었어. 그럴 때 죽여버리는 건 화상(畵商)으로서는 정말 말도 안 되는 짓이잖아. 헤이키치가 죽고 전쟁이 끝난 후부터 그의 작품은 엄청나게 값이 올라갔어. 그런데 야스에는 헤이키치와 계약 문제를 확실히 해두지 않아서 그 덕을 거의 못 봤지.

경찰은 실험으로, 밤에 눈길을 달려 긴자의 가게에서 아틀리에까지 40분 만에 도착하는 건 무리라는 결론을 내렸어."

"흠."

"다음은 동생 요시오인데, 그는 사건 당일 밤, 즉 25일부터 도호쿠 방면으로 여행을 가서 27일 밤늦게 돌아왔어. 알리바이는 충분하지 않지만 쓰가루에서는 지인과도 만났고 여행을 했다는 것은 증명되었어. 자세한 사정을 이야기하면 길어지니까.

헤이키치 살해사건에서는 요시오처럼 알리바이가 있는 듯 없는 듯한 사람이 아주 많아. 모두가 그렇다고 해도 될 거야. 예를 들어 요시오의 아내 아야코도 그래. 남편은 방금 말한 것처럼 여행을 갔고 두 딸은 마사코네에서 묵고 있으니, 그날 밤 집에 혼자 있었어. 알리바이는 없지."

"그녀가 모델인 건 아니겠지?"

"당시 46세였어."

"음."

"대개 여자 쪽은 알리바이가 전멸이야. 먼저 장녀 가즈에는 이혼해서 가미노게의 외딴집에 혼자 살았으니까. 당시 가미노게는 정말 한적한 곳이라 알리바이 따위는 당연히 없지.

다음으로 마사코와 딸들. 평소대로 마사코, 도모코, 아키코, 유키코, 그리고 레이코와 노부요가 안채에 모여 노닥거리다가 10시쯤 각자 방으로 돌아가 잠자리에 들었다고 해. 도키코는 호야의 엄마 집에 가서 없었고.

우메자와가의 안채는 부엌과 발레 교습실로 쓰던 응접실의 작은 홀을 빼면 방이 여섯 개 있어. 헤이키치가 안채를 쓰지 않아서 딸들은 각자 방 하나씩 썼지. 레이코와 노부요는 둘이서 한 방을 썼지만. 이 책에는 그 그림도 있어.

별로 관계없는 것 같아도 일단 말해두자면, 1층 응접실 옆에서부터 마사코, 그 옆이 도모코, 그리고 아키코. 2층으로 가서 같은 방향으로 레이코와 노부요의 방, 이 방이 계단과 제일 가까워. 그리고 유키코 방, 도키코 방 순이야.

딸들도 모두가 잠들어 조용해진 다음에는 행동할 수 있었을 거야. 1층 사람들은 창문으로도 출입할 수 있지만, 그건 아냐. 왜냐하면 창문 밑 눈에는 발자국이 전혀 없었거든.

물론 현관에서 밖으로 나와 담에 붙어 빙 둘러서 쪽문까지 돌아가면 범행은 가능해. 현관에서 문까지는 징검돌이 있는데, 26일 아침에 도모코가 일찍 일어나서 돌 위 눈만 치웠어. 도모코의 증언으로는 눈 위에는 신문배달부가 오간 발자국만 있었다는데, 그건 도모코의 말이고.

　또, 부엌문이 있어. 마사코가 아침에 일어나서 나왔을 때 발자국이 없었다고 하는데 이것도 그녀의 말일 뿐, 경찰들이 왔을 때에는 많은 발자국이 어지럽게 흐트러져 있었지.

　반면에 담을 뛰어넘었을 가능성은 완전히 배제할 수 있어. 26일 오전 10시 반쯤 경찰이 조사한 바로는 눈 위 어디에도 그런 발자국은 없었으니까.

　게다가 응회석 담 위에는 전부 엄중하게 철조망이 둘러져 있었으니까 성인 남자라도 뛰어넘다가는 뼈가 부러질 거야. 그러니 담 위를 걷는 것도 불가능해.

　이제 알리바이에 관해서는 두 명이 남았지, 도키코와 헤이키치의 전처 다에. 둘은 서로 증언했어. 도키코는 자기 집에 와 있었다고 다에가 증언했지. 딸 중에 일단 알리바이 증언이 있는 사람은 도키코뿐인데 육친의 증언이니까, 완전히 신뢰할 수는 없어."

　"그럼 불완전하나마 알리바이가 성립할 것 같은 사람은?"

　"엄밀히 말하면 아무도 없어."

　"그렇군, 누구든 가능성이 있는 거네. 25일에 헤이키치는 작업을 하고 있었지?"

"그런 거 같아."

"모델을 써서?"

"그래, 맞아. 아까 그 이야기했지. 눈 위의 여자구두는 모델 것이 아닐까, 경찰도 그런 견해였어.

헤이키치가 그림 모델을 자주 부탁했던 곳 중에 긴자의 '후요 모델 클럽'이라는 데가 있어. 대체로 여기나, 아니면 야스에가 소개한 모델을 썼대. 경찰은 후요 모델 클럽을 조사했지만 25일에 헤이키치의 아틀리에로 간 모델은 없었고, 헤이키치에게 친구를 소개했다는 모델도 없었어. 야스에도 25일에 헤이키치에게 소개한 모델은 없었다고 했지.

다만 헤이키치가 재미있는 말을 했어. 22일에 야스에가 헤이키치와 만났을 때, 좋은 모델을 찾았고 그리고 싶은 여자와 아주 닮았다며 즐거워했대. 이번 작품은 자신의 마지막 대작이니까 전력을 쏟고 싶다, 꼭 그리고 싶은 여자가 있는데 그것은 어렵고 아주 비슷한 여자를 발견했다고 기쁜 듯 말했다고 했어."

"흐흠……."

"아까부터 남 일처럼 듣고 있는데 이건 네 일이야. 나는 도와주는 것뿐이고. 지금 내 말 듣고 뭔가 번쩍 떠오르는 거 없어?"

"별로."

"허이구! 그런데 뭐, 해결? 헤이키치가 그리고 싶은 그림의 마지막 테마는 양자리였어. 그러면 헤이키치가 말한 그리고 싶은 여자는 딸 도키코잖아, 도키코는 양자리니까. 그런데 누드라서 딸을 그리기는 어려워. 그래서 도키코와 아주 닮은 모델을 찾았을 거라고 경찰은 생각했지."

"과연, 제법 하는데."

"도키코의 사진을 들고 다니며 도쿄의 온갖 모델 클럽을 샅샅이 뒤졌대. 그런데 한 달 넘게 지나도 모델을 찾을 수가 없었어.

이 여자를 찾아내면 밀실 사건은 해결이야. 그녀는 범인과 만났으니 얼굴을 알고 있어. 그런데 결국 못 찾았지. 2·26 사건이 일어나서 일손이 모자랐는지, 아무튼 모델을 못 찾아서 경찰도 헤이키치가 길거리나 술집에서 데려온 아마추어라고 판단하기에 이르렀어.

생각해보면 프로 모델이 어지간히 화가와 친하지 않는 한, 밤 12시경까지 계속 포즈를 취할 리도 없겠지. 돈이 궁한 유부녀인지 뭔지일 가능성이 높아. 자기가 돌아간 후 화가가 살해되었다는 것을 신문에서 보고 기겁해서 숨어버린 게 아닐까. 돈 때문에 남 앞에서 벗었으니까 신분이 드러나 신문에라도 나면 주위에서 무슨 말을 할지 모르잖아.

경찰이 비밀을 지켜줄 테니 자수하라고 계속 호소했지만 결국 나오지 않았어. 40년이 지난 지금도 그 모델이 누구였는지 밝혀지지 않았고."

"범인이라면 안 나오는 게 당연하지."

"뭐?"

"그 여자가 만일 범인이라면 말이야. 모델이 헤이키치를 죽인 후, 혼자 두 사람의 발자국을 만들었을지도 몰라. 자기 발자국 위에 남자 발자국을 찍어놓으면 단독범일 경우 틀림없이 남자가 범인일 거라고 생각할 테니까. 아까 네가 말했던 것과 같은 이유로. 그러니까……"

"그것도 아니야. 왜냐하면 그 여자는 아마 모델이겠지만, 남자 발자국을 찍으려면 남자구두를 준비해 와야 하잖아. 그렇다면 눈이 쌓일 것을 예상했다는 건데.

그런데 눈이 내리기 시작한 것은 25일 오후 2시경이고 그전까지는 전혀 내릴 것 같지도 않았어. 모델이 저녁 때 왔으면 몰라도 25일 오후 1시쯤에는 아틀리에에 들어간 것 같아. 아틀리에의 커튼이 쳐져 있거나 해서 가족들은 감으로 안다고 해. 딸들의 증언이지만.

그러니까 모델이 설령 살의를 품고 아틀리에에 왔다고 해도 남자구두까지 준비할 수는 없었을 거야.

즉흥적으로 헤이키치의 구두를 썼을까? 그런데 헤이키치는 구두가 두 켤레밖에 없다고 가족들이 증언했고 두 켤레 다 현관에 분명히 놓여 있었어. 저 정도의 발자국을 만든 후 혹은 만들면서 현관에 헤이키치의 구두를 되돌려놓는 건 아무리 머리를 짜내도 불가능해.

그러니까 모델은 관계없어. 일을 끝내고 바로 돌아갔다고 봐도 돼."

"모델이 있었다면 말이지?"

"그래, 맞아. 있었다면."

"남자구두가 범인이고 여자 발자국도 찍어두려고 여자구두를 준비해 왔을 수는 있겠지."

"그렇……겠지, 있을 수 있어. 눈 내리는 도중에 아틀리에에 들어갔으니까."

"그런데 생각해보면 그건 앞뒤가 바뀌었어. 여자구두가 범인이고 만일 남자구두 자국도 찍으려고 했으면 남자구두만 찍으면 돼. 범인을 남자로 보이게 할 목적이니까.

반대로 여자구두를 준비한 남자구두 범인이 왔다면, 여자구두 발자국만 찍으면 돼. 그래도 되잖아. 누구든 왜 두 종류의 발자국을 찍어야 했을까……, 윽!"

"왜 그래?"

"머리가 아파. 상황 설명만 하면 되는데, 네가 다른 인간들의 시시한 추리까지 구구절절 늘어놓으니까 머리가 욱신거린다고. 안 그래도 지금 컨디션이 나쁜데."

"그렇구나. 좀 쉴래?"

"됐어, 상황 설명만 해줘."

"알았어. 현장에 유류품은 전혀 없었어. 재떨이에는 헤이키치가 피운 담배꽁초와 재가 있었을 뿐이고 헤이키치는 골초였거든.

새로운 지문도 없어. 모델 것으로 보이는 지문은 있었지만 헤이키치는 모델을 여러 명 쓰고 있었고 수수께끼의 남자구두 것으로 생각되는 지문은 없어. 다만 요시오의 지문은 있어서 그가 남자구두라면 지문이 있었다는 게 말이 되긴 해. 그리고 손수건 으로 일부러 지문을 닦아낸 흔적도 없었어.

지문으로만 한정하면 범인은 가족 중에 있거나, 외부인이라면 절대로 지문을 남기지 않으려고 주의했거나, 요컨대 지문을 조사 해서 별다른 소득이 없었지."

"그래……."

"그리고 아틀리에 안에 기상천외한 엄청난 트릭의 흔적, 그러니 까 얼음이 녹으면 머리 위로 돌이 떨어지는 장치나 도르래를 벽 에 고정시킨 나사 구멍 자국이나 그런 흔적은 전혀 없었어. 애당 초 흉기 같은 건 남아 있지 않아. 아틀리에 안은 평소대로였고 없 어진 것도 늘어난 것도 없었어. 그저 방 주인의 목숨만 사라졌지."

"미국 미스터리 소설에 나온 것 같은데, 방에는 열두 별자리 그 림이 있었어. 범인도 인간이라면 별자리에 속할 테니 그림 중 하 나에 흠집을 낸다거나 넘어뜨려서 헤이키치가 범인의 별자리를 가리켰다면 좋았을 텐데, 그런데 이 경우는……."

"안타깝게도 즉사라는 거지."

"모처럼 귀족 취향의 소품을 다 갖추었는데 안타까워! 설마 수 염을 깎아서 범인을 알렸을 리도 없고."

"즉사니까."

"즉사지."

"아무튼 메구로 2·26 사건이라고도 불리는 우메자와 헤이키 치 밀실 살인의 단서와 상황은 전부 말했어. 자, 너라면 어떻게 추리할 거야?"

"그 이후에 딸 일곱 명이 모두 살해당하잖아? 그러면 딸들은 피의자에서 제외할 수 있겠네."

"그럴 수도 있지만 헤이키치 살해와 아조트 살인의 범인은 다를지도 모르지."

"하긴. 범인이 누구든 동기를 생각하면 연립주택 건설 때문이거나 아니면 소설을 몰래 훔쳐 읽은 딸들이 신변의 위험을 느껴서라거나, 그것도 아니면 헤이키치를 요란스럽게 죽여서 그림값을 올리려던 화상이 있었거나, 더 없나……. 결국 그 소설에 등장하는 사람 중에서 범인을 찾는 편이 자연스럽겠네. 그 외에는 동기가 있는 사람이 없을 테니까. 그렇지?"

"맞아."

"그런데 그림값은 올랐어?"

"올랐어. 100호 한 장 값이면 집도 지을 수 있을 정도로."

"그러면 열한 채나 짓겠네."

"응, 하지만 전쟁이 끝난 후의 일이야. 《우메자와가 점성술 살인》도 베스트셀러가 되었고, 다에는 유언장의 유지대로 유산을 받았고, 요시오도 조금은 혜택을 받았겠지. 그런데 사건 후 바로 중일전쟁이 터진 데다 그 4년 후에는 진주만 공습이 일어났지. 그 동안 상황이 어수선했어. 경찰도 수사에 몰두할 수 없었겠지. 그러니까 이런 재미있는 사건이 미궁에 빠진 거야."

"그래도 세상이 떠들썩했겠는걸. 악마적인 소재가 이만큼이나 갖추어졌으니."

"정말 대단했겠지. 그 난리법석만으로도 책 한 권, 그것도 엄청나게 두꺼운 책이 나올 거야. 어느 늙은 연금술 연구자는 헤이키치의 수기는 품성이 저열한 사람의 확대해석이다, 이런 저급한 망상을 자랑스럽게 떠벌려서 신의 노여움을 샀다, 밀실에서 사람의 힘으로는 불가능한 죽음을 맞은 것이 바로 신의 조화라는 증거다, 이렇게 단정했어. 이런 유의 주장은 아주 많아. 일종의 도덕론이지만 이런 의견이 나오는 것도 당연하겠지.

이 사건은 에피소드가 끊이지 않아. 우메자와가의 현관은 종교인들의 품평회장처럼 난리가 났어. 일본 각지에서 온갖 종류의 종교인이 끊임없이 나타났지. 예를 들어 현관에 품위 있는 중년 부인이 나타났나 했더니 어물쩍 응접실에 올라가서 기나긴 설교를 시작한다거나, 수상한 종교단체, 무당, 목사, 신 내린 할머니, 그런 사람들이 자기 홍보를 겸해 전국 방방곡곡에서 우메자와가로 몰려들었어."

"너무 좋아!"

미타라이는 순간 좋아 죽겠다는 표정을 지었다.

"그런 이야기도 무척 재미있기는 한데. 너는 어떻게 생각해?"

"하느님이 범인이라면 우리가 나설 기회는 없어."

"나도 그렇게 생각해. 지능 범죄니까 논리적으로 해명하는 게 재미있는 거지.

그런데 미타라이 선생님, 어때? 두 손 들었지? 아조트뿐만 아니라 헤이키치가 살해됐을 때 밀실도 상당히 어려운 문제잖아."

그러자 미타라이는 약간 괴로운 듯 얼굴을 찡그렸다.

"아, 그렇지……. 이것만으로 단정하기 어렵겠네. 누가 했느냐 하면……."

"아니, 범인 말고. 방법 말이야. 안쪽에서 자물쇠가 걸린 밀실 살인 방법."

"아, 그건 간단해! 침대를 끌어 올리면 되잖아?"

3

"흉기는 면적이 넓은 널빤지 같은 거였어. 그러면 마룻바닥도 되잖아.

자물쇠도 고민할 필요는 없어. 헤이키치가 직접 잠갔으니까.

그렇게 생각하면 일단 여러 면에서 이치가 맞아떨어져. 헤이키치가 유언장으로 썼다고 직접 언급한 그 소설에는 자살을 넌지시 비추고 있어. 게다가 모처럼 밀실이고 범인으로서는 자살로 꾸미는 편이 좋다는 것도 잘 알고 있지. 그런데 왜 사인이 뇌타박 상일까, 그것도 머리 뒤를 맞아서. 이러면 타살 말고는 생각할 수 없으니까 당연히 수사가 시작된다고. 뻔히 유서가 있는데, 범인 은 몰랐을 수도 있지만. 그래도 왜 이런 짓을 했을까?

분명히 범인의 실수 같아. 아주 기상천외한 방법 같은데 나머 지가 부정되면……, 방법이…… 없어……."

"맞아! 대단해. 당시 경찰도 너만큼 빨리 알아차리지는 못했어. 어떻게 안 거야?"

미타라이는 입을 다물고는 좀처럼 말을 하려고 하지 않았다.

"아, 왠지 전부 시시해. 떠들기가 귀찮다고……."

"흠, 그러면 내가 이어서 할게. 침대에는 바퀴가 달려 있었지. 침대에 가까운 쪽 천장의 유리를 빼고 일단 갈고리가 달린 로프를 한 줄 내려서 침대에 걸고 창문 아래로 옮겨 와. 헤이키치가 잘 때마다 수면제를 먹는다는 것을 알고 있었겠지. 그것도 상당량을 먹으니까. 조심하면 깨지 않아.

그리고 같은 방법으로 갈고리가 달린 로프를 세 줄 더 내려서 침대의 각 모서리에 걸고 천천히 들어 올려. 침대에 누운 헤이키치가 천장 창문 가까이 올라오면 청산가리를 먹이거나 손목을 긋거나 방법은 단정할 수 없지만 자살로 보이게 꾸며서 죽일 작정이었지.

그런데 계획과 실제는 무척 다르니까. 어쨌든 바로 실행이야, 연습은 못 하잖아. 네 명이 각각 네 줄의 로프를 당겼는데 막상 해보니까 너무 어렵고 호흡이 안 맞아서 천장 창문 가까이 왔을 때 삐끗해서 침대가 기울어진 거지. 그래서 헤이키치는 거꾸로 떨어졌고. 좌우간 2층 바닥을 뜯어 낸 공간이니까 천장 높이가 15미터는 되잖아. 그러니 도저히 살 수 없지."

"그래……."

"아무튼 대단해, 미타라이. 당시 경찰도 이 방법을 알아낸 것은 한 달쯤 지나서야."

"그래……."

"그러면 그건 어때? 알겠어? 발자국 트릭 말이야."

"아……, 응!"

"알겠다고?"

"그거야 어떻게든 되겠지? 으음……, 생각 좀 하고……. 음, 그
런가.

이런 거겠지. 창문 근처에 엉망으로 발자국이 찍힌 이유는 창
문 쪽에서 밀실을 만드는 장치를 했던 게 아니라 사다리를 걸쳐
서 그런 거야. 침대를 들어 올리려면 적어도 네 명이 필요하고, 자
살로 보이게 하는 담당이 또 한 명 있다면 모두 다섯 명이나 돼.
그러니까 사다리에서 눈 위로 내려올 때 그런 식으로 어수선하게
발자국이 찍혀버렸어.

그리고 두 종류의 발자국 말인데, 모델 것으로 보이는 여자구
두 발자국은 진짜라고 치고, 다른 한 갈래의 남자구두 발자국은
발레를 하면 발끝으로 서서 걸을 수 있으니까 눈 위에서 그렇게
걸으면 죽마 자국처럼 남겠지. 먼저 한 사람이 그런 식으로 걸으
면 다음 사람, 그다음 사람은 같은 방법으로 같은 곳을 따라 걸
으면 돼. 조금씩 빗나가겠지만 그래도 그 위로 커다란 남자구두
를 신은 사람이 제일 나중에 밟고 가면 되니까.

먼저 지나간 사람이 제일 나중에 간 사람보다 구두가 작으면,
이론상으로는 가능해 보이지만 아무래도 약간은 어긋날 테고,

92

아까 네가 말했듯이 이치에 맞지 않는 부분도 생기겠지. 아무튼 일단 적어도 네 명은 필요하니까. 그래도 발레를 배워 발끝으로 서서 걸을 수 있는 사람이라면 천 명이라도 끄떡없어. 그렇게 되면 필연적으로 범인도 알 수 있겠지."

"그래! 넌 역시 비범해, 미타라이 선생님. 이런 요코하마 변두리에서 점술가나 하는 건 국가적 손실일지도 몰라."

"그런가?"

"사다리를 내린 지점에서 모두 같은 곳을 밟기는 힘들어. 게다가 사다리의 흔적도 남고. 그러니까 마지막에 나간 남자구두는 꼼꼼하게 제자리걸음을 해야겠지. 그게 저 그림(그림 2)에 나오는 발자국이 어지럽게 찍힌 장소야."

"……"

"그건 그렇고."

나는 한숨 돌릴 작정으로 말했다.

"거기까지는 알고 있어. 문제는 그다음인데."

내가 이렇게 말하니 미타라이는 약간 기분이 상했는지 "흥! 그래? 그런데 배고프지 않아, 이시오카? 나는 고파졌어. 내려가서 뭐 먹으러 가자"라고 말했다.

다음 날 나는 약간 일찍 가려고, 늦은 아침 식사를 끝내자마자 쓰나시마로 급히 달려갔다. 미타라이는 햄에그를 만들려다 도중에 좌절하고 달걀을 볶다가 햄을 넣은 뭔가로 바꾼 것이 뻔한 물건과 빵으로 식사를 하고 있었다.

"안녕, 식사 중이네."

내가 말을 걸었다. 그러자 그는 슬쩍 어깨로 접시를 감추는 시늉을 했다.

"정말 빨리 왔네. 오늘은 일이 없나 봐?"

"없어. 맛있겠네."

나는 말했다.

"이시오카."

미타라이는 음식을 먹으면서 정색한 말투로 말했다.

"저게 뭐라고 생각해?"

그는 작은 사각형 상자를 가리켰다.

"열어봐."

열어보니 커피를 내리는 드립 방식의 새 컵이 들어 있었다.

"옆에 있는 봉지에는 방금 간 원두가 들어 있어. 네가 커피를 내려주면 좀 더 식사가 맛있어질 것 같은데."

그러고 보니 테이블 위에는 물밖에 없었다.

"어제는 어디까지 들었더라?"

식후 커피를 마시며 미타라이가 말했다. 달갑지 않게도 우울증은 어제보다 차도가 있는 것 같았다.

"헤이키치 살해사건까지. 그러니까 3분의 1 정도. 광을 개조한 밀실에서 살해당했다고 설명했더니 네가 침대를 끌어 올렸다는 걸 눈치챈 부분까지였어."

"아······, 맞다. 그래도 그건 뭔가 근본적으로 모순이 있어. 뭐더라······, 네가 가고 나서 조금 생각을 했지. 시간이 지나서 잊어버렸지만. 됐어, 생각나면 말하기로 하고."

"어제 설명할 때 빼먹은 게 있어."

나는 바로 시작했다.

"동생 우메자와 요시오 말인데, 1936년 2월 26일 사건 당일 도호쿠 방면으로 여행 중이었다고는 말했지.

이 사건, 헤이키치 살해사건만이 아닌 우메자와가의 사건 전체를 복잡하게 만드는 요인 중 하나는 요시오와 헤이키치가 쌍둥이처럼 닮았고 죽은 헤이키치의 얼굴에 수염이 없었다는 점이야."

미타라이는 아무 말 없이 나를 쳐다보았다.

"사건 당일에 헤이키치와 만난 사람은 없지만, 이틀 전에는 수염이 나 있었다고 가족과 야스에가 증언했어."

"그게 뭐?"

"일단은 중요하잖아? 헤이키치와 요시오의 바꿔치기설을 깨야하니까."

"그런 건 문제도 아니잖아? 요시오는 도호쿠 여행에서 돌아와서······, 그게 언제였지? 그래, 2월 27일 밤. 그날 돌아와서 아내 아야코나 딸 레이코, 노부요와 평소처럼 생활했잖아? 출판사와 일도 했고, 아무리 닮았다 해도 이런 사람들까지 속일 수 없으니까 전혀 문제도 안 돼."

"그래, 그야 상식적으로는 그렇지. 그런데 이후의 아조트 살인까지 진도가 나가면 이렇게 바로 정리한 걸 후회할 거야. 헤이키치를 어떻게든 여기서 살려두지 않으면 나중에 곤란해할 게 눈에 선해. 나도 일러스트레이터니까 출판사 사람들과 좀 안단 말이야. 밤을 샌 다음 날 만나면 다른 사람처럼 보인다는 말도 들어."

"처자식에게도 밤샘했다고 할 거야?"

"머리 모양을 바꾸거나 안경을 쓰고 밤샘 탓이라 하면 편집자 정도는 속일 수 있을지도 몰라. 원고는 밤에 넘긴다거나……."

"요시오가 사건 이후에 안경을 썼다는 기록이라도 있어?"

"아니, 없는데……."

"너를 위해서 출판사 사람들이 모두 고도근시에 상당한 난청이라고 가정하자. 그래도 항상 같이 있는 아내까지 속일 수는 없어. 만일 그랬다면 아내도 공범으로 봐야지. 이 일련의 살인사건의 범인이 동일인물이라면 친딸 둘을 죽인 파트너를 아야코가 편들었다는 게 되잖아."

"음……, 요시오는 두 딸도 속여야겠네……. 아, 아니, 이걸로 딸 둘을 죽일 이유가 생겼어. 너무 오래 같이 살면 허점이 드러나니까, 딸들을 빨리 죽이려고 했다거나."

"너무 멋대로 말하지 마. 그래서 아야코에게 무슨 이익이 있어? 남편이나 딸을 대가로 연립주택 한 채를 확보한다고?"

"……."

"감자 구우려고 만 엔 다발을 불쏘시개로 쓰는 거나 마찬가지

네. 아니면 헤이키치와 아야코가 예전부터 수상한 사이였어?"

"아니."

"애당초 형제 둘이 꼭 닮았다는 말도 이상해. 아조트 살인 같은 게 일어나니까, 그러고 보니 두 사람이 너무 닮았다는 말이 나온 거 아니야? 억지로 헤이키치를 되살리려고."

"……."

"아무튼 두 사람을 바꿔치기한 건 절대 아니야. 차라리 어제 말한 신의 조화가 더 신빙성 있겠다.

가능성이 있다면 이 정도겠지. 요시오와 관계없이 제3자 중에 헤이키치와 꼭 닮은 남자, 즉 말 그대로 제3자, 그런 사람을 헤이키치가 미리 찾아내어 자기 대신 죽였다면 몰라도, 그렇게 때맞춰 꼭 닮은 사람이 나타날 리가 있겠냐고.

이 정도면 됐지? 바꿔치기설은 정말 터무니없어. 원래 이런 이야기가 나온 것도 동생 요시오에게 확실한 알리바이가 없으니까 그런 거잖아? 알리바이를 증명하면 적어도 형제 바꿔치기설은 깰 수가 있었다는 논리가 되겠네. 그렇지?"

"기세가 등등하시네요, 미타라이. 지금 이 시점에서는 확실히 그래. 하지만 아조트 살인으로 가면 그렇게 자신 있게 주장할 수 있을까? 아마 분해서 울상을 지을걸."

"그것참 기대되네요!"

"분수를 모르는 건지……. 됐어, 요시오의 알리바이 말이지."

"그래. 사건 당일 밤, 요시오가 숙박했던 도호쿠의 여관은 당연히 알겠지? 그렇다면 알리바이 증명 따윈 간단하잖아?"

"그게 그리 간단하지 않아. 왜냐하면 범행 시각인 25일 밤부터 26일 아침까지 요시오는 야간열차에 타고 있어서 증명이 힘들어.

그리고 다음 날 아침 아오모리에 도착해서 바로 여관에 들어갔으면 몰라도, 요시오는 26일에 하루 종일 카메라를 메고 쓰가루 바다를 찍으러 돌아다녀서 아무도 못 만났어. 밤이 되어서야 여관에 들어간 거지. 그래서 골치 아프게 됐어. 게다가 여관도 예약도 안 하고 되는 대로 들어간 거라. 겨울이니까 예약할 필요도 없었지만. 그러니까 아내도 연락을 못 했던 거야.

26일 밤 쓰가루의 여관에 들어갔다면 범행은 가능해. 26일에 헤이키치를 메구로에서 죽이고 나서 우에노 역으로 부랴부랴 달려가 새벽 기차를 타면 그 시각에는 어떻게든 도착할 수 있으니까.

그렇게 26일에는 쓰가루를 산책했고 27일에는 아침부터 지인이 여관으로 요시오를 찾아왔어. 작가 우메자와 요시오의 독자 같아. 그때 만난 게 두 번째라고 했어. 그다지 친한 사이는 아니고. 27일 요시오는 이 남자와 줄곧 같이 다니다가 정오에 열차를 타고 도쿄에 돌아왔어."

"그렇구나! 그러면 26일에 촬영한 필름이 알리바이의 근거가 되겠네."

"맞아. 요시오는 적어도 쓰가루에 눈이 내리고 나서는 도호쿠에 가지 않았어. 그건 그럭저럭 증명이 가능해. 그러니까 그때가 그 겨울 처음으로 쓰가루에 간 거였지. 촬영된 필름이 그때 것이 아니라면 작년에 촬영한 거고."

"직접 찍었다면 그렇겠지?"

"응, 그래도 도호쿠 방면에는 경치를 찍어서 필름을 보내줄 친구는 없는 것 같아. 살인을 돕는 거니까 보통 일이 아니잖아. 이유도 모르고 가벼운 기분으로 했다면 경찰이 물어봤을 때 그렇게 말했을 테고, 그렇게까지 요시오에게 의리를 지킬 만한 인물은 나타나지 않았어.

그러니까 요시오가 만일 그런 트릭을 썼다면 직접 했을 것이고, 필름을 조사하니 그 전년도 가을, 1935년 10월에 신축된 집이 찍혀 있었어. 이게 결정적 근거가 됐지.

이 이야기는 상당히 극적이지? 책에서 제일 재미있는 부분 중 하나였어."

"흠, 그렇다면 알리바이는 성립하네. 그러면 형제 바꿔치기설도 아니잖아."

"일단 그렇다 치자. 곤란한 네 표정을 빨리 보고 싶어서라도 다음 사건으로 넘어가야겠어. 괜찮지?"

"괜찮고말고."

"다음 사건은 헤이키치의 아내 마사코가 데려온 자식 중 장녀 가즈에야, 알지? 마사코와 전남편 무라카미 사토시 사이에서 낳은 딸 중 장녀. 이 사람이 가미노게 자택에서 살해되었어.

때는 헤이키치 사건으로부터 약 1개월 후인 3월 23일 밤, 살해

추정시각은 저녁 7시부터 9시 사이. 흉기는 집에 있던 두꺼운 유리 꽃병. 이 사건의 경우 흉기가 남아 있었어. 유리병으로 때려서 죽인 것 같아. 죽인 것 같다고 한 이유는 이 사건에서 유일하게 이해하기 힘든 점인데, 흉기로 추정되는 꽃병에 당연히 피가 묻어 있어야 정상인데 그게 닦여 있었어.

헤이키치의 밀실과 비교하면, 가즈에 살해는 의문점이 적어. 이렇게 말하면 좀 그렇지만, 살인사건으로서는 아주 평범해. 게다가 동기도 '도둑질'이 거의 확실하고. 방도 엉망이고 옷장은 헤집어져 있고 서랍 속 돈이나 귀중품도 없어졌어. 어떻게 봐도 난폭한 짓이야. 흉기는 누가 봐도 꽃병이 분명한데, 피를 닦아낼 이유가 없잖아. 그렇지?

그렇다고 피를 물로 세심하게 씻어낸 것도 아니야. 천인지 종이로 쓱쓱 닦아놨어. 그래서 바로 가즈에의 피가 검출되었지.

만약 흉기를 감추고 싶었다면 가져가면 돼. 그러는 편이 훨씬 확실하니까. 그런데 피를 닦아서 맹장지 건너편 옆방에 이것이 흉기입니다, 하고 보란 듯이 놔뒀어."

"경찰이나 전쟁 후의 아마추어 탐정들은 이걸 보고 뭐라고 했어?"

"무심결에 지문을 묻혔기 때문이라고 했어."

"그렇구나. 의외로 그게 흉기가 아니라 피를 살짝 묻히기만 한 건 아니겠지?"

"그건 아니야. 가즈에의 상처 모양과 꽃병 모양이 완전히 일치해. 의심의 여지가 없어."

"음, 그럼 여자일까. 무의식중에 흉기에 묻은 피를 닦고 원래 장소에 되돌려놨을지도 몰라. 어쩐지 여자가 한 짓 같아."

"그것도 절대로 아니라는 확실한 증거가 있어. 이 이상 확실한 게 있으면 가르쳐달라고 할 정도로 확실한 증거. 범인은 남자야. 왜냐하면 시체는 강간당했거든."

"음……."

"아무래도 죽인 후 범했을 가능성이 높은데 가즈에의 몸에서 정액이 나왔어. 혈액형은 O형. 그래서 지금까지 등장한 남자들 혈액형을 전부 조사했어. 헤이키치를 제외하면 남자는 요시오와 야스에의 아들인 헤이타로 둘뿐인데 요시오의 혈액형은 A, 헤이타로는 O, 헤이타로는 3월 23일 밤 7시부터 9시까지 확실한 알리바이가 있었지.

그래서 이 사건은 헤이키치 살해나 그 후의 아조트 살인과는 아무런 관계가 없는 걸로 판단했어. 우연히 두 사건 사이에 일어난 불행한 해프닝이 아닐까. 이거 하나만 봐도 우메자와가는 엄청난 수난을 겪었어. 흔히 말하는 저주받은 집안. 정확히 말하면 가즈에는 우메자와가의 피가 전혀 섞이지 않았지만.

이런 때 이런 사건이 안 일어났으면 좋았겠지만, 하필 가즈에 사건까지 더해져서 전체적으로 한층 더 난해해졌어. 원래 난해하지만."

"가즈에 살해 계획은 헤이키치의 소설에 나오지 않으니까."

"맞아."

"가즈에의 시체는 언제 발견됐지?"

"3월 24일 밤 8시경 같아. 이웃 부인이 회람판을 건네주러 갔다가 발견했어. 이웃이라 해도, 당시의 가미노게는 인가도 드문 시골이고 다마가와 강 강둑에서도 그다지 멀지 않은 곳이니까 발견도 늦었겠지.

좀 더 정확히 설명하면 더 빨리 발견할 가능성은 있었어. 이웃 주부가 회람판을 가지고 가네모토가, 가즈에는 가네모토라는 사람과 결혼을 했거든, 가네모토가에 간 것은 살해 다음 날 정오가 지나서였어. 그때 현관은 잠겨 있지 않아서 현관에 들어가 몇 번이나 불렀는데 대답이 없기에 뭐 사러 나갔나 하고 신발장 위에 회람판을 놓아두고 일단 집으로 돌아갔대. 그날 저녁이 되어도 회람판이 다음 집으로 넘어간 기색이 없어서 다시 가네모토 씨 댁에 가본 거지. 이미 날이 어두워졌는데 집에 불도 꺼져 있었어. 현관을 열어보니 여전히 회람판이 그대로 있었던 거야. 그래서 혹시나 하고 생각했겠지.

그래도 무단으로 들어갈 용기는 없어서 일단 집에 돌아갔어. 상당히 우물쭈물했던 것 같은데, 다들 그렇겠지. 그래서 남편이 퇴근하기를 기다려서 같이 들어가 본 것 같아."

"가즈에가 결혼한 가네모토라는 사람은 중국인이라고 했지?"

"응."

"직업은? 무역상이나 그런 쪽?"

"아니, 음식점 경영이라니까 중화요리점이 아닐까. 긴자와 요쓰야에 몇 군데, 제법 큰 가게를 갖고 있었어. 그러니까 상당히 성공한 부자야."

"그럼 가미노게의 집도 호화 저택이야?"

"그냥 보통 단층집이야. 그것도 이상한데, 그래서 스파이설 따위가 나왔지."

"연애결혼?"

"그렇대. 상대가 중국인이라 당연히 어머니 마사코는 크게 반대했어. 당시 정세도 그렇고, 결혼 후 잠시 동안은 우메자와가와 왕래가 끊어졌던 것 같아. 그래도 결국은 화해했다고 하더라.

그런데 두 사람의 결혼 생활은 몇 년 가지 않았어. 정확히는 7년간인데, 사건이 일어나기 1년 전쯤 중국과 일본 간의 형세가 위급해졌다고 판단한 가네모토는 가게를 팔고 본국으로 돌아갔어. 이혼이지.

전쟁이 두 사람을 갈라놓은 것은 맞는데, 성격 차이도 있었어. 가즈에가 중국에 따라가려고 하지도 않았으니까.

어쨌든 그런 이유로 가즈에는 가미노게의 집을 받았어. 이름은 귀찮으니까 계속 가네모토인 채로 있었고."

"그 집은 누구 거야? 주인이 살해되었는데."

"역시 우메자와가가 관리하지 않았을까? 가네모토가의 친척이라곤 일본에 한 사람도 없으니까. 가즈에는 아이도 없었고 팔려고 해도 살인이 났던 집이라, 세상의 관심이 가실 때까지는 살 사람이 없었을 거야. 얼마간 비어 있었겠지."

"무서워서 아무도 접근하지 않는, 인가도 드문 다마가와 강 부근의 외딴집. 마치 아조트 제작을 위해 맞춘 듯한 집이네."

"맞아. 아마추어 홈스들도 대부분이 그곳을 아조트 제작 현장이라고 지적했어."

"소설에서는 니가타 현이라고 했는데?"

"응."

"그렇다면 범인은 헤이키치를 죽인 후, 아조트 제작을 위해 아틀리에를 확보하려고 가즈에를 살해한 건가?"

"그곳을 아조트 제작 아틀리에라고 생각하는 사람들은 그렇겠지.

확실히 아조트 살인을 보면 범인은 치밀한 계획을 세워서 냉정하고 침착하게 일을 진행시킨 것 같아. 이 집이 아조트 제작용 아틀리에로 적당한 것은 틀림없어. 복잡한 사건이라면 경찰도 자주 이쪽 현장에 왔겠지만, 단순히 지나가던 사람의 우발적인 도둑질이니까 그렇게 자주 오지는 않았을 거야.

인가는 뜸하고, 몇 안 되는 이웃 사람들도 왠지 꺼려서 오지도 않지, 귀찮게 구는 친척도 거의 없지, 유일한 친척인 우메자와는 그럴 계제가 아니고, 눈치가 좀 빠른 사람은 이 집 주인을 도둑인 척하고 죽이면 당분간 빈집이 된다는 것 정도는 쉽게 짐작을 하겠지.

그런데 그렇게 생각하면 또 곤란해져. 그러면 이 일련의 우메자와가 점성술 살인사건의 범인은 남자, 그것도 혈액형이 O형인 남자라는 말이잖아.

지금까지 등장인물 중에 있다고 한다면, 별로 그렇게 고집할 필요는 없다는 의견도 있겠지만, 이후의 아조트 살인 때문에 외부의 짓이라고 볼 수 없어. 현재까지의 등장인물 가운데서 범인을 찾는 편이 훨씬 자연스럽지. 그러면 헤이타로밖에 없는 게 아닐까 하는 생각이 들어. 그렇잖아? 혈액형이 O형인 남자는 메디시스의 헤이타로밖에 없으니까.

그런데 헤이타로일 가능성은 두 가지 이유 때문에 결정적으로 힘들어.

우선 첫 번째로 그는 확실한 알리바이가 있지. 가즈에가 살해된 시각에 긴자의 메디시스에서 세 명의 지인과 담소 중이었어. 웨이트리스도 보았고. 이것이 하나.

그리고 만약 헤이타로가 범인이라면 메구로의 헤이키치 살해도 헤이타로가 했다는 게 돼. 그러면 자물쇠가 걸린 밀실이라는 큰 문제에 부닥치는 거야.

만일 그가 헤이키치를 죽였다면 모델이 돌아간 후 헤이키치를 죽이고……, 또 여기서도 문제가 있는데 헤이키치는 수면제를 먹었는데 헤이타로가 그림 매매나 그런 문제로 헤이키치의 아틀리에에 갔을 수는 있지만, 그렇게 가까운 사이도 아닌 헤이타로 앞에서 수면제를 먹었다는 거잖아.

아니면 가까운 인간의 범행으로 보이게 하려고, 죽이기 전에 협박해서 수면제를 먹이는 복잡한 공작을 헤이타로가 했을까? 그건 아무래도 너무 끼워 맞추기 같아서 기분이 찝찝해.

뭐, 그런 건 신경 쓰지 않고 이야기를 진행하려고 해도, 헤이키치를 죽이고 아틀리에를 나올 때 그가 혼자 자물쇠를 채워 밀실을 만든 게 되는데 그건 어려워.

따라서 헤이타로가 범인이라면 자물쇠 트릭을 해결해야 하는 조건이 붙지."

"흠, 곤란한 건 더 있겠지? 헤이타로도 화상이라면 헤이키치가 자기 입으로 일생의 대작이라고 한 열두 점을 자신이 맡거나, 맡을 계약을 맺은 후에 죽이려고 할 거 아니야? 집을 지을 수 있을 정도로 고가가 매겨진 건 당연히 그 대작이지?"

"맞아. 헤이키치라는 화가의 작품 중 일생의 대작이라 부를 만한 것은, 물리적으로 커다란 캔버스라는 의미이지만, 그 열한 장밖에 없어. 나머지는 소품뿐이야. 그것도 이 열한 장을 위한 습작이라는 성격이 강해. 나머지는 드가풍 발레리나 그림이고, 그 작품들은 거의 야스에가 맡았지만 별로 고가는 아니야."

"음."

"그런데 가즈에 살해도 우메자와가에 얽힌 일련의 사건과 동일범의 소행이라면, 매우 충동적이고 의지가 약한 범인상이 떠올라. 우리가 기대하는 냉정하고 지적인 인간은 아닌 것 같아. 혈액형이나 성별까지 들켜버리는 멍청이잖아!"

"흠."

"하지만 지금 말한 이유 때문에 O형인 헤이타로는 제외할 수 있어. 맞다, 또 하나, 헤이타로의 단독 범행이라면 메디시스에서 우메자와가까지 40분 만에 눈 속을 이동해야 하니까 헤이키치 살해도 시간적으로 좀 무리가 있지.

그런 이유로 헤이타로를 제외하면, 범인은 우리가 짐작도 할 수 없는 외부 사람이라는 말이니까 이 미스터리에서 추리하는 재미는 반감되겠지. 그런 건 사치일지도 모르지만."

"응."

"그러니까 내가 봐도 가즈에 살해는 일련의 사건과는 전혀 관계가 없고, 우연히 중간에 일어난 돌발사고 같아. 아니, 그렇게 생각하고 싶어."

"흠, 그러면 너는 가즈에 집이 아조트를 제작한 아틀리에라고 생각하지 않는 거지?"

"음⋯⋯, 그렇지. 범인이 훗날 아조트 살인을 위해 가즈에를 죽여서 가미노게의 집을 손에 넣었다고 생각되지는 않아.

이야기로서는 재미있겠지. 살인이 났던 빈집에서 매일 밤 예술가의 손으로 아조트가 만들어지고 있다니, 괴기소설로 만들면 오싹오싹하잖아. 그래도 실제로는 어떨까? 캄캄한 데서는 할 수 없어. 촛불 정도는 필요할 테고, 그러면 이웃에 소문이 나겠지.

그렇게 되면 경찰도 그저 뜬소문보다는 수사에 착수하기 쉬울 거야. 경찰이 왔을 때, 자기 집이라면 영장을 들고 오라며 집 앞에서 쫓아낼 수도 있지만 빈집이니까. 나라면 아무도 모르는 곳에 집을 구할 거야. 가미노게에서는 안심하고 일을 할 수 없어. 아조 트가 완성되어도 느긋하게 감상도 못 하고. 좀 더 조용한 곳으로 할 거야."

"흠. 나도 그렇게 생각해. 그래도 아마추어 탐정들 중에는 거기 가 아조트 제작 현장이라고 하는 사람들도 많았지?"

"그래, 아틀리에를 확보하려고 가즈에를 죽이고 집을 손에 넣 은 거라고 했지."

"혈액형 문제 같은 걸 봐도 필연적으로 외부설로 기울어지네."

"그래, 맞아. 이게 분기점인 것 같아."

"흠, 이 사건을 지나가던 도둑이라고 생각할 수 없다면 우메자 와가 점성술 살인은 외부자의 범행이라는 말이 된다……인가, 그런데 가즈에 살해는 미궁에 빠졌지?"

"응."

"지나가던 도둑 정도라서 범인을 못 찾은 건가."

"그래도 미타라이, 미궁에 빠진 사건 중에 이런 경우는 의외로 많아. 예를 들어 우리가 지금 홋카이도에 가서 혼자 사는 노파를 죽이고 마루 밑에 묻어놓은 돈을 빼앗아 오면, 경찰은 우리를 찾 아낼 수 없어. 우리와 이 노파를 연결할 게 아무것도 없잖아. 이런 종류의 사건이 미궁에 빠진 케이스는 무척 많아.

모살(謀殺), 즉 계획 살인의 경우, 범인은 동기가 분명하니까 언 젠가는 잡혀. 필요한 것은 알리바이 수사뿐이야.

말 나온 김에 하는 말인데, 우메자와가의 사건이 미궁에 빠진 이유에는 동기 문제도 있어. 그 뒤에 일어난 아조트 살인은 동기를 가진 사람이 전혀 없거든. 동기가 있는 것은 헤이키치 단 한 사람인데 진작에 살해됐고."

"흠."

"그래도 나는 외부설이라는 생각은 들지 않아. 들어본 적도 없는 인간이 범인이라니, 전혀 스릴이 없잖아."

"그런 이유로 가즈에 살해범은 그냥 지나가던 사람이라 생각하는구나……, 그래. 알겠어, 아무튼 가즈에 살해 현장 상황도 일단 설명해줘."

"여기 그림(그림 3)이 있어. 이걸 보면 돼. 여기에는 별로 덧붙일 내용도 없고, 별다른 게 없는 사건이야. 가즈에는 기모노를 입고 쓰러져 있었지. 강제로 옷을 흐트러뜨린 흔적도 없고, 다만 속옷은 입고 있지 않았어."

"뭐?"

"별로 놀랄 일은 아니지? 당시 습관으로 봐서는 자연스러운 거니까.

옷장 서랍을 전부 빼놓고, 안에 든 것을 방 안에 마구 흩어놨어. 돈도 가져가고.

그 방에는 삼면경이 있었는데, 거기는 흐트러져 있지 않았어. 제대로 접혀 있었고, 경대 위도 전혀 어질러져 있지 않았지.

흉기인 꽃병은 맹장지 건너편 옆방 다다미 위에 뒹굴고 있었어.

그리고 가즈에가 발견되었을 때 쓰러져 있던 곳이 이 그림(그

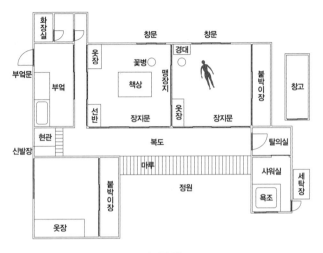

〈그림 3〉

림3)에 나오는데, 아무래도 맞아서 쓰러진 곳이 여기가 아니고 살
해당한 후에 옮겨진 것 같아.

　아주 세게 맞아서 상처도 깊고 피도 약간 튀었을 텐데, 살해당
한 곳을 특정할 수가 없어. 죽인 후 범했으니까 편한 장소로 이동
하는 게 당연하다고 해도 꽃병에 맞은 장소를 찾을 수 없다는 건
이상해."

　"잠깐만, 역시 그런 건가. 죽인 후 육체관계를 했어?"

　"응."

　"확실해?"

　"그런 것 같아."

"납득이 안 가. 아까 너는 가즈에의 옷이 흐트러져 있지 않았다고 했지? 네 말처럼 지나가던 허술한 도둑에, 혈액형도 성별도 확실하게 보여주고 간 경솔한 남자라면 시간(屍姦) 후에 여자의 옷매무새를 제대로 고칠까?"

"아……, 음, 그러네……."

"됐고, 계속해."

"응……, 꽃병에 맞은 장소가 없다는 건 이상해. 그렇다고 여기 말고 다른 곳에서 일어났다고 하기는 약간 부자연스럽고, 아니, 그럴 가능성을 심각한 문제로 삼는 사람도 있어. 아직도 논쟁이 있고, 하려고 하면 못 할 것도 없지만, 나는 별다른 이유가 있다고는 생각하지 않아. 경찰이 세심하게 현장을 검증했을 때, 깔끔하게 접혀 있던 경대 거울은 삼면경인데, 이 거울 표면에 아주 깨끗이 닦아내기는 했지만 극소량의 혈액이 묻어 있었던 게 판명됐어. 그리고 피는 가즈에의 것과 일치했고."

"그럼 거울을 보고 화장하고 있을 때 살해당한 거야?"

"아니, 시체의 상태로 봐선 그렇지 않아. 화장은 별로 안 했어. 머리를 빗고 있을 때 같대."

"거울을 보면서?"

"거울을 보면서."

"어? 그럼 또 이야기가 이상해지지 않아? 거기 단층집이지?"

"응."

"이 그림(그림 3)에서 보면 경대 옆에 맹장지가 있어. 경대를 보고 앉았을 때, 등 쪽에 장지문이 있고 복도가 있잖아. 도둑이 경대를 보고 있는 가즈에를 죽이려고 방에 침입했다면 맹장지를 열고 옆방에서 들어오거나, 장지문을 열고 가즈에의 뒤쪽에서 오거나, 그 두 가지 방법밖에 없어.

만일 뒤쪽에서 왔다면 거울에 비쳐. 앉은 채로 가만히 맞기를 기다릴까?

말도 안 돼, 바로 일어나서 도망가려고 했겠지.

그러면 옆에서? 삼면경이라면 옆 거울에 비칠 수도 있어. 비치지 않는다 해도 기척이나 맹장지를 여는 소리를 듣고 반사적으로 돌아볼 여유 정도는 있었을 거야. 가즈에는 머리 앞쪽을 맞았어?"

"아니, 잠시만……. 아니, 아니야, 범인에게 등을 돌린 자세로 앉아서 후두부를 맞은 것으로 보인다고 되어 있어."

"흠, 헤이키치 때와 똑같아. 뭔가 냄새가 나는데……. 됐어, 창문으로 들어오는 방법도 있지만 그건 더 이상하고, 도둑이 어물어물 창문으로 침입하는 동안 가즈에는 머리를 빗으면서 태평스레 기다렸다는 거니까.

역시 이상해. 지나가던 도둑이라는 건 이해가 안 돼. 안면이 있는 사람이야. 그렇지 않으면 전혀 말이 안 된다고. 스툴에 앉아서, 게다가 앞에는 거울, 그것도 삼면경이 있지. 그런 조건에서 일어나서 달아나지도 않고, 돌아보지도 않고 가만히 살해당하다니. 거울 쪽, 그러니까 앞을 향한 채로, 바로 등 뒤에 범인이 다가오는 것을 알면서도 그대로 있었다는 거잖아.

면식범의 소행이 확실해. 게다가 상당히 가까운 사이. 내기를 해도 좋아. 가즈에는 거울로 상대방 얼굴을 봤을 거야. 지나가던 도둑, 그것도 덜렁대는 남자라니 절대 믿을 수 없어. 그런 놈이 거울에 묻은 피를 꼼꼼하게 닦아내겠냐고! 거울에 묻은 피를 세심하게 닦은 건 가까운 사이라는 것을 감추기 위해서야. 틀림없어. 이게 엄청난 힌트라고.

두 사람은 가까워. 그것도 상당히 친한 사이. 육체관계가 있을 정도로. 별로 친하지도 않은 남자 앞에서 등을 돌리고 경대를 보지는 않잖아? 그 당시의 여자들은.

어? 그러면 또 이상한 게 그렇게 깊은 관계인 남자가 여자를 죽인 후에 범해야 했을까. 살아 있을 때도 충분히 할 수 있는데. 성관계가 있었던 것은 전이 아닐까? 죽이기 전.”

“음, 이유는 모르겠지만 웬일인지 죽인 후라고 되어 있어. 일단 이게 정설이야. 그래도 확실히 묘하네. 그 반대일지도 모르겠어.”

“시간에 흥미가 있는 남자였나. 제길, 정신분열증이야. 어쨌든 범인은 깊은 사이의 남자여야 해. 가즈에에게 당시 그런 남자가 있었겠지?”

“미안한데 그런 사실은 전혀 없었어. 경찰이 철저하게 수사한 후 내린 결론이야. 그런 인물은 전혀 없었다는 거지.”

“정말 손들었어! 아니, 잠깐만, 그게 아냐, 화장이다! 가즈에는 화장을 하지 않았어. 너 방금 그렇게 말했지?”

"응······?"

"남자 앞에서 서른이 넘은 여자가 화장을 안 했다······? 그래! 여자야. 이시오카, 범인은 여자야.

아니, 안 돼! 사정할 수 있는 여자가 있을 리 없잖아, 이시오카.

여자라면 좋겠지만, 범인이 만일 여자라면, 그것도 안면이 있는 여자 앞이라면, 가즈에도 등을 돌리고 경대에 앉아 있을 거야. 화장도 안 했을지 몰라. 등 뒤에 꽃병을 감춰 들고 웃으며 다가 와서 쾅. 이랬으면 가즈에는 달아나지도 돌아보지도 못했을 거야. 그런데 정액이라니, 흠!

그래, 정액을 가지고 왔다면 어떨까? 정액을 쉽게 구할 수 있는 여자는 요시오의 아내 아야코야. 남편 것을 가지고 오면 돼······. 아니, 안 된다. 요시오는 A형이지."

"게다가 오래되면 상태가 달라져 알 수 있어. 하루 전 걸로 가져와도 시간을 맞추기는 무리야."

"그건 그래. 정자라는 녀석은 시간이 지나면 꼬리가 떨어지잖아. 그것만 봐도 며칠째인지 알 수 있어. 어쨌든 등장인물 모두의 알리바이를 들어야겠네."

"알리바이는 다들 신통치 않아. 헤이타로의 알리바이는 말했지? 확실한 것은 그 남자뿐이야.

먼저 그의 모친 야스에는 대체로 메디시스에 있는데, 그날 그 시각에 마침 긴자를 돌아다녔다는 것 같아. 따라서 야스에의 알리바이는 없지.

우메자와가에서는 마사코와 도모코, 아키코, 유키코가 함께 식사 준비를 했다고 해. 넷이서.

도키코는 이때도 호야의 다에 집에 가 있었어. 따라서 딸들 중 넷은 육친의 증언이라고는 해도 일단 알리바이는 있지.

알리바이가 전혀 없는 게 레이코와 노부요인데, 둘은 시부야에 〈플라잉 다운 투 리오〉라는 영화를 보러 갔대. 대략 8시경에 영화가 끝났고, 이날은 9시쯤 요시오와 아야코의 집으로 돌아갔어.

그러니까 이 둘은 범행이 가능하기는 해. 가미노게는 도요코 선 부립고등역에서 그리 멀지 않아. 그래도 스무 살, 스물두 살 아가씨들이니까. 일단 관계없겠지.

아야코도 요시오도 딸들과 사정은 비슷해. 확실한 알리바이는 없어.

그런데 알리바이가 불분명해도 동기를 생각하면 헤이키치 살해 때와는 정반대야. 모두 가즈에를 죽일 동기가 없어.

우선 메디시스의 도미타 모자, 가즈에와 만난 적도 없을 거야.

그리고 요시오와 아야코, 이 사람들도 비슷해. 면식 정도는 있을지도 모르겠지만 죽이고 싶을 정도로 가까워질 기회가 있었을 리는 없고.

다음으로 딸들에게는 언니니까."

"가즈에는 우메자와가에 놀러 온 적은 있었어?"

"아주 가끔. 동기는 그런 정도야. 그러니까 지나가던 도둑이 범인이라 하고 싶기도 하겠지. 아무튼 이 문제는 미사코 씨의 등장으로 진전이 있었잖아. 거기까지 빨리 진도를 나가고 싶어. 드디어 아조트 살인이다."

4

미타라이는 이 사건에 다소 미련이 남은 것 같았지만 "그래. 다음으로 넘어가자. 의문점은 나중에 한데 모아서 이야기하면 되니까"라고 했다.

"이거야말로 드디어 메인 코스라고 할 만해. 괴기, 엽기, 여기서 극에 달하리. 이른바 '아조트 살인'이지."

"기대되는데."

"설명이 끝나고 나서도 그런 말이 나오면 대단한 거야. 가즈에가 살해당한 3월 23일에서 2, 3일 후에 우메자와가는 이미 장례를 그럭저럭 마친 것 같아. 안 좋은 일이 자꾸 이어지니까 어디서 액막이라도 하기로 했겠지. 어디서 할지 생각하다가 아예 헤이키치의 수기에도 나온 에치고, 니가타 현 야히코야마 산에서 하기로 한 거야. 그 소설은 유언장이기도 하니까 죽은 헤이키치의 유지였고, 헤이키치에게 저주를 받아도 큰일이니 공양을 겸해서 고인의 희망을 이루어주자고 생각했겠지."

"누가 한 말이야?"

"살아남은 마사코가 말했어. 가족 중 누가 그랬는지 아무튼 그런 말이 나왔대. 그래서 아조트 때문에 살해된다는 도모코, 아

116

키코, 유키코, 도키코, 레이코, 노부요 여섯 딸과 모친인 마사코는 니가타의 야히코야마 산을 향해서 3월 28일에 도쿄를 출발했어. 여자 일곱 명이 말이야. 발레 학교 소풍 같기도 하고.

실제로 그런 의미도 있었겠지. 기분 전환. 3월 28일 밤 야히코에 도착해서 숙소를 잡아 하루 자고, 이튿날인 29일에 야히코야마 산에 올라갔어."

"그래서 야히코 신사에 참배를 했어?"

"그야 그랬겠지. 그런데 그 이후가 문제야. 그 근처에 이와무로 온천이 있다고 하더라? 너야 세상 물정에 어두워서 알 리도 없겠지만, 야히코에서 버스로 가면 금방이래. 29일 밤은 온천에 가서 묵은 것 같아.

그 근처는 사도야히코요네야마 국정공원이니까 무척 경치가 좋았겠지. 그래서 딸들은 하루 더 놀다가 집에 가고 싶다고 한 모양이야.

전에 말했던가, 모친 마사코는 후쿠시마 현 아이즈 와카마쓰 출신이야. 마사코는 모처럼 여기까지 왔으니, 친정에 들렀다 갈 예정이었던 것 같아. 야히코와 아이즈 와카마쓰는 가깝다고도 할 수 있으니까. 그런데 친정에 딸을 여섯 명이나 데리고 가기가 좀 그렇다고 생각했는지 따로 움직이기로 했고, 이건 어디까지나 마사코가 나중에 법정에서 한 말이야. 딸들도 어린애가 아니니까 하루 더 있고 싶으면 그렇게 하라고 하고, 다음 날 아침, 그러니까 1936년 3월 30일 아침에 자기는 아이즈 와카마쓰에 갈 테니 집에 먼저 돌아가라고 했대. 그러니까 딸들은 30일 하루 더 놀다가 31일 아침에 돌아가게 된 거지. 그래서 딸들은 메구로의 우메자와가에 31일 밤 도착할 예정이었고.

한편 마사코는 30일 아침 이와무로 온천을 출발해서 그날 오후에는 아이즈 와카마쓰에 도착했을 거야. 그리고 31일 하루는 친정에서 쉬고 4월 1일 아침 도쿄로 돌아올 계획이었어. 따라서 그날 밤에 도쿄에 도착하니까, 4월 1일 밤에는 우메자와가에 일곱 명이 다 모이게 되는 거지."

"딸들끼리 하루 동안 도쿄에서 엄마를 기다리게 됐네."

"그렇지. 당초 예정대로 마사코가 4월 1일 밤 메구로의 우메자와가에 돌아왔는데 딸들은 한 명도 없었어. 아니, 나갈 때 그대로였고 돌아온 흔적도 없었지.

딸들은 그대로 행방불명되었고 머지않아 차례로 시체가 되어, 헤이키치의 수기대로 몸의 일부가 잘려 나간 무참한 모습으로 각각 생각지도 못한 장소에서 발견되었는데, 그때 마사코를 기다리고 있던 건 바로 구속 영장이었어."

나는 거기서 잠시 말을 끊었다. 미타라이도 생각에 잠겼다.

"체포된 거야……? 물론 가즈에 살해 용의는 아니지?"

"물론 아니야. 헤이키치 살해지."

"경찰도 침대를 끌어 올린 걸 알아챘구나."

"아니, 아무래도 투서가 있었던 것 같아."

그러자 미타라이는 경멸스럽다는 듯이 코웃음을 쳤다.

"그것도 복수, 아니 상당수 있었던 것 같은데, 이때 상황을 이 것저것 읽어보면 역시 마니아는 있어. 당시에도 일본은 미스터리 선진국이었거든. 나도 그 시대에 태어나 밀실 트릭을 알아냈다면 역시 경찰에 투고했겠지.

그래서 경찰이 우메자와가로 가보니 범행을 저지를 수 있었던 여자 일곱 명이 모두 여행을 간 거야. 이미 줄행랑을 친 건가 했겠 지. 그런데 마사코가 혼자서 집에 돌아왔어. 투서에 그러한 내용 이 있었는지 모르겠지만 경찰은 마사코가 헤이키치 살해에 이용 한 딸 여섯을 입막음하기 위해 차례차례 제거했을 가능성도 부 정할 수 없다고 보고 그녀를 연행했어."

미타라이는 뭔가 말하려는 듯이 입을 열다가, 말을 삼켰다.

"그래서 마사코는 자백했어?"

"했어. 그런데 나중에 번복하고 부인했지. 결과를 말하면 그 뒤 로 계속 부인해서 쇼와의 여자 몬테크리스토 백작으로 불리다가 1960년에, 그러니까 일흔여섯으로 옥사했어.

쇼와 30년대에 점성술 살인의 추리 붐이 일어난 것도 마사코 가 완강히 무죄를 주장하다가 옥사한 사건을 언론에서 대대적으 로 다룬 탓도 있지."

"마사코의 혐의는 헤이키치 살해뿐이야? 아니면 아조트 살인 도 포함됐어?"

"솔직히 말해 오리무중이었을 거야. 뭔지는 모르겠지만 어쨌든 마사코가 제일 수상하니까 연행해서 엄하게 추궁하려 한 게 아닐까, 털면 뭔가 나올 거라고. 당시 일본 경찰은 그런 면이 있었지."

"무능한 경찰. 그런 상태로 구속영장이 나와?"

"아니, 말이 그렇다는 거고. 정식 구속영장은……."

"그래, 맞아! 당시 경찰은 구속영장 따위 필요 없었겠네. 그런 데 검찰은 뭐라고 했어? 누구를 죽였다는 거지?"

"거기까지는 안 나와 있어."

"판결은? 기소했겠지?"

"사형이었어. 자백을 했으니까."

"사형. 그러면 딸들도 죽였다고 봤나 보네. 확정이었지?"

"응. 그래도 몇 번이나 재심 청구를 했어."

"하지만 각하됐겠지."

"그렇지."

"마사코가 딸 여섯을 죽였을 가능성은 없다고 생각해도 될 거야. 친딸이 대부분이니까. 자기 몸을 지키려고 친딸을 죽이면 완전히 악귀잖아."

"아니, 마사코는 다른 사람에게 그런 인상을 줬던 것 같아. 아주 엄한 성격이었대."

"그러면 말이야, 뭐, 이런 질문은 여러 각도에서 무의미하다고 생각하는데, 마사코에게 야히코에서 딸 여섯을 죽일 시간이 있었어?"

"지금까지 많이 논의가 되기는 했는데, 결론부터 말하면 다소 부정적이야. 우선 열차 시간표를 보고 아무리 트릭을 짜 맞춰봐도 3월 31일 아침까지 딸 여섯을 죽이기는 불가능해. 왜냐하면 31일 아침까지 딸들은 살아 있었던 게 확실하니까. 증언이 있거든. 3월 29일부터 30일까지는 마사코를 포함한 여자 일곱 명 일행이 분명히 숙박했다고 이와무로 온천 쓰타야 여관 사람들이 증언했어.

그리고 다음 날인 30일부터 31일까지 엄마를 제외한 딸들 여섯 명 일행이 같은 여관에 묵었다는 증언이 있고, 딸들은 이틀 밤 연속으로 같은 여관에 묵었어. 쓰타야 여관을 31일 아침에 나온 후부터 딸들의 행적이 묘연한데, 그래도 31일 아침까지 딸들과 확실하게 연락이 됐대.

어떤 사람의 알리바이를 논할 때 먼저 사망추정시각을 확실히 해야 하는데, 이 케이스에서는 딸들 시체가 발견되기까지 시간이 많이 걸렸기 때문에 명확하지 않아. 또 시체가 너무 상했고.

다만 이런 건 있지. 제일 일찍 발견된 도모코는 발견하기까지 걸린 시간이 비교적 짧아서 생각보다 정확한 사망추정시각이 나왔어. 3월 31일 오후 3시부터 9시 사이. 행방불명이 된 날 오후야.

그리고 이런저런 조건을 따져봐도 딸 여섯 명이 한곳에서 동시에 살해당했을 가능성이 상당히 커. 그렇게 되면 이게 딸들 전원의 사망추정시각일 가능성도 크고.

그래서 31일 오후를 범행추정시각으로 가정하고, 오후라기보다는 해가 지고 난 후부터일 가능성이 높은데, 아무튼 31일 오후 마사코의 알리바이를 조사해보니 결코 유리하다고는 할 수 없었어.

3월 30일 저녁 마사코는 분명히 아이즈 와카마쓰에 왔다고 친정집 사람들은 강력하게 주장했지. 그러나 육친의 증언이야. 게다가 마사코는 우메자와가의 사건이 전국에 알려져서 바깥을 나다니기 싫어했다는데, 31일은 하루 종일 친정집에 틀어박혀서 육친 외에는 아무도 만나지 않았어. 이건 무척 불리한 거지. 마사코가 31일 아침에 야히코에 되돌아가지 않았다고 단언할 수는 없으니까."

"그래, 그런데 시체는 전국 각지에서 발견됐지? 마사코 혼자서 시체를 전국에 흩어놓다니 가당치도 않아. 운전면허도 없었잖아?"

"응, 없어. 1936년이면 운전면허가 있는 여성은 전혀 없지 않았을까. 지금으로 치면 비행기 조종 면허 같은 거니까. 등장인물 중 면허가 있는 건 남자 중에서도 죽은 헤이키치와 헤이타로 두 명뿐이야."

"그러면 이 사건들의 범인이 동일하고 단독 범행이라면 여성은 제외해도 된다는 말이네."

"그렇겠네."

"다시 딸들의 행적으로 돌아가서, 31일 아침까지는 알겠는데 그 이후에는 목격자가 전혀 없어? 젊은 아가씨 여섯 명이 같이 다니면 눈에 띌 텐데."

"전혀 없어."

"4월 1일 밤까지 메구로에 돌아가면 되니까 편하게 하루 더 놀자고 한 게 아닐까?"

"물론 경찰도 그렇게 생각해서 그 일대 여관을, 이와무로 온천은 물론이고 야히코나 요시다, 마키, 니시카와, 조금 떨어진 분스이나 데라도마리, 쓰바메까지 모든 여관을 샅샅이 뒤졌지. 젊은 여자 여섯이 묵은 곳은 아무 데도 없었어. 어쩌면 30일 시점에서 딸들 중 몇 명은 이미 살해되었거나……."

"아니, 30일 밤에는 딸 여섯이 다 같이 쓰타야 여관에 머물렀잖아?"

"아, 그래! 그랬지. 게다가 도중에 사람 수가 줄면 남은 딸들이 경찰에 찾아가거나 뭔가 행동을 했겠지."

"딸들이 사도로 갔을 가능성은 없어?"

"글쎄, 사도가시마 섬은 당시 니가타와 나오에쓰에서만 배가 다녔는데, 둘 다 이와무로 온천과는 상당히 멀어. 그래도 결국 경찰은 사도도 조사했을 거야."

"응, 뭐, 몰래 여행을 하려면 세 명씩 혹은 두 명씩 나눠서 여관을 잡거나 가명을 쓰거나, 방법은 얼마든지 있겠지. 게다가 31일 아침부터 그날 밤까지 하루 정도면 제법 먼 마을의 여관에 갈 수 있었을 테고, 열차 안에서도 그런 식으로 따로 떨어져 있으면 그다지 눈에 띄지 않았을 거야. 그런데 딸들이 그런 행동을 할 이유가 없어."

"그래. 확실히 그런 식으로 떨어져서 여행을 하면 눈에 띄지 않 겠지. 그런데 그럴 이유도, 멀리까지 원정을 갈 이유도 없어. 시체 로 발견된 장소까지 딸들이 알아서 가주면 범인이야 편했겠지만.

아무튼 딸들이 여관에 묵지 않았을 가능성은 낮아. 그도 그럴 것이 친척은 도쿄 외에는 거의 없었고, 친척들도 입을 모아 온 적 이 없다고 했어. 그 외에 지인 집, 친구 집이 있었다면 정보가 있 겠지. 자기 집에 묵은 아가씨 여섯 명이 그 후에 엽기적인 방법으 로 살해당했는데 침묵할 집도 없을 거야. 따라서 31일 아침 이 후, 여섯 명의 딸은 이와무로 온천에서 완전히 소식이 끊어졌다 는 게 돼."

"40년간 논의해도 여전히 딸들이 말없이 어딘가로 여행하러 간 이유는 알아내지 못했나 봐?"

"그렇지."

"아무 생각 없이 마사코를 연행했던 경찰들 말인데. 자백이 없 는데도 마사코를 귀가시키지 않은 걸 보면 사태가 진전된 거야?"

"맞아. 그 후 경찰이 우메자와가를 수색해서 삼산화비소병과 침대를 매달아 올릴 때 쓴 것으로 보이는 갈고리 달린 로프를 발 견했어."

"뭐? 그런 게 나왔어?"

"응, 그런데 묘하게도 하나밖에 없었어. 아마 처분하고 남은 거 겠지."

"그러면 오히려 믿고 싶지 않은데. 내가 했다고 광고하는 거잖

아. 마사코는 이게 함정이라고 했겠지?"

"응."

"누구에게 당했다는 말은 없었어?"

"그건 모르겠어. 본인도 아마 그것까지는 짐작하지 못한 게 아닐까."

"흠, 아무래도 마음에 걸려. 아무튼 천장 창문 말이야. 경찰은 천장 창문도 조사했겠지. 유리를 뺀 흔적은 있었어?"

"사건 며칠 전, 어떤 아이가 아틀리에 지붕에 돌을 던졌는지 어쨌는지 유리에 금이 가서 헤이키치가 유리를 새로 갈았대. 퍼티[28] 도 얼마 안 되어서 뭐라 할 수 없었던 것 같아."

"용의주도한 녀석이네."

"용의주도?"

"돌은 아이가 아니라 범인이 던졌을 거야."

"뭐?"

"나중에 하자. 경찰도 더 빨리 알아차렸으면 좋았을 텐데. 2월 26일 당시에는 지붕에도 눈이 많이 쌓였을 거야. 30년 만에 큰 눈이 내렸으니까. 사다리를 걸치고 지붕을 살짝 들여다보면 바로 알았을 텐데. 발자국이라든지 손자국, 유리를 뺐는지 어떤지 흔적이……, 앗."

"왜 그래?"

---

28) 창유리 등을 붙일 때 쓰는 걸쭉한 접합체.

"눈이야. 눈은 천장 창문 유리 위에도 당연히 쌓여 있었잖아. 그러면 헤이키치를 발견했을 때 아틀리에 실내는 어두웠을 거야. 천장의 창을 눈이 덮고 있었으니까. 그런데 유리를 뺐다면 한쪽 은 눈이 쌓이지 않고 방은 밝았겠지. 아틀리에가 부자연스럽게 밝지 않았어?"

"그런 흔적은 없었던 것 같아. 확실히 나와 있지 않지만 그랬 으면 써놨겠지. 아마 양쪽 유리에 눈이 쌓여 있었을 거야, 그래 도……."

"하긴. 그만큼 용의주도한 범인이라면 유리를 원상복구하고 나서 다시 눈을 얹어 두겠지. 게다가 26일 아침 8시 반에 눈이 약 간 더 내리기도 했고. 그래도 젖은 지붕에서 퍼티가 잘 안 굳었을 텐데……."

"마사코는 헤이키치가 살해되고 한 달이 지나서야 체포되었으 니까."

"흠, 너무 늦은 건가……. 그런데 우메자와가에는 사다리가 있 었어?"

"있었어. 안채 벽 쪽에 놔뒀다고 했어."

"옮긴 흔적은 있었어?"

"아니, 처마 밑이라 눈이 쌓이지 않은 곳에 있었고, 유리 가게에 서 아틀리에 천장 창문 유리를 갈 때 사다리를 썼다고 했어. 아까 말한 대로, 가택수색 시점이 사건일에서 한 달이나 지났기 때문 에 먼지도 쌓였을 거야. 물론 사다리를 사용했다고 가정했을 때

말이지만."

"마사코와 딸들이 했다면 이 사다리를 이용했겠지만, 그런
데…… 눈 위에 발자국이 없었던 것 같던데. 사다리를 옮긴 발자
국 말이야."

"아니, 사다리가 놓여 있던 장소는 1층 창문 바로 밑이야. 일단
창문을 통해 집 안에 넣고 현관에서 들고 나가면……, 아니, 그
런 짓을 할 필요도 없네. 사다리를 가져갈 때는 눈이 내리고 있었
으니까 문제는 돌아갈 때지. 쪽문으로 나가서 담을 따라 빙 돌아
현관으로 들어간 다음 1층 창문 밖으로 빼면 되니까. 간단해."

"음, 뭐, 그녀들이 굴뚝청소부 같은 짓을 했다면 그런 거겠지."

"안 했다는 거야? 그러면 로프나 비소계 화합물은 뭔데?"

"그래, 비소계 화합물은 뭐야? 오히려 내가 묻고 싶다고."

"그 아비산이야말로 여섯 명의 딸을 살해하는 데 쓰인 극약이
야. 딸들의 위에서 0.2에서 0.3그램 정도의 아비산이 검출되었어."

"뭐? 그러면 여러 가지 의미에서 이상하지 않아? 우선 헤이키치
의 소설에서 양자리는 철, 처녀자리는 수은에 의해, 이런 식으로
죽어야 한다고 써놨잖아.

게다가 4월 1일 밤 시점에서 딸들은 이미 살해당했을 가능성
이 높지? 그런데 그런 독약병이 계속 우메자와가에 있었다는 거
야?"

"그렇다니까. 그래서 경찰은 마사코를 돌려보내지 않았어. 그
거면 구속영장도 받을 수 있고 기소도 가능하니까.

그리고 헤이키치의 수기에 있는 금속원소 말인데, 시체의 목과 입속에서는 분명히 그런 것도 나왔어. 헤이키치가 지정한 대로 말이야. 그런데 그것을 써서 죽이지는 않았어. 소설과는 달리 아비산을 써 죽였지.

아비산은 맹독이니까 0.1그램이라도 치명적이라고 해. 청산가리가 극약으로 유명한데 0.15그램이 치사량이라니까 독성은 아비산이 더 센 거지. 여기에 아비산의 설명도 있는데 안 읽어도 되겠지?

아까 말했던 삼산화비소 말이야, 이게 물에 녹으면 아비산이 돼. 공식은 $As_2O_3+3H_2O \rightleftharpoons 2H_3AsO_3$.

또한 콜로이드상의 수산화제이철은 아비산을 흡착 제거해서 해독제로 쓰인다고 하네."

"그렇군."

"아비산을 과일을 짜낸 즙, 그러니까 요즘 말로 하면 주스지, 요즘 말로 하지 않아도 주스지만. 아무튼 전쟁 전에는 주스라는 말은 거의 쓰지 않았고 과즙이지, 과즙에 섞어서 마셨나 봐.

여섯 명 모두 같은 과즙을 마신 것 같아. 독극물의 양도 거의 같으니까 여섯 명이 한자리에 모였을 때, 즉 같은 장소에서 동시에 살해당했다고 보는 편이 자연스럽지."

"흠."

"이렇게 죽인 후 범인은 그대로 놓아두지 않고 각 시체의 입속에 헤이키치의 수기대로 여러 가지 금속원소계 약물을 쑤셔 넣었어. 우선 이걸 전부 말해볼게.

물병자리 도모코 입속에서는 산화납이 나왔어. 황색 분말인데 이것 자체가 극약이야. 물에 잘 녹지 않는 것 같지만.

그러니까 이걸로도 죽일 수 있는데, 그렇게 하지 않은 것은 역시 하나하나 다른 독을 먹일 수 없었기 때문이 아닐까. 그래서 한 자리에 모였을 때라는 추측이 성립하지."

"과연 훌륭하셔."

"전갈자리 아키코의 입속엔 산화제이철이 있었어. 별칭이 벵갈라인데, 안료나 도료로 쓰이는 붉은 진흙 같은 거래. 독은 아니고, 아주 흔해서 지구상 물질 중 약 8퍼센트를 차지한다나.

다음으로 게자리 유키코, 질산은이 목에 밀어 넣어져 있었어. 무색투명한 유독 물질이래.

그리고 도키코. 양자리여서 전갈자리 아키코와 똑같이 철인데, 머리가 없으니까 절단면과 몸에 벵갈라가 발라져 있었고,

다음으로 처녀자리 레이코는 수은이야. 수은이 입속에서 나왔어.

그리고 궁수자리 노부요는 목에서 주석이 검출되었지.

대충 이런 상황인데, 수은 정도는 체온계를 부수면 얻을 수 있겠지만 다른 약품은 나름의 지식도 필요하고 약학대학 같은 곳에 출입할 수 있는 사람이 아니면 입수할 수 없어. 일반인은 무리가 아닐까. 헤이키치라면 미치광이의 열정으로 모았을지도 모르겠지만 이미 죽어버렸고."

"헤이키치가 살아 있는 동안에 모아서 아틀리에 어딘가에 숨기지 않았을까?"

"그야 모르지. 그럴 수도 있겠지만. 다만 경찰은 그런 사실은 없다고 했어."

"그럼 마사코가 어떻게 모았다는 거야?"

"글쎄. 어차피 진심이든 농담이든 범인은 연금술적인 작업을 완벽하게, 적어도 헤이키치의 해석에 완벽하게 입각해서 행했어. 헤이키치가 노트에 은밀히 적은 계획은 거의 완전한 형태로 수행되었지. 헤이키치 본인이 죽었는데, 누가 무엇 때문에 그랬냐는 게 의문일 뿐."

"흠. 모두 마사코가 범인이라고 생각했을까?"

"아니."

"경찰뿐이었나."

"이걸 보면 헤이키치가 살아 있었다고 볼 수밖에 없어. 딸 여섯 명의 몸 일부를 각각 잘라 낸 것부터, 아조트 제작에 흥미가 없는 사람에게는 완전히 무의미하니까.

헤이키치의 사상이나 예술관에 심취했던, 같은 부류의 예술가가 범인일까? 그런데 헤이키치에게 그렇게 친한 예술가 친구는 한 사람도 없어."

"헤이키치는 정말로 죽은 걸까……."

순간 나는 소리 높여 웃었다.

"거봐! 그 말이 나올 줄 알았어."

미타라이는 아차 하는 표정을 지었다. 그러나 교활한 미타라이는 "아니, 네가 생각하는 그런 의미가 아냐"라고 변명했다.

"그러면 무슨 의민데?"

나는 추궁의 손길을 늦추지 않았다. 그가 조금이라도 틈을 보였을 때 나중을 위해 철저하게 밟아두어야 한다. 나는 지금 그의 말이 별로 깊은 생각에서 나온 게 아니라는 것은 알고 있다.

"야, 이걸로 설명은 끝이야?"

미타라이는 내게 물었다.

"시체는 모두 어디서 나왔어? 네가 의문점을 전부 말해준 다음에 내 생각을 들려주고 싶은데."

"잘 알겠어."

나는 도전적인 기분으로 말했다.

"그래도 지금 네 말은 잊지 않겠어. 나중에 꼭 대답을 들을 테니까."

나는 단단히 못을 박았다.

"그래, 어차피 넌 금방 잊어버리겠지만."

"뭐?"

"누가 먼저 발견됐지? 도쿄에서 가까운 순서야?"

"아니, 최초로 발견된 시체는 도모코야. 호소쿠라 광산이라는 곳인데, 미야기 현이야. 정확한 주소도 말해줘? 미야기 현 구리하라 군 우구이스자와 마을 호소쿠라 광산이야. 임간 도로에서 살짝 들어간 숲속에 버려져 있었지. 묻혀 있지도 않았고, 무릎 아래

다리가 절단된 채 몸 전체가 기름종이로 싸여 있었어. 야히코를 여행할 때 옷차림 그대로였고 발견된 날은 4월 15일. 소식을 알 수 없게 된 것이 3월 31일 아침이니까 약 15일 후지. 지나가던 근처 주민이 발견했어.

호소쿠라 광산은 납이나 아연의 산출지로 알려져 있어. 도모코는 물병자리인데 점성술이랄까, 연금술적으로는 납을 의미하지. 그래서 아무리 상상력이 없는 수사로 유명한 일본 경찰도 헤이키치의 소설대로 일이 추진되었을 가능성을 부정할 수 없었던 거야. 그러니까 딸들은 이미 살해되어, 전국 각지에 유기되어 있는 것은 아닐까 생각한 거지.

그런데 헤이키치의 소설에는 양자리는 철을 생산하는 곳에, 게자리는 은을 생산하는 곳에, 라고 쓰여 있을 뿐, 구체적으로 광산 이름까지 기록하지는 않았어. 그래서 도키코의 경우 철을 생산하는 유명한 광산을 수색했지. 예를 들어 홋카이도 나가토야, 이와테 가마이시, 군마의 군마 광산, 사이타마 지치부 이런 식으로. 마찬가지로 유키코는 게자리에 은이니까, 홋카이도 고노마이라거나 도요하, 아키타 고사카, 기후 가미오카 이렇게.

그게 큰일이었어. 장소를 한정할 요소가 없잖아. 그래서 상당히 시간이 걸렸고. 다른 시체들은 다들 묻혀 있었던 탓도 있고."

"뭐? 묻혀 있었다고? 그럼 도모코만 묻혀 있지 않았다는 거야?"

"응."

"흠……."

"더 이상한 게 있어. 시체들을 묻은 깊이가 각각 달랐어. 점성술적인 의미가 있을까? 그건 네 전문인 것 같은데."

"구체적으로 말해볼래?"

"그게, 아키코가 50센티미터, 도키코가 70센티미터, 노부요가 1미터 40센티미터 정도, 유키코가 1미터 5센티미터, 레이코가 1미터 50센티미터 정도의 깊이였어. 물론 이 숫자는 대략적이지만. 이 숫자에 관해서는 아마추어 홈스들도 경찰도 두 손 들었지. 모두가 납득할 설명을 한 사람은 아직 없어."

"흐음."

"뭐, 별 이유 없는 변덕일지도 모르지. 흙이 마침 부드러웠다거나."

"50센티미터에서 70센티미터라면 흙이 겨우 덮일 정도야. 1미터 50센티미터와는 극단적으로 차이가 있어. 키가 작은 사람은 구덩이 바닥에 서면 머리까지 묻히겠지. 무슨 이유일까? 아키코는 전갈자리에 50센티미터……, 도키코가……."

"양, 전갈이 70센티미터, 50센티미터, 처녀자리, 궁수자리, 게자리가 각각 1미터 50, 1미터 40, 1미터 5야. 여기 표가 있어."

"그리고 물병이 비를 맞고 있었나. 엘리멘트인가? ……아니야. 아스펙트도 아니고. 그래! 이건 별자리와 관계없어. 70이나 40 같은 사소한 숫자는 생각할 필요가 없지 않나? 50센티미터와 1미터 50, 두 종류의 구덩이에 묻힌 거야."

"아……. 그런데 1미터 5센티미터도 있는데?"

"그건 좀 대충 했겠지. 그래서 도모코 다음은?"

"비가 내릴 수도 있으니까, 빨리 발견하지 못하면 묻은 흔적이 없어져서 찾기까지 엄청난 시간이 걸려. 과거 일본에서 시체를 묻은 사건 중에서, 시체를 발견한 건 전부 범인의 자백 덕분이었어. 한 달 이상이 지난 5월 4일에 아키코의 시체가 발견되었지. 역시 기름종이로 싸여 있었고 여행 갔을 때의 옷차림이었는데, 옷 속 허리 부분이 20에서 30센티미터쯤 잘려 나간 무참한 모습이었지. 발견 장소는 이와테 현 가마이시 시 갓시 마을 오하시, 가마이시 광산 부근의 산속에 묻혀 있었어. 경찰견이 발견한 것 같아. 두 사람 모두 당시 구류 중이던 마사코가 직접 가서 자신의 딸임을 확인했어.

그 일로 경찰견이 우수하다 판단했는지 경찰견이 대량으로 동원됐지. 그런 보람이 있었는지 불과 사흘 후인 5월 7일, 군마 현 군마 군 구니 마을 오아자이리야마 산, 군마 광산에서 도키코의 시체가 발견되었어. 기름종이에 싸여 있고 여행 때 복장인 건 다른 시체와 마찬가지인데, 목 윗부분이 없어서 다른 사람일 가능성이 없다고는 할 수 없어. 그래서 계모 마사코뿐만 아니라 생모인 다에도 직접 가서 확인했지. 생모의 증언도 있고 양발에 발레를 한 사람의 특징이 있었고, 게다가 헤이키치의 수기에 쓰여 있는 대로 옆구리의 반점도 일치해. 그리고 사망추정일경에 행방불명이 된 또래의 아가씨는 당시 그녀밖에 없어서 도키코라고 판단했지.

그 후로는 상당히 시간이 비어. 구덩이가 깊었으니까. 여름을 넘기고 10월 2일, 유키코의 시체가 발견되었어. 이게 제일 무참했을지도 몰라. 시간이 지나서 아주 썩어 문드러져 있기도 했고, 가슴 부분이 잘려 나가 배 위에 머리가 놓인 모습이었지. 마치 잇슨보시[29] 같았대. 다른 것은 전부 똑같고, 몸 전체가 기름종이에 싸여 있고, 여행할 때 차림 그대로 1미터 조금 넘는 구덩이에 묻혀 있었어. 장소는 아키타 현 가즈노 군 게마나이 마을 고사카 광산의 폐광 부근. 이때도 어머니인 마사코가 직접 가서 확인했지.

그리고 또 시간이 비어. 다음으로 노부요의 시체가 발견된 시기는 그해 말, 그것도 거의 끝 무렵인 12월 28일이었으니까, 살해당한 지 9개월이나 지나서야. 노부요와 레이코는 각각 궁수자리와 처녀자리, 주석과 수은이니까, 둘 다 유명한 광산은 일본에 그렇게 많지 않아. 수은의 경우는 혼슈[30]로 한정하면 나라 현 야마토뿐이고, 주석도 효고 현 아케노베와 이쿠노 정도거든. 그렇지 않았다면 못 찾았을 거야. 좌우간 상당히 깊이 묻혀 있었으니까.

12월 28일 노부요가 효고 현 아사고 군 이쿠노 마을 가와시리, 이쿠노 광산 부근의 산속에서 발견되었어. 그녀의 경우 허벅지가 절단되었고, 그러니까 골반과 무릎 관절이 붙은 채 묻혀 있

---

29) 일본 옛이야기에 나오는 키가 3센티미터 정도 되는 소인 영웅.
30) 일본열도의 주가 되는 가장 큰 섬.

었지. 그 외에는 다른 경우와 모두 똑같았고, 여행 당시 복장에 기름종이에 둘둘 싸여 있었어. 3월 말 살해당한 것으로 추정되니까 이미 9개월이 지났지. 따라서 일부는 백골이었어. 참혹하게도.

마지막으로 레이코. 그녀는 새해가 밝은 뒤 1937년 2월 10일에 발견되었어. 그러니까 첫 사건인 헤이키치 살해로부터 대략 1년이 지났지. 레이코의 경우는 배가 절단되어 있었어. 그 외에는 모두 같고. 발견 장소는 나라 현 우다 군 우타 마을 오아자오사와, 야마토 광산 부근의 산속이야. 그녀도 1미터 50 정도의 깊이에 묻혀 있었어.

이 두 사람의 시체는 모친 아야코가 확인할 필요는 없었지. 이미 백골이 되어서 아무리 가까운 사람이라도 식별이 힘든 상태였거든. 그래도 아야코는 일단 그쪽으로 간 것 같아."

"그렇다면 도키코보다 이 두 사람이야말로 다른 사람의 시체로 바꿔치기 하는 게 가능하지 않아? 얼굴은 확인이 안 되잖아? 옷뿐이고."

"응, 그건 여러 가지 사정이 있어. 아까 설명한 대로 도키코의 경우 시체가 그렇게 오래되지 않았었고, 이 둘도 일단 골격이나 피부로 연령 추정은 할 수 있거든. 그리고 키도 대략 짐작할 수 있고. 또 두개골에 클레이로 살을 붙여서, 그러니까 '복안'이라는 건데, 이걸로 얼굴도 대충 판명됐어. 혈액형으로 범위를 더 좁힐 수 있고.

그리고 결정적인 것은 발이 있는 다섯 명도 다 그런데, 발레리

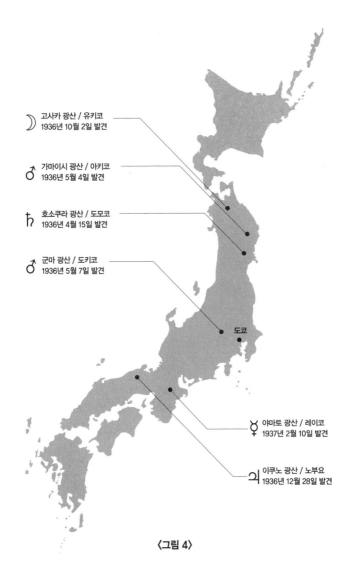

☽ 고사카 광산 / 유키코
1936년 10월 2일 발견

♂ 가마이시 광산 / 아키코
1936년 5월 4일 발견

♄ 호소쿠라 광산 / 도모코
1936년 4월 15일 발견

♂ 군마 광산 / 도키코
1936년 5월 7일 발견

도쿄

☿ 야마토 광산 / 레이코
1937년 2월 10일 발견

♃ 이쿠노 광산 / 노부요
1936년 12월 28일 발견

〈그림 4〉

나는 발의 골격이나 발톱이 변형되어서 확실히 추정할 수 있었어. 자세한 것은 모르지만 발레리나는 발끝으로 서서 걸으니까 발톱이 당연히 변하겠지. 발가락의 골격도 그렇고.

게다가 당시 그 집 딸들의 대역이 될 만한 같은 또래에 발레를 하는 여자가 변을 당한 사건은 일본 전국을 다 둘러봐도 없었어.

다만 당시에 가출 신고가 된 10대 여자아이는 당연히 있었을 테니까, 가능성이 완전히 없는 것도 이상하겠지. 그런데 이런 여자아이를 일부러 발톱이나 발가락 뼈가 변형될 정도로 오랫동안 발레 레슨을 시키고서 죽이는 것도 말이 안 되잖아? 그러니까 이 정도로 조건이 갖춰지면 99퍼센트 우메자와가의 딸들이라 생각해도 되겠지."

"그렇긴 하네."

"그리고 또 한 가지, 그녀들은 야히코를 여행할 때 각자 가방 같은 손짐이 조금씩 있었거든. 그런데 그것들은 전혀 발견되지 않았어. 시체뿐이야. 이게 의외로 중요할지도 몰라.

그리고 도모코의 사망추정일시는 1936년 3월 31일, 오후 3시부터 9시 사이. 이건 나머지 다섯 명의 사망추정일시도 된다고 말했지. 다섯 명의 사망추정일을 4월 초라고 써놓은 책도 있지만 무시해도 될 거야."

"나머지 다섯 명이 도모코와 사망추정일시가 같다는 근거는, 아까 네가 말한 이유뿐이지?"

"그래. 늦게 발견된 시체 몇 구에 관해서는 단지 추측일 뿐이고. 노부요나 레이코의 사망일시는 정확히 말하자면 전혀 알 수 없다고 해도 되겠지. 시체가 1년이 지나면 법의학자에 따라 사후 1년이든 3년이든 해석이 가지각색이래. 길게 보는 사람도 있고 짧게 보는 사람도 있고, 시체가 놓여 있던 상태에 따라 부패 정도도 다르고. 예를 들어 여름에 죽여서 솜 넣은 조끼를 입히면, 사망 추정일시가 반년쯤 늘어난다는 말도 있으니까. 그럼 설명은 이걸로 다 됐나……."

"다음은 알리바이야. 지금까지 등장인물들의 3월 31일 오후의 알리바이. 생각해보면 이건 제노사이드야. 우메자와 가문의 말살. 아조트를 만든다는 것도 단순히 눈속임일지도 몰라. 원한을 난도질하는 것으로 푼 부분도 있을 거야. 우메자와가에 원한을 품은 사람이라면, 바로 떠오르는 건 헤이키치의 전처 다에인데."

"다에가 범인일 가능성은 알리바이의 관점에서 말하면 절대 없어. 다에는 하루 종일 담배 가게에 앉아 있는 것이 일과이니까. 헤이키치 살해 때는 늦은 밤이니 제쳐 두더라도, 가즈에 살해 때도, 딸 여섯이 행방불명되었을 때도, 물론 3월 31일도 하루 종일 담뱃갑 앞에 앉아 있었다고 이웃 사람들 다수가 증언했어.

다에의 담배 가게 맞은편에 이발소가 있는 것 같아. 그런데 그날은 한가했나 봐. 그래서 다에가 오후 내내 해질 때까지 가게에 앉아 있던 것을 봤지. 그리고 해가 지고 나서 가게를 닫는 7시 반쯤까지 다에는 틀림없이 거기에 있었다는 거야.

잠시 어디 갈 때는 있어도, 가게를 쉬어서 하루 종일 이웃 사람이 그녀를 보지 못한 날은 1936년에는 하루도 없었다고 했어. 게다가 다에는 당시 마흔여덟이어서, 시체를 여섯 구나 짊어지고 일본 전국에 흩어놓는 일은 도저히 무리지. 그런데다 그녀는 자동차 운전면허도 없어. 또 여섯 명 중에는 자기에게 잘해주는 친딸 도키코도 있잖아. 다에가 범인일 가능성은 모든 방향에서 검토해도 절대 없지."

"다에의 알리바이는 성립이 됐다 이거지?"

"그렇지."

"그런데 마사코는 알리바이가 충분하지 않아서 구류되었고, 헤이타로나 야스에는 연행되지 않았어?"

"아니, 모두 끌려갔을걸. 앞에서도 말했지만, 지금처럼 구속영장을 받아야지만 신병을 구속할 수 있는 시대가 아니었으니까. 불심검문만으로 유치할 수도 있던 시대지. 요시오 같은 경우는 분명 며칠씩 잡혀 있었을 거야. 경찰 나리의 기분 나름이니까."

미타라이는 경멸스러운 듯 코웃음을 치며 말했다.

"총질이 서툴러도 여러 번 쏘다 보면, 뭐."

"일단 각자의 알리바이는 모두 확실해. 먼저 메디시스의 도미타 모자, 3월 31일에는 당연히 가게 문을 열었기 때문에 웨이트리스나 손님, 지인 등의 증언이 많이 있어. 가게는 오후 10시까지 여는데 그동안 야스에도, 아들 헤이타로도 30분 이상 가게를 비운 적이 없었어. 게다가 그날 밤은 10시에 문을 닫고 나서도 가게에 지인이 남아서 12시 정도까지 담소를 했고, 그동안 헤이타로도 야스에도 계속 같이 있었대. 따라서 이 모자는 확실하게 알리바이가 성립하지.

그리고 요시오는 3월 31일은 오후 1시부터 고코쿠지의 출판사에서 모임이 있었던 것 같아. 5시쯤까지 계속되었고, 그 후 편집자인 도다라는 남자와 함께 전철을 타고 메구로의 자택으로 돌아와서 오후 11시 넘어서까지 같이 술을 마셨어.

요시오의 아내 아야코는 남편이 귀가한 6시 무렵까지의 알리바이는 충분하지 않지만 5시 10분 전쯤에 이웃 주부와 길에 서서 대화를 했어. 부부는 알리바이가 성립하겠지? 그리고 다에처럼 여섯 명 중에 자기 딸이 둘이나 있고, 죽일 리가 없다고.

등장인물 중에 남은 건 이 다섯 명뿐이야! 이들의 알리바이는 모두 완벽하다고 해도 되지 않을까? 요시오의 아내 아야코는 알리바이가 약간 불완전한 것 같지만, 살해 현장이 어디인지 모르고, 어쩌면 야히코 쪽일 수도 있으니, 그렇게 되면 아주 일찍부터 도쿄를 비워야 하잖아. 이 정도면 충분히 알리바이가 성립된다고 봐도 되겠지? 게다가 이 다섯 명은 나중에 시체를 유기하고 돌아다닐 시간도 없었을 거라는 결론이 나왔어."

"등장인물들의 알리바이는 성립하는 건가. 그렇군, 그래서 범인 외부설이……. 흠, 그런데 마사코도 사실상 알리바이는 성립하잖아?"

"그건 친척의 증언이고, 다섯 명의 알리바이가 성립하면 곧바로 마사코의 혐의가 짙어지는 거지. 비소병 문제도 있고"

"흐음, 그러면 침대 끌어 올리기설로 가면 마사코는 공범인 딸들, 모두 참가했는지 어떤지 모르겠지만, 헤이키치 살해 시점에서는 공범인 딸들의 입을 막을 필요는 없다고 생각했는데, 왜 그런지 1개월이 지나고 갑자기 죽이는 게 좋다고 마음을 바꿨다는 거네. 그렇게 되면 근본적으로 모순이 생길 것 같아."

"어떻게?"

"아니, 이건 나중에 이야기하고, 그렇게 되면 범인 혹은 미친 예술가는, 헤이키치가 꿈꾸던 아조트 제작에 필요한 재료를 이걸로 모두 손에 넣었으니, 비밀리에 아조트를 만들었을까?"

"그게 바로 '점성술 살인' 추리 경쟁의 최대 목표이자 매력이지. 일설에는 아조트는 박제되어 지금도 일본 어딘가에 있다고 하거든. 이 수수께끼에는 대략 두 가지 문제가 있다고 생각해. 하나는 범인 찾기, 다른 하나가 아조트 찾기지.

헤이키치는 아조트가 13의 한가운데, 일본의 진정한 중심에 놓여야 한다고 썼어. 이 정체불명의 예술가는 그 소설대로 일을 진행한 것 같고. 그렇다면 완성한 아조트는 헤이키치가 의도한 장소에 제대로 놓였겠지.

그러면 13의 한가운데는 어디일까? 범인 찾기가 무리인 것 같아서, 이제 사람들은 아조트가 으뜸가는 목적이 된 것 같아.

다에는 유산으로 들어온 돈 대부분을 현상금으로 내겠으니 아조트를 찾아달라고 했어. 현상금은 아직도 걸려 있을 거야."

"잠깐만, 범인 찾기가 왜 무리지?"

"참 나! 아직도 그런 소리를 할 여력이 있다니 참 든든해, 미타라이. 또 한 번 말할 필요도 없지만, 아조트 살인은 등장인물 전원의 알리바이가 성립해. 게다가 자동차를 이용해서 시체를 유기하러 다녔다는 가능성 말이야, 헤이타로는 4월에도 매일 메디시스에 주인으로 얼굴을 내밀었어.

마사코는 경찰에 잡혀 있었지. 요시오는 운전면허가 없고. 나머지 여자들도 마찬가지야. 다에든 아야코든 전혀 문제가 없어. 면허는 없고, 여태껏 살던 대로 그 후로도 계속 생활했지.

그렇게 되면 아조트 살인은 우리가 모르는 외부 사람이 저질렀다고 생각할 수밖에 없잖아? 그러면 우리 같은 일반인이 할 수 있는 것은 아조트 찾기밖에 없다는 결론이 나오지."

"그것참 아쉽네. 헤이키치에게 제자도 없고……. 그런데 메디시스에서 알게 된 동료는 있다고 했지?"

"응, 메디시스와 가키노키에 대여섯 명쯤 있어. 그냥 아는 사이라는 정도. 게다가 그 몇 명 중, 헤이키치의 아틀리에를 찾아갔다고 확실히 밝혀진 사람은 하나밖에 없어. 방문해도 이상하지 않은 사람이 하나 있는데, 본인이 가지 않았다고 했고. 나머지 사람들은 헤이키치의 아틀리에가 어디 있는지조차 제대로 몰랐을 거야."

"흠."

"그런 사람들에게 헤이키치가 아조트 이야기 같은 건 하지 않았을 테고, 우선 그 사람들은 헤이키치의 소설에 등장하지도 않

아. 헤이키치를 대신해서 아조트 살인을 할 정도라면 그의 사상에 어지간히 심취했거나, 육친과 같은 애정을 품었거나 했겠지. 그렇다면 헤이키치의 소설에 등장했을 거야."

"그래……."

"다만 아틀리에에 몰래 놀러 오거나, 혹은 숨어들어서 헤이키치의 노트를 훔쳐본 사람이 있었을지도 몰라. 그 자물쇠 말이야, 헤이키치는 외출할 때 그걸 문에 채웠대. 문밖에서도 자물쇠는 채울 수 있게 해놓은 것 같아. 헤이키치가 시내에서 술이라도 마시고 있을 때 그의 호주머니에서 자물쇠 열쇠를 훔치면, 누구든 아틀리에에 들어갈 수 있겠지. 만일 범인을 찾으려면 그렇게라도 생각하지 않으면 무리야. 지금까지 등장인물 중에 이런 큰일을 할 만한 사람은 절대로 없어."

"흠…… 확실히…… 이해하기 힘든 사건이야."

"그야 40년이나 지나도록 아무도 풀지 못한 수수께끼잖아."

"여섯 명이 발견된 날의 표를 보여줘, 약간 신경 쓰이는 부분이 있어."

"좋아."

"……이걸 보니, 당연하다면 당연한 건데, 깊이 묻은 시체일수록 발견이 늦었어. 묻지 않았던 시체가 제일 먼저 발견되었고. 그러면 이건 범인의 의도라 생각해. 발견 순서는 범인 의도대로일 가능성이 있고, 그렇다면 어떤 의미가 있을까……?

생각할 수 있는 건 두 가지야. 하나는 자기가 무사히 달아나기 위해 상황을 유리하게 만드는 것, 또 하나는 범인이 진심으로 연금술인지 점성술 같은 걸 신봉해서 그런 종류의 의미가 있는 것. 처음이 물병자리, 다음이 전갈자리, 그리고 양자리, 그리고 게자리, 궁수자리, 처녀자리, 제각각이네…….. 딱히 황도대 순서는 아니고.

일본의 북쪽부터, 아니면 남쪽부터 순서대로 발견된 것도 아니고. 도쿄에서 가까운 순? 아니, 아니야. 잘못 생각했나, 순서에는 의미가 없을까…….."

"그렇다니까. 처음에는 전부 구덩이를 깊게 파서 묻으려고 했는데 점점 귀찮아진 게 아닐까. 깊은 구덩이일수록 초반에 묻은 것이고 도모코가 제일 마지막일 거야. 그런 식으로 범인의 행적을 쫓을 수 있을 것 같은데."

"그런데 깊이 묻은 것은 효고와 나라, 이 두 곳은 가까운데 나머지 하나는 완전히 떨어진 아키타야?"

"음……, 그러네. 아키타의 유키코만 없으면 대충 줄거리가 보이는데……. 그러니까 우선 제일 처음에 나라나 효고에 가서 레이코와 노부요를 묻는다. 다음에 군마로 가서 도키코를 묻는다. 그리고 아오모리로 쭉 달려가, 현의 경계인 고사카에 유키코를 묻는다. 그러고 나서 이와테까지 남하해서 아키코를 묻고, 마지막으로 미야기까지 내려와서 이제 끝이니까 도모코를 대충 팽개쳐 두고, 쏜살같이 도쿄로 도망치듯 돌아왔다는 추측이 가능해."

"흠, 그렇다면 시체를 깊게 묻는 게 귀찮아졌다기보다, 전국을 도는 중에 처음 버린 시체가 발견되면 일이 복잡해진다고 생각한 탓일지도 모르겠네."

"그래, 응, 그럴 수도 있겠지. 그러면 아키타의 유키코가 문제야. 바로 전 도키코가 얕게 묻혔는데도 깊이 묻혀 있었잖아. 그러니까 깊게, 깊게, 얕게, 깊게, 얕게 이런 순서야. 세 번째와 네 번째를 바꾸거나, 네 번째도 얕게 묻혔으면 아주 깔끔해지는데.

그러면 두 번 여행을 했거나, 혹은 군 특무기관설을 맞다고 가정하고, 두 그룹이 했다고 생각해보자. A그룹이 서일본인 나라, 효고, 간토 지방의 군마를, B그룹이 아키타, 이와테, 미야기의 동일본을 담당, 순서도 각각 말한 순서대로 했을 거라 생각해. 그렇다면 두 번의 여행에서 처음 것을 깊게 묻었으니까, 일단 앞뒤는 맞는 것 같아.

그렇게 되면 민간인 범인이 두 번으로 나눠서 했다기보다는, 단연 특무기관 두 그룹설로 기울어져. 아까 네가 말한 걸 생각해봐. 범인 한 사람의 소행이라면 군마의 도키코를 얕게 묻으면 곤란해지지. 첫 번째의 끝이라고는 해도, 여전히 작업 도중이니까.

그러면 군마를 나중으로 미루고 서일본 다음에 바로 아키타로 간 건가? 그러면 군마의 도키코와 묻혀 있지 않았던 미야기의 도모코가 모순이 돼. 이 두 사람의 순서가 반대라면 몰라도.

그러면 서일본이 나중이라 생각할 수 없을까? 이것도 무리야. 도모코는 묻혀 있지 않았으니까.

그런 이유로 여기서도 다소 특무기관설이 설득력이 있지. 두 그룹이 서일본과 동일본 일을 동시에 진행했다면, 도쿄에서 볼때 각각 가장 먼 곳에 깊게 묻은 게 되니까 논리적으로도 맞아떨어지고. 당시 도쿄에 특무기관 같은 조직은 당연히 있었겠지."

"그렇다면 서일본 담당 그룹도 군마에서 발견된 도키코를 묻지 않고 내버려 둬야 균형이 잡히지 않아?"

"뭐, 그렇기도 하겠네. 그리고 특무기관설의 가능성도 상당히 적어. 전후에 군 내부 사정에 정통한 많은 사람들의 증언에 따르면 군 관련기관이 1936년, 1937년에 그런 작전을 수행한 사실

발견일	이름	생년	별자리	발견장소	매장 깊이
1936년 4월 15일	도모코	1910년	물병자리	미야기 현 호소쿠라 광산	0cm
1936년 5월 4일	아키코	1911년	전갈자리	이와테 현 가마이시 광산	50cm
1936년 5월 7일	도키코	1913년	양자리	군마 현 군마 광산	70cm
1936년 10월 2일	유키코	1913년	게자리	아키타 현 고사카 광산	1m 5cm
1936년 12월 28일	노부요	1915년	궁수자리	효고 현 이쿠노 광산	1m 40cm
1937년 2월 10일	레이코	1913년	처녀자리	나라 현 야마토 광산	1m 50cm

은 절대로 없었다고 했거든."

"아, 그래."

"하지만 극비로 일하니까 특무기관이지."

"그래도 내부 증언이잖아?"

"그렇긴 해. 어쨌든 사소한 벽덕으로 아키타에서 유키코를 깊게 묻었다면 거기서 추측이 하나 성립해. 범인은 간토에 사는 사람이라는 것. 만일 아오모리에 살았다면 유키코의 시체가 마지막이 되어서 해골이 됐겠지."

"흠……, 그럴지도 모르겠네. 이 표를 보고 알아낸 건 더 없어? 광산은 규슈나 홋카이도에도 많이 있을 텐데 발견 장소는 혼슈에 한정되어 있어. 아마 차로 운반해서 버리고 다닌 증거라고 생각해도 되겠지. 당시에는 간몬 터널[31] 따윈 없었으니까.

나이순인가? 도모코가 스물 여섯, 아키코가 스물 넷, 응? 이거 나이순이야. 나이가 많은 순서로 발견됐어! 마지막의 노부요와 레이코가 거꾸로이지만 깊이가 같으니까 순서가 바뀔 가능성은 있지. 이 예술가는 적어도 가장 어린 노부요를 마지막 조에 넣었어. 뭔가 의미가 있을지도 몰라, 그리고."

"그런 건 우연이야. 지금까지 문제 삼은 사람도 있었지만 거기선 아무것도 끌어내지 못했어."

---

31) 혼슈와 규슈를 잇는 해저터널. 시모노세키 시와 기타규슈 시 사이의 간몬 해협 밑을 뚫어 이었음. 1958년에 개통.

"그럴까……, 흠, 그럴지도 모르겠네."

"자, 많이 길어졌지만, 이걸로 '우메자와 점성술 살인'의 전모는 다 설명한 것 같아. 어때? 아주 조금이라도 해결할 전망이 보여, 미타라이?"

그 순간 미타라이는 우울증이 다시 도진 것 같았다. 미간에 주름을 잡고 양 눈꺼풀을 엄지와 검지로 꾹 눌렀다.

"확실히 생각보다 훨씬 골치가 아프네. 오늘 바로 답을 내기는 무리야. 며칠은 걸리겠어."

"며칠?"

'몇 년을 잘못 말한 거지?'라는 말이 목구멍까지 치밀어 올랐다.

"아조트 살인에는 등장인물 전원의 알리바이가 성립한다. 뿐만 아니라 동기도 전혀 없다."

미타라이는 자신을 타이르듯 중얼거렸다.

"그러면 메디시스나 가키노키에서 헤이키치와 알게 된 사람인가? 하지만 그 정도로 헤이키치와 친한 사람은 없어. 동기도 없고, 헤이키치를 대신해서 그런 터무니없는 짓을 할 사람도 없지. 노트를 읽을 기회조차 없었을 거야.

그러면 완전히 외부 사람이거나 육군 특무기관 같아. 그런데 헤이키치의 노트를 읽을 수 있는 기회는 더더욱 없고, 무엇보다 헤이키치를 대신해 나라의 특무기관이 아조트를 만들어줄 이유는 없겠지. 게다가 군 내부 사정을 잘 아는 사람이 그런 사실이 없다고 증언했어. 즉 범인은 어디에도 존재하지 않는다……."

"그렇다니까, 미타라이. 우리도 얌전히 두 손 들고 4·6·3, 13의 중심에 있다는 아조트 찾기라도 할까, 다들 하는 것처럼."

"아조트는 일본의 중심에 놓여 있다고 했지?"

"그래."

"동서의 중심은 그가 분명히 써놨지. 동경 138도 48분 선이라고 했나?"

"응."

"그럼 이 선 위겠네. 이 선을 걸어 다니면서 철저하게 조사하면 되잖아?"

"그렇긴 한데 이 선은 길어. 대략 355~356킬로미터는 되니까. 동서 직선거리로 하면 도쿄에서 거의 나라까지 갈 수 있는 거리야. 그 사이에는 미쿠니 산맥이나 지치부 산지가 있어. 후지 스소노의 그 유명한 주카이도 지나가야 하고. 차나 오토바이로 휙 둘러볼 수 없어. 게다가 아조트는 묻혀 있을지도 몰라. 350킬로미터를 두더지처럼 흙을 파서 엎을 수도 없으니까 어느 정도는 범위를 좁혀야 해. 이것도 엄청 어려운 문제라고."

그러자 미타라이는 곧바로 "흥" 하고 말했다.

"그런 것쯤 오늘 하룻밤이면…… 충분해……."

이렇게 말한 것 같긴 한데, 후반은 점점 모기 우는 소리 같아졌고, 끝내는 알아들을 수 없는 목소리로 무슨 말인지 중얼중얼했을 뿐이다.

5

다음 날 나는 갑자기 급한 일이 들어와서, 신경은 쓰였지만 미타라이의 집에 갈 수 없었다. 그는 4·6·3이라도 생각하고 있는지 전화도 하지 않았다.

이럴 때 나는 프리랜서의 비애를 느낀다. 아무래도 일을 우선할 수밖에 없다. 언젠가 나는 미타라이에게 차라리 취직을 해야겠다고 말한 적이 있었다. 순간 미타라이는 벌떡 일어나 "마차를 끄는 말의 코앞에 매달린 당근 이야기를 하자고!"라고 말했다.

"가시나무 덩굴이 무성한 땅이 있었는데 그 안에 꼬불꼬불한 길이 하나 있었어. 덩굴을 끊어 가며 출구로 나왔더니 집 한 채가 있었어. 여기까지는 알겠지?"

"응……?"

몰랐지만 일단 동의했다.

"이게 한 남자가 일생을 건 대업의 종착역인데, 땅 입구에서 기둥을 기어 올라가 봤으면 출구는 바로 보였을 거야. 손도끼를 휘두르는 일이 너무 힘드니까 엄청난 거리를 지나왔다고 착각하는 거지!"

"뭔 말을 하는 건지 하나도 모르겠네."

내가 솔직하게 말하자 그는 아쉽다는 듯이 말했다.

"안타까워, 이해할 능력이 없으면 피카소도 그저 낙서일 뿐."

지금 생각하면 요컨대 미타라이는 내게 취직 따위는 쓸데없다고 말하고 싶었던 것 같다. 성격이 꼬여서 '네가 우리 집에 자주 못 오면 쓸쓸하니까 취직은 안 했으면 좋겠다'고 솔직하게 말을 못 하는 것이다.

다음다음 날 그의 집에 가보니, 미타라이는 단 하루 만나지 않은 동안, 어쩐지 으스스할 정도로 기분이 좋아져 있었다. 이 남자의 컨디션은 언제나 그때그때 달라서 만나보지 않으면 모른다.

여태 보트에 매달린 표류자처럼 소파 위에서 한 발자국도 바닥을 디디려 하지 않던 남자가 어슬렁어슬렁 온 방 안을 돌아다녔다. 그리고 그 무렵 빈번히 밖에서 큰 소리로 호소하며 다니던 선거운동 선전차 흉내를 계속 보여주면서 신나 했다.

간노 만사쿠라거나 도베 오토메(실제로 그런 이름의 입후보자가 있었다) 등의 목소리를 실로 교묘히 흉내 내어 살짝 떨리는 고음으로 "여러분의 힘에 기대지 않으면 가정경제가 무너집니다"라고 여자 목소리를 내거나, 갑자기 굵은 목소리로 "여러분의 지원으로 여기까지 왔습니다! 간노 만사쿠, 간노 만사쿠가 뒤에서 손을 흔들고 있습니다"라고 말하고는 갑자기 내 쪽으로 휙 돌아서 아주 다정하게 손을 흔드는 것이었다.

나는 그 이유를 대충 짐작할 수 있었다. 따라서 그가 '4·6·3이 뭔지 알았어'라고 말했을 때도 아 그렇구나, 라고 생각했을 뿐이었다.

미타라이는 커피를 홀짝이며 말했다.

"그 후로 많이 생각했어. 짜증 나는 선거 연설에 방해를 받기는 했지만. 먼저 일본 남북의 중심을 일단 계산해봤지. 동서의 중심은 확실하니까.

헤이키치가 생각하는 북단은 하림코탄 섬이고 북위 49도 11분이야. 다음으로 남단은 이오지마 섬이고 북위 24도 43분. 이 둘의 중심을 계산하면 북위 36도 57분. 지도에서 헤이키치가 말하는 동서의 중심선인 동경 138도 48분과 남북의 중심선이 교차하는 점을 보면 대략 니가타 현 이시우치 스키장 근처쯤 될까.

그리고 헤이키치가 말한 정남단 하테루마지마 섬과 하림코탄 섬과의 중심선도 일단 확인해보려고 했어. 하테루마지마 섬은 북위 24도 3분이야. 하림코탄의 북위 49도 11분과의 중심선을 구하면 북위 36도 37분이고, 이 선과 동경 138도 48분 선의 교차점을 계산하면 군마 현의 사와타리 온천 근처. 그리고 둘의 중심점의 차가 딱 20분인데, 이건 뭔가 있을 것 같아.

다음으로 헤이키치가 일본의 배꼽이라 했던 야히코야마 산의 위도를 구하면 북위 37도 42분이었어. 아까 계산한 두 중심점 중 전자와의 차가 45분, 이것도 딱 떨어지는 숫자고.

그런데 이것만으로는 아무리 뒤집어엎어도 4·6·3 같은 숫자가 나오지 않아. 야히코야마 산과 중심점 둘 중 후자와의 거리는 65분, 1도와 5분인데, 이것도 아닌 것 같아.

그래서 누워서 좀 더 생각했어. 그랬더니 순식간에 번쩍하더라. 딸 여섯 명의 시체가 발견된 광산 여섯 개의 위도, 경도를 전부 내 어봤더니 이렇게 됐어."

미타라이는 숫자를 써넣은 표를 내게 던졌다.

☽ 고사카 광산 (아키타 현)	동경 140도 46분	북위 40도 21분
♂ 가마이시 광산 (이와테 현)	동경 141도 42분	북위 39도 18분
♄ 호소쿠라 광산 (미야기 현)	동경 140도 54분	북위 38도 48분
♂ 군마 광산 (군마 현)	동경 138도 38분	북위 36도 36분
♃ 이쿠노 광산 (효고 현)	동경 134도 49분	북위 35도 10분
☿ 야마토 광산 (나라 현)	동경 135도 59분	북위 34도 29분

"여섯 군데 광산의 평균을 계산해봤어. 먼저 동경부터. 그러니까 놀랍게도 딱 138도 48분이 나왔어! 헤이키치가 말한 동서의 중심선에 딱 겹치지. 이 여섯 군데는 미리 그렇게 되도록 고른 장소였던 거야!

이제 다 된 거나 마찬가지. 다음은 위도 평균. 여섯 개 위도의 평균을 내어보면, 북위 37도 27분이 돼. 동경 138도 48분과의 교차점을 보면 나가오카의 서쪽 부근.

그리고 이것을 아까 계산한 일본 남북의 중심점과 비교해봐. 두 종류의 중심점 중 전자, 즉 하림코탄 섬과 이오지마 섬의 중심점과 거리를 보면 딱 30분이야.

하는 김에 야히코야마 산과의 위치 관계를 보면 북위 37도 27분은 야히코야마 산에서 남쪽으로 15분. 이걸로 동경 138도 48분 선상에 야히코야마 산을 넣으면 네 개의 점이 늘어서게 돼.

남쪽에서 북쪽으로 보면, 먼저 하림코탄 섬과 하테루마지마 섬의 중심점, 그리고 북쪽으로 20분의 위치에 하림코탄 섬과 이오지마 섬의 중심점, 더 북쪽으로 30분의 위치에 여섯 군데 광산의 평균 위도점, 그 15분 북쪽으로 야히코야마 산이 와.

그러니까 남쪽에서 20분, 30분, 15분의 간격을 두고 네 개의 점이 138도 48분 선 위에 늘어서 있어. 각각을 5로 나누면, 4·6·3이고 이 4·6·3의 중심, 그러니까 다 합쳐서 13의 한가운데는 북위 37도 9.5분이야!

북위 37도 9분 30초, 동경 138도 48분의 위치, 지도에서 보면 니가타 현 도카마치의 북동쪽에 해당하는 산속이야. 헤이키치는 여기에 아조트를 설치하려고 했겠지.

넌 그렇게 생각하지 않겠지만 전부터 나는 그랬어, 그러니까 우리 집 커피는 유난히 맛있다고 말이야! 오늘은 특히 더 그런데. 어때? 이시오카."

"아, 오늘 건 그냥 그런 것 같은데……."

"아니, 커피가 아니라 4·6·3 말이야."

나는 약간 조금 머뭇거렸다.

"……그래, 훌륭하다."

그러자 미타라이는 민감하게도, 나쁜 예감을 받은 것 같았다.

"아니, 정말 대단하다, 미타라이. 하룻밤 새 여기까지 왔을 줄이야, 역시 재능이 비범하니까."

"설마……."

"응?"

"벌써 여기까지 생각한 인간이 있다는 거야?"

나는 아마도 안됐다는 표정을 지었나 보다. 그러나 가끔은 이런 것도 괜찮겠지 싶어 기탄없이 말했다.

"미타라이, 40년이라는 시간을 우습게 보지 마. 보통 사람도 40년쯤 시간을 들이면 피라미드 하나 정도는 쌓잖아."

이렇게 빈정거리는 말투가, 내가 미타라이에게 가장 잘 배운 것이다.

"이렇게 짜증 나는 사건은 본 적이 없어!"

미타라이는 소파를 차고 일어나 히스테리를 일으키려 했다.

"가도 가도 나오는 건 먼저 다녀간 녀석의 손때뿐이잖아. 내가 무슨 시험을 보는 거냐고! 네가 해답지를 가지고 동그라미와 가위를 매기려고 벼르고 있고, 나는 누구에게도 시험 당하기는 싫어. 100명 중에서, 네, 당신이 가장 우수합니다, 같은 말을 들어봤자 하나도 기쁘지 않다고.

우등생이 되는 게 뭐 그리 대단한 거야? 우등생이 열등생에게 뭘 해준다는 거지? 나는 다른 사람에게 우월감을 느끼기 위해 노력하는 건 절대 인정하지 않아. 지금까지도 그랬고 앞으로도 그럴 거야!"

"미타라이."

그는 창가에 기댄 채 말이 없었다.

"미타라이."

"……."

"있잖아."

그러자 가까스로 미타라이가 입을 열었다.

"네가 무슨 말을 하고 싶은지 알아. 그런데 다들 말하는 것처럼 내가 사람들과 다르다고는 생각하지 않아. 사람들이야말로 날 전혀 이해하지 못할 정도로 이상해. 이렇게 매일 평범하게 사는데도, 왠지 화성에서 사는 기분이 들어. 현기증이 날 정도로 모두 나와는 다르니까."

아무래도 우울증의 원인은 그쪽인 것 같다.

"미타라이, 요즘 컨디션이 좋지 않은 것 같은데……. 서 있지 말고 앉는 게 어때? 계속 서 있으면 피곤하잖아?"

"뭐가 뭔지 하나도 모르겠어!"

미타라이는 말했다.

"모두가 너무나 시시한 일에 필사적이야. 관에 들어갈 때, 어라, 그건 착각이었네, 라고 할 게 뻔한데도 말이지!

헛수고야, 이시오카, 헛수고라고. 맞아, 헤이키치 씨가 말한 대로야. 모든 것은 이미 상실되었어. 그러니까 내가 하려는 것 따위는 헛수고지.

소소한 기쁨이나 슬픔, 분노, 그런 건 태풍이나 소나기, 봄이 되면 매년 어김없이 피는 벚꽃 같은 거지. 인간은 매일 그런 것에 휘둘리면서 결국 모두 비슷한 곳으로 흘러가. 아무도, 아무것도 될 수 없지.

이상(理想)이라니, 흥! 변변찮은 이상이라는 간판을 내걸어서 뭐가 되려고. 그런 건 커다랗게 헛수고라고 쓴 플래카드야."

그렇게 말하고 미타라이는 소파에 털썩 앉았다.

"무슨 말인지 알겠는데……."

나는 말했다. 그러자 미타라이는 나를 무섭게 노려보며 "알겠다고? 흥, 뭘 어떻게 알겠다는 건지"라고 슬픈 목소리로 말했다.

"아니, 너한테 뭐라 해봐야 무슨 수가 있겠어. 미안, 이시오카, 너만은 나를 미치광이라고 하지 않을 거지? 고마워. 너는 그들과 한패일지도 모르지만, 그중에서는 훨씬 나아."

참으로 고마운 평가였다.

"자, 그러면 화제를 바꿔보자. 아까 내가 말한 장소에는 아무것도 없었어?"

"어? 장소?"

"참 나, 도카마치의 북동쪽 산속 말이야, 13의 한가운데."

"어? 아하!"

"아마추어 홈스들이 물소 떼처럼 밀어닥친 건 아니겠지?"

"아마 그렇지는 않을 거야. 지금은 니카타의 새로운 명소가 아닐까."

"아조트 만주라도 팔고 있으려나."

"그럴지도 모르지."

"그래서, 어땠어?"

"없었어."

"없었어? 아무것도 없었다고?"

"아무것도."

나는 머리를 좌우로 흔들었다.

"그렇다면…… 다른 생각이 더 있었나, 하지만……."

"온갖 희한한 설이 다 나왔어. 깜짝 발명 전람회처럼. 알고 싶으면 책을 읽어줄까?"

"됐어! 시간을 허비하면서 놀 기분이 아니야. 나는 알아. 저 문제는 저게 정답이야. 저것 말고 답은 없어.

그러면 여기서 어떤 경우를 생각할 수 있을까. 이 범인, 수수께끼의 예술가 선생님이 저 문제를 풀지 못했을까? 헤이키치의 소설대로 일을 수행하려 했지만, 최후의 아조트 설치 지점에 관해 헤이키치가 던진 수수께끼를 풀지 못했어…….

아냐! 설마 그건 아닐 거야. 별로 어려운 수수께끼가 아니니까. 하룻밤만 있으면 풀 수 있어. 게다가 이 예술가가 수기에 나온 헤이키치의 시체 유기, 아니 시체 배치라고 해야 하나, 그 의도를 완벽히 이해했다는 증거도 있으니까.

그건 '유기 지점'이야. 헤이키치는 소설에서 시체를 버릴 정확한 장소를 지시하지는 않았어. 구체적인 광산 이름은 쓰여 있지 않지. 그런데 헤이키치가 4·6·3이라고 쓴 것은 이미 유기 지점을 머릿속에서 상정했다는 게 돼. 그리고 이 범인은 스스로 유기 지점을 정했지만 분명히 4·6·3을 나타내고 있어. 즉 헤이키치가 생각하던 시체 배치 장소와 범인이 정한 유기 지점이 완전히 같다는 최고의 증거가 여기에 있는 거야. 이 정체를 알 수 없는 예술가가 헤이키치의 의도를 완전히 이해했다, 수수께끼도 제대로 풀었다는 것은 이걸 보면 알 수 있잖아. 그렇게 보면 범인과 헤이키치는 거의 동일인이 아닌가 할 정도야."

"맞아! 정말 그래!"

"아니면, 뭔가 갑작스러운 이유가 생긴 건가. 아조트를 만들고보니, 더 합리적인 설치 장소가 떠올랐다……. 아니면 훨씬 더 깊게 묻은 건가? 아마추어 탐정들은 이 부근을 파봤을까?"

"판 정도가 아니지! 이오지마 섬의 포탄 자국처럼 됐어."

"이오지마 섬! 이오지마 섬이라면, 이 섬에 관해서도 헤이키치의 예언은 맞았구나. 뭐, 그런 건 됐고, 묻혀 있지도 않았다…….이 주변 지형은 어때? 모두가 간과한 장소는 없을까?"

"그런 가능성은 없는 거 같아. 지형적으로도 비교적 평탄한 산인 모양이고. 여기저기를 파다가 40년이나 지난 거지."

"흠, 뭐, 그렇다면 일단 신뢰해도 되겠지. 묻혀 있지도 않았다……, 그러면 아조트를 만들지 못했다는 건가……."

"그러면 뭐 하려고 여자를 여섯 명이나 죽여서 몸의 일부를 모은 거야?"

"모아보니까 부패가 너무 빨라서 좌절했을 수도 있지. 박제가됐다는 것도 완전히 뜬소문이잖아? 박제는 기술을 배우기 힘들지 않나?"

"몰래 공부했을지도 모르지. 책을 구하는 것 정도는 쉬우니까.

동물 박제 만드는 법 같은 책 말이야. 그것을 응용해서 바로 실행했을 수도 있고."

"그럴까."

"헤이키치의 소설에 그런 계획은 전혀 나오지 않지만, 헤이키치 말고 다른 사람이 했다면 박제로 만들고 싶다는 발상은 비교적 자연스럽다고 생각해. 나도 이해를 못 하는 건 아냐. 원래 아조트는 하루 정도 이 세상에 존재하면 그걸로 족하다는 작품이지? 책을 보고 바로 실행에 옮긴 범인으로서는, 비록 치졸한 박제 기술이라도 그걸로 아조트의 수명이 반년이라도 늘어나면 크게 만족했을 거야. 내가 볼 땐 했을 것 같아. 무엇보다도 그만큼 엉뚱한 짓을 많이 한 남자니까."

"소설에 헤이키치가 아조트를 짜 맞추면 생명을 얻는다고 믿었다는 단락도 있었지?"

"설마 걸어 다닐 거라고 생각하지는 않았겠지만……. 그래도 미치광이 예술가니까 의외로 그렇게 생각했을 수도 있지."

"흠."

"확실히 네가 말한 대로 이해하기 어려워. 13의 한가운데는 네 말이 정답이라고 생각하지만 아조트는 없었어. 그 시점에서 이미 이 사건을 진지하게 추리했던 사람들의 붐은 완전히 끝나버렸다고 해도 될 거야. 남은 건 반 농담인 쓰레기뿐이야. 그래도 왜지? 이상해."

"생각할 수 있는 게 하나 더 있어."

"뭔데?"

"13의 한가운데라느니, 동경 138도 48분 같은 건 전부 나오는 대로 썼을 수도 있잖아. 헤이키치는 약간의 즉흥적인 착상을 써 봤지만 진심으로 믿지는 않았다……."

"그건 절대로 아니야, 확실히 단언할 수 있어."

"오호! 어째서?"

"그야 이 선에는 실제로 뭔가 있을 것 같으니까."

"뭔가?"

"약간 이야기가 옆길로 새는 것 같은데, 이 선에 대해 쓴 글은 헤이키치의 수기뿐만이 아니야. 다른 사람, 그것도 고명한 작가가 쓴 작품에 이 선에 불가사의한 힘이 있다고 소개되어 있어. 넌 아마 아니겠지만, 나는 미스터리라는 이름이 붙은 건 대부분 다 읽었거든. 마쓰모토 세이초[32]라는 작가는 알지? 이 사람 단편 중에 〈동경 139도 선〉이 있는데. 읽어봤어?"

"아니."

"그렇겠지 이 소설이 헤이키치의 예언을 뒷받침하는 것 같은데, 정말 재미있어. 일본에는 예로부터 거북점과 사슴점이라는 두 종류의 점술이 전해 내려와. 점술이라니까 너도 흥미가 생기지?

사슴점은 사슴의 견갑골을 부젓가락으로 뚫어서 뼈에 금이 간 모양으로 그해의 수렵이나 농경의 길흉을 점치는 방법이지. 거북

---

32) 일본의 추리작가. 대표작으로 《점과 선》, 《모래그릇》 등이 있다.

점의 경우, 섬나라인 일본에서 바닷가에 가면 거북의 등딱지를 구하기 쉬우니까, 점차 사슴점 대용이 되었다고 해.

그러니까 거북점보다 사슴점이 역사는 오래되었지. 거북점 관습이 전해 내려오는 장소로 에치고의 야히코 신사가 나와. 거기는 바닷가니까 당연히 거북점을 쳤을 테고.

그 밖에 거북점이 전해 내려오는 장소가 또 한 군데 있어. 야히코에서 정남향에 해당하는 태평양에 면한 이즈의 시라하마 신사야.

그리고 사슴점이 전해지는 장소가 그 두 신사 사이에 세 군데 정도 있어. 조슈, 군마 현의 누카사키 신사, 그리고 부슈, 지금의 도쿄 외곽인 미타케 신사와 아키루 신사지.

그리고 정말 신기하게도 신사 다섯 군데가 모두 동경 139도 선을 따라서 남북으로 일렬로 늘어서 있어. 게다가 이 거북점, 사슴점이 전해 내려오는 신사는 이들 외에는 일본의 서쪽에도 동쪽에도 하나도 없다는 말이지."

"허!"

"게다가 그 이유가 대단해. 이 139도를 히이, 후우, 미이, 요우처럼 옛날식으로 읽으면 히이, 미이, 고코노쓰가 되잖아. 그러니까 이 선은 히, 미, 코의 암시라는 거지."[33]

---

[33] 일본에서 수를 세거나 할 때 쓰는 우리나라의 하나 둘 셋에 해당하는 고유의 일본어.

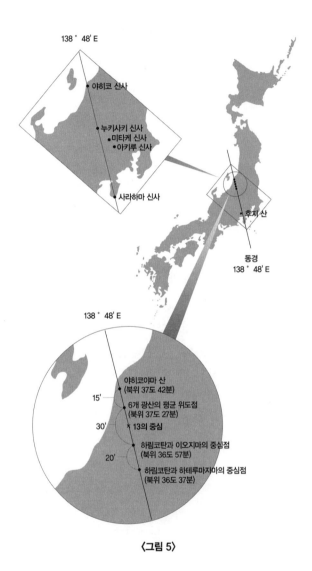

138 ° 48' E

• 야히코 신사

• 누키사키 신사
• 미타케 신사
• 아키루 신사

• 사라하마 신사

• 후지 산

동경
138 ° 48' E

138 ° 48' E

• 야히코야마 산
(북위 37도 42분)

15'

• 6개 광산의 평균 위도점
(북위 37도 27분)

30'

× 13의 중심

• 하림코탄과 이오지마의 중심점
(북위 36도 57분)

20'

• 하림코탄과 하테루마지마의 중심점
(북위 36도 37분)

〈그림 5〉

"그거 재미있네! 그런데 우연의 일치겠지? 동경 139도라는 숫자는 영국 그리니치를 기준으로 근대에 만들어진 눈금을 그은 수치니까, 여기에 2천 년이나 전인 일본의 히미코를 갖다 붙이는 건 무리 아냐?"

"작가도 그렇게 말했어. 그런데 히미코는 신비로운 힘을 가진 주술사이니까, 말하자면 과학을 초월한 암시력이 있었다는 거지. 그래서 이렇게 수학적인 계시가 되어 나타났다는 의견도 내가 볼 때는 나름대로 설득력이 있어. 거북점, 사슴점은 야마타이국 시대에 주술을 신봉하던 히미코가 실제로 행했던 거니까."

"그럼 동경 139도 선 위에 야마타이국이 있었다는 거야?"

"아니, 그게 아니라, 야마타이국의 후신(後身)이 그 근처로 이주했다, 혹은 이주당했다는 거지. 야마타이국은 아마도 규슈에 있었겠지만,《위지왜인전》이라는 중국 사료에 등장하는 것은 3세기 중반에 딱 한 번이고, 그 후 8세기 일본에서 갑자기 야마토 조정이 시작되어서 야마타이국이 어떻게 되었는지는 아무도 몰라. 일본 쪽 문헌에는 이 나라에 대한 기술은 한 줄도 나오지 않고.

일설에는 일본 내에서 대립하던 구나국(狗奴国)에 멸망당했다고도 하고, 조선에서 온 대륙계 민족에 의해 멸망당했다고도 해. 헤이키치는 후자 쪽이지.

그런 이유로 히미코의 야마타이국은 멸망했거나, 아니면 나중에 일본 중앙정부군에게 병합되었을 거라 생각되는데, 야마토 조정은 야마토에 중앙정부를 수립한 후 정책적으로 히미코의 자손도 포함해서 전 야마타이국 사람들을 도고쿠[34]로 강제 이주시켰던 게 아닐까 하는 것이 그 소설의 주장이야.

나라 시대 이후 중앙정부의 정책을 보면, 역사적으로 가즈사, 고즈케, 무사시, 가이 근처의 간토 지방은 조선 반도의 동란을 피해 온 이른바 '귀화인'을 강제적으로 거주시켰던 지역인 것 같아. 이것은 조정의 원래 정책을 답습한 것에 지나지 않는데, 그 강제 이주 제1호가 야마타이국인이라는 설도 있어."

"흐음."

"야마타이국은 재미있는 수수께끼야. 소재지 관련해서도 규슈설뿐 아니라 여러 가지가 있고. 그런데 소재를 논하는 게 목적은 아니니까, 동경 139도 선으로 돌아가자. 나는 이 문제에 관해서도 잘 아니까, 궁금하면 다른 기회에 여유 있게 이야기해줄게.

아까 말한 거북점, 사슴점이 전해 내려오는 신사 이야기로 돌아가면, 에치고, 야히코 신사의 경도는 앞에 언급했고, 조슈 누키사키 신사는 동경 138도 38분, 부슈 미타케 신사가 동경 139도 12분, 아키루 신사가 139도 13분, 이즈 시라하마 신사가 동경 138도 58분이야.

이것들은 헤이키치가 말하는 동경 138도 48분에 따라 늘어서 있다고 할 수 있어. 또 반대로 헤이키치의 설을 동쪽으로 12분 옮겨서 마쓰모토설을 병합해도 괜찮을 것 같아. 오키나와의 사

---

34)   현재의 간토 지방.

키시마 제도 한가운데를 동경 124도 선이 통과하니까 이것을 대충 서쪽 끝으로 하고, 동쪽은 끝자리 수를 버리고 깔끔하게 154도라고 하자. 헤이키치가 말하는 하림코탄 섬 왼쪽 시아시코탄 섬을 대강 동쪽 끝으로 하는 거야. 이들의 한가운데를 구하면 동경 139도가 되니까.

결국 이 부근의 남북선으로 인해 마쓰모토설에서도 뭔가 있을 것 같다는 말이 나왔어. 헤이키치가 생각한 것처럼 복점은 일본의 중심에서 행하는 것이 가장 효험이 있다고 생각했거나, 아니면 주술사들이 영감에 이끌렸는지, 이 선이 중요하다는 1936년 헤이키치의 예언은 여기서 한층 더 힘을 받았다고 할 수 있지."

"그렇군, 재미있네."

"이걸로 끝이 아니야, 하나 더 있어."

"응."

"이것도 소설인데 다카기 아키미쓰[35]라는 작가의《황금 열쇠》라는 장편이 상당히 암시적이야."

"거기에도 이 선이 나와?"

"응. 이 소설에서는 구체적인 숫자는 문제 삼지 않았지만, 유신으로 멸망한 에도 막부가 재기를 위해 감춰 놓았다는 매장금(埋藏金)의 전설을 둘러싼 이야기야.

---

35) 일본의 추리소설 작가. 대표작으로《문신 살인사건》,《대낮의 사각》등이 있다.

헤이키치의 소설에 관계있는 부분만 뽑아 보면, 에도 막부 붕괴 당시에 가쓰 가이슈[36]와 나란히 막부를 꾸려가던 오구리 고즈케노스케라는 수완 좋은 정치가가 있었어.

그는 가쓰와 달리 삿초[37] 연합군에 승복할 생각은 아예 없었고, 결사 항전할 태세였지. 그리고 당시 상당히 쇠퇴한 막부군도 삿초의 도세이 군[38]을 괴멸시킬 기막힌 작전을 계획하고 있었다고 해. 이 내용을 사이고 다카모리[39]나 오무라 마스지로[40]가 후에 듣고는 전율했다고 하더군.

그 작전은 도카이도에서 시즈오카까지를 텅 비워서 도세이 군이 진격하게 놔두고 하코네에서 오다와라에 걸쳐 수비를 집중하는 거야. 그리고 하코네에서 운명을 걸고 전략을 다해 도세이 군을 물리친 다음, 오키쓰까지 퇴각시켜 오키쓰 앞바다에 대기시킨 군함으로 포격한다는 거였어. 당시 해군은 막부 쪽이 더 앞섰으니까. 오키쓰라는 마을은 뱀장어가 자는 곳처럼 산이 바다 가까이에 있는 좁은 곳이라서, 여기에 있을 때 포탄이 떨어지면 숨을 곳이 없지.

그런데 이런 좋은 아이디어도 역사의 힘을 거스르지는 못했고,

---

36) 에도 시대 막부 말기의 관료. 일본 해군 창설을 추진.
37) 사쓰마 번과 초슈 번. 메이지 유신파.
38) 메이지 신정부군.
39) 일본의 정치가. 메이지 유신의 중심인물.
40) 막부 말에서 메이지 초기에 활약한 육군 지도자. 일본 육군의 창시자.

구체적으로는 도쿠가와 요시노부가 내켜하지 않아서 빛을 볼 수 없었어. 만일 실행되었으면 에도 막부의 붕괴는 어쩌면 좀 더 나중이 되었을지도 모른다는 말이 있더라.

한편 막부군의 스루가 만 작전 말인데, 하코네와 오키쓰는 동경 138도 48분을 중심으로 동과 서에 대칭으로 거의 똑같은 거리에 위치하고 있어. 즉 이 작전은 138도 48분 선 위에서 전개될 예정이었겠지.

또 이 작전을 짠 오구리 고즈케노스케가 태어난 조슈 곤다무라가 동경 138도 48분이야. 이 사람은 여기 돌아와 있을 때 참수당해서 묘도 이 마을에 있어. 그러니까 참수당한 장소도, 묘의 위치도 거의 동경 138도 48분 선 위인 거지.

그 후 오구리 고즈케노스케가 막부의 재보를 감추었다는 전설에 나오는 아카기야마 산은 139도 12분 정도인데, 이 소설에서는 재보를 은밀히 묻기에 적합한 장소는 아카기야마 산이 아니라 신에쓰선의 마쓰이다와 곤다무라를 잇는 간도 어딘가가 될 거라 했어. 이것도 대략 동경 138도 48분이고.

이야기가 샌 김에 하나 더 말하면 이 소설에서 약간 흥미를 자극하는 사실을 알았어. 태평양 전쟁 패전 직후 일본군은 본토 결전을 결의하고 다이혼에이[41]를 도쿄에서 내륙부인 마쓰시로로 옮길 계획을 세웠거든. 마쓰시로는 나가노의 남쪽이고, 그 유명

---

41) 전시의 일왕 밑의 최고 통수 본부.

한 가와나카지마 전투[42]가 있었던 곳이야. 일본군은 이것을 흉내 내어 배수진을 칠 작정이었겠지.

일본군이 본토 결사 항전이라는 태세를 갖추면 미군은 구주쿠 리하마와 사가미 만에 상륙해서 간토 평야를 먼저 손에 넣으려 고 하겠지. 이것은 이미 어떻게 하기 어려워. 그리고 최종적으로 는 마쓰시로에서 저항하는 다이혼에이와 일본 정부를 상대로 최 후의 결전을 벌이겠지. 그렇게 되면 미군의 진격로는 나카센도[43] 가 될 테니까, 육군은 제일 격전이 예상되는 안나카에서 우스이 토게 고개까지의 나카센도에 진지를 여럿 설치할 계획을 세웠던 것 같아.

안나카와 우스이토게 고개의 가운데에 마쓰이다가 있는데 마 쓰이다가 동경 138도 48분이야. 어쩐지 오구리 고즈케노스케의 스루가 만 작전과 아주 비슷하지 않아?

둘 다 국가의 역사적인 전환기에 국가 존망의 운명을 건 최종 결전으로 계획된 작전인데, 결국 실행되지는 않았어.

지금은 이 정도밖에 모르지만 조사하면 이 선에 얽힌 역사적 인 중대사는 더 나올 것 같아."

미타라이는 이야기가 옆길로 샌 탓인지 맥이 빠져 있다가 한

---

42) 일본 전국시대 북시나노의 지배권을 둘러싸고 다케다 신겐과 우에스기 겐
    신이 벌인 전투.
43) 에도 시대 다섯 개의 큰 도로 중 하나로 에도의 니혼바시와 교토의 산조오
    하시를 잇는 길이다.

마디 했다.

"그러면 나도 그 근처로 이사 갈까 봐."

"그 외에도, 레이라인이라는 게 알려져 있어."

"레이라인, 영국?"

"응, 알아?"

"알지. 고분이나 제사장이 하나의 라인 위에 늘어서 있고, 이들 지명 끝부분에는 모두 '레이'라는 음이 붙어."

"그렇구나. 일본에도 그런 게 있어. 예를 들어 북위 34도 32분. 동서 선인데, 이 선을 따라 700킬로미터에 걸쳐 신사나 관련 사적이 늘어서 있다고 해."

"흠."

"고쿄에서 귀문(鬼門) 방향, 그러니까 정확히 동북 방향의 선분 위에는 야사키이나리 신사, 히에 신사, 이시하마, 덴소 신사 등이 띄엄띄엄 늘어서 있거든. 쓰루가오카하치만구 정북쪽에는 닛코 토쇼구가 있고, 그 사이의 남북선 위에는 금속신을 모시는 신사들이 있다는 설이 있어."

"호오."

"그러니까 일본에는, 영국도 그렇겠지만, 이런 식으로 중요한 직선 위에 제사장을 배치하는 발상이 옛날부터 있었던 것 같아."

"그렇구나, 헤이키치의 발상이 특수하진 않다는 말이네."

"맞아. 그럼 이제 미사코 씨가 가져온 자료를 읽어보자. 오늘은 그러려고 온 거야. 세상 사람들이 다 아는 자료는 이제 다 말했으니까. 미사코 씨의 증거자료도 머리에 넣으면 그다음은 네 두뇌 노동만 남는 거지."

이야기의 순서가 바뀌었는데, 미타라이와 내가 40년이나 지난 점성술 살인사건에 별나게도 깊이 관여한 계기는 이다 미사코라는 여성 때문이었다. 평소대로 미타라이의 점성학 교실에서 빈둥거리고 있는 내 앞에 갑자기 이 여성이 나타났다.

그전까지 나는 길거리에서 손금을 보는 여성이 예비지식으로 서양 점성술을 알아두려고 미타라이의 강의를 듣는 것은 알고 있었다. 그러나 그다지 붐비지 않았기 때문에 다른 일로 찾는 사람은 없을 거라 생각했는데, 의외로 점을 봐달라는 손님도 있었다. 대부분 여성에, 처음 온 사람은 거의 없었고, 다들 첫마디가 아무개 씨가 잘 보신다고 알려주셔서라고 했다. 그럴 때마다 미타라이는 잘난 체하는 표정으로 내게 이거 가져와라 저거 가져와라 시켰다.

이다 미사코도 그런 여성 중 하나였으나 의뢰 내용은 크게 달랐다.

"사실 좀 이상한 부탁일지도 모르겠어요."

부인은 주저하듯 말을 꺼냈다.

"점을 봐주십사 하는 게 아니라, 아니, 그것도 괜찮지만 제가 아니라 저희 아버지예요."

그렇게 말하고 그녀는 다시 입을 다물었다. 어지간히 말을 꺼내기 어려운 것 같았다.

그런데 미타라이는 마치 낚싯줄을 늘어뜨리고 찌가 움직이기를 기다리는, 속세를 떠난 사람 같은 얼굴이었다. 말이라도 한마디 해주면 용기를 내어 입도 열기 쉬울 텐데, 하고 나는 옆에서 애가 탔지만, 이때 그는 심한 우울증이어서 어쩔 수 없기는 했다. 게다가 미타라이는 폐암의 직접적 원인이 담배라는 걸 알면서도 피우는 것은 저능한 자들이나 하는 짓이라 경멸해서 담배를 입에 대지 않았기 때문에 한층 더 얼이 빠져 보였다.

"실은."

그녀는 결심한 듯이 말했다.

"원래 경찰에 가야 할 일이지만 그렇게 할 수 없는 사정이 있어서…….

저…… 미타라이 씨는 미즈타니 씨를 기억하고 계신지요? 1년 전쯤 찾아뵈었다고 들었어요."

"미즈타니 씨…… 말입니까?"

미타라이는 점잔 빼는 듯한 얼굴로 생각에 잠겼다가 "아! 그 장난 전화"라고 바로 대답했다.

"맞아요. 미즈타니 씨가 제 친구예요. 그 사건 때 정말 어떻게 하나 했는데, 여기 상담하러 왔더니 바로 해결해주셨다고 했어요. 미타라이 씨는 점뿐만 아니라, 그, 탐정 같은 재능도 있으시다는 말을 자주 하더군요. 아주 머리가 좋은 분이시라고."

"하하."

미사코는 상당히 능숙했다. 미타라이는 치켜세우는 것이 효과가 있는 부류의 남자다.

그 말을 하고 그녀는 다시 침묵했다.

"저, 미타라이 씨는 존함이 어떻게 되시나요?"

그녀는 갑자기 뜬금없는 말을 꺼냈고, 미타라이는 딱 봐도 알 수 있을 정도로 당황한 것 같았다.

그러나 나는 딱딱한 분위기를 깨기에는 오히려 이상적인 질문이라 생각했다.

"제 이름이 지금부터 하실 이야기의 내용과 관계가 있습니까?"

미타라이는 신중하게 물었다.

"아뇨, 그런 건 아니지만 미즈타니 씨가 알고 싶다고 해서요. 여쭤봐도 전혀 알려주시지 않았다더군요."

"제 이름을 물어보러 일부러 여기까지 오셨습니까……."

미타라이가 비아냥대는 걸 내가 자르고 재빨리 알려주었다.

"기요시(潔)입니다. 청결하다 할 때 결 자죠."

미타라이가 입에 올리기를 내키지 않아 하는 사정이나, 부족한 부분을 보충하는 게 내 역할이다.[44]

미사코는 잠시 고개를 숙였는데, 아마 웃음을 참고 있었을 것

---

44) 미타라이는 화장실을 뜻하는 오테아라이와 한자가 같아서 성과 이름을 붙이면 '화장실 청결'이라고 생각할 수 있다. 시마다 소지 작가의 어릴 적 별명인 '화장실 청소(소지)'에서 착안했다고 한다.

이다. 미타라이는 어쩐 일인지 무척 씁쓸한 표정이었다.

"이름이 독특하시네요!"

그녀는 얼굴을 들고 말했다. 볼에 살짝 홍조를 띠고 있었다.

"지은 인간이 이상하니까요."

미타라이는 재빨리 말했다.

"지은 분은 아버님이신가요?"

미타라이는 더더욱 진절머리 난다는 표정으로 "그렇습니다. 천벌을 받아 일찍 죽었어요"라고 말했다.

그리고 약간, 이번에는 다른 의미로 서먹한 침묵이 있었지만, 미사코의 마음이 풀어져 이야기하기가 쉬워진 것은 분명했다. 그녀는 이번에야말로 술술 말하기 시작했다.

"아까 경찰에 가지 못해 고민이라고 말씀드렸는데, 아버지의 수치가 될 것 같은 이야기입니다. 아니, 어느 정도의 수치라면 아버지는 지난달 돌아가셨으니 아무래도 상관없는데, 형사 책임으로까지 발전할지도 모른다는 생각이 들었거든요. 그렇게 되면 남편이나 오빠에게도 좋지 않은 상황이 됩니다. 저희 가족은 아버지, 오빠, 남편이 다 경찰 일을 하고 있어서요.

형사 책임이라고 했지만, 아버지가 범죄를 저질렀다거나 그런 건 절대로 아닙니다.

아버지는 정말 성실하신 분이었어요. 과장은 조금도 없고요. 정년퇴직 때 표창과 감사장도 받았습니다. 정말로 어쩔 수 없는 경우 이외에는 결근이나 지각도 한 적이 없을 겁니다. 그런데 최근에 거기에는 다른 이유가, 일종의 속죄라고 할까, 그런 이유가 아버지의 마음속에 있었던 게 아닌가 생각하게 됐죠.

여기로 상담하러 온 것도 너무나 유명한 사건이라 오빠나 남편이 알면 공공연하게 알려져서 몰래 해결할 수 없기 때문입니다. 남편은 아버지와 비슷한 성실하고 평범한 사람인데, 오빠는 냉혹하고 일을 너무 열심히 하는 부분이 있어서, 아마 그럴 수도 있을 것 같아요. 그렇게 되면 아버지가 불쌍해서, 절대로 그렇게는 할 수 없었습니다.

가능하면 아버지의 작은 명예나 경력에 흠이 되지 않으면서 표면화되지 않고 어느 정도 해결이 된다면, 아버지를 위해서도 그렇게 해드리고 싶어서요."

그녀는 거기서 말을 끊었다. 기억을 더듬는 것도 같았고, 자신의 결심을 확인하는 것도 같았다.

"저로서는 집안의 수치를 이야기하는 거니까 오빠가 알면 무슨 말을 들을지 모르지만, 그래도 사건에 서양 점성술도 관련된 것 같아서 그런 지식이 있는 분을 찾았는데 미타라이 씨라면 모든 점에서 딱 맞겠다는 믿음이 생겼어요. 그래서 큰맘 먹고 찾아뵌 겁니다.

오해하시면 곤란한데, 아버지가 범인이라거나, 공범들과 관계가 있을 가능성은 절대 없습니다. 아버지는 이용당하셨어요…….

저……. 미타라이 씨는 전쟁 전에 일어난 우메자와가 점성술 살인사건을 알고 계신가요?"

미타라이는 무뚝뚝하게 "아니요"라고 했고, 그녀는 깜짝 놀랐는지 미타라이의 얼굴을 물끄러미 바라보았다. 무척 유명한 사건인 데다, 점성술과 관련이 있어서 미타라이가 당연히 알 거라고 생각했던 것이다. 솔직히 말해서 이때는 나도 깜짝 놀랐다. 일본에 사는 사람 중에 그 사건을 모르는 사람이 있다고는 생각지도 못했다.

"그렇습니까, 아실 거라 생각했는데……. 그러면 사건 내용부터 먼저 말씀드려야겠네요."

그녀는 우메자와가의 사건을 헤이키치 살해 부분부터 간추려서 말하기 시작했다. 내가 그 사건이라면 저도 잘 알고 있고 책도 있으니까 미타라이에게는 나중에 자세히 설명하겠다고 말참견을 했다. 그녀는 그러시군요, 라고 말하고 그래도 일단 대충 설명하고 나서 다음과 같이 말했다.

"저는 결혼해서 이다가 되었는데, 결혼 전 성은 다케고시라고 해요. 아버지는 다케고시 분지로, 생년월일은 1905년 2월 23일입니다.

아버지가 경찰이었다고 조금 전에 말씀드렸는데, 사건 당시 1936년에 아버지는 서른하나로 다카나와 경찰서에 근무하고 계셨어요.

그때 저는 태어나지 않았지만 오빠는 태어났을 겁니다. 지금 저희들은 지유가오카에 살고 있는데, 당시 아버지와 어머니는 가미노게에 살고 계셨거든요. 그래서 그 사건에 말려든 것 같습니다.

얼마 전에 돌아가신 아버지의 서가를 정리했더니 이런 게 나왔습니다. 경찰에서 진술서를 작성할 때 자주 사용하는 용지인데, 여기에 빽빽하게 아버지의 글씨로 당시의 일이 적혀 있었습니다.

다 읽었을 때는 정말 놀랐어요. 믿을 수가 없었습니다. 그렇게 온후하고 성실하셨던 아버지가……. 아버지가 더 불쌍해서 도저히 이대로 있을 수 없었습니다.

이 글에 따르면 우메자와가의 사건 중, 가즈에 씨 사건 직전에 아버지는 가즈에 씨와, 그, 경찰관으로서는 해서는 안 될 실수를 저지른 것 같아요……

이미 보여드리기로 각오하고 왔으니 맡겨두고 가겠습니다. 읽어보시면 전부 알게 될 거예요. 아버지가 어떤 점을 바랐는지도 아시게 될 테니, 가능하면 사건을 해결해주셨으면 합니다. 그러면 아버지도 편히 하늘로 가실 것 같아요. 지금 이대로는 죽어서도 눈을 못 감으실 게 틀림없습니다. 사건 전부를 해결하는 건 힘들어도, 아버지가 관련된 부분만이라도 제대로 된 설명을 해주실 수 없을까 해서……."

우리는 의논한 후 다케고시 분지로 씨의 수기를 바로 읽지 말고, 일단 일반적으로 알려진 지식을 머리에 넣은 다음 훑어보기로 했는데, 이때 내가 느낀 강렬한 흥미와 흥분은 여기에 설명하기가 힘들 정도였다. 미타라이와 알게 된 것을 신에게 감사하고 폰 기분이었다.

　미타라이도 그다지 싫은 것도 아니면서 "아 그렇습니까"라고
말할 뿐이었다.

분지로의 수기

34년에 이르는 본관의 경찰관 인생은 얻은 것은 적고 잃은 것만이 눈에 들어온다. 감사장 한 장과 경시(警視)라는 직함이 내가 얻은 전부이지만, 벽에 걸어놓은 그것들도 내 마음의 고통을 덜어주지는 않는다.

그러나 그것이 경찰이기 때문에 느끼는 고통이라고는 생각하지 않는다. 사람들은 누구나 진정한 고통을 타인에게 말하려 하지 않는 법. 방탕한 세월을 보내는 자도 가슴속에 어떤 고통이 깃들어 있는지 모른다.

내가 쉰일곱에 명예퇴직을 받아들였을 때, 의외라고 생각하는 부하도 있었다. 나는 5할 많은 퇴직금이 갖고 싶었던 것도 아니고, 또 경찰 일에 의욕을 잃고 폭삭 늙는 것이 남들만큼 두렵긴 했지만, 이대로 일을 계속하다가 경찰관으로서 돌이키기 힘든 실책을 저지르는 게 아닌가 하는 두려움이 더 컸다. 실제로 무사 퇴직은 요 20여 년간 머릿속을 떠나지 않던 소망이었으며, 신부를 꿈꾸는 소녀처럼 천진한, 거의 동경이라고까지 할 수 있다.

이런 글을 남기는 것은 심히 위험하며 무사 퇴직을 할 수 있다면 이런 종류의 글은 절대 쓰지 않기로 단단히 마음을 먹었지만, 무료한 노년에 그런 마음을 조금이라도 품지 않기는 어렵다. 이 용지에 많은 진술서를 작성했던 옛날이 그립고, 전혀 펜을 들지 않고 사는 날들이 노화를 재촉하는 듯하여, 만일의 경우에는 태우면 된다고 스스로를 격려하며 펜을 움직여보니, 떠오르는 일은 단 한 가지밖에 없다.

본관은 늘 두려워했던 일을 고백하겠다. 지위가 생기고 책임이 커짐에 따라 그 무게가 늘어났다. 아니, 당시에는 나만의 일이어서 그리 대단한 고민은 아니었다. 아들이 나와 같은 길을 택해 상응하는 지위를 얻게 되니 내 공포는 비교할 수도 없이 커져서, 그저 무사히 정년퇴직할 날만을 마음속에 그리게 되었다.

스스로 일을 그만두었으면 좋았겠지만 소심한 본관은 그조차 할 수 없었다. 경찰관 외에 천직은 없다고 생각하는 본관에게 퇴직할 이유가 있을 리 없고, 동료들의 눈이나 그들에게 해야 할 해명을 생각하면 단념하지 않을 수 없었다. 또한 이 사실이 드러나면 어디서 무엇을 하든지 결국 마찬가지일 것이며, 경찰관인 아들의 입장은 내 퇴직에 의해 구제되지도 않을 것이라 생각했다. 그리고 무엇보다도 수상한 퇴직에 의해 오히려 내가 수사의 대상이 되는 것이 두려웠다.

나의 뇌리에서 한시도 떠나지 않고 나를 두렵게 한 것은 1936년 우메자와 일가 몰살 사건이다. 종전 직후 정도는 아니지만 그 어두운 시대에는 몰살이나 엽기 사건이 자주 있었다. 그런 사건은 지방에서 많이 일어났고, 몇 건은 미궁에 빠졌다.

우메자와가의 사건도 그중 하나였는데, 사쿠라다몬[45]의 1과가 담당했을 것이다. 본관은 당시 다카나와 서의 탐정계장이었다. 그 당시 각 경찰서에 탐정계라는 것이 있어서 실형이 확정된 범인의 수에 따라 탐정 수당을 받았다. 7엔, 8엔, 9엔, 이렇게 등급이 있었다. 1936년 당시 그런 경쟁 제도가 남아 있었고, 나는 성적이 좋았기 때문에 서른 살에 탐정계장으로 임명되었다.

그 무렵 나는 가미노게에 가정을 꾸렸고 장남도 태어난 직후여서 기력이 충만해 있었다. 1936년 3월 23일 밤의 일은 잊을 수도 없었다. 나는 지금에 이르러서도 주저하고 있지만, 이하는 과감하게 쓰기로 하겠다.

내가 불행에 휘말린 계기는 가미노게의 가네모토 가즈에 살해였다. 가즈에 살해를 포함해 우메자와 일가 사건은 전쟁이 끝난 후 일반인들에게 널리 알려졌으며, 세상 사람들은 가즈에 살해를 일가 몰살과 관계가 없다고 판단하는 듯하나 이하의 기술은 그것이 틀렸다고 지적하는 결과가 될 것이다.

일개 경찰에 지나지 않았던 시절의 나는 성과를 올리기 위해 경우에 따라서는 아내보다 일찍 일어나고, 아내가 잠든 후 귀가하기도 했

---

45) 일본 경시청 건물이 사쿠라다몬 앞에 있다 해서 붙은 경시청의 별칭.

었지만 그때는 계장으로 승진해서 매일 6시 정각에는 서를 나와 집 근처에 도착하면 으레 7시가 조금 지난 시각이었기 때문에, 나를 함정에 빠뜨릴 계획을 세우기도 용이했을 것이다.

역에서 내려 5분 정도 걸었을 때, 내 앞에 가던 검은 기모노를 입은 여자가 갑자기 웅크리고 앉는 것이 보였다. 달리 지나가는 사람도 없었고, 여자가 아랫배를 누른 채 일어날 기색도 없어서 무슨 일인가 싶어 말을 걸었다.

여자가 죄송합니다, 갑자기 배가 아파서요, 라고 말했던 것을 기억한다. 집을 물어보니 근처라고 해서, 경찰관의 직업의식으로 어깨를 빌려주고 집까지 데려다주었다. 껴안듯이 해서 방까지 들어가, 누이고 돌아가려고 하자 여자는 마음이 놓이지 않는다며 조금만 더 있어 달라고 했다. 물어보니 이 단독주택에서 혼자 살고 있다고 했다.

고백하자면 나는 아내 이외에는 여자를 몰랐다. 그러나 그것을 부끄럽다고 생각한 적은 없다. 맹세컨대 그때 나는 결코 딴마음이 없었다. 그러나 때때로 그 여자가 고통스러워할 때, 흐트러진 옷자락이 눈에 들어올 때마다 어리석게도 마음이 혼란스러워졌다.

나는 지금에 이르러서도 그 여자의 심리를 헤아릴 수 없는데, 듣자하니 남편이 죽어서 독수공방의 외로움을 견디기 어려웠을 거라고 당시에는 생각했다. 사실 내가 그녀를 안았을 때, 외로웠다며 내 귓가에서 속삭이며 불을 꺼달라고 여자는 슬프게 말했다. 정사가 끝났을 때 여자는 거듭 사과했다. 그리고 "이대로 괜찮습니다, 아무쪼록 불을 켜지 마시고 돌아가 주세요, 늦어지면 댁에 폐를 끼칩니다, 저는 외로

웠습니다, 부디 이 일은 잊어주세요. 저도 결코 입 밖에 내지 않겠습니다"라고 말했다.

손으로 더듬어 옷을 찾아 입고 범죄자처럼 남의 눈을 피해 현관을 나간 나는 걸으면서 생각했다. 솔직히 여우에 홀린 기분이었다. 어쩌면 복통은 연기였을지도 모른다. 다시 생각해보면 아무래도 그런 것 같다. 마타타비모노[46] 등에서 길가에 주저앉아 남자의 주머니를 노리는 여자 소매치기가 자주 나온다. 그러나 뒤적거려보아도 무엇 하나 잃어버리지 않았다. 만일 그것이 연기였다면 남자를 원했던 것으로 생각할 수밖에 없었다.

이때 내 마음에 죄책감은 사라졌고, 오히려 한 여자를 구해주었다는 기분조차 들었다. 저런 형편이라면 나와의 일을 결코 입 밖에 내지 않을 것이다. 나만 입 다물고 있으면 아무 일도 없다. 설령 드러난다고 해도 안사람에게 알려지는 정도라면 크게 문제되지는 않는다.

정확한 시각은 모르겠지만 집에 도착한 것은 9시 반쯤이었다. 평소보다 딱 2시간 정도 늦었다. 이 2시간이 곧 내가 여자와 관계한 시간이다.

다음 날은 아무 일도 없었고, 내가 그 여자의 죽음을 안 것은 다음 다음 날인 25일 아침이었다. 이름도 그때 처음 알았다. 가네모토 가즈에, 중간 크기의 기사로 신문에 실린 것을 보고 나는 경악했다. 사진은 수정의 흔적이 명백해서 다른 사람처럼 보였다. 아마 젊은 시절의

---

46) 각지를 유랑하는 노름꾼 등의 의리, 인정을 그린 소설, 연극, 영화 등.

사진을 썼을 것이다.

도망치듯 집을 나와 출근하고 나서야 비로소 사건을 알았다는 식으로 꾸며야 했다. 가즈에의 집과 우리 집은 제법 거리가 있었지만, 만약 사전에 알았다면 현장을 본 후 출근하는 것이 자연스럽다고 생각했기 때문이다. 그래서 집에서는 일부러 신문을 숙독하지 않았다.

발견된 시각이 전날 밤 8시경이라고 하니, 내가 귀가한 직후였다. 그보다 내가 놀란 것은 사망추정시각이었다. 23일 밤 7시부터 9시라면 거의 내가 여자와 같이 있었던 시간대였다. 멍청하게도 나는 정확한 시각을 전혀 기억하지 못하는데, 가미노게 역에서 그렇게 떨어지지 않은 길에서 여자와 만났으니 아마도 7시 반쯤이었을 것이다. 어쩌면 더 늦었을지도 모르지만 8시는 되지 않았다. 그리고 그 시점에 가즈에는 살아 있었으니까, 내가 모르는 30분은 물론 큰 문제는 아니다. 8시쯤 가즈에의 집에 가서 그곳에서 나온 시각은 9시 10분 전, 기껏해야 15분 전일 것이다.

도둑이 들었고 경대를 향해 앉아 있을 때 맞아서 살해당했다고 하니, 도둑은 내가 나가자마자 바로 집에 침입한 것이 된다. 아니면 내가 있는 동안에 집에 숨어 있었을 수도 있다. 여자가 나와의 정사 후 경대를 보며 흐트러진 머리를 빗었다는 것도 있을 수 있는 일이다.

무엇보다 내가 당황한 것은 피해자가 강간당했다고 추정된 것이다. 혈액형까지 나와 있었다. 내 혈액형은 분명 O형이었다.

귀가한 후에도 나는 그 사건을 보도한 신문을 끝내 읽을 수 없었다. 가즈에 살해는 이후 소위 아조트 살인이 날 때까지는 다시 기사화

된 적은 없었으므로, 나는 이 사건이 어떻게 보도되었는지는 끝까지 몰랐지만, 가즈에가 강간당했다는 취지의 내용은 없었다고 생각한다. 이것은 내가 서에서 알게 된 것이다.

시체가 입고 있던 기모노도 내가 본 것과 일치했다. 흉기가 된 꽃병도, 내가 들어간 방 책상 위에 분명히 놓여 있었다. 서른한 살이라는 나이에는 다소 놀랐다. 좀 더 젊어 보였다. 그러나 그런 일을 위해서 열심히 젊어 보이게 치장했을지도 모른다. 나는 이때 공포와 함께 어떤 감상을 품지 않을 수 없었다. 내게 안긴 직후 맹장지 너머 옆방에서 머리를 빗다가 살해된 것이다.

하룻밤 정을 통한 이 여자에게 연민의 감정을 느껴, 나는 범인에게 지금 생각하면 풋내 나는 투지를 불태우기도 했다. 그러나 관할이 다른 내가 나서서 이 사건을 조사할 구실을 대기 힘들었다. 아무것도 하지 않고 며칠을 보낸 4월 2일, 집으로 갈색 봉투의 속달이 도착했다. 친전(親展)이라고 쓰여 있고, 소인은 4월 1일 우시고메 우체국으로 되어 있었다. 첫머리에 '소각할 것'이라고 쓰여 있어서 그대로 처리했기 때문에 내용은 기억에 의지할 수밖에 없지만, 대강 다음과 같은 내용이 쓰여 있었다.

우리는 황국의 이익을 위해 행동하는 비밀 국가기관이며 어떤 계기로 지난 3월 23일 가미노게에서 일어난 가네모토 가즈에 살해가 귀하의 범행이라는 확증을 입수한 바이다. 귀하의 직분으로 보아 극히 유감이며 방치할 수 없으나, 현재 정세에 비추어 같은 민족이 서로 싸울 때가 아닌 것 또한 명백하다.

따라서 우리는 목하 직면한 중대사를 해결하는 데에 귀하가 헌신적 협력을 공헌한다면, 정상을 참작하여 은사를 베풀 용의가 있다. 또한 귀하에게 수행을 바라는 임무는 단 한 가지임을 약속한다.

각설하고, 임무의 구체적 내용은 여자 여섯 명의 시체 처리이다. 여자들은 모두 중국인 스파이이며 처형되었으나 공개가 불가능하다. 중일전쟁이 발발하는 계기가 되어서는 곤란하기 때문이다. 일은 민간 차원의 엽기 사건으로 처리되어야 한다. 따라서 우리 쪽 인원이 이런 일을 할 수 없으며, 우리 쪽의 자동차를 쓰는 것도 불가능하다. 귀하에게 개인적 책임으로 자동차를 조달하여, 정해진 장소에 정해진 방법으로 정해진 일시 내에 시체 여섯 구를 유기할 것을 명한다. 또한 발각된 경우, 우리 책임이 아닌 귀하 개인의 책임이 될 것이다.

여섯 구의 시체는 귀하가 범행을 한 가미노게의 가네모토 가즈에 자택 창고에 있다. 기한은 4월 3일부터 10일까지 일주일로 한다. 밤을 택해 주행하는 것이 바람직하다. 말할 필요도 없지만, 지역 사람들에게 길을 묻는 것은 엄금이며, 음식점에 들르는 것도 원칙적으로 금한다. 흔적을 남겨서는 안 된다. 이것은 귀하의 이해와 맞물리는 문제라는 것을 명심하라. 지도는 동봉해두었다. 불충분할지도 모르지만, 기한 내에 처리하기를 바란다.

대체로 이상과 같았다고 기억한다. 기겁을 한 것은 물론, 어리석게도 내가 용의자가 되면 불가능이라고 해도 될 정도로 반박하기 어렵다는 것을 이때 처음으로 깨달았다.

만일 내가 가즈에와 함께 그 집에 들어간 후 혼자 나오는 장면이 목격되었다고 하면 어떤가. 가즈에의 사망추정시각은 7시부터 9시이다. 나는 7시 반이 지나 그 집에 들어갔다. 물론 그때 가즈에는 살아 있었다. 그리고 내가 그 집을 나온 것은 기껏해야 9시 10분 전이나 15분 전이다. 즉 문제의 시간 대부분을 내가 가즈에와 같이 있었던 것을 알 수 있다. 무죄의 가능성은 겨우 9시까지의 10분 안팎의 시간뿐이다.

게다가 가즈에의 몸에는 나와의 정사 흔적이 남아 있다. 이래서는 나 자신이 조사해도 다른 범인이 있다고 생각하지 않을 것이다.

이때 나는 경찰관으로서의 미래는 이미 사라져버렸다고 절망했다. 유일한 구원의 길은 비밀 국가기관인지 뭔지의 심기를 해치지 않게 일을 잘 처리한 경우이겠지만, 그렇다 한들 그때는 그 길이 희망적이라고 생각되지 않았다.

당시 나는 나카노 학교[47] 계열의 비밀조직이 실제로 존재한다는 것을 알고 있었다. 나와 같은 하급 경찰에게는 현실감이 별로 없었지만 말이다. 그러나 만일 그들의 조직이 견고하다면, 변덕을 부려 약속을 어기지는 않을 것 같았다. 여자 시체 여섯 구는 그들에게도 감추어 두고 싶은 것이다.

---

47) 육군 나카노 학교. 첩보나 방첩, 선전 등 비밀전에 관한 교육이나 훈련을 목적으로 한 구 일본육군학교.

그런데 나는 편지를 계속 읽다가 더더욱 경악했다. 시체를 한 장소에 버리는 것이라고만 생각했다. 그러나 편지에서는 여섯 구의 시체를 제각각 다른 장소에 유기하도록 지시했고, 그 장소들은 일본 전국에 흩어져 있었다.

쉬운 일은 아닌 것 같았다. 하룻밤 샌다고 끝날 것 같지도 않았다. 편지에는 각각의 시체를 유기할 장소뿐 아니라 여정의 순서와 구덩이를 파는 깊이까지 지정되어 있었다. 유기 장소의 주소가 쓰여 있고 지도에 표시도 되어 있지만, xx 광산 부근 산속이라고 하는 정도여서 다행이었다. 모두 처음 가보는 곳이었기 때문에 그 이상 상세하게 지정한다면 허둥거리며 지체할 것이다.

동시에 느낀 것인데, 이 작전을 계획한 사람도 아마 이 장소에 간 적이 없는 것 같았다. 간 적이 있다면 지도에 더 상세하게 표시를 했을 것이다.

왜 시체 여섯 구를 지방에 흩어놔야 하는지 여전히 이해하기 어렵지만, 필시 엽기 범죄로 연출하려는 의도 탓일 것이다. 몸의 일부를 절단한 이유는 짐작이 갔다. 덕분에 시체는 내가 조달한 캐딜락의 뒷좌석에 딱 맞게 들어갔다. 절단되지 않았더라면 상당히 고생했을 것이다. 운반의 편의를 생각한 것이 아닐까.

다음 날, 나는 어떤 일도 손대지 못하고 이것저것 생각하며 보냈다. 살인에 관해서 나는 분명히 무죄이다. 따라서 이렇게 위험한 다리를 건너지 않고도 살아남을 길은 있을 것 같았다. 그러나 상황은 어디까지나 내게 불리하다. 그리고 살인에 관해서는 결백해도 육체관계는 사실이니, 진실하게 증언하려면, 이 부분은 정직하게 진술해야 한다. 그러나 이 사실만으로도 경찰관으로서 풍기문란한 행위를 했다는 질타는 면치 못할 것이다. 게다가 살해사건도 무죄가 될 확률은 천에 하나도 없었다. 가령 무죄가 되었다 해도 신문 활자로 보도되어, 사람들의 냉소를 뒤로한 채 일을 그만두고 가족들은 길거리에 나앉을 것이다.

생각하면 이상하지만 이때 내 안에 뭔가가 서서히 불타오르는 것을 느꼈다. 인생에는 생사를 걸어야 할 큰일이 한 번은 있다고 하지 않는가. 내 나이 서른에 탐정계장에 임명되었고, 생활도 안정되어 아이도 막 얻은 참이었다. 내 몸은 이미 나 한 사람의 것이 아니어서, 어떻게 해서든 처자식을 책임져야 한다. 그래서 나는 결심했다.

1936년 당시 나는 자동차를 가질 수 있는 처지가 아니었고, 동료들을 둘러보아도 나보다 수입이 훨씬 좋은 동창도 자가용을 가진 사람은 없는 시대였다. 서에 차가 있었지만 하루 이틀로 끝날 일이 아니라서 빌릴 생각조차 하지 못했다.

한참 생각했지만 차를 조달할 가망은 없었다. 아니, 사실은 바로 떠오른 곳이 있기는 했다. 사기사건으로 얼굴을 알게 된 모 건축가인데, 경영상 뒤가 구린 회사를 운영하며 내게 호의를 베풀고 싶어 했다. 나중 일을 생각하면 그자에게 신세를 지는 것은 바람직하지 않았지만 달리 방법이 없었다.

나는 경찰서에 들어간 이래 하루도 결근한 적 없는 모범 서원이었기 때문에, 아내가 병이 나서 친정인 기타카미로 데려가 근처 하나마키 온천에 요양시키고 싶다고 하니, 바로 일주일의 휴가를 받았다. 도호쿠에 가는 것은 거짓말이 아니다. 동료에게는 도중에 하나마키에라도 들러서 기념품을 사주면 될 거라고 생각했다.

드디어 휴가 전날인 4월 4일 아침, 밤까지 사흘치 주먹밥을 만들어두라고 아내에게 말했다. 다음 날 5일은 일요일이었으므로 어지간한 일이 없는 한, 이 주먹밥 외에는 입에 대지 않을 각오로 가즈에의 집에서 옷 속에서 기분 나쁘게 쪼그라든 시체를 두 구 싣고, 4일 밤중에 간사이 지방을 향해 출발했다.

편지 속 지령에는 시체의 복장과 절단 부분에 따라 유기할 장소, 순서 등이 엄격히 지정되어 있었다. 눈앞에 있는 송장은 기형아 같았다. 서두른 이유는 지령도 지령이지만, 늦을수록 시체 썩는 냄새가 나고 운반도 불편해지며, 가즈에의 집이 어떤 이유로든 재수사되지 않으리라고는 장담할 수 없었기 때문이었다.

지금과 달리 심야에 국도를 달릴 때 검문 걱정은 거의 없는 시대였다. 최악의 경우 걸리더라도 경찰수첩을 보이면 어떻게든 둘러댈 수 있다. 아니, 둘러대야 한다고 결심했다.

그러나 그날 밤 안으로는 첫 지정 장소인 나라 현 야마토 광산에 도착하지 못하고 동이 터서 하마마쓰 근처 산속에 들어가 잠시 잠을 청했다. 4월의 밤은 길지 않았고 이런 일에 적당한 계절은 아니었다. 의외로 시간이 걸릴 것 같다고 생각했다.

당시의 공포가 떠올라서 자세히 쓰고 싶지 않을 정도로 심장이 멎을 듯한 경험은 몇 번인가 했다. 산길이 많아서 기름을 절약해가며 주행하기도 어려웠다. 연료통은 세 개 실었는데, 그래도 불안했다. 지금처럼 석유를 파는 곳이 많았던 시절이 아니고, 따라서 얼마 없는 주유소에 가면 내 인상이 강하게 남을 거라 생각했다. 적어도 시체를 실은 상태에서 주유하고 싶지 않았다.

유기 장소로 지정된 곳은 나라 현의 야마토, 효고 현의 이쿠노, 군마 현의 군마, 아키타 현의 고사카, 이와테 현의 가마이시, 미야기 현의 호소쿠라 순이었다.

빌린 캐딜락에 시체 여섯 구를 전부 싣기는 무리였다. 트럭도 생각했지만 경찰수첩을 보여야 할 상황을 고려하면, 트럭이 아닌 쪽이 좋을 것 같았다. 캐딜락을 이용하면 도쿄의 동서, 이렇게 두 번으로 나누어야 했다. 군마가 세 번째로 지정된 이상 시체 세 구를 실으면 돌아오는 길에 기름을 넣어야 할지 모르는데, 그때 시체 한 구가 차 안에 남게 된다. 나라와 효고의 경우 두 구 모두 구덩이를 1미터 50이나 파도록 지시 받았으므로, 먼저 이 두 구만 처리하면 다음번은 얕은 구덩이가 많으니 어느 정도 일의 균형이 맞을 거라 판단했다. 먼저 시체를 두 구 싣기로 한 것은 그런 이유에서이다.

순서가 지정되어 있어서 무척 불안했다. 어쩌면 길에 숨어서 기다리고 있거나 함정을 파놓았을 수도 있다. 설령 그렇다고 해도 나는 할 수밖에 없었다.

6일 오전 2시에는 야마토 광산에 도착해서 작업할 수 있었다. 1미터 50이나 되는 구덩이를 혼자서 파는 것은 상상을 초월한 중노동이었다. 새벽녘에 어떻게든 끝을 내고 근처 산속에서 잠들었다.

저녁 무렵 어렴풋이 이상한 느낌이 들어 눈을 뜨니, 얼굴을 가린 수상한 남자가 차를 들여다보고 있어서 심장이 멎는 줄 알았다. 이제 다 틀렸다고 생각했을 정도였다. 그러나 지능이 낮아 보이는 남자로, 내가 벌떡 일어나자 느릿느릿 어딘가로 가버렸다. 시체는 가려놓았고 악취도 그다지 나지 않았다. 또 마을과 떨어진 장소이기 때문에 다른 목격자는 없었을 것이다. 끙끙 앓는 소리를 내봐도 소용없으므로 해가 지기를 기다려 출발했다.

이쿠노에서의 작업도 몹시 힘들었지만 구덩이를 깊게 파는 건 이번이 끝이라고 스스로를 다독였다.

돌아오는 길인 7일은 아침부터 거리낌 없이 달릴 수 있었다. 오사카에서 기름을 넣고 휴대한 연료통도 가득 채웠다.

집에 도착한 것은 8일 오후였다. 시체 두 구를 묻는 데만 거의 나흘이나 걸렸다. 휴가는 10일까지였다. 도저히 끝날 것 같지 않았다. 집에서 간단히 요기를 하고 전화는 절대로 받지 않도록 집사람에게 일러두고, 그날 밤중에 남은 시체 네 구를 싣고 출발했다. 10일까지는 하나마키에 도착해서, 아내의 병세가 악화되어 안정되는 대로 연락하겠다고 편지나 전보를 서에 보낼 작정이었다. 운 좋게도 11일, 12일은 토, 일요일이었다.

9일 동틀 무렵 다카사키 부근에 도착했다. 이곳은 좀처럼 인적이 드문 산길이 없어서 잠을 잘 곳을 찾는 데 고생을 했다. 그리고 9일 황혼 무렵부터 다시 달려서, 한밤중에 군마 광산 부근에 도착해 겨우 작업에 착수할 수 있었다. 1미터 50의 구덩이와 비교하면 거짓말처럼 편한 작업이었다. 지령에는 시체가 겨우 가려질 정도의 구덩이면 된다고 했다. 따라서 10일 새벽녘에는 주행이 힘든 산길인데도 불구하고 시라카와 부근까지 당도했다.

10일, 아니 정확히는 11일 오전 3시경에 겨우 하나마키에 도착했다. 이곳 우체통에 속달용 편지를 넣었다. 15일에는 출근할 예정이라고 썼다. 이 상태라면 그보다 일찍은 무리였다. 생각한 끝에 전보는 치지 않기로 했다.

12일 새벽녘에는 아키타 현 고사카 광산에서 작업을 마쳤다. 이때 길을 잃어서 호되게 고생을 했지만 예정에 차질이 생기지는 않았다.

13일 새벽녘에는 이와테 현 가마이시 광산 작업을 마쳤고, 13일 심야에는 마지막인 미야기 현 호소쿠라 광산 작업도 끝낼 수 있었다. 호소쿠라에서는 묻지 않아도 된다는 지시가 있었기 때문이다. 임간 도로에서 별로 들어가지 않은 장소이므로 바로 발견될 거라 생각했는데, 역시나 15일에 발견되었다.

14일 새벽녘에는 후쿠시마 부근까지 갈 수 있었다. 일주일간 거의 마시지도 먹지도 못하고 잠도 제대로 자지 못했다. 후반에는 내 행동이 광기에 지배당하는 것을 스스로도 알 수 있었다. 모든 것이 정신없이 돌아갔고, 내가 하고 있는 짓이 뭔지도 모를 정도였다. 몸에 탈이 나지 않은 것이 신기할 정도였다.

어쨌든 14일 밤에는 모든 작업을 무사히 완수하고 도쿄로 돌아왔다. 그날 밤은 곯아떨어졌다.

생각해보면 아내가 위독하다는 것은 훌륭한 핑계였다. 다음 날 약속대로 출근한 나는 완전히 딴 사람이었던 것 같다. 눈은 움푹 들어가서 빛이 나고, 볼은 홀쭉해졌고, 몸은 철사처럼 빼빼 말랐다. 아내도 놀랐지만 동료나 부하들도 모두 놀랐는데 중병인 부인을 간병한 정신적 피로 때문이라고 납득하는 것 같았다.

실제로 그때 나는 어떻게든 젊음과 기력으로 버티는 상태였기 때문에, 그 후 근무 중에 때때로 현기증이나 구역질이 엄습했다. 예전 상태로 돌아가는 데는 일주일이나 걸렸다. 체력이 버틸 수 있는 한계에 이르렀던 것이다. 유기 장소가 하나만 더 있었으면 분명히 미치든지 몸에 탈이 났을 것이다. 어쨌든 내 인생에서 하나의 재난은 물러간 셈이었다. 젊으니까 가능한 일이었다. 그 이전도 이후도 무리였다. 이전이라면 지위가 없어서 휴가 같은 것은 생각할 수 없었고, 이후라면 몸이 버티지 못했다. 그리고 나는 정년퇴직까지 끝내 한 번도 결근할 수 없었다.

그러나 몸이 안정됨에 따라, 불안이 완전히 가시지 않았다는 것을 알았다. 그렇기는커녕, 정신없던 한때가 지나자 금세 어떤 의심이 생겼다. 내가 함정에 빠진 게 아닌가 하는 의혹이었다. 그 편지는 나를 범인으로 생각하고 쓴 듯이 꾸며져 있지만, 사실은 내가 죽이지 않은 것을 알고 있지 않았을까, 그렇다면 편지를 쓴 사람이 나를 범인으로 보이게 가즈에 살해 상황을 연출한 것이 아닐까. 그렇게 해서 나를 이용해 시체를 전국의 원하는 장소에 배치한 것이다.

설령 그렇다고 해도 그게 어떻다는 말인가. 그 시점에 그렇게 생각했다 해도 결국 나는 같은 행동을 했을 것이다. 그때 내게는 다른 길은 없었다. 지금 생각해보아도 마찬가지다. 그러나 이 의혹은 빠르게도 15일에 내가 미야기 현 호소쿠라에 마지막으로 버린 시체가 발견되었다는 뉴스가 서에 들어왔을 때부터 복받치는 아픔과 함께 솟아올라, 이후 내 안에서 계속 커져갔다.

그 후 속속 내가 버린 시체가 발견되었다. 그때마다 나는 심장이 멎는 두려움을 맛보았다. 예상대로 얕게 묻은 시체부터 순서대로 발견되었는데, 두 번째 시체가 발견될 무렵 어리석게도 나는 이것이 아조트 살인이라 불리는 우메자와가 사건의 일부라는 것을 겨우 깨달았다. 이전에 우메자와가 점성술 살인이라는 사건의 이름은 알고 있었지만 바빠서 가즈에 자매의 일까지는 알지 못했다. 이 사건은 당시 우리의 상식으로 판단하면 명백히 몰살 사건이었다. 그러나 조사해보니 가즈에의 남편이 중국인인 것은 사실이지만 여동생들에게까지 스파이 혐의를 두기에는 무리가 있었다. 그렇다면 국가 비밀기관이라는 명칭도 거짓말일 것이다.

나는 단순한 원한에 의한 살인사건에 협력했을지도 모른다. 이것은 내 자존심에 깊은 상처를 냈다. 당시 정세에 나는 국익을 위한다는 대의명분도 스스로를 움직인 이유라고 믿고 싶었다.

5월 4일에는 가마이시의 시체가 발견되었고, 7일에는 군마의 시체 그리고 아니나 다를까 깊이 묻었던 세 구의 시체는 시간이 더 걸려서 발견됐다. 10월 2일 고사카의 시체가, 9개월이 지난 12월 28일에는 이쿠노의 시체가 발견됐다. 야마토의 시체는 이듬해 2월 10일에 이르러서야 발견되었다.

서 내는 온통 발견된 시체에 대한 이야기뿐이어서, 나는 머무를 곳이 없는 심정이었지만 얄궂게도 나를 구해준 것은 아베 사다 사건[48]이었다.

　아베 사다를 체포할 당시 상황을 나는 아주 명료하게 기억한다. 이 여자는 5월 20일 오후 5시 반, 시바 구 다카나와 미나미초 65, 시나가와 역 앞 시나가와칸 여관에 오와다 나오라는 가명으로 투숙하고 있을 때 체포되었는데, 시나가와 역 앞은 우리 다카나와 서의 관할구역이며 체포에 공을 세운 것은 다카나와 서의 동료 안도 형사였다. 아베 사다 수사본부는 오구 서에 세워졌는데, 같은 날 밤 안도 형사를 둘러싸고 수사를 함께한 모든 형사들이 축배를 들었고, 그 후에도 다카나와 서에서는 잠시 아베 사다 체포의 여운이 남아 있었기 때문에 나로서는 몹시 다행이었다.

　6월경에는 우메자와 헤이키치의 수기를 읽을 기회도 얻었다. 헤이키치의 수기가 등사판으로 인쇄되어 1과에서 각 경찰서로 내려왔다. 따라서 헤이키치가 아조트를 제작하기 위해서라는 가능성도 알고는 있었지만 반신반의했다. 내가 시체들을 곳곳에 묻은 당사자라서 아는데, 몸집이 작은 여자의 몸은 20, 30센티미터만 잘라 내도 운반하기가 현저히 쉬워진다. 당시 나는 범인이 어떠한 이유로 시체를 전국

---

48)　1936년 5월 18일 아베 사다라는 여자가 애인과 성관계 도중 그를 목졸라 살해하고 성기를 잘라낸 사건. 영화 〈감각의 제국〉에서도 이 사건을 다루었다.

에 흩어놓을 필요가 있었고, 쉽게 운반하기 위해서 신체를 잘랐다고 확신했다. 그러나 전국에 흩어놓은 이유는 도무지 알 수 없었다.

나는 이후로도 이 문제를 계속 생각했는데 헤이키치의 사상에 심취한 미치광이가 아조트인지 뭔지를 만들기 위해 저지른 흉악한 범행이라고 생각할 수밖에 없었다. 그렇게 생각하는 것 말고는 사체 일부를 절단한 것, 위험성을 알면서도 전국에 시체를 묻으려 한 이유를 합리적으로 설명할 방법은 없을 것 같았다. 나는 미치광이를 도운 것이다.

그렇게 생각해도 더더욱 알 수 없는 점이 있다. 시체 유기 장소는 서양 점성술적인 의미가 있었다고 해도 야마토와 이쿠노의 시체는 왜 다른 곳보다 깊게 묻을 필요가 있었을까. 또한 호소쿠라는 왜 묻으라 하지 않았을까. 수기에 쓰여 있지는 않았지만, 여기에도 역시 서양 점성술적인 의미가 있을까.

추측할 수 있는 이유는 구덩이의 깊이로 발견 시기를 조절했다는 것인데, 그렇다면 왜 고사카와 야마토와 이쿠노의 세 시체가 발견될 시기를 늦출 필요가 있었던 것일까. 이 세 구의 시체는 특별히 나머지와 다른 요소, 즉 심하게 부패하게 해서 감추어버리고 싶은 특징이나 손상은 없었다. 나는 일단 시체를 검사했었다. 또 그러한 이유라면 다른 금속 광산이라거나, 광산에서 얼마간 떨어진 장소에 묻으면, 구덩이가 얕아도 늦게 발견됐을 것이다. 이들은 헤이키치의 수기가 존재했기 때문에 비교적 빨리 발견되었다. 그렇지 않았다면 묻지 않았더라도 쉽게 발견되지 않을 장소는 몇 군데나 있었다. 어떤 일이 있어도 헤이키치의 수기대로 관련된 금속이 나는 광산에 놔둬야 했던 것일까. 그렇다면 그 논리적, 합리적 근거는 무엇일까. 서양 점성술 광신자, 일종의 미친 사람이라는 이유 말고는 없을까.

게다가 또 한 가지, 장소에 관한 것 이상으로 큰 의문이 남는다. 상식적으로 보아 우메자와가의 가즈에를 제외한 여섯 자매에게 스파이 혐의를 두는 것은 무리라고 생각한다. 나는 비밀 국가기관을 사칭한 범인에게 속아서 번거로운 시체 처리를 떠맡았는데, 그렇다면 가즈에는 어떻게 된 것일까. 가즈에의 행동을 계기로 나는 함정에 빠졌다. 그렇다면 가즈에는 나를 함정에 빠뜨릴 의도가 있었던 것이다. 범인이 우연히 나와 가즈에와의 일을 이용했다고 생각할 수도 있지만 좀 부자연스럽다. 이 범죄는 아주 계획적인 냄새가 난다. 여섯 구의 시체는 이미 있었을 것이다. 그리고 시체를 처분하는 데 적합한 사람을 여러 모로 따져보면 나만 한 인물은 없다. 운전면허가 있는 것은 물론, 시체를 실은 차를 들켜도 둘러댈 수 있는 사람이라면 경찰밖에 없다. 민간인이라면 금세 체포될 것이고, 의사나 과학자라 해도 번거로움은 피할 수 없다. 무엇보다 아무도 경찰이 범인이라고 생각하지 않는다. 이런 계산으로 나를 고른 것이다. 그러면 가즈에가 범인에게 협력했다고 생각하는 편이 자연스럽다. 나와 실수를 저지른 것도 가즈에가 그렇게 의도했기 때문이다.

그런데 가즈에는 왜 살해당했을까. 아니, 이 의문 자체가 역설적이다. 범인은 가즈에의 죽음을 구실로 나를 협박했으니까, 처음부터 가즈에의 죽음은 정해져 있었다. 자기가 살해당할 것을 알면서도 살인자를 위해 몸을 내던질 정도로 헌신했을까. 아니면 가즈에는 죽임을 당하는 것은 몰랐고, 범인이 뭔가 다른 목적을 부여해서 가즈에를 움직였을까? 그렇다면 어떤 목적과, 이유가 있을까. 시체는 계획에 있었으니까, 역시 내게 그 처리를 맡기려는 목적 외에는 생각할 수 없다. 가즈에와 관계를 맺었다는 사실만으로 나를 협박할 작정이었나. 적어도 가즈에가 그렇게 생각하도록 했던 것일까.

아니, 그 사실만으로는 약하다. 내가 아무리 사람이 좋다고 해도 단지 그런 이유만으로 저렇게 힘든 경험을 해야 할 이유가 없다. 하물며 내가 무단침입한 것도 아니다. 여자 쪽에서 유혹한 것이다.

또 한 가지 이런 식의 기발한 추론도 가능할 것 같다. 가즈에가 모든 사건의 범인이며, 여섯 명을 죽인 후 사전에 내게 협박 편지가 도착하도록 꾸민 것이다. 그리고 관계 후 타살로 보이도록 상황을 만들어두고 자살했다. 편지는 딱 한 번 왔을 뿐, 두 번 다시 오지 않았다. 처음 읽었을 때, 나는 너무 당황해서 무죄를 주장하는 답장을 보내려고 했다. 그러나 보낸 사람의 주소도 없고, 반박할 기회도 주어지지 않았다. 보낸 이가 이미 죽었다면, 한 번밖에 편지가 오지 않고 답장을 받기가 곤란하다는 이유는 될 것이다.

그러나 이것도 역시 있을 수 없다. 일단 가즈에는 후두부를 구타당해 사망했다. 경대에 묻은 핏자국은 사전에 농간을 부릴 수 있다고 해도(그러나 머리를 제외한 몸에서는 출혈을 동반한 작은 상처 하나 없었다), 후두부를 맞아 죽는 자살은 없다. 하물며 흉기가 유리 꽃병이 확실하므로 어떻게 봐도 타살이다.

또 한 가지 결정적인 것은, 내가 마지막으로 가즈에를 보았고, 가 즈에가 살해당한 날이기도 한 3월 23일, 그리고 그로부터 일주일 후 인 3월 31일 아침까지 여섯 명의 자매는 살아 있었던 것이 확실했다. 죽은 사람이 아조트 살인을 할 수는 없다.

얼마 후 우메자와 마사코가 체포되었을 때 나는 머리를 감싸 쥐었 다. 결국 이유를 알 수가 없어졌다. 마사코는 자백했다고 한다. 그러 면 헤이키치의 아내가 저런 짓을 했다는 말인가. 그 여자와 만나보고 싶었지만 내가 심문할 이유가 없었다.

나는 운이 없는 남자이다. 저런 사건에 휘말려 범인에게 협력한 일 도 물론이지만 대체로 모든 사건은, 시모야마 사건[49]이나 제국은행 사건[50]도 시간이 흐르면 사람들의 머릿속에서 희미해져 가는 것이 보 통이다.

그러나 이 사건은 완전히 반대였다. 전후 어느 정도 시간이 흘러 이 일련의 사건이 《우메자와가 점성술 살인》이라는 책으로 출판되어 일 반에 알려져, 이것을 읽은 대중이 많은 정보와 의견을 1과에 보내게

---

49) 1949년 7월 5일 일본 국유철도 초대 총재인 시모야마 사다노리가 출근 도 중에 공용차를 기다리게 한 채 미쓰코시 백화점 니혼바시 본점에 들어가 그대로 실종, 15시간 후인 7월 6일 오전 0시를 지나 기타센주 역과 아야세 역 사이에서 시체로 발견된 사건.

50) 1948년 1월 26일 도쿄 도시마 구 제국은행 — 현 미쓰이스미토모 은행 — 시나마치 지점에 방역반 완장을 찬 남자가 들어와 이질이 발생했다며 은행 원 열여섯 명에게 예방약이라 속이고 청산가리를 먹게 하고 현금과 수표를 강탈한 사건.

되었다. 동료들이 산더미 같은 투서를 읽고, 한 번 검토해볼 가치가 있다고 소리칠 때마다, 나는 몸이 오그라드는 심정이었다. 정년퇴직할 때까지, 아니, 퇴직하고 나서조차 불안에서 해방되지 못했다.

사쿠라다몬에서 1과에 배속된 것도 불운이었다. 방화범이 화재가 난 곳을 돕는 꼴이다. 싫든 좋든 상황은 귀에 들어와서, 그때마다 심장이 멎는 것 같았다.

당시 수사 1과에는 마흔여섯 명밖에 없었고, 지금은 3과나 4과의 담당인 사기, 방화, 폭력배 관련 사건 등이 강도 살인, 강도와 나란히 1과의 일이었다. 다카나와 서 차장에 부임한 고야마 씨가 착실하고 이치를 따져 처리하는 내 근무 태도를 보고, 결원이 있었던 1과의 사기 담당으로 보낸 것이다.

때는 1943년, 전쟁이 격렬해진 무렵이었다. 사기를 담당하게 된 것도 불운이었다. 캐딜락을 빌린 건설업자의 편의를 두세 번 봐주어야 해서 내 불안은 더욱 배가되었다.

공습이 격심해져서 경시청은 뿔뿔이 흩어져 피난을 갔고, 우리는 아사쿠사 제1고등여학교로 들어갔다. 그 무렵 나는 차라리 징용되어 전사하는 편이 낫겠다고 생각했다. 그러나 요원을 남긴다며, 동료의 다수가 전장으로 향했음에도 불구하고 나는 소집 연기되었다. 그 일도 나를 괴롭혔다.

게다가 1936년 당시에는 아직 한 살도 되지 않았던 아들 후미히코가 나와 같은 길을 택했고, 딸 미사코마저 경찰의 아내가 되어 고뇌는 한층 더 깊어졌다.

그러나 나는 그 외에는 아무 실책도 없는 무지각 무결근의 모범수(정말 이런 기분이었다)였고 아들에 대한 체면도 있어서 승진 시험을 치렀는데, 차례로 합격하여 정년퇴직 전에는 부끄럽지만 경시라는 직함을 받았다. 사람들 눈에는 풍파도 별로 없는 이상적인 경찰관 인생으로 보였을 것이다. 그러나 나는 정년퇴직의 날을 손꼽아 기다렸다. 그날 나는 마치 형무소의 문을 나온 것 같았다.

때는 1962년, 나는 쉰일곱이었고 1928년 신규 채용 제390기생으로 입서한 이래 34년간 고통에 찬 경찰관 인생을 보냈다.

그해는 우메자와 헤이키치 및 일가 몰살 혐의로 사형을 선고받은 마사코가 옥사한 지 2년 뒤이며, 이른바 점성술 살인의 추리 붐이 가장 고조되었던 시기였다.

나는 입수 가능한 사건 기록과 관련된 모든 출판물을 읽고, 텔레비전이나 라디오 특별 프로그램도 빼놓지 않고 보고 들었지만, 내가 아는 것 이상의 정보는 얻을 수 없었다.

1년 정도 그런 식으로 휴양을 했고 1964년 여름의 끝 무렵이 되자, 그런대로 기운을 회복했다. 그 무렵 나는 예순이 되기 전이었고, 수사관으로서의 능력이 시들었다고도 생각하지 않았기 때문에, 여생을 사건을 해명하는 데 바치기로 결심했다.

우메자와가를 찾아갔고, 긴자의 구 메디시스도 찾아갔으며, 관계자들과도 만났다. 때마침 도쿄 올림픽 무렵이었다. 1964년 12월 당시, 우메자와가 점성술 살인에 직접 관계한 인물 중 살아 있는 사람은 우메자와 요시오의 아내 아야코와 도미타 야스에 두 사람뿐이었다. 각각 일흔다섯과 일흔여덟이었다고 기억한다.

아야코는 우메자와가 부지에 맨션을 세워 노후를 보내고 있었다. 자식도 손주도 없는 고독한 노인이었다. 남편 요시오는 전쟁 중에 이미 쉰이 넘었기 때문에 소집되지는 않았지만, 내가 방문하기 얼마 전 죽었다고 했다.

야스에는 전후 긴자의 가게를 팔고, 시부야에 똑같이 메디시스라는 이름의 가게를 냈는데, 이것도 양자에게 맡기고 덴엔초후의 맨션에서 혼자 살고 있었다. 아들 헤이타로는 군대에 끌려가 전사했기 때문에, 전쟁이 끝난 후 친척 중에서 양자를 들인 것 같았다. 이 양자가 때때로 찾아와서 돌봐주지만, 역시 고독한 노후였다.

헤이키치의 전처 다에는 내가 찾아가기 직전에 호야에서 사망했는데, 헤이키치의 유산을 받았기 때문에 비교적 부족함 없는 노후를 보냈을 것이다. 세 명 모두 경제적으로는 그다지 고생 없이 그 시절에도 풍족하게 살지 않았을까. 그 외에는 모두 죽었다.

그러나 살아남은 두 사람 중 범인이 있다고는 도저히 생각할 수 없었고, 나도 다수의 아마추어 연구자가 낸 결론처럼 요시오나 헤이타로를 포함하더라도 이들 중에 범인은 없다고 판단했다.

사실 나는 서에 근무하던 시절부터 마음속으로 몰래 품어온 생각이 있었다. 헤이키치의 수기에도 나오는데, 시나가와에 사는 마사코 전남편의 일이다.

나는 무라카미 사토시라는 인물을 경찰을 비롯해 세상 사람들이 너무 관대하게 방치하고 있다는 생각이 들어서, 만일 몸이 자유로워져서 혼자 수사할 수 있을 때가 오면 그를 철저히 털어보고 싶었다. 전쟁 전 경찰은 용의자를 철저하게 추궁했지만, 공적인 직함을 가진 인물은 수사를 삼가는 경향이 있었다. 무라카미 씨는 아내가 불륜을 저지른 데다 딸을 데리고 불륜 상대에게로 달아났기 때문에, 내가 그 사람 입장이라고 해도 아무 짓도 하지 않는 편이 오히려 이상하다고 생각했다.

내가 전직 경시의 직함을 가지고 시나가와의 무라카미 씨 댁을 찾았을 때, 무라카미 씨는 당연하지만 은퇴해서, 넓은 저택 안의 나무들을 손질하며 사는 노인이었다. 머리가 빠지고 허리도 굽은, 여든둘이라는 나이에 어울리는 모습이었지만 눈빛은 때때로 예리하게 빛나며 현역 시절의 날카로움을 품고 있었다.

결론부터 말하면, 나는 완전히 오해했음을 깨닫고 실망하지 않을 수 없었다. 자기 정도의 지위에 완벽하지는 않지만 알리바이도 성립하는 사람이 얼마나 부당한 규탄과 압박을 받았는지 하는 불평을 장황하게 들었을 뿐이었다.

나는 전직 경찰로서 쓴웃음과 함께 머리를 숙일 수밖에 없었고, 전쟁 전 1과의 수사는 내 상상 이상으로 철저했기 때문에, 경찰 수사를 받은 후 무죄로 판단된 사람은 1과를 신뢰해서 대상에서 제외해야 한다는 교훈을 얻었다.

여론 중에는 전쟁 전 특무기관설이 강했던 것 같은데, 그렇다면 내가 받은 편지가 진짜였을 가능성도 다시 한번 검토해야 할 것이다.

또, 헤이키치의 수기에 등장하는 인물 가운데 범인이 있다면 헤이키치 살해, 가즈에 살해, 아조트 살인의 범인은 각각 다를 것이다. 어쩌면 복수범일지도 모른다.

대중 사이에서 아조트 찾기가 유행하고 있는데, 나는 아조트에 대해서는 회의적이다. 지방에 특히 많은 혈연자에 의한 몰살 사건 등에는 토막 살인의 사례가 상당수 있다. 잘라 내는 것으로 원한을 해소함과 동시에, 시체 유기 및 운반의 편의를 꾀한다. 나는 우메자와가 점성술 살인도 예외는 아니라고 생각한다. 더구나 이 사건의 경우 시체가 여섯 구나 있으니 처리하느라 상당히 머리를 짜냈을 것이다.

나는 아조트 따위에 얽매이는 것은 옳지 않다고 생각하는데, 만약 딸 여섯 명의 결손된 신체 부분이 한곳에 모여 있다면, 사람들 사이에 떠도는 소문처럼 박제되기보다 헤이키치의 연고지라거나 헤이키치의 묘 부근에 묻혔을 가능성은 있다고 본다. 범인이 헤이키치의 연고자이거나 사상적인 신봉자라면, 헤이키치를 위해 그 정도의 일은 했을지도 모른다.

그러나 헤이키치가 잠들어 있는 우메자와가의 묘지 바로 옆에 다른 집안의 묘석이 있고 길에도 시멘트를 발라놓아서, 묘비 부근에 묻는 것은 무리였다. 어쩌면 묘소 주변 공터에 묻혔을지도 모르지만 나 같은 사람이 혼자 조사하기는 어려웠다.

한편 사상적 신봉자라면, 우메자와 헤이키치는 사교성이 좋은 편이 아니어서 교제 범위는 당시 긴자에 있던 화랑 메디시스나, 수기에도 나오는 도요코선 부립고등역 쪽에 있던 술집 가키노키에서 알게 된 사람들로 좁혀진다.

헤이키치는 메디시스에는 비교적 자주 들렀던 모양이지만, 가키노키에는 한 달에 한 번 나타날까 말까 하는 정도여서 그리 좋은 손님은 아니었던 것 같다.

그 외에도 히몬야나 지유가오카의 술집에 간 적도 있지만, 침울하게 술을 마시기만 할 뿐 마담이나 다른 단골과 친하게 지내지는 않았다.

메디시스와 가키노키를 드나들며 헤이키치와 허물없는 사이가 된 사람은 1과의 수사에 따르면 열 손가락 안에 꼽을 수 있다.

가키노키의 주인 사토코는 말이 없는 헤이키치와 이상하게 마음이 잘 맞아서, 그와 잘 맞을 만한 남자를 몇 명쯤 소개했다. 대부분 가게 단골인데 그중 한 사람이 헤이키치의 수기에도 나오는 마네킹 공방의 경영자 오가타 겐조이다.

이 남자는 가키노키에서 멀지 않은 메구로 구 가키노키자카에 공방을 차려, 열 몇 명의 사람을 부리면서 나름대로 위세가 당당했던 모양이었다. 1936년 당시 마흔여섯. 주인 사토코가 서른넷에, 남편은 죽었기 때문에 아마도 사토코를 보러 출입했을 것이다. 매일 8시경 어김없이 얼굴을 내밀었던 것 같다.

헤이키치도 사토코로부터 오가타를 소개받았을 때는 흥미를 가지고 오가타를 만날 목적으로 4, 5일은 왔다고 했다. 그들은 인형 이야기로 꽃을 피웠고, 헤이키치는 오가타의 공방도 견학했다. 그러나 헤이키치가 이야기를 듣는 입장이라서 오가타가 헤이키치에게 심취했다고 보기는 어렵다.

오가타는 사토코 앞에서 허세를 부리며 배포가 큰 인격자인 척하는 경향이 있었고, 자력으로 성공한 경영자에게 흔히 있는 예술가를 깔보는 듯한 면이 있어서, 도저히 헤이키치를 위해 그런 죄를 저질렀다고는 생각할 수 없다. 또 이런 성격의 남자에게 헤이키치가 가슴속에 간직한 아조트에 대한 정열을 토로할 거라고도 보이지 않는다.

게다가 헤이키치 살해 때 밤늦게까지 자신의 공방에서 급한 일을 처리했었다. 오가타는 알리바이가 있으며, 무엇보다 헤이키치를 죽일 동기가 없다. 가즈에 살해 때는 알리바이가 없지만, 아조트 때는 연일 작업장과 가키노키에 있던 시간대였기 때문에, 대략 알리바이가 성립한다.

수상하다면 오가타가 고용한 장인인 야스카와일 것이다. 공방에 견학하러 갔을 때, 오가타는 헤이키치에게 그를 소개했다. 그리고 후일 오가타가 야스카와를 데리고 가키노키에 술을 마시러 왔을 때, 헤이키치와 자리를 같이했다. 이런 일이 두 번쯤 있었다. 가키노키와 공방 이외에서 만남이 있었는지 어떤지는 불명확하지만, 이 남자라면 헤이키치는 아조트에 대한 정열을 털어놓았을지도 모른다.

헤이키치 살해에 관해서는 당시 야스카와는 오가타와 함께 있었기 때문에 상황은 마찬가지로, 동기가 없고 알리바이가 거의 성립한다. 가즈에 살해의 알리바이는 있지만, 아조트 살인에서는 확실하지 않다.

야스카와 다미오는 1과도 더 조사해볼 필요가 있었을지도 모른다. 이 남자는 당시 스물여덟이었다. 그 후 전쟁에 소집되어 부상은 입었지만 전사는 하지 않았다. 현재 교토에 살고 있을 것이다. 살아 있는 얼마 되지 않는 관계자 중 한 사람인데, 나는 아직 만나지 못했다. 주소는 알고 있다. 나카교 구 도미노코지도리 길 롯카쿠아가루. 이 남자는 살아 있는 동안에 어떻게든 한 번 만나고 싶다.

또 한 사람, 역시 가게에서 별로 멀지 않은 가키노키자카에 살던 화가가 있다. 이름은 이시바시 도시노부, 나이는 1936년 당시 서른 살로 우연히도 나와 동갑이다. 화가라고는 해도, 다른 직업이 있는 이른바 일요화가인데, 집이 대대로 가키노키자카에서 요정을 운영했다. 장사를 하면서 전람회 등의 입선을 노렸을 것이다. 파리를 동경했고, 외국에 가본 사람이 적은 시절이었기 때문에 헤이키치의 프랑스 이야기를 듣기 위해서, 그리고 사토코의 얼굴이 보고 싶어서 가키노키의 단골이 되었다.

그는 지금도 가키노키자카에서 요정을 경영하고 있어 찾아가서 이야기를 나누었다. 전쟁에 나갔다가 구사일생으로 살아났다고 했다. 그림은 이미 그만두었지만, 딸을 미대에 보냈다고 했다. 내가 방문했을 때는 동경하던 파리를 여행하고 돌아온 참이었다. 헤이키치에게 들은 레스토랑이 그대로 있어서 감격했다는 이야기를 거의 1시간이나 들었다.

헤이키치와는 가키노키에서 몇 차례 이야기할 기회가 있었다고 한다. 오하라마치의 아틀리에에도 딱 한 번 찾아갔지만 환영받지 못했던 것 같아서 이후 가지 않았다고 했다. 헤이키치는 과묵한 남자였지만 경우에 따라서는 신들린 듯 지껄여대는, 그 무렵의 예술가에게 흔히 있는 성격이었다고 그는 설명했다.

가키노키는 지금은 없어졌다. 주인 사토코는 오가타와 사귀게 된 것 같다. 오가타는 처자식이 있는 몸인데 그 후 어떻게 되었을까. 마네킹 공방은 아들이 물려받아 지금은 하나코가네이로 옮겼다.

요정 현관 옆에 딸린 작은 방에서 이시바시 씨와 이야기하는 동안, 나는 그와 마음이 통하는 것을 느꼈다. 여자아이를 부리고 있었고, 그 아가씨가 때때로 들어와 이시바시 씨의 지시를 청했다. 둥근 얼굴에 순해 보이는 아가씨였고 부인도 싹싹한 사람이었다. 이런 사람이 그런 처참한 사건에 관여했다고는 도저히 생각할 수 없었다. 동기는 없고 알리바이는 있다. 자리를 뜰 때, 꼭 다시 들러달라는 말을 했는데 빈말로 들리지는 않았다. 그때는 진심으로 다시 오겠다고 생각했다.

가키노키에서 헤이키치의 교우는 겨우 세 사람에 지나지 않았다. 그중 마네킹 인형 장인 야스카와가 가장 수상하다고 할 수 있다.

주인 사토코도 용의자에 포함해야 할지도 모르겠지만, 헤이키치 살해를 제외하면 확실한 알리바이가 있고, 또 헤이키치를 죽일 동기도 전혀 없었다.

다음은 야스에의 화랑 카페 메디시스이다. 이곳은 야스에를 젊은 시절부터 추종하던 사람들이 계속 근거지로 삼고 있기 때문에, 긴자에 있는 이 가게는 중년 예술가들의 살롱 같았다. 이것은 야스에의 사람됨이 반영되었을 것이다. 화가, 조각가, 모델, 시인, 극작가, 소설가, 영화 관계자 등 베레모를 쓰고 싶어 하는 가지각색의 인간들이 모여 예술을 논했다.

헤이키치도 비교적 자주 들렀던 편이었지만, 그에게 이곳은 결코 마음 편한 장소라고는 할 수 없었던 모양으로, 강요하는 말투를 쓰는 사람을 싫어해서 그런 인간들이 오는 날은 의식적으로 피했다. 극작가, 영화관계자가 그런 부류였던 것 같다. 그런 사람들 속에서 헤이키치가 마음을 허락한 사람은 여기에도 딱 세 사람, 넓게 보아도 네 사람이었다.

그중 가장 수상한 자를 고른다면 아무래도 조각가인 도쿠다 모토나리일 것이다. 도쿠다는 눈에 광기가 어린 귀재로 미타카에 아틀리에가 있었고, 당시 마흔이 넘어 예술가 동료 사이에서는 이름이 알려진 존재였다. 헤이키치는 도쿠다에게 분명히 매력을 느끼고 있었고 작가로서 영향을 받았다. 아조트 제작에 생각이 미친 것도 한편으로는 도쿠다의 영향이 있었다고 짐작된다.

당연히 도쿠다는 1과에서 호되게 추궁당했고, 나도 우연히 얼굴을 볼 기회가 있었다. 뺨은 움푹 꺼지고 흰머리가 섞인 장발이 흐트러져, 누가 봐도 아조트 제작자에 어울리는 것 같았다.

그러나 가까스로 알리바이가 확인되어 방면되었다. 운전면허증이 없다는 게 석방의 중요한 이유가 되었던 것 같지만, 그런 것이 필요 없다는 사실은 내가 가장 잘 알고 있다.

도쿠다는 죽을 때까지 정력적으로 창작 활동을 계속해서, 현재 미타카의 아틀리에에는 도쿠다 모토나리 기념관이 되어 그의 작품이 전시되어 있다.

만나러 가려 했던 1965년 정월에 갑자기 사망하는 바람에 결국은 만나지 못했지만, 도쿠다는 아조트는 차치하고라도 헤이키치와 가즈에 살해에 관해서는 전혀 동기가 없었다. 헤이키치의 아틀리에를 방문한 적도 없고 가즈에와는 일면식도 없다. 아조트 살인에 관해서도 아내의 증언이기는 하지만 알리바이가 있다.

아무튼 도쿠다는 헤이키치의 교우 선상에서는 너무나 그럴듯한 인물이라고 할 만했다. 일단 도쿠다 정도의 유명인이 그런 범죄를 저지르리라고는 생각되지 않는다.

메디시스에서 헤이키치가 마음을 터놓은 또 한 사람의 동료는 같은 화가인 아베 고조다. 아베는 도쿠다의 후배였고, 그래서 헤이키치가 마음을 열었을 것이다. 아베는 호방한 성격이라 헤이키치가 어려워할 타입이었기 때문이다. 연령은 확실하지 않지만 1936년 당시 아베는 반전사상을 반영한 작품을 몇 점 발표했기 때문에, 관헌에서 주시하고 있어서 예술가 동료들에게 따돌림을 당하고 있었다. 이러한 아베의 사정도 고독한 헤이키치의 마음을 열게 했을 것이다.

그러나 아베는 그 무렵 고작 20대여서 헤이키치와 나이차가 컸고 메디시스 외에서 두 사람의 교제는 없었을 것이다. 헤이키치의 아틀리에를 아베가 방문한 적도 없고, 아베는 사건 당시 기치조지에 살고 있어서 메구로의 헤이키치의 저택과는 상당히 떨어져 있었다.

아베는 쓰가루 출신 작가 다자이 오사무[51]와 동향이다. 다자이도

---

51) 일본의 소설가.《인간실격》등의 작품이 있음.

그 무렵 기치조지에 살았기 때문에, 두 사람은 상당히 친한 친구였다. 그러나 다자이가 메디시스에 나타난 적은 없었던 것 같다. 따라서 다자이와 헤이키치가 얼굴을 마주친 적은 없었다.

아베도 우메자와가의 사건에는 동기 따위 없고, 우메자와가의 소재지도 몰랐을 것이다. 알리바이는 확실하지 않지만, 1과의 수사가 미흡했다고도 생각되지 않는다.

아베는 군대에서 대륙으로 보내진 후 사상범의 꼬리표를 떼지 못하고 전쟁이 끝날 때까지 이등병으로 고생했다고 한다. 전후 이혼하고 젊은 아내를 맞아 함께 남미를 방랑하기도 했지만 1950년대 고향에서 사망했다. 예술가들에게는 이름이 알려진 존재이지만 그 이상은 아닌 것 같다.

아베의 아내는 현재 니시오기쿠보에서 '구레루'라는 화랑 카페를 운영하고 있다. 이 가게를 찾아가 부인과 이야기를 했다. 가게 안에는 아베의 그림이 장식되어 있고, 다자이 오사무가 아베에게 보낸 편지도 볼 수 있었다. 그러나 전쟁이 끝나고 아베와 결혼한 사람이어서 우메자와가 사건 당시의 일은 전혀 모르는 것 같았다.

한편 또 한 사람의 메디시스 동료는 역시 화가인 야마다 야스시인데, 헤이키치와 특별히 친한 것도 아니고 예술가로서도 영향을 받지 않았다. 성격이 온화한 사람이어서, 메디시스에 오는 사람들 중에 앞에 두 사람 말고는 대화할 상대가 없었던 헤이키치가 그저 말을 나눌 상대로 찾았을 뿐이었다. 당시 마흔이 넘었을 것 같은데 확실하지 않다. 주소는 오모리였다. 메디시스 밖에서 두 사람이 만났을 것 같지 않았는데, 의외로 헤이키치가 두 번쯤 오모리에 있는 야마다의 집을 방문했다. 야마다보다 아내 기누에에게 작가로서의 매력을 느꼈기 때문이라고 생각된다.

기누에는 전직 모델이자 시인이었다. 당시 마흔 안팎이었을 것이다. 헤이키치는 예전부터 랭보나 보들레르, 마르키 드 사드 등의 글을 애독했고, 아틀리에에 미술 서적은 놓아두지 않았지만, 우메자와가의 안채에는 이들의 저작이 남아 있었다. 이런 취향이 아마도 기누에와의 접점이었을 것이다. 기누에는 수기에서 헤이키치가 충격을 받았다고 썼던 안드레 미요도 알고 있었다.

그러나 기누에와 이 부부에게도 동기는 없고 알리바이가 있다. 부부가 헤이키치의 아틀리에에 온 적도 없다. 이 점은 1과의 수사를 신뢰해도 될 것이다. 이 두 사람은 1955년 전후로 잇달아 사망했다.

메디시스의 단골 중에 헤이키치의 교우관계 선상에 떠오른 사람은 이상의 넷이다. 가키노키 관계자를 더하면 일곱 명. 그러나 일곱 명 중에 범인의 유무를 논하자면, 금세 부정적일 수밖에 없다. 있다면 물론 아조트 살인의 범인일 것이다. 헤이키치와 가즈에에게 살의를 가진 사람은 하나도 없다. 가즈에의 경우, 만나본 사람조차 없을 것이다. 그리고 아조트 살인의 용의자를 굳이 든다면 다미오이겠지만, 1과가 이런 수사를 대충하지는 않았을 것이다.

처음부터 이 일곱 명에게서 범인의 그림자조차 찾을 수 없었기 때문에, 무리하게 수사의 틀을 넓힌 결과에 지나지 않는다. 이를테면 보충적인 당사자로, 직접 관계자 안에서 범인을 찾아냈다면 수사의 대상조차 되지 않았을 사람들이다.

헤이키치는 사교성이 나빠서 이들 이외에 친한 친구는 없었다. 혹시 엄중하게 비밀을 유지하며 교유하던 사람이 있었을지도 모르겠지만, 적어도 1과의 수사에서는 전혀 나오지 않았다.

이 사건의 기묘한 점은, 그 세 사건에 각각 동기를 가진 사람이 없는 것은 아니지만, 죽어서 존재하지 않거나 나중에 살해되었다는 점이다.

헤이키치 살해에 관해서도 동기를 가진 사람은 있었다. 그것은 가족 전원이라고 해도 될 것이다. 그러나 손을 썼다고 생각되는 마사코와 여섯 명의 딸들 중, 딸들은 나중에 살해되었다. 딸들을 살해한 범인은 당연하지만 여섯 명의 딸들은 아닐 것이다.

가즈에를 살해할 동기가 있는 사람은 전무하다. 동기는 도둑질하러 온 도둑에게만 있을 것이다.

아조트 살인, 즉 딸 여섯 명의 살해에 관해서는 더욱더 기묘하다. 이 대량살인에 동기가 있는 사람은 살해되어 이미 존재하지 않는 헤이키치밖에 없다.

어쨌든 세 건의 살인은 각각 다른 범인이 저질렀다고 생각할 수밖에 없지만, 이런 모순되는 자료를 이용해 어떤 형태를 이루게 하는 방법이 하나 정도는 있을 것 같다.

즉 헤이키치에게 친애의 정을 품은 사람이 헤이키치를 죽인 여자들에게 보복했다는 것이다. 그리고 헤이키치를 고이 잠들게 할 수 있는 최고의 방법은 그의 수기대로 일을 진행하고 처리하는 것이다. 동시에 이는 헤이키치의 유령에게 죄를 덮어씌우게 되어, 수사에 혼란을 야기한다. 그 때문에 가즈에의 집이 필요했다. 그래서 가즈에를 죽인 것이다.

그렇다면 범인은 아무 죄도 없는 가즈에를 죽인 것인데, 가즈에가 헤이키치 살해에 전혀 가담하지 않았다는 증거는 없다. 마사코가 중심이 되어 딸들을 이용해 남편을 살해하기로 결심했다면, 그 계획에 장녀가 참여하지 않았다고 생각하는 편이 오히려 부자연스럽다. 그렇게 생각하면 범인에게 가즈에 살해는 복수도 겸할 수 있어 일석이조이다.

나는 범인에게 직접 협력해서 시체를 처분했기 때문에, 범인에게 운전면허증이 없어도 된다는 것을 잘 알고 있었다. 따라서 여자라도 범행이 가능하다. 그때 나는 비밀 국가기관의 밀명이라 생각해서 고지식하게 일본 전국을 돌아다녔지만, 내가 중간에 좌절하고 아키타에 버려야 할 시체를 후쿠시마에 버렸어도, 범인 입장에서는 그것대로 괜찮았을 것이다. 만일 내가 체포되어도 증거는 편지 한 통밖에 없다. 그때 고생을 생각하면 도저히 범인을 용서할 수 없다.

어쨌든 나는 다른 사람보다 많은 사실을 알고 있다. 그러므로 일반인보다는 진상에 더 가까이 갈 수 있다. 이리하여 위와 같은 생각에 도달했다.

그러나 이 추론도 커다란 벽에 부딪혔다. 가즈에 때문이다. 가즈에는 헤이키치 살해에 가담했을지도 모른다. 그러나 아조트 살인과 가즈에 살해는, 이 추론대로라면 이른바 복수로서 행해진 것이다. 그런데도 왜 가즈에는 나를 유혹해서 말려들게 했을까. 나를 고의로 함정에 빠뜨렸다고밖에는 생각할 수 없다.

그 이유를 솔직히 말한다면, 후에 나를 시켜 여섯 구의 시체를 처리하게 만들기 위해서일 것이다. 그러면 가즈에는 복수하려는 쪽에 가담했다는 것이 된다.

이것은 모순이다. 그러나 그 이전에 더한 모순이 있다. 만일 가즈에가 죽지 않았다면, 나를 협박하기에는 좀 부족하다. 이전에도 생각한 적이 있는데, 가즈에는 어차피 자신이 살해될 것을 알고 그런 행동을 했을까. 그렇다면 대체 누구를 위해 목숨을 바칠 정도로 헌신을 했을까.

범인은 누구인가? 말할 것도 없이 이것은 큰 문제이다. 헤이키치를 살해한 범인은 1과의 생각대로 마사코와 여섯 명의 딸들이라고 하자. 그러나 누가 그 원수를 갚았을까. 이렇게 위험을 무릅쓰면서까지 대체 누가 헤이키치를 위해 그런 대규모의 살인을 하고, 나를 이용해 시체를 전국에 흩어놓았을까. 헤이키치에 대한 동정만으로 그런 행동이 가능할까. 다에나 요시오나 아야코라면 친딸을 죽였다는 것이 된다. 야스에나 헤이타로일까?

직접적인 관계자는 이들뿐이지만, 결정적으로 아조트 살인이 행해졌다고 추정되는 3월 31일 밤, 넉넉잡아 범행 시각이 오후 3시 무렵부터 심야 12시 정도까지의 사이라고 해도 거의 모두 알리바이가 성립한다.

이 다섯 명은 남녀 두 쌍과 여자 한 사람이다. 야스에와 헤이타로 모자는 오후 10시경까지 가게를 열어서 그 시간에는 많은 증인이 있고, 문을 닫고 나서도 단골손님이 몇 명 남아 12시 가까이까지 흥청거렸다. 모자 어느 쪽도 사람들 앞에서 30분 이상 모습을 감춘 적은 없다.

다음으로 요시오 부부인데, 이날 마침 요시오와 일 관계로 교유가 있는 도라는 편집자가 우메자와가를 찾아와 함께 술을 마셨다. 3월 31일은 화요일이어서 자고 가지는 않았지만, 오후 6시 넘어 방문해 11시 지나서까지 요시오의 집에 있었다. 그 이전에도 낮부터 요시오와 도라는 행동을 함께했다. 그렇다면 요시오 부부는 일단 문제가 되지 않는다.

다에는 담배 가게에 매일 저녁 7시 반 정도까지 앉아 있었는데, 그 후에도 가게를 완전히 닫지는 않고, 덧문을 조금 열어두고 10시 정도까지 담배를 판다고 했다. 그날 밤도 7시 반부터 10시까지 손님이 두세 명 있었는데 모두 이웃 사람들이었고, 다에가 집에 있었다고 증언을 했다. 덧문을 완전히 닫고 다에가 잠자리에 든 시각이 오후 10시 지나서이다. 여섯 딸의 살해 장소는 불명확하지만 일단 가미노게의 가즈에 집이라 치면, 마흔여덟 살 여성의 걸음으로 호야 역까지 가서 전철을 갈아타고 가미노게까지 가서 거기서 또 걸어가면 2시간 이상은 족히 걸린다. 알리바이가 성립한다고 판단해도 될 것이다.

보충하자면 마사코는 4월 1일 아침 8시 47분 기차로 아이즈 와카마쓰를 출발했다. 당연히 전날은 하루 종일 아이즈 와카마쓰에 있었다고 가족들이 증언했다.

아조트 살인에 한정해서 말하면, 간접 관계자 일곱 명 중 가키노키의 사토코, 오가타, 이시바시에게는 알리바이가 있다. 야스카와는 알리바이가 없다. 메디시스의 도쿠다, 아베는 각각 아내의 증언이기는 하지만 알리바이가 있다. 야마다 부부는 다른 네댓 명의 베레모족과 함께 11시경까지 메디시스에 있었다. 긴자에서 가미노게까지 1시간은 걸린다. 일곱 명 중에서 야스카와가 가장 수상하지만, 헤이키치와는 가키노키에서 두 번, 작업장에서 한 번 만났을 뿐이다.

헤이키치는 오가타와는 1년 정도 교제한 모양이지만, 야스카와를 만난 것은 일시까지 나와 있었다. 처음 공방에서 만난 것은 1935년 9월, 나중 두 번은 둘 다 12월 가키노키에서였다. 12월 가키노키에서 만난 것은 9월 이후 처음인 것 같다고 사토코나 오가타가 둘의 대화에서 추측해서 증언했다. 또한 1936년이 된 후 헤이키치는 가키노키에는 한 번도 가지 않았다.

야스카와 범인설을 택하면 12월을 포함해 3개월 사이에 두 사람 사이가 몰래 진행된 것이 되는데, 그렇게 생각하기 힘든 이유가 있다. 야스카와는 공방에서 도보로 10분 정도 거리에 있는 공장 기숙사에 살고 있었다. 기숙사 관리인이나 동료의 말에 따르면, 야스카와의 일상은 작업장과 기숙사를 오가는 것 외 가끔 술을 마시러 가는 정도다. 이 또한 대부분 동료와 함께여서, 동료들이 행선지를 모르는 외출은 일요일을 포함해 12월부터 3월 말까지 네 번밖에 없었다. 그중 한 번이 3월 31일인데 그날도 11시 전에는 돌아왔다. 본인은 영화를 보러 갔다고 주장했다. 즉 남은 세 번의 만남으로 헤이키치와 친교를 다졌을지도 모르지만, 그 정도로 얼마만큼 친해질 수 있었을까.

또 야스카와가 여섯 명의 딸들을 죽였다고 해도, 이 남자는 인형을 만드는 장인이니, 당연히 아조트 제작에 흥미가 있었을 것이다. 기숙사에서는 제작을 할 수 없으니 다른 장소가 필요해진다. 그러나 야스카와는 사건 후에도 계속 기숙사에 있었다. 설령 시간이 생겼다고 해도 야스카와에게는 그럴 장소가 없다.

게다가 부정적인 자료가 있다. 여섯 명의 딸들은 야스카와와 손을 잡은 흔적이 없었다. 여섯 명의 딸들은 함께 있을 때 독이 들어간 음료를 마신 것으로 보이므로, 초면인 야스카와가 여섯 명을 불러 모으거나 혹은 모인 자리에 갑자기 얼굴을 내미는 것은 부자연스럽다. 만일 그런 일이 있다면 단독범이 아닐 것이다. 그러나 야스카와도 고독한 남자로 친구는 적고, 아는 이는 모두 직장 동료뿐이다.

우메자와가 점성술 살인사건은 1과와 마찬가지로 나도 손을 들었다고 고백할 수밖에 없다. 명백히 범인이 존재하지 않는 것이다. 그 외에도, 마사코나 여섯 딸들과 알고 지낸 몇몇 인물이 있지만 1과는 모두 결백하다고 판단했고, 나도 그렇게 느꼈다.

퇴직하고 10여 년이 지났지만 나는 이 사건만을 생각하며 지냈다. 체력이 쇠한 것은 자각하고 있었지만, 요즘은 사고력이 노화했음을 의식할 수밖에 없었다. 생각이 같은 곳을 맴돌고 있다.

경찰관 생활의 고통 속에서, 나는 위가 매우 나빠졌다. 남은 생이 그다지 길지는 않을 것이다. 나는 이 사건을 결국 풀지 못한 채 인생도 정년퇴직하게 될 것 같다.

생각해보면 나는 단지 흘러가는 대로 살았고, 흐름에 거역해 이룩한 것은 무엇 하나 없다. 따라서 범인(凡人)은 범인답게, 그저 평화로운 노정을 남기고 떠나고 싶었다. 내가 뿌린 오점의 씨앗은 스스로 제거해 하다못해 평범한 토양으로 되돌리길 간절히 바랐지만, 내 무력함을 다시 한번 자각했을 뿐이다. 참으로 유감이다.

이 사건의 수수께끼는 누가 풀어주었으면 좋겠다. 아니, 풀지 않으면 안 된다고 생각한다. 그러나 아들에게 털어놓을 용기는 없다.

이 수기를 불태울 것인지 남길 것인지는 내 인생 최후의 결단이 될 것이다. 만일 내 사후에도 이것이 존재하여 졸문을 읽을 기회를 얻은 분이 있다면, 내 결단력이 부족하다고 비웃을까.

※글 중에 예전 가나 표기법이 많이 보이는데, 내(이시오카)가 바뀐 가나 표기법으로 고친 것이다. 이에 양해를 구한다.

II

추리 속행

1

"이 사람은 결국 교토의 야스카와 다미오를 만나러 갔을까."

미타라이가 낮은 목소리로 말했다.

"글쎄, 이런 상태였다면 가지 못했던 게 아닐까."

"음, 그래도 이걸로 정말 여러 가지를 알았어. 어째서 일본 방방 곡곡에서 시체가 나왔는지, 누가 어떻게 했는지. 범인에게 면허증 이 필요 없다는 것도 말이야. 지금 이 일을 알고 있는 사람은 일 본이 넓다고는 해도 너랑 나, 그리고 미사코 씨뿐이네."

"그렇지. 너와 알아서 좋은 일도 있기는 해!"

"흠, 고흐에게 친구가 있었으면, 그의 진가를 몰라보고 역시 그 런 소리를 했을 거야. 야스카와 다미오는 네가 보는 책에 나와 있 어?"

"나와 있어. 그래도 이 사람 수기가 훨씬 상세해."

"이 수기는 어쩐지 타인이 읽을 것을 의식해서 쓴 것 같아. 헤이키치 수기 때도 그렇게 느꼈지만."

"그러게."

"결국 남겼군. 태우려면 태웠을 텐데. 남기기로 결단을 내린 거겠지."

미타라이는 일어나 창가로 다가갔다.

"억누른 슬픔으로 가득 찬 수기야. 이것을 읽고 아무런 감정도 생기지 않는 사람이 있을까. 나는 도쿄 변두리의 이런 지저분한 동네 한 모퉁이에서 점술가 간판을 걸고서 온갖 슬픈 목소리를 들어왔지. 그래서 나는 더러운 쓰레기 더미처럼 보이는 이 도시가 실은 온갖 억압된 비명으로 가득 찬 소굴이라는 걸 알아. 그때마다 항상 생각했어, 듣기만 하는 것은 이제 충분하다고. 그런 시대는 오늘로써 단호히 끝내야겠어. 이제 슬슬 누군가를 구해줘도 될 때야."

미타라이는 다시 돌아와 앉았다.

"이 사람은 수기를 남겼어. 누군가가 사건을 풀어주길 무척이나 바랐겠지. 일생에 걸쳐 쌓아 올린 자신의 명예와 바꾸는 한이 있더라도, 이 사람의 마지막 용기를 헛되게 해서는 안 돼. 너도 그렇게 생각하지? 이건 수기를 읽은 사람의 의무야."

"그래……, 네 말이 맞아."

"자, 이걸로 이제 가능한 자료는 모두 입수했어. 남은 건 두뇌 노동인데. 이 사람은 살인사건이 전문이 아니었지만 괜찮은 선까지 진행했네.

그래도 이해가 안 되는 점이 있어. 너에게 처음 설명을 들었을 때도 생각했는데, 이 수기를 읽고 다시 생각이 났어."

"아, 근본적으로 모순된다든가 했던 거 말이야? 그게 뭔데?"

"이 사람도 정설대로, 일곱 명의 자식이 헤이키치를 죽였다고 생각하잖아. 제일 처음 헤이키치 살해 때 밀실 문제로 이야기가 돌아가는데, 근본적으로 이상하다고 생각해. 마사코와 딸들을 포함한 여자 일곱 명은……, 아니, 그게 아니야, 도키코는 호야의 다에 집에 갔으니까 여섯 명이지? 일곱 명이라는 건 거짓말이라고 생각하는 거겠지…… 어쨌든 여섯이든 일곱이든 상관없어. 사건이 일어난 날 밤에 우메자와가에 있던 모든 사람이야.

헤이키치가 살해당하던 날 밤, 우메자와가에는 죽이는 자와 죽임을 당하는 자밖에 없었어. 즉 속여야 할 혹은 경계해야 할 제 3자는 존재하지 않아.

그러니까 일부러 침대를 끌어 올리거나, 고심해서 밀실을 만들 필요가 전혀 없다는 말이지. 모두 말만 맞추면 그걸로 끝이야. 확실하게 말만 맞춰두면, 극단적으로 말해서 어떤 전무후무한 불가능 범죄라도 가능하다는 거지."

"……아, 그래, 그러네……. 하지만 거짓말을 해도 현장은 조사하잖아. 눈 위에 발자국도 있고."

"발자국 같은 건 별 문제가 아니야. 얼마든지 조작할 수 있지,

예를 들면 이렇게. 눈이 내리던 25일 밤, 아무나 괜찮으니까 여자들 중 세 명 정도……, 아니, 그러면 너무 떠들썩해서 헤이키치가 수면제를 먹지 않을지도 모르고, 모델이 있어서 들여보내 주지 않을지도 모르니까, 누구 한 사람이 헤이키치의 아틀리에로 가는 거야. 눈이 그친 12시경 모델이 집에 돌아가면, 그때 헤이키치를 죽인다. 그런 다음 밖으로 나와 남자구두 발자국을 찍는데, 남자구두를 준비해 와도 되고 자기 구두는 손에 들고 헤이키치의 구두를 신어도 돼. 어차피 나중에 얼마든지 되돌려놓으면 되니까.

돌아올 때는 물론 쪽문으로 나와서, 큰길을 빙 둘러 현관에서 안채로 들어가는 거지. 아틀리에 문은 따로 자물쇠 같은 건 채울 필요가 없고. 그리고 다음 날 아침 10시가 지나면 다 같이 아틀리에로 가는 거야. 누구 한 사람이 창문으로 다가가 안을 들여다본 것처럼 발자국을 찍고, 한 사람은 아틀리에 안에 들어가서, 문을 닫고 빗장을 걸고 자물쇠를 채우고, 그리고 다 됐다고 하면 밖에 있던 사람들이 문에 몸을 부딪치면 되잖아. 굳이 침대를 끌어 올릴 필요가 없잖아?"

"……."

"그리고 또 하나, 침대 끌어 올리기설에는 모순이 있어. 사다리를 들고 왔었지? 사다리가 없으면 아무리 발레리나라도 2층 지붕에는 올라갈 수 없어. 그런데 사다리를 가져온 발자국이 없어. 눈이 내리는 동안에 사다리를 가져왔다는 뜻이지. 그러니까, 25일 오후 11시 반보다 훨씬 전이라는 말이야. 발자국이 완전히 사라졌으니까, 눈이 그치기 훨씬 전에 가져와야 해.

　한편 모델이 돌아간 발자국은 남아 있어. 그렇다는 것은 모델이 있는 동안에 사다리를 걸치고 일곱 명이나 되는 큰 소대가, 물론 일곱 명 모두가 아니었을지도 모르지만, 지붕에 올라갔다는 거잖아.

　헤이키치가 라디오를 크게 틀어놓고 작업하지는 않았겠지? 아무리 그래도 알 수 있어. 귀가 안 들리지는 않으니까. 고요하게 눈이 내리는 밤중이야. 게다가 모델이 돌아갈 때 사다리가 걸쳐져 있었으면 이상하게 생각했겠지."

　"으음……, 그런데 창문에는 커튼도 있었어. 게다가 헤이키치는 이미 쉰 살이니까 귀도 약간 어두웠을지도 모르지……."

　"쉰 살인 사람이 들으면 화낼걸."

　"난로도 타닥이며 타고 있었잖아. 그러고 보면 아주 위험한 짓을 했는데도, 운이 좋아서 미궁에 빠진 게 아닐까? 어떤 완전범죄도 나중에 돌이켜 보면 위험한 도박을 하나둘쯤은 했을걸.

　게다가 모델이 딸이라면, 도키코나 누구였다면 어떨까. 헤이키치와 이야기를 하면서 그의 주의를 돌리고……."

　"그건 더 이상해. 그냥 도키코가 죽이면 되는데."

　"아, 그러게. 역시 모델은 있었어. 그리고 좀 더 앞으로 돌아가서, 여자들이 모두 같이한 건 아니야. 그렇지……, 틀림없이 마사코와 마사코의 친딸 셋, 도모코, 아키코, 유키코, 그 네 사람이 한 거야. 아니면 가즈에도 포함해 다섯 명. 그러면 남은 사람이 제3

자가 되니까 속여야 할 상대도 존재하고…….”

“너무 편의주의적 발상 같은데. 됐어, 그렇게 되면 유키코의 입장이 애매해. 유키코는 헤이키치의 친딸인데 그런 계획에 넣어줄까? 일곱 명, 가즈에를 포함해서 일곱 명의 자매 중에서는 유키코와 도키코만이 헤이키치와 혈연관계야. 부친이 각각 다른 여자에게서 얻은 동갑 여자들 사이란 어떤 느낌일까? 짐작도 안 가지만 의외로 둘이 특별히 친했을 가능성도 있지.

그래도 뭐, 매일 딸들과 같이 있었으니까, 마사코는 판단할 수 있었을지도 몰라. 유키코를 제외할지 넣을지를 말이야, 네 추리에 따른다면.

그런데 다케고시 분지로 씨의 생각, 아조트 살인은 헤이키치 살해에 대한 보복이라는 건 어떻게 생각해? 찬성?”

“음, 뭐……, 그럴 수도 있다고 생각해.”

“그러면 여섯 명 모두를 죽이지 않아도 되지 않나? 네 추리에 따른다면 말이야. 아니면 실수일까? 아조트 살인의 범인은 헤이키치 살해를 여자들 전원에 의한 범행으로 착각한 거지.”

“그렇게 되겠네……. 그리고 아조트를 만들기 위한 살인, 헤이키치의 짓이나 헤이키치 신봉자의 짓으로 보이게 할 필요도 있었던 게 아닐까. 실제로 신봉자였을지도 모르지만. 헤이키치의 소설을 읽고 악마적인 기분에 사로잡혀서 실제로 아조트를 만들어보고 싶어졌을 수도 있고.”

“하하! 그래도 침대를 매달아 올렸다는 설은 아니야. 네 기분은 알겠지만. 여기서 이렇게 생각만 하는 것과 실제는 달라. 그렇게 잘 되지 않거든. 눈 내리는 밤에 곱은 손으로 여자들끼리, 헤이키치가 언제 깰지도 모르는데. 절대로 아니야. 단언할 수 있어."

"그렇게 말하면, 지금까지 조금이라도 풀렸다고 생각한 부분까지 못 쓰게 된다고. 점점 더 알 수 없게 되잖아! 그러면 아틀리에에서 나온 로프는 어떻게 할 거야? 독약병은? 함정이라는 거야? 여자들의 소행으로 보이려고?"

"난 그렇게 생각해."

"누가 했다는 말이야? 아니, 누가 할 수 있었다는 말이야? 우메자와가에 들어가서 그런 것을 놓아두었다면, 우리가 모르는 외부인은 절대 아니잖아!

분지로 씨가 말한 메디시스나 가키노키의 간접 관계자조차 제외해야 해. 그 일곱 명 중에 우메자와가 여자들이 소개받은 사람은 하나도 없으니까. 야스에와 헤이타로도 무리야. 그러면 요시오나 아내인 아야코, 다에, 그 세 사람 중에 그런 것을 놓아둔 인물, 즉 범인이 있다는 거잖아, 그게 누구지?"

"하하, 빈집털이는 꼭 아는 사람 집에만 들어가지 않거든."

"뭐?"

"아니, 뭐, 글쎄 누굴까."

"미타라이, 말꼬리를 잡고 늘어지는 건 쉬워. 뭐든 비판은 쉽고 창조는 어렵지. 마사코를 체포할 때 경찰이 우리가 모르는 사실을 검토했을 수도 있고, 무엇보다 우리는 현장을 보지 못했어. 마사코를 체포한 것은 현장검증을 해본 결과겠지. 범인을 지적하지도 못하면서 그렇게 큰소리치지 마.

그 세 사람도 한 단계 더 들어가면, 바로 손을 들어야 해. 일단 다에는 무리겠지, 우메자와가에는 들어갈 수 없으니까. 요시오, 아야코 부부라면 가능한데, 전에 너도 말했지만 이 세 사람은 여섯 명 중에 친딸이 있잖아? 자기 딸을 함정에 빠뜨려서 어쩌려고?

마사코 한 사람을 몰아넣는다면 몰라도, 친딸을 살인범으로 만들겠어? 그걸 봐도 이 셋은 관계없어. 아조트 살인에서는 아예 전혀 상관이 없고, 자기 딸을 죽일 리가 없으니까. 그러니까 그런 함정을 팔 만한 사람은 존재하지 않아."

"그게 어려운 문제라는 건 지금도 충분히 알고 있어. 그래도 실제로 일어난 일이야. 게다가 너나 나 같은 사람이 한 짓이고 풀 수 없는 수수께끼라고는 생각하지 않아."

"내 생각에는 두 가지 추리밖에 없는 것 같아. 하나는 우리가 생각도 못 한……."

"마법의 범죄라고?"

"설마! 절대 그런 식으로는 생각하지 않을 거야. 외부 사람 혹은 단체야. 즉 분지로에게 온 편지는 진짜였던 거지. 어떤 일로 인해 그 비밀기관인지 뭔지가 전부터 우메자와가를 주목하고 있다가, 교묘히 전원을 제거했다는 해석. 다만 그렇게 되면 우리가 감당할 수는 없어."

"그건 좀 어렵다고 하지 않았어?"

"아, 그래…… 그랬지, 그리고 또 한 가지는, 사실 이게 제일 매력적인데, 헤이키치가 살아 있다는 추리야. 방법은 모르겠지만 아주 교묘한 트릭으로 자신의 존재를 지워버린 거지. 그렇게 생각하면 전부 맞아떨어져.

눈 위의 남자구두 자국은 헤이키치의 발자국이었던 거지. 시체에 수염이 없는 것도 당연해. 어디서 자기와 꼭 닮은 남자를 찾아냈는데, 수염까지 기르게 하지는 못했고. 때려 죽였으니까 얼굴도 변했을 거야. 게다가 수염이 없는 헤이키치의 얼굴은 처음 보니까, 가족들도 속아 넘어가지 않았다고 단정할 수는 없어.

그렇게 생각하면 정원 구석 아틀리에에서 가족과도 별로 만나지 않고 은둔 생활을 계속한 이유도 알 수 있잖아. 가족과 종일 얼굴을 맞대고 있으면, 다른 사람과 바꿔치기했을 때 바로 들키지. 아조트를 만들기로 결심했을 때부터 가족과의 별거는 계획의 일부였을 거야. 그러니까 아조트를 만들기 위한 첫 단계로 자신을 없앨 작정이었어.

자신이 유령이 되는 게 제일 좋아. 이미 한 번 죽었으니까 일이 어떻게 뒤집혀도 의심받을 일도 없고, 사형을 겁낼 필요도 없지. 딸들의 동향을 몰래 지켜보다가, 기회를 노려 죽이면 돼. 죽인 후에는 마음 놓고 아조트 제작에 몰두할 수 있고.

자신을 없애는 것은 아조트 제작을 위한 제1단계였어. 그래서 내향적인 헤이키치가 적극적으로 거리로 나간 거지. 자신의 대역

을 찾으러. 그리고 결국 찾아내서 2월 26일 아틀리에로 데려왔
어. 그리고 여자들에게 혐의가 가도록 잔꾀를 부려놓고 남자를
죽였지.

그런데 마사코라면 아조트를 제작할 아틀리에를 짐작할 수
있다고 걱정했을 거야, 어쨌거나 부부니까. 그래서 체포되게 하면
안심이고. 맞아, 이거야! 이걸로 설명이 다 되잖아!"

"그래, 상당히 괜찮네. 그것 말고는 어떻게 파고 엎어도 범인은
나올 것 같지도 않으니까, 헤이키치가 살아 있다면 아조트 살인
정도는 간단하게 설명할 수 있지.

그래도 그 생각에는 어이가 없을 정도로 소소한 문제점이 있
는 것 같아. 실제로 시체를 바꿔치기한다는 건, 육친을 속이는 거
라서 상식적으로는 무리라고 봐. 일단 그건 양보한다 쳐도, 문제
는 아직 많이 남아 있어."

"어떤 거?"

"먼저 자신이 살아남는다면, 최후의 대작이라 했던 그림을 완
성하고 난 후에 아조트를 만들고 싶겠지. 너도 그림을 그리니까
알 거 아냐? 열두 장째인데, 그러니까 화가 헤이키치로서는 인생
의 총결산이잖아?"

"그건……, 다 그려버린 후라면 곤란하잖아? 뜻을 이루는 도
중이니까 진짜로 살해되었다는 인상을 주는 거지."

"흠, 그렇게 말할 줄 알았어."

"게다가 아조트야말로 열두 장 째라고 생각을 고쳐먹었을지

도 몰라."

"그러면 가즈에는 왜 죽였어?"

"아조트를 만들 공간을 확보하려고……?"

"그건 아니지! 가즈에의 집은 언뜻 보기에 제작에 어울릴 것 같지만, 헤이키치라면 야히코 근처에도 마련할 수 있었어. 소설에도 그렇게 나와 있고. 가즈에의 집은 위험해, 살인이 한 번 일어났던 곳이니까. 헤이키치라면 더 좋은 곳을 마련할 수 있다고 너도 분명히 말하지 않았나? 자기가 말한 걸 잊어버리지 마.

게다가, 그런 것보다 가즈에가 분지로 씨를 함정에 빠뜨린 사실이 더 문제야. 가즈에는 왜 그런 짓을 했을까? 아니, 헤이키치가 시켰다면, 그는 가즈에에게 왜 그런 짓을 시켰을까? 시체 운반이 목적이라면 헤이키치도 운전면허가 있는데."

"그야 시체를 전국에 흩어놓으면 헤이키치 같은 늙은이보다 젊고, 그것도 경찰인 편이 낫지."

"그래, 그럼 헤이키치는 무슨 말로 가즈에를 움직였지? 의붓아버지의 말 한 마디에 그녀가 외간 남자와 자기까지 한다고?"

"지금 바로는 생각이 잘 안 나지만, 어떻게든 교묘하게 거짓말을 했겠지."

"그것 말고도 결정적인 난관이 세 개쯤 더 있어. 하나는 노트, 그 소설이야. 현장에 남길 필요는 전혀 없었어. 아니, 헤이키치가 살아남아 아조트 살인을 할 작정이라면 노트를 절대 남겨둬서는 안 되잖아. 그런 게 있으면 딸들은 경계할 것이고, 전국에 시체를 묻기도 힘들어져. 시체도 발견되기 쉬워지고, 좋을 게 하나도 없다고.

애당초 1미터 50이나 되는 깊이에 묻은 딸들의 시체가 남김없이 발견된 것도 이런 수기가 있었기 때문이야. 그렇지 않아? 어째서 들고 가지 않았지?"

"무슨 일이든 실수는 있으니까. 아무리 교묘한 계획이라도 말이지. 3억 엔 강탈사건 범인도 가짜 경찰 오토바이로 현금수송차를 쫓아가면서 오토바이에 걸쳐두었던 시트 천을 질질 끄는 멍청한 실수를 저질렀고."

"실수라고……. 그러면 그 노트에 어째서 자신의 대역을 찾을 계획이라거나, 찾았다거나, 좀처럼 없다거나 하는 고생담을 쓰지 않았지? 아까는 그게 아조트 제작 계획의 중요한 일부분이라고 했잖아?

그리고 또 한 가지 큰 문제가 있어. 헤이키치가 제일 마지막으로 아틀리에를 나갔다면, 자물쇠를 채운 밀실을 직접 만든 게 되잖아. 어떻게 한 거지? 이건 엄청나게 어려운 문제야."

"지금부터 나는 그 문제에 머리를 쥐어짜려고. 그게 해결되면 당당하게 우메자와 헤이키치 생존설을 주장하겠어.

그런데 너도 알겠지. 절대로 이것밖에 없어. 다른 범인이 있을 리가 없어. 헤이키치가 범인이 아니라면 이 일련의 사건에서 단독 동일범을 추정할 방법이 없잖아.

게다가 이 상황에 분지로의 수기가 나타났어. 수기를 읽어보니 아무래도 단독 동일범이라고 생각해야 할 것 같아. 그러면 어떻게 파고들든 역시 범인은 헤이키치야. 그 외에는 있을 수 없어.

또 한 집안에서 범인이 제각각 다른 사건이 연속으로 세 건이나 일어나는 건 확률적으로도 부자연스러워. 역시 동일범의 어떤 의지에 따른 연쇄살인이라고 생각해.

그중 하나는 자신을 없애기 위한 사건이지. 첫 사건은 속임수야. 이것이 우메자와 사건의 트릭이라고 생각해. 내가 반드시 증명하겠어."

그러자 미타라이는 "기대할게"라고 했다.

2

그날 밤 나는 잠자리에서도 계속 골똘히 생각했다. 미타라이가 뭐라고 하든 헤이키치를 살려두는 것 외에 이 사건들을 설명할 방법이 없다. 달리 있다면 꼭 들어보고 싶다. 절대로 없다고 큰소리로 외칠 수도 있다.

분지로 씨의 고찰은 충분히 예리하므로, 나는 그와 다른 각도로 생각해보려고 했다. 즉 헤이키치가 살아 있었다고 과감하게 가정하는 것이다.

그러니까 최초의 아틀리에 사건은 길거리에서 찾아 데려온, 자신과 꼭 닮은 남자를 죽인 것이다. 그리고 나서.

아니, 그러면 자물쇠가 채워진 밀실이라는 문제에 맞닥뜨린다.

그래, 일단 미리 바꿔치기해놓고 마사코와 딸들이 죽이게 하는 거야. 방법은, 역시 침대를 끌어 올리고 싶어지는군. 다른 방법은 없나.

그때 나는 침대 속에서 소리를 지를 뻔했다. 이거다! 자신의 대역을 마사코와 딸들이 죽이도록 한다면, 그것은 가즈에에 대한 협박의 이유가 충분히 된다.

마사코와 딸들은 연립주택 건설을 위해 자신들과 생각이 다른 남자를 죽였다. 그러나 남자는 살아 있다. 마사코와 딸들을 구하기 위해 입 다물어줄 테니까라고. 아니, 그것만으로는 약해.

맞아! 이거야! 경찰을 한 사람 포섭하면 든든하다고 가즈에를 꼬드겼을 거야. 그렇게 설득해서 가즈에를 움직인 거겠지. 풀었어!

분지로 씨는 헤이키치 살해에 대한 보복으로 아조트 살인이 자행되었다고 생각했고 중간에 일어난 가즈에 살해의 처리로 곤혹스러워했다. 그러나 내 생각대로라면 아무런 무리가 없다. 가즈에에게 그 정도의 헌신을 강요한 이유로도 충분하다.

그런데 가즈에를 왜 죽였을까? 죽일 필요까지는 없었는데.

됐어, 헤이키치는 성격이상자야. 동생들이 죽었는데 가즈에만 살아남을 필요는 없다거나, 그런 이유여도 되는 거잖아. 그보다 헤이키치가 살아 있었다는 증거. 그것을 찾아내는 게 먼저다.

아마추어 홈스 중, 헤이키치 생존설을 주장하는 사람들은 거의 대부분 헤이키치가 요시오로 변신했다고 생각한다. 그것이 함정이다. 생존해서 요시오인 척할 필요는 없다. 그쪽이 훨씬 위험하니까. 몸을 숨기고 아조트 제작만을 생각하며 투명인간처럼 혼자 행동한다, 이쪽이 훨씬 효과가 있다. 이걸로 됐어.

지금 시점에서 헤이키치가 생존했던 증거를 찾아내기는 힘들겠지만, 이것으로 일단 설명은 된다. 내일 왓슨 역할을 하는 것은 미타라이다, 그렇게 생각하니 나는 편안히 잠들 수 있었다.

현재까지, 미타라이는 빈말이라도 명탐정이라 하기 힘들다. 그러나 이다 미사코가 그만큼 큰일을 부탁하려고 했을 정도니까, 틀림없이 예전에는 어느 정도 두뇌가 명석했을 것이다. 지극히 일부 사람들에게는, 소소한 명성도 얻은 모양이다. 나는 그와 알게 된 지 아직 1년도 지나지 않았기 때문에, 과거의 활약에 관해서는 아무것도 모른다.

다만 이 상태로는 도저히 가당찮게도 해결되기는 바랄 수 없다. 그는 작년에 조우한 재난에서 나를 구해주었기 때문에, 이번에도 혹시나 하고 기대했었다. 그러나 점성술 살인은 40년에 걸쳐 일본 전국의 미스터리 팬들이 경쟁적으로 지혜를 짜내어온 것이다. 온갖 추리가 다 나온 이 시점에, 여태껏 아무도 깨닫지 못한 진실을 날카롭게 포착해 명쾌하게 추리를 전개하기를 그에게 바라기는 이미 불가능하다. 가능했다면 그야말로 기적이다.

덧붙이자면 그는 타이밍이 나쁘게도 우울증이었고, 식사하러 집 밖으로 나가는 것도 꺼리고 있었다. 그러나 40년 전의 사건이라는 본질상, 이것은 별다른 핸디캡은 되지 않을 것이다.

다음 날 미타라이에게 진전이 있었냐고 물으니, 맥 빠진 신음을 낼 뿐이었다. 전혀 진전이 없었던 것이다. 위와 같은 이유로 어쩔 수 없다고는 하지만, 그는 일반인과 비교하면 명백하게 별나기 때문에, 어떤 일부분만 가지고도 진전시킬 수 있을지 모른다고 기대하고 있었다. 그 정도도 대단한 일이 아닌가. 무명인 우리로서는 썩 훌륭한 성과일 것이다.

미타라이가 이런 상태라면, 하고 나는 내심 피어오르는 미소를 가능한 한 억누르며 내 생각을 들려주었다. 그러자 미타라이는 바로 "또 침대 끌어 올리기?"라고 지겹다는 듯이 말했다.

"미리 찾아놓은 대역과 바꾼다? 언제 여자들이 침대를 끌어 올리러 올지 모르는데? 그 녀석을 낮에도 아틀리에에 머물게 한다?

딸들이 놀러 올 수도 있는데? 바로 들켜. 그런 짓을 할 거면 수염도 자랄 때까지 기다려주고, 열심히 데생 연습도 시켜야지."

"데생? 그건 왜?"

"왜라니, 헤이키치는 화가야. 아틀리에에서 그림도 그리지 않고 빈둥거리면 이상하잖아? 오이 그림을 그렸는데 호박으로 보이면 큰일이고."

그러나 나도 오기가 생겼다.

"그럼 가즈에 쪽은 어때. 그것 말고 설명할 수 있어? 분지로 씨도 곤란해했잖아.

아무튼 네 수정안이 등장하기 전까지는 내 생각이 가장 유력

240

하다고!"

나는 빈정거릴 생각이었다. 미타라이는 가만히 있었다. 결국 이 홈스도 오리무중인 것이다. 나는 그만 우쭐해져서 말했다.

"정말 차이가 나네, 셜록 홈스라면 벌써 다 해결하고 왓슨에게 다음 사건을 설명하고 있겠어. 해결은 무리라도 좀 더 활동적이 었을 거야. 너처럼 하루 종일 소파에서 뒹굴거리지는 않았을걸."

"홈스?"

미타라이는 의아한 표정을 지었다. 그러나 뒤이어 그가 한 말을 들었을 때, 나는 너무 놀라서 장난감 총에 맞은 비둘기 같은 얼굴을 했을 것이다.

"아! 허풍쟁이에 교양도 없고, 코카인 중독에 망상벽, 현실과 환상도 구별 못 하는 귀여움이 철철 넘치는 그 영국인 말이냐?"

벌어진 입을 다물 수가 없다고 해야 할지 분수를 모른다고 해 야 할지, 이때는 정말 나도 잠시 말문이 막혔고 곧 심각하게 화가 나기 시작했다.

"상당히 대단한 사람이었구나, 너. 전혀 몰랐어. 알아뵙지 못했 어요! 전설적인 위인을 상대로 잘도 그런 말을 하는구나. 하! 어 디가 교양이 없다는 거야? 걸어 다니는 대영 도서관 같은 지식의 보고인 사람한테. 대체 뭐가 허풍쟁이라는 거야?"

"너는 일본인의 문제점이 완벽하게 몸에 배어 있구나. 정치적 발상이 가치판단의 전부라는 엄청난 착각이 뼛속까지 스며들 었어."

"연설은 됐고! 그보다 오늘은 어디가 허풍인지 제대로 설명을 부탁해. 어디가 교양이 없다는 건데?"

"너무 많아서 곤란한데. 그래……, 어떤 이야기를 제일 좋아해?"

"전부 다 좋아해!"

"가장 좋아하는 건 뭐야?"

"전부 다 좋다니까!"

"그러면 대화가 안 되잖아."

"그러니까 나는 고를 수가 없는데, 작가 추천 1위에 독자에게도 가장 인기 있는 작품은 〈얼룩 끈〉이라고 읽은 적이……."

"그렇구나! 분명히 그게 제일 걸작이야. 뱀이 나오는 거지? 금고에서 뱀을 기르면 보통 질식한다고 생각하지만 호흡을 하지 않는 뱀이고, 우유를 주면서 훈련시켰다는 게 대단해. 우유를 감사히 받아 마시는 건 포유류뿐이야. 어머니에게 모유가 있으니까 마시고 싶어 하지. 뱀은 파충류니까 어지간한 변종이 아닌 이상 우유 따위 마시지 않아. 우리더러 개구리나 잠자리를 먹여줄 테니 재주를 부려보라는 거나 마찬가지라고.

그리고 휘파람을 불어서 뱀을 불렀다고 하던데, 뱀은 일반적인 의미로 귀가 없으니까 휘파람 소리를 들을 수 없어. 조금만 진지하게 생각하면 누구나 알 수 있지. 상식의 범주라는 말이야. 중학교 때 이과나 생물 수업만 제대로 받았으면. 그러니까 그 선생은 교양이 없다는 거지.

아무리 그래도 이런 엉망진창인 이야기는 분명 꾸며낸 거겠지, 추리를 하자면. 왓슨도 같이 행동했다고 나와 있는데, 그것은 왓슨의 작가적 허구이고 일이 없는 날에 홈스 선생에게 들은 이야기를 마치 자신도 가담한 모험인 양 창작했겠지. 아마도 코카인에 의한 망상일걸! 뱀은 마약중독자의 환각이나 꿈에 자주 나오니까. 그래서 허풍쟁이에 망상벽이라고 했어."

　"그래도 홈스는 너와는 달리 한 번 딱 보면 직업이나 성격까지 바로 추리해서 맞는다고. 너한테는 어림도 없잖아."

　"그런 억측으로 행패를 부리다니! 아예 눈을 가리고 싶네. 예를 들어, 그래……, 노란 얼굴 사건이었나, 의뢰인이 잊어버리고 간 담배 파이프를 보면서 소유자에 대해 추리하는 장면이 있었지.

　그때 분명히 수리하는 데에 파이프 가격과 별 차이가 없을 정도로 비용을 들이니까 상당히 소중하게 여기는 파이프일 거라고 말했지. 그리고 흡입구에서 볼 때 파이프 오른쪽이 눌렸으니까 소유자는 왼손잡이라고 했어. 그것도 성냥이 아니라 매일 램프불로 불을 붙이는 버릇이 있다, 언제나 왼손으로 파이프를 들고 램프의 불꽃에 가까이 대니까 오른쪽이 눌렸다고.

　그런 소중한 파이프의 오른쪽을 매번 태우는 짓을 하는 소유자가 있다 치고, 우리는 오른손잡이지만 만일 파이프를 쓴다면 어느 손으로 잡을까? 오히려 왼손으로 잡을걸. 오른손은 글을 쓰거나 계속 뭔가 작업을 할 테고, 파이프는 작업하면서도 피우니까. 그러면 불을 붙일 때도 항상 왼손으로 파이프를 램프에 가져가는 사람도 상당수 있을 것 같고, 그렇지 않나?

어느 쪽이라고도 단정할 수 없다는 말이야. 이런 억측을 가만히 감탄해주는 사람이 영국에 왔슨 박사 말고 또 있었을까? 이런 정도의 일로 단정을 해버리는데, 그래도 대단한 허풍쟁이라는 진실을 말해버리면 안 되나요, 이시오카 씨. 뭐, 그 사람도 매일 순진한 왓슨 씨를 놀리며 심심풀이를 했을지도 모르지.

또 없나……, 아니, 또 있다. 음, 아, 그래. 그 사람은 변장의 달인이었지! 백발 가발에 눈썹을 붙이고 양산을 쓴 할머니로 변장해 자주 길거리를 나다녔다지? 홈스의 키가 얼마인지 알아? 6피트가 넘어. 1미터 90에 가까운 할머니를 보고, 남자가 변장한 거라 생각하지 않을 사람이 세상에 있을까. 그런 할머니가 실제로 있다면 괴물이겠지. 아마 런던 사람들은 아, 홈스 씨가 가는구나, 했을 거야. 그런데도 어쩐 일인지 왓슨 씨만 알아채지 못해.

그러니까 내 생각은, 홈스처럼 억측으로 추리를 해보면, 홈스라는 사람은 코카인을 너무 한 결과, 뇌에 이상이 와서 발작이 일어나면 미친 듯이 날뛰는 버릇이 있었던 게 아닐까. 발작 당시의 일은 일부러 감추고 있지만, 왓슨은 자주 썼잖아, 권투 선수였다면 그 체급에 필적할 사람이 없을 거라고. 비꼬는 거야. 분명 발작을 일으킨 홈스에게 왓슨 박사는 몇 번이나 녹아웃을 당한 거지!

그래도 홈스 이야기를 써서 밥벌이를 하니까 인연을 끊을 수는 없어. 그래서 겁이 나지만 같이 살고 있었겠지. 홈스의 심기가 상하지 않도록 눈물겨운 노력을 했을 거야. 설령 누가 봐도 당장에 들통날 변장을 한 홈스 씨가 밖에서 돌아와도 눈치채지 못한 척을 하고, 어쩌면 하숙집 주인이 홈스 씨가 또 가발을 쓰고 돌아왔네요, 라며 매번 왓슨에게 미리 알려줬을지도 모르지만, 그래도 모르는 척, 홈스가 '와하하, 나야 나'라고 말하기를 기다렸다가 '앗, 깜짝 놀랐네'라면서 야단법석을 떨어준 게 아닐까. 모두 생계를 위한 거라고 마음을 단단히 먹고 말이야. 어라? 이시오카, 왜 그래?"

"……잘도 ……그런 천벌받을 소리를 쏟아내는군……. 어이가 없어. 머지않아 네 입은 퉁퉁 부을 거다!"

"기대할게. 그런데 너, 지금 사람 성격을 추리하는 재주는 내가 홈스보다 뒤떨어진다고 했어? 그건 큰 착각이야. 나는 그 분야에 제일 흥미가 있어서 점성술을 시작했으니까.

지금까지 전혀 만난 적도 없는 타인의 성격을 바로 추측하려면 점성술이 아마 가장 효과적이야. 좀 더 상식적으로 보이려고 정신병리학도 일단은 공부했지만. 천문학? 물론 그것도 배웠지.

사람의 성격을 알기 위해서는 생년월일과 태어난 시각을 묻는 것이 제일 빨라. 생일을 물어보고 얼굴을 보면 태어난 시각을 짐작하기는 그리 어렵지 않지. 내가 맞히는 건 몇 번이나 봤지? 그럴 때 사람 성격의 깊숙한 부분까지 척척 헤치고 들어갈 수 있어.

영국에서 태어났는데도 홈스 씨가 점성학을 공부하지 않은 것은 실수라고 생각해. 인간을 이해하는 데 그만큼 도움이 되는 것도 없거든. 문제가 생긴 어떤 사람을 내가 상담했다 치면, 점성술을 몰랐을 때를 생각하면 마치 눈이 안 보였던 거나 마찬가지였어."

"네가 정신의학에 정통한 것은 저번 사건 덕분에 알지만, 너, 천문학도 잘 알아?"

"당연하지. 나는 점성술사인데?

하하, 망원경을 보지 않아서 그런가. 망원경은 갖고 있지만 스모그를 확대해본들 무슨 소용이겠어. 나는 천문학에 관해서는 최신 지식을 갖고 있어. 예를 들어, 그래, 토성 외에 태양계에서 고리를 가진 행성이 뭔지 알아?"

"응? 토성밖에 없지 않아?"

"거봐, 그렇게 말할 줄 알았어. 그건 전쟁 직후의 지식이지. 군데군데 불에 탄 교과서에 나올 것 같은 얘기야. 그 교과서에는 달에 토끼가 떡방아를 찧는다고 나와 있지는 않겠지?"

"……."

"열 받았어? 뭐 어때, 이시오카. 과학은 시시각각 진보하잖아. 멍하니 있으면 안 돼. 우주에 가득 찬 전자파, 중력이 공간을 비틀어서 시간에 브레이크를 거는 것, 모든 물체는 공간의 지령을 받아 운동을 개시한다, 이런 게 초등학교 교과서에 실리는 시대가 오면 우리는 모두 양로원의 천동설 친구가 될 테니 사이좋게 지내자고.

고리 이야기로 돌아가서 이시오카, 천왕성에도 있어. 목성에도 엷은 고리가 있고. 얼마 전에 밝혀졌지. 나한테는 그런 정보도 들

246

어오거든."

이 말은 어쩐지 허풍 같았다.

"네가 홈스와 천문학에 정통한 건 잘 알겠어. 그러면 누가 널 만족시킬 수 있지? 브라운 신부는 읽었어?"

"그게 누구야? 교회와는 인연이 없는데."

"파일로 밴스는?"

"뭐? 무슨 밴스?"

"제인 마플은?"

"맛있는 음식인가."

"메그레 경감은?"

"메구로 구 경찰이야?"

"에르퀼 푸아로."

"숙취가 생길 것 같은 이름이네."

"도버 경감."

"처음 들어봐."

"그럼 넌 홈스밖에 모르는 거야? 하! 그런 주제에 잘도 헐뜯네. 어이가 없어서 말이 안 나와! 참 나! 결국 넌 무능한 홈스에게는 전혀 감동할 수 없다는 거지?"

"누가 그렇대? 완전무결한 컴퓨터에 우리가 무슨 볼일이 있겠어? 내가 매력을 느끼는 건 사람이야. 기계를 흉내 내는 부분이 아니라. 그런 의미에서는 그 사람만큼 사람 냄새 나는 사람은 없어. 그 사람이야말로 내가 세상에서 제일 좋아하는 사람이지. 나는 그 선생이 정말 좋아."

나는 이때 좀 놀랐다. 그리고 무의식중에 약간 감동했다. 다른 사람을 별로 칭찬한 적이 없는 미타라이의 입에서 이런 최상급 찬사를 듣기는 처음이었다.

그러나 미타라이는 당황한 듯이 이렇게 덧붙였다.

"그런데 홈스에게는 하나, 절대로 마음에 들지 않는 점이 있어. 만년에 전시의 영국을 위해서 일한 거지. 독일군 스파이를 체포하는 것을 마치 정의처럼 믿고 행동했거든.

스파이야 영국도 풀어놨겠지. 〈아라비아의 로렌스〉 봤지? 아랍에 대한 영국의 기만적 외교는 유명하잖아. 영국은 정말 비열한 대국이었지. 그게 홈스가 만년에 접어든 제1차 세계대전 때야.

그런 것까지 끌고 오지 않아도, 중국에서 아편전쟁이라는 범죄행위를 저질렀어. 그런 영국을 위해 행동하는 것이 정의로운 일일까. 그건 단순히 정치적 행위에 지나지 않아. 홈스는 그런 일에 관여하지 말았어야 했어. 시골에서 꿀벌에게 쏘이며 초연하게 있어야 했지. 그래서 홈스 소설은 평가를 반으로 깎아야 한다고 생각해.

너야 단순하고 소박한 애국심이라고 말하고 싶겠지, 정치에는 무지하다고 왓슨 선생도 말했으니까. 그래도 범죄는 정치와 관계없는 것만은 아니니까, 정의에 대한 근원적인 의식은 국가주의 차원을 초월해야 해. 만년의 홈스는 분명히 타락했어. 어쩌면 모리어티와 둘이서 폭포 아래로 떨어지고 나서, 그 사건도 이상한 점투성이지만, 부활한 홈스는 사실 다른 사람이었던 거야. 영국이 유명 인사인 홈스를 선전에 이용하려고 대역을 만들어냈다고 생각해. 그 증거로는……, 어라?"

그때 문에서 묘하게 위협적인 노크 소리가 났다. 지금까지 내가 들은 어떤 노크와도 다른 소리였다. 그리고 응답을 기다리지도 않고 난폭하게 문이 열리더니 무척 평범한 양복을 입은 풍채 좋고 덩치 큰 40대 남자가 들어왔다.

"당신이 미타라이 씨요?"

그는 나를 쳐다보고 말했다.

나는 약간 당황해서 "아니요, 아닙니다"라고 대답했다. 그렇다면 남은 쪽이라 판단했는지 그 남자는 미타라이를 보며 안주머니에서 마치 벼락부자 실업가가 명함을 슬쩍 보여주듯이 검은 수첩을 보이며 "다케고시인데"라고 낮은 목소리로 말했다.

그러자 미타라이는 갑자기 태연자약하게 "귀한 손님이 오셨네. 누가 주차 위반이라도 했나"라고 말했다. 그리고 가만히 있으면 될 텐데 "진짜 경찰수첩을 보는 건 처음이야. 이 기회에 좀 더 자세히 보여주지 않겠어?"라고 말을 내뱉었다.

"아무래도 대화하는 법을 모르는 남자 같군."

그는 경찰치고는 제법 세련되게 돌려 말했다.

"요즘 젊은 녀석들은 룰을 몰라. 그래서 우리가 바쁘지만."

"우리 젊은 녀석들의 룰은 문은 노크 후 대답을 듣고 나서 여는 거야. 그런 건 다음에 배우기로 하고, 용건이 뭐지? 서로 빨리 끝내고 싶잖아, 불쾌한 일은."

"놀랍군. 분수를 모른다고 할까, 아무한테나 그런 식으로 말하나?"

"당신같이 훌륭한 분에게만 그래. 쓸데없는 말은 됐지? 빨리 용건부터 말해. 점을 보고 싶으면 생년월일을 말하든가."

다케고시라고 이름을 밝힌 형사는 예상도 못 한 사태에 직면한 듯, 이 비상식적인 애송이의 콧대를 효과적으로 꺾어줄 말이 없는지 한동안 고민했는데, 그동안에도 위협적인 표정을 흐트러뜨리지 않아서 역시 대단하다고 생각했다.

마침내 그는 포기하고 입을 열었다.

"내 동생이 왔었지? 미사코가 여기 왔을 텐데."

그의 말투로 보아 정말 화가 나서 견딜 수 없는 것 같았다.

"아하!"

미타라이는 괴상한 소리를 냈다.

"당신 여동생이었구나! 느낌이 너무 달라서 몰라봤네. 역시 인간은 환경에 크게 좌우되는 거야, 이시오카."

"무슨 정신머리로 이런 점쟁이 따위를 찾아왔는지 모르겠지만, 아버지의 글을 미사코가 가져왔을 거다. 모른다고는 못 하겠지!"

"모른다고 안 했는데."

"오늘 제부에게 들었다. 경찰에게 중요한 자료니 돌려받아야겠어!"

"다 읽었으니까 돌려줘도 되는데 동생분에게 허락은 받았겠지?"

"오빠인 내가 돌려달라는 거다. 동생이 무슨 불만이 있어. 내 말대로 해. 빨리 가져와!"

"아무래도 동생분에게 직접 물어본 게 아니라 동생 남편에게 캐물은 거군. 그러면 곤란해. 당신에게 돌려주라는 게 동생분 뜻이야? 그보다 분지로 씨의 의지에 따르는 건가? 당신 태도도 사람에게 부탁하는 것치고 무척 훌륭한데."

"예의가 없는 것도 정도가 있다. 건방진 소리만 지껄인다면 나도 생각이 있어, 어이!"

"무슨 생각? 꼭 들어보고 싶네. 당신도 생각이란 걸 하다니 참 믿음직스러워. 그런데 어떤 생각일까, 이시오카? 대충 수갑이라도 꺼내서 체포한다는 거겠지."

"허! 정말 무슨 이런 놈이 다 있어. 세상을 몰라도 너무 모르는군. 요즘 젊은 것들은 예의고 뭐고 아무것도 없어!"

미타라이는 하품을 하는 척했다.

"그러니까 당신이 생각하는 만큼 내가 젊지가 않아."

"농담을 하는 게 아니야. 그 글이 너 같은 놈들의 탐정놀이에 이용된다면 아버지도 편히 잠드시지 못해! 범죄 수사는 너희들 생각처럼 만만한 게 아니야. 현장을 몇 번이고 돌면서 구두 밑창이 닳도록 탐문을 계속하는 수고가 꾸준히 쌓인 거란 말이다!"

"범죄 수사라는 건 우메자와가 점성술 살인을 말하는 거야?"

"점성술 살인? 하하! 그게 뭐야. 만화 제목인가. 너희들 문외한은 세상에서 평가가 조금 좋다 싶으면 바로 겉멋이 들고 흥분해서 명탐정 흉내를 내려 하지. 수사란 그런 게 아니야. 피와 땀과 발로 쌓아 올리는 거다.

아무튼 그 자료는 경찰이 제대로 된 수사를 하는 데 필요하다. 그쯤은 너희도 알겠지? 상식 문제다."

"당신 말을 들으니 형사는 구두 가게 아들이 하면 좋을 것 같네. 중요한 걸 잊은 거 아니야? 여기. 가장 필요한 건 지능이 아닐까? 당신은 아무래도 그게 충분해 보이지는 않아서.

이 수기를 당신네에게 넘기는 것이야말로 보석을 가지고도 썩히는 거지. 뭐, 돌려는 줄게. 이 단서를 얻는다고 한들 당신들 따위는 도저히 해결하지 못하겠지, 내기를 해도 좋아. 이 수기와 같이 나도 당신을 따라가 보고 싶어. 그러면 당신이 40년 전의 사건을 수사하면서 어떻게 구두 밑창을 닳게 만드는지 볼 수 있을 텐데. 그 사건은 당신 같은 사람은 본 적도 없는, 머리를 중점적으로 써야 하는 사건이야. 각오는 했어? 창피당하지 않게 잘 해."

"아니! 무슨 소릴 지껄이는 거야. 수사는 나름의 훈련과 경험을 쌓은 우리 전문가들이 하는 거다. 문외한이 쉽게 비집고 들어올 수 있는 만만한 게 아니란 말이다."

"아까부터 몇 번이나 말하는 것 같은데, 아니 내가 언제 수사가 만만하다고 했어?"

기억이 안 나는데, 라고 하고 싶었지만 그때는 정말 배짱이 없었다. 검은 가죽 수첩을 든 이 남자는 쉽게 그런 말을 할 수 없게 만드는 위압적인 분위기를 주위에 발산하고 있었다.

"너는 돌아다니는 것보다 두뇌 노동 쪽이 쉽다고 멋대로 생각하는 모양인데, 전자가 훨씬 쉬운 거지."

미타라이가 계속했다.

"구두 밑창은 걷기만 해도 닳잖아."

"나는 두뇌 노동도 아무에게도 지지 않아!"

형사가 오기에 받쳐 악을 썼다.

"너처럼 비상식적이고 인간쓰레기 같은 녀석은 처음 본다. 사회적 지위도 뭐도 없는 기껏해야 변두리 점쟁이 주제에. 놈팡이와 별 차이도 없잖아! 말끝마다 따박따박 트집에, 입만 살아가지고, 그걸로 먹고사는 거겠지.

우리처럼 제대로 사는 사람은 그래서는 곤란해. 정확한 사실을 밝혀내야 한다. 그렇게 무책임할 수 없다는 말이다. 경찰이 그러면 모두가 피해를 입으니까. 그만큼 책임이 무거운 입장이야, 우리는.

그런데, 뭐? 말 나온 김에 물어보는데, 그래서 너는 이 사건의 범인을 알았다는 건가? 응?"

처음으로 미타라이는 말문이 막혔다.

그전까지의 당당한 태도는 결코 허세가 아니었고, 그때도 표면적으로는 대담한 태도를 흐트러뜨리지 않았지만, 내심 아주 분해하는 것을 옆에 있던 나는 알 수 있었다.

"아니, 아직이다."

그러자 다케고시 형사는 순식간에 의기양양한 표정이 되더니 처음으로 웃었다.

"하하하하하, 그러니까 놀이라는 거야, 너희는. 딱히 기대한 건 아니지만 너무 대단한 척 구니까 범인이 누군지 짐작 정도는 한 줄 알았다. 뭐야, 아직 새파란 놈이."

"당신이 뭐라 떠들든 어차피 무능한 할아버지 잠꼬대야. 별 상관은 없지만 신경 쓰이는 게 한 가지 있어. 당신이 수기를 가져가서 읽어봤자 어차피 전자계산기를 든 침팬지처럼 뭘 어떻게 해야 할지 모를 거야. 그리고 결국 경찰서 동료들에게 공개해서 다 함께 머리를 굴려보겠지. 당신도 월급쟁이니까 그렇게 해야 할 테고.

그걸로 해결이 되면 참 경사스러운데 경찰서 동료들도 당신 정도의 머리가 아니라고는 할 수 없잖아. 그렇게 되면 다케고시 분지로라는 사람은 그저 자신의 수치를 후배에게 공개만 해버리고 끝날 가능성도 충분히 있지. 그래서는 아무런 의미가 없어. 동생분도 그럴 가능성을 생각하니 끔찍했겠지. 분지로 씨는 이 수기를 태울 수도 있었어. 그러지 않은 게 실수가 되는 거야.

나는 이 수기를 단서로 사건을 해결하고 수기 자체는 덮어두어도 죄가 된다고 생각하지 않아. 당신만 해도 오늘 수기를 가지고 돌아가서 내일 경찰서에 공개할 생각은 아니겠지? 부친의 수치니까. 며칠 정도 허비한다고 해도 직접 생각하는 흉내 정도는 내야겠지, 글은 읽을 수 있을 테니까. 수기를 당신이 갖고 있을 수 있는 기간은 며칠 정도야?"

"사흘 정도는 될 거다."

"수기는 길어. 사흘 가지고는 읽는 것만으로 끝이야."

"일주일. 그 이상은 무리다. 제부 이외에도 서에서 수기의 존재를 어렴풋이 눈치챈 사람이 있어. 그 이상 갖고 있는 건 절대로 무리다."

"일주일이라, 알았어."

"어이, 어이, 하하, 설마……."

"일주일 내로 해결해주지! 적어도 수기를 사람들에게 공개하지 않아도 될 정도까지는 사태를 진전시키겠어."

"범인을 지적하지 않는 한 무리다."

"내 말 못 들었어? 해결이라는 건 보통 그런 거야. 범인을 경찰서 현관까지 데려가는 건 무리일 수도 있다는 뜻이야. 오늘은 5일 목요일, 다음 주 12일 목요일까지는 기다린다는 거지?"

"13일 금요일에 서에서 수기를 공개하겠어."

"시간이 없군. 돌아갈 때는 들어온 문으로 나가줘! 그런데 당신은 11월생이야?"

"그렇다만, 미사코가 말했나?"

"딱 보면 알아. 덤으로 태어난 시각은 밤 8시부터 9시 사이라는 것도 알려주지. 그러면 수기를 들고 우향우! 잃어버리지 마, 다음 주 목요일에는 재로 만들어야 하니까."

다케고시 형사가 우악스럽게 문을 닫고 발소리를 높여 계단을 내려가는 소리가 잠시 들렸다.

"괜찮아? 그런 말해놓고."

나는 정말 걱정이 되어서 물었다.

"뭐가?"

"다음 주 목요일까지 범인을 알아낸다고 했잖아."

그러자 미타라이는 점잔 빼는 표정으로 아무 말도 하지 않았다. 나는 괜히 불안해졌다. 미타라이라는 남자는 앞뒤 구분이 안될 정도로 이상하게 자신감이 넘치는 면이 있다.

"네가 그 형사보다 머리가 좋다는 건 인정하는데 무슨 단서라거나 해결될 전망은 있어?"

"너한테 처음 사건에 대한 설명을 들었을 때부터 계속 걸리는게 있어. 그게 뭔지 지금은 말로 잘 표현을 못 하겠는데……, 분명히 기억이 있어. 뭔가 비슷한 경험이……. 이상한 말이기는 한데 비슷한 뭔가를 알고 있어. 퍼즐 같은 그런 직접적인 건 아니고, 뭐지, 정말 아무것도 아닌 건데. 그게 생각이 나면…….

그 뭔가도 완전히 착각일 수도 있고, 그러면 정말 좋지 않은데. 됐어, 어쨌든 일주일 벌었으니까. 해볼 만한 가치는 있지. 그런데너, 지금 지갑 있어?"

"……있는데?"

"지갑 안에 돈은 있지?"

"응, 있기는 있지."

"좀 많아? 혼자 4, 5일 쓸 정도는 있어? 다행이네, 지금 교토에 갈 건데 같이 갈래?"

"교토? 지금? 뭐라고! 준비도 해야 되잖아. 일 때문에 전화도 해야 하고. 갑자기 그러면 무리야."

"그러냐, 그럼 잠시 안녕이군. 유감이지만 억지로 갈 건 없지."

미타라이는 그렇게 말하기가 무섭게 내게 등을 돌리고 책상 밑에서 여행 가방을 꺼냈다. 나도 매우 다급하게 외쳐야 했다.

"갈 거야! 나도 간다고!"

3

미타라이가 사건을 정말로 진지하게 대한 것은 이때였다고 생각한다. 그 녀석은 의욕이 생겨서 덤벼들면 전광석화와 같이 행동하는 남자이다. 우리는(특히 나는) 교토 지도와 《우메자와가 점성술 살인》책만 들고 1시간 반 후 흔들리는 신칸센 안에 있었다.

"그런데 다케고시 형사가 왜 너희 집에 왔을까?"

"미사코 씨는 남편 몰래 나한테만 수기를 보여줘서 꺼림칙했을 거야. 남편에게 그만 말해버렸겠지. 그러자 올곧은 성격의 남편도 찜찜했겠고. 그만큼 중대한 일이니 처형에게 덮어둘 수는 없었겠지."

"미사코 씨의 남편은 성실한 사람이네."

"그야 그렇겠지. 아니면 그 침팬지가 이다 형사의 목을 조른 걸까?"

"그나저나 참 거만한 남자였어, 다케고시라는 형사."

"그 패거리는 다 그럴 거야. 검은 가죽 수첩을 슬쩍 보이면 다들 무릎을 꿇고 꼬리를 칠 거라 생각하겠지. 미토코몬[52]이네. 20세기도 벌써 말인데, 그렇게 하지 않는 게 예의가 없다고 믿고 있겠지.

수기 내용을 어렴풋이 알고 있으니까, 집안의 수치를 전혀 모르는, 그것도 놈팽이와 별 다름 없는 타인에게 보였다는 데 분노했겠지. 그걸 감안해야겠지만. 어쨌든 그 선생은 전쟁 전의 특별고등경찰[53]같은 체질을 고칠 수는 없을 거야. 저래선 민주 경찰이라는 이름이 울겠다."

"그래, 외국인에게 보여주고 싶지 않아. 일본 경찰들은 너무 거만한 것 같아."

"그런 일본식 경찰은 아직도 상당히 많지만, 그중에서도 특히 더 으스대더라고. 무척 귀중한 존재시지. 때때로 그런 사람을 보면 일본인은 전쟁 전의 나쁜 기억을 잊지 않을 수 있어. 천연기념물로 지정하고 싶네. 나라에서 보호해야 해."

"저러니 분지로 씨도 미사코 씨도 그 사람에게 수기를 보여주

---

52) 미토의 영주가 세상을 바로잡기 위해 여러 곳을 여행하는 이야기. 암행어사와 비슷하다.
53) 일본의 구제도에서 정치나 사상 관계를 다루던 경찰.

지 않은 거야. 마음을 알 것 같아."

그러자 미타라이는 내 얼굴을 보았다.

"호……, 미사코 부인의 마음도? 그것참 나도 알고 싶네."

"뭐?"

"그녀는 수기를 발견하고 무슨 생각을 했을까?"

"그야 당연히 오만방자한 오빠에게 수기를 맡기면 온 경찰서에 선친의 비밀을 까발릴 게 뻔하니, 너한테 상담하러 와서 오빠 몰래 사건을 풀어야 아버지가 고이 잠들 거라 생각했겠지."

미타라이는 어이가 없다는 듯 웃고 작게 한숨을 쉬었다.

"이러니까 너는 안 되는 거야. 그랬으면 남편에게 말을 왜 했겠어? 그녀는 오빠에게 알리지 않고 일단 남편에게만 보여준 다음, 남편 혼자 사건을 해결할 수 없을까 생각했어. 그런데 아무래도 무리였겠지. 실력도 그렇고 성격상 이런 큰 증거를 감추어둘 수도 없을 거라 판단했어.

그래서 나한테 온 거야. 친구에게 내가 이런 일에 적합하다는 이야기를 들었거든. 나는 별난 사람인 데다 다들 싫어하니까, 친구도 손에 꼽을 정도밖에 없어서 세상에 알려질 가능성도 지극히 적지. 그러니까 운 좋게 내가 수수께끼를 풀면 그 공을 독점할 수도 있어. 실패해도 본전이고, 아버지의 수치가 세상에 알려질 일은 없지. 나도 굳이 그런 짓을 할 타입이 아니고. 만약 내가 성공하면 자기 차지잖아. 남편이 해결한 걸로 하면 돼. 그런 큰 사건을 해결하면 남의 눈에 띄지 않던 평범한 남편이라도 경시총감

코스에 올라타지 못할 것도 없지. 그 정도 계산은 있었던 거야."

나는 말문이 막혔다.

"……그런가. ……생각이 지나친 거 아냐? 그 사람은 그렇게……."

"나쁜 사람으로는 보이지 않았다고? 그렇게 생각하는 거야 별로 나쁜 일은 아니잖아? 여자라면 당연하지."

"너는 여성이라면 모두 그렇다고 생각하는 것 같네. 그건 여성들에 대한 실례야."

"여자라면 극단적으로 얌전하고 정숙한 인형이어야 한다고 믿는 남자들보다 실례일까?"

"……."

"도쿠가와 이에야스와 에어컨에 관해 토론하면 아마 이런 식으로 허무하겠지."

"아무튼 너는 여성들이 모두 타산으로 똘똘 뭉쳤다고 생각하는 거지?"

"그렇진 않아. 천 명에 하나쯤은 훌륭한 여성도 있을 거야. 자신의 손익만이 아니라 다른 사람의 이익을 고려하고 자신의 담보는 계산에 넣지 않는."

"천 명?"

나는 기가 막혔다.

"천 명은 너무 심하잖아? 최소한 열 명 정도로 확률을 올릴 생각은 없어?"

그러자 미타라이는 아하하 웃고는 시원스레 말했다.

"없는데."

우리는 그 후 잠시 말없이 있었다. 더 이상 이 화제로 이야기를 계속해도 소용이 없다고 생각했기 때문이다. 그러나 이내 미타라이가 다시 입을 열었다.

"우리는 이 사건 전체를 완전히 파악한 걸까? 해결에 필요한 단서는 전부 얻었어?"

"뭐가 남았어?"

"헤이키치의 두 번째 아내인 마사코에 대해서는 잘 알았어. 아이즈 와카마쓰 출신에 양친도 사건 당시 건재했던 것 같고, 형제나 친척 관계까지는 모르겠는데, 모르지? 응, 그것까지는 필요 없고. 전처 다에, 이쪽도 적어도 마사코 정도의 성장 과정이나 가족 상황을 알아두고 싶은데. 알아?"

"응, 알아. 다에는 결혼 전 성이 후지에다이고 교토의 사가노 라쿠시샤 근처에서 태어나 자란 모양이야."

"아니, 그것참 우연이네. 지금부터 우리가 갈 곳인데."

"형제는 없고 외동딸이었던 것 같아. 다에가 다 컸을 때 가족은 가미교 구 이마데가와로 이사해서 니시진오리[54] 가게를 시작했나 봐. 그런데 운이 나빴는지 부모님이 경영 수완이 없었는지, 가

---

54) 교토의 니시진에서 나는 고급 비단.

게는 잘 되지 않았어. 그리고 설상가상으로 모친이 병에 걸려서 자리보전하게 됐지. 근처에 형제나 친척도 없었고. 부친은 형이 있었는데 당시 만주에 있었다고 해.

머지않아 모친이 병상에서 죽고 가게 형편도 점점 더 나빠진 데다, 인생에 절망한 부친은 다에에게 만주의 형님 부부를 의지하라는 유언을 남기고 목을 매어버렸지.

비참한 이야기야. 그런데 다에는 만주에 가지 않고 무슨 영문인지 도쿄로 왔어. 가게에 빚 같은 건 없었을까 몰라. 그쪽은 확실하지 않은데 다에가 스무 살 때의 일이야."

"상속 포기를 한 게 아닐까?"

"상속 포기?"

"응. 그렇게 하면 빚을 물려받지 않을 수 있어."

"흠. 아무튼 그녀가 스물둘인지 셋일 때 도립대학, 당시 부립고등 근처 포목전에 들어가 살면서 일을 했는데, 어떻게 된 인연인지 헤이키치의 동생 요시오에게 가게 주인이 다에의 혼담을 꺼낸 모양이야.

주인은 아마 다에를 동정했는지, 일도 잘하고 마음씨도 고운 아가씨라는 식으로. 아니, 이건 내 상상이고, 맞선을 권했겠지. 그때 다에는 스물셋이었고. 처음은 반 농담이었는데 너무나 열심히 이야기를 하니까 요시오는 형에게도 괜찮지 않을까 싶었을 거야."

"그래서 운이 트였나 했더니 결국 이혼당해버렸나."

"응, 운이 나쁜 사람이 있긴 있나 봐. 다에는 호야의 담배 가게에서 일생을 마칠 각오를 했겠지. 별의 배치가 나쁜 사람일 거야."

"맞아, 별의 배치를 보면 인간이 모두 평등하다는 건 불가능해. 그런 정도인가. 그녀에 관해 더 아는 건 없어?"

"그 정도야. 그리고 별로 상관은 없는데, 다에는 어린 시절부터 신겐부쿠로라는 염낭이라던가, 작은 주머니같이 생긴 거 있잖아? 기모노 입을 때 들고 끈으로 입구를 꼭 조이는 그걸 모으는 게 취미였대. 나이가 들어서도 상당히 많이 가지고 있었던 것 같아.

다에는 니시진오리로 신겐부쿠로를 만들어 파는 게 꿈이었다고 했어. 염낭 가게 있잖아, 그런 가게를 어린 시절을 보낸 사가노의 라쿠시샤 근처에 내는 게 평생의 꿈이었던 모양이야. 호야에서 이웃 사람에게 다에가 그런 말을 한 적이 있었대. 아마 이마테가와로 이사 간 후로는 좋은 추억이 없었을 테니까."

"사건 후, 특히 전쟁이 끝난 후 다에는 유산을 좀 받았겠지? 그림값이라든지, 출판물 인세 같은 거."

"그것도 별 의미가 없었던 것 같아. 몸이 안 좋아져서 누웠다 일어났다 했거든. 그래도 돈이 생겨서 사람을 쓰기도 하고, 이웃의 호의에도 충분히 사례를 할 수 있고, 생활에 여유는 생겼겠지.

그래도 친척도 전혀 없는 거나 마찬가지에, 돈이 있어도 어쩔 수 없는 상태였지. 만일 아조트가 존재한다면 찾아낸 사람에게 유산을 다 줄 거라고 했어."

"돈이 생겼으니 사가노에서 꿈꾸던 가게를 낼 수도 있었을 텐데."

"응, 그렇긴 한데 몸 상태도 불안정하고 이웃 사람들과도 제법 친한 데다, 안됐다고 다들 잘해주는데 굳이 아는 사람도 없는 사가노에 가서 장사를 시작할 결심이 서지 않았을 거야. 나이도 들었고. 결국은 가지 않았어. 호야에서 죽었지."

"그렇군……. 그래서 다에의 유산은 어떻게 됐어?"

"이게 굉장해. 다에가 죽을 때가 되니 갑자기 조카딸인지 육촌인지, 다에 부친의 형의 아들의 딸, 손녀지, 그러니까 자살한 부친이 다에에게 의지하라는 유언을 한 만주의 형님 부부의 손녀딸 말이야. 이 아이가 어디서 타이밍 좋게 나타나서 유산을 싹 물려받았어. 다에는 유언장을 써준 것 같아. 물론 죽기 상당히 전부터 와서 간병 정도야 했겠지.

다에는 이웃 사람들에게도 돈을 나눠줬어. 그래서 그녀가 죽었을 때 이웃 사람들은 다들 울었다고 하더라."

"돈을 못 받은 사람들이? 아니, 농담이야. 그렇군, 다에에 대해서는 그 정도면 됐어. 다음은 메디시스의 도미타 야스에. 그녀에 관해서는 더 이상은 몰라?"

"잘 몰라. 좋은 집안 출신이라는 정도."

"그러면 일단 우메자와 요시오의 아내 아야코에 관해서도 알아두고 싶은데."

"결혼 전 성이 요시오카, 남매 중 동생으로 출신지는 가마쿠라.

요시오의 동료 작가, 아니, 신세를 진 사람의 소개로 만난 것 같아. 확실히는 모르겠는데 절인지 신사인지, 그런 집안이었어. 좀 더 자세히 말해줄까?"

"아니, 그 정도면 됐어. 딱히 극적인 과거가 있는 건 아니지?"

"응. 아주 평범한 여성이야."

"그래, 그럼 됐어."

미타라이는 그 후 제법 오랫동안 턱을 괴고 어두운 창밖을 바라보며 뭔가 생각하는 눈치였다. 열차 안이 밝아 어두운 창유리에는 실내가 눈에 거슬릴 정도로 또렷이 비쳤다. 창밖에 흐르는 야경은 거의 보이지 않는다. 내 자리에서는 창에 바싹 댄 미타라이의 얼굴이 어두운 동굴처럼 보였다.

"달이 떴어."

느닷없이 미타라이가 말했다.

"별도 제법 보이네. 세계적으로 유명한 스모그의 도시에서 이만큼 멀어졌으니까. 이봐, 저 달 바로 옆에서 깜빡이지 않는 게 목성이야. 별을 찾으려면 달을 기준으로 하는 게 좋아. 설마 하늘을 보면서 달을 못 찾는 사람은 없겠지.

오늘은 4월 5일, 달은 게자리에 있어. 곧 사자자리로 가겠지만. 목성도 지금 게자리의 29도에 있고, 그러니까 이 둘은 지금 게자리 바로 옆에 늘어서 있어. 달과 별은 같은 선 위를 지나가는 건 설명했지?

이렇게 매일 별의 움직임을 뒤쫓으면서 살다 보면, 지구 위 소소한 우리의 행위는 허무한 게 정말 많아.

그중 제일 허무한 것이 다른 사람보다 조금이라도 더 소유하려는 경쟁이야. 그것만큼은 도저히 열중할 수가 없어. 우주는 천천히 움직이지. 거대한 시계의 내부처럼. 우리 별도 구석에 있는 눈에 띄지 않는 작은 톱니바퀴의 얼마 안 되는 톱니 중 하나야. 인간 따위는 그 끝에 들러붙은 박테리아 같은 역할이고.

그런데 이 패거리들은 시답잖은 일로 기뻐하고 슬퍼하면서, 눈 한 번 깜빡이는 시간 정도의 일생을 야단법석을 떨면서 보내지. 자신이 너무 작아서 시계 전체를 볼 수 없으니까, 그 메커니즘의 영향을 받지 않는다며 자만하고. 참 우스워. 이런 생각을 하면 언제나 웃음이 나. 박테리아가 변변찮은 돈을 모아서 뭐가 된다는 거지? 관 속까지 들고 갈 것도 아니고. 왜 그런 시시한 일에 그렇게 열중할 수 있을까?"

그렇게 말하고 미타라이는 쿡쿡 웃었다.

"더 시시한 것에 열중하는 박테리아가 한 마리 있어. 다케고시인가 하는 살찐 박테리아에 대한 대항 의식으로 신칸센에 올라타서 교토에 가고 있네."

하하하, 하고 나는 조금 웃었다.

"인간은 죄를 쌓으면서 죽어가지."

미타라이는 말했다.

"그건 그렇고 교토에 가서 어떻게 할 거야?"

나는 지금까지 이렇게 중요한 질문을 하지 않은 것에 스스로도 놀랐다.

"아스카와를 만날 거야. 너도 만나고 싶지?"

"응, 그야 만나고 싶지."

"1936년에 20대 후반이었으니까 지금은 일흔 살 정도. 시간의 흐름이지. 아직 살아 있다면 말이지만."

"그래, 시대의 변천이지. 교토에 가는 목적은 그것뿐이야?"

"우선은 그래. 오랜만에 교토에 가고 싶어졌고, 친구도 만나고 싶어. 소개해줄게, 꽤나 괜찮은 녀석인데 아까 전화해놨으니까 마중하러 나올 거야. 난젠지의 준세이라는 가게에서 요리사를 하는 친구인데, 오늘 밤은 그 아파트에서 자면 돼."

"교토에는 자주 가?"

"응. 살았던 적도 있어. 교토에 가면 신기하게 아이디어가 떠오르더라고."

II

아조트 추적

1

플랫폼에 내리자마자 갑자기 미타라이가 소리를 지르는 바람에 나는 깜짝 놀랐다.

"어이, 에모토!"

그러자 기둥에 기대어 있던 키 큰 남자가 퍼뜩 몸을 일으키는 것이 보였다. 그가 천천히 다가왔다.

"오랜만입니다."

미타라이와 악수하면서 에모토가 말했다.

"잘 지내셨어요?"

미타라이는 싱긋 웃었다.

"오랜만이야. 그런데 별로 잘 지냈다고는 말하기 어렵네."

그렇게 말하고는 나를 소개해주었다.

에모토는 1953년생이라고 했으니 스물다섯 정도인가. 키가 커 1미터 85 정도는 되어 보였다. 요리사여서 짧은 스포츠머리에 초연해 보이는 인상이었다.

"제가 들겠습니다. 그런데 짐이 적네요."

"네, 가자고 해서 바로 왔거든요."

내가 그렇게 말하니 "아, 그렇습니까"라고 에모토가 말했다.

"때마침 벚꽃을 볼 수 있을 때 오셨네요."

에모토는 미타라이에게 말했다. 그러자 미타라이는 벚꽃 같은 건 생각도 안 했다며 이렇게 말을 이었다.

"아하, 벚꽃, 이시오카는 분명히 구경 갈 거야."

에모토의 아파트는 니시쿄고쿠에 있었다. 헤이안쿄[55] 시대의 감각으로 말하면 바둑판의 눈은 남서쪽 구석, 지도로 말하면 왼쪽 아래 모퉁이에 해당한다.

에모토가 운전해서 니시쿄고쿠로 향하는 동안 나는 계속 야경을 바라보고 있었다. 교토풍의 오래된 거리를 기대했지만 도로변에 그런 곳은 없었고, 네온이나 빌딩의 사각형 창문 불빛이 천천히 흘러갔다. 도쿄와 조금도 다르지 않았다. 나는 교토에 온 것은 거의 처음이라 할 수 있다.

---

55) 794년부터 1869년 도쿄로 천도하기 전까지 헤이안 시대의 수도. 현재의 교토 시.

에모토의 아파트는 2DK[56]로 그중 한 방에서 나와 미타라이는 베개를 나란히 놓고 자게 되었다. 이것도 처음이다.

미타라이는 "내일은 바빠, 일찍 자야지" 하며 서둘러 이불을 덮어썼다. 에모토가 맹장지 너머로 필요하시면 내일 차를 두고 가겠습니다, 라고 했는데, 아니 그럴 수는 없지, 라고 미타라이가 이불 속에서 대답했다.

다음 날 오전 한큐 전철로 시조가와라마치로 향했다. 미타라이에 따르면, 분지로 씨의 수기에 쓰여 있던 야스카와의 주소는 가와라마치 역에서 금방이라고 한다.

"교토 주소 보는 법, 예를 들어 야스카와 씨의 집주소라는 나카교 구 도미노코지도리 길 롯카쿠아가루를 찾는 법 알아?"

"아니. 도쿄랑 달라?"

"달라. 도쿄식 주소도 따로 있는데, 교토에서는 일반적으로는 이렇게 통해. 교토 거리가 바둑판 눈처럼 되어 있는 것을 이용한 표시법이야. 거리 이름으로 위치를 나타내. 좌표축인 거지.

이 주소에서 도미노코지도리 길이라는 것은 이 집의 남북 방향의 거리야. 그리고 롯카쿠도리라는 것은 거기서 가장 가까운 동서 방향의 길이고."

"흐음……."

"바로 보여줄게."

우리는 종점 플랫폼에 내려 계단을 올라갔다.

"이 근처는 시조가와라마치라고 하는데, 교토에서는 가장 번화한 곳이야. 도쿄로 말하면 긴자, 야에스쯤일까. 오히려 역 부근보다 이쪽이 더 비슷할 거야. 그런 부분은 약간 히로시마와 비슷해. 교토 애호가들 사이에서는 교토 타워 다음으로 평판이 나쁜곳이고."

"왜 평판이 나빠?"

"교토답지 않아서."

돌계단을 올라가서 거리로 나와보니 목조 건물은 보이지 않고, 석조 빌딩이 늘어선 것이 시부야 근처와 비슷했다. 사진이나 그림엽서에서 보는 고도(古都)다운 곳은 어느 쪽일까? 이렇게 보면 전혀 다른 곳에 온 것 같았다.

미타라이는 앞장서서 성큼성큼 걸어갔다. 교차로를 건너자, 얕은 시냇가를 따라 걷는 모양새가 되었다. 시내가 얕아서 돌을 깐 바닥이 들여다보였다. 군데군데 수초가 옆으로 흔들리고 있었다. 물은 놀랄 만큼 깨끗했다.

이런 점이 도쿄와 다른 것 같았다. 긴자나 시부야 근처에 이렇게 물이 깨끗한 시내가 흐르지는 않는다. 오전의 태양이 수면에 반사되어 돌담에 반짝반짝 비치고 있다.

"다카세가와 강이야."

미타라이가 말했다.

그의 설명에 따르면 이 강은 상인들이 짐을 나르기 위해 뚫은 운하라고 하는데, 이렇게 얕아도 괜찮을까 하는 생각이 들었다. 쌀가마를 세 섬쯤 실으면 배는 금세 강바닥에 가라앉을 것 같다. 아니면 이제 쓰지 않아서 얕아졌을까.

　"자, 다 왔어."

　얼마 후 미타라이가 말했다.

　"뭐야? 이건."

　"중화요리 가게야. 여기서 먼저 식사를 하자."

　식사를 하면서 나는 이제부터 만날 야스카와에 관해 생각했다. 야스카와라는 사람은 이미 일흔이니까 그 후로 가정을 꾸렸다 해도 이미 은퇴한 노인일 것이다. 다소 수상한 점은 있지만, 딱히 범죄자의 낙인이 찍힌 것도 아니니, 평화로운 노후를 보내고 있겠지. 그러나 상상 속에 떠오른 모습은 더러운 셋방에 술병과 함께 아무 데나 쓰러져 자고 있는 부랑자 같은 모습이었다.

　내가 갖고 있는 《우메자와가 점성술 살인》에도 소개되었으니, 어차피 우리가 첫 손님은 아닐 것이다. 또한 우리는 그에게 초대 받지 않은 손님일 것이다. 나는 야스카와의 입에서 우메자와 헤이키치가 살아 있었다는 증거를 어떻게든 끌어내겠다는 의욕에 불타고 있었다. 미타라이는 무엇을 물어보려는 걸까?

　목적지는 이 가게 바로 근처였다.

　"여기가 도미노코지도리 길이야. 저것이 롯카쿠도리 길이고, 그러니까 이 근처라는 거지."

미타라이는 큰길에 서서 말했다.

"이쪽으로 가면 산조도리 길에 가까워지니까"라고 하면서 조금 걸어가는 시늉을 했다.

"이 근처일 거야. 이 주변에서 아파트 같은 건물이라고 하면……, 여기밖에 없네. 꼭 방을 빌려서 살지는 않을 수도 있지만."

이런 말을 하면서 미타라이는 금속 계단을 올라갔다. 아파트 1층은 '조'라는 이름의 바였다. 이런 시간이니 물론 닫혀 있었다. 합판 아래쪽이 약간 일어난 문이 정오 전의 햇빛에 빛나고 있었다.

바로 옆에는 간이식당이었다. 그래서 금속 계단은 그 조그만 틈에 억지로 밀어 넣은 듯한 모양으로 달려 있었다. 폭이 좁아서 혼자 올라가는 게 고작일 정도였다.

올라가 보니 복도에는 우편함이 늘어서 있었다. 우리는 앞다투어 야스카와라는 이름을 찾았다. 그러나 없었다.

미타라이의 얼굴에 뭔가 잘못됐다는 표정이 떠올랐다. 그러나 자신감 빼면 시체인 그는, 바로 그럴 리 없다는 표정으로 근처의 문을 노크했다.

반응이 없었다. 아직 자고 있을지도 모른다. 다른 문도 똑같았다.

"이러면 안 되는데."

미타라이는 말했다.

"이렇게 집집마다 두드리면 안에 있는 사람들은 방문판매로 착각해서 있는 사람까지 나오지 않게 되거든. 반대쪽에서 다시 해야겠어."

그렇게 말하면서 복도 끝까지 걸어갔다.

반대쪽 문을 두드리니, 이번에는 잠시 후 안에서 인기척이 났다. 문이 살짝 열리고 얼굴을 내민 것은 뚱뚱한 부인이었다.

"죄송합니다, 신문 구독 권유 같은 건 아닙니다. 이 아파트에 야스카와 다미오 씨라는 할아버님이 계십니까?"

미타라이는 물었다.

"아, 야스카와 씨, 꽤 오래전에 이사 갔어요."

그 여성은 그다지 귀찮은 기색 없이 대답해주었다. 미타라이는 역시나 하는 얼굴을 잠깐 내 쪽으로 향하며 물었다.

"그렇습니까, 어디로 옮겼는지 아십니까?"

"글쎄, 벌써 상당히 오래전 일이라 거기까지는 못 들었는데, 옆집이 주인집이니까 물어보는 게 어때요? 아! 집에 없을지도 모르겠네. 없으면 기타시라카와 가게에 있겠고."

"기타시라카와, 가게 이름이 뭐죠?"

"시로이초라고 해요. 거기 아니면 여기, 둘 중 한쪽에 있겠지."

감사의 인사를 하고 미타라이는 문을 닫았다. 옆집에 산다는 집주인은 아니나 다를까 집에 없었다.

"이렇게 되면 기타시라카와까지 원정을 가야겠네. 주인 이름은……, 오카와구나. 자, 가자, 이시오카."

버스에 흔들리며 가다 보니 곳곳에 기와지붕의 절 같은 건물이 보였다. 토담이 잠시 이어지기도 했다. 기다리고 기다리던 경치다. 과연 고도였다. 이런 곳에 한동안 사는 것도 나쁘지 않겠지.

기타시라카와에서 내리니 찾을 것도 없이 눈앞에 바로 시로이초가 있었다. 우리가 다가가니 이번에는 타이밍 좋게 문이 열리고 마흔 살 정도 되는 남자가 나왔다.

"오카와 씨 되십니까?"

미타라이가 말을 걸자 남자는 움직임을 딱 멈추고 우리를 번갈아 쳐다보았다.

미타라이가 사정을 이야기하며 야스카와 씨가 이사 간 곳을 알고 싶다고 하니 "음, 내가 그걸 알았었나, 전에 들었나"라고 하면서 그는 생각에 잠겼다.

"어차피 여기서는 몰라. 가와라마치 쪽으로 돌아가야 돼. 들은 것 같긴 한데, 당신들 경찰에서 나왔나?"

여성을 제외하면 우리 두 사람은 일본에서 제일 경찰처럼 보이지 않는다. 약간 비아냥거린 게 틀림없었다.

그러나 미타라이는 전혀 동요하지 않았다. 능글맞게 웃으면서 "어떻게 보입니까?"라고 말했다.

"명함을 보여주시오."

남자의 말에 나는 내심 움찔했다. 미타라이도 이번만은 나와 같은 심정이었을 것이다. 미타라이는 미간에 주름을 잡으며 매우 곤란한 표정을 지었다.

"실은……."

미타라이는 살짝 목소리를 낮추며 말했다.

"어쩔 수 없는 사정이 있어서 명함을 드릴 수는 없습니다. 다른 기회로 만났다면 좋았을 텐데 말입니다, 네. 그런데 내각 공안 조사실이라는 이름을 들어본 적이 있습니까?"

그러자 남자의 안색이 순식간에 어두워지더니 말했다.

"예, 이름이라면……."

나는 처음 듣는 소리였다.

"아, 그게……."

미타라이는 말을 흐렸다.

"이거 큰일이군. 지금 들은 말은 잊어주십시오. 그런데 언제쯤 알 수 있겠습니까? 야스카와 씨가 이사 간 곳은."

남자의 얼굴에는 긴장감이 뚜렷이 드러나 있었다.

"오늘 밤에는……, 아니 5시, 저녁 5시면 됩니다. 지금 도저히 빠질 수 없는 용무로 다카쓰키에 가야 합니다. 바로 돌아올 테니 5시라면 괜찮을 겁니다. 그때까지 조사해놓겠으니 전화를 해주시겠습니까?"

우리는 전화번호만 물어보고 일단 물러났다. 방금 정오가 되었으니 아직 5시간이나 남았다. 그러나 바로 알고 싶다며 우길 수도 없다.

가모가와 강 강가로 나가자 나는 빈정거렸다.

"너는 뭘 해도 성공할 것 같아. 특히 사기꾼이 적성에 잘 맞아."

미타라이는 하하 웃었지만 별로 반성하는 것 같지도 않았다.

"상대방이 나쁜 거지."

그렇게 딱 한 마디로 변명했다.

"선 볼 상대를 조사하러 온 흥신소 사람이 명함을 뿌리겠냐!"

가모가와 강의 강변을 따라 하류로 걸어가면서, 미타라이도 야스카와를 만나는 정도의 일도 생각보다 시간이 걸린다고 생각했던 게 틀림없다. 오늘은 6일 금요일인데 이러다 일주일은 금방 지나갈 것 같았다.

"컨디션은 어때?"

나는 불안해져서 물었다.

"글쎄."

미타라이는 대답했다.

그로부터 제법 긴 거리를 말없이 어깨를 나란히 하고 걸었더니, 앞쪽에 다리가 보였다. 차들이 다리 위를 분주하게 오가고 있었다.

다리 근처의 건물은 분명히 본 기억이 있었다. 아무래도 오늘 아침 한큐 전철을 타고 지난 시조가와라마치 근처 같았다. 목이 조금 말랐다. 다리도 상당히 뻐근했다. 카페에서 차가운 것이라도 마시고 싶다고 말하려 했을 때, 미타라이가 입을 열었다.

"뭔지 모르겠는데 잊어버렸어. 누구라도 눈치챌 수 있는, 아주 사소한 아무것도 아닌 건데."

그리고 미타라이는 고개를 숙이고 얼굴을 찌푸렸다.

"이 사건은 고철을 그로테스크하게 조립한 전위적인 작품처럼 보이지만 어딘가가 어긋나서 전체가 그렇게 말도 안 되는 모습으로 보이는 거야.

딱 하나, 딱 하나, 포인트가 되는 핀을 뽑기만 하면 원래 위치로 착착 돌아가서 금세 누구나 깔끔하게 이해할 수 있게 되겠지. 그건 알고 있어.

처음에 진지하게 시작하지 않았기 때문에 잘 안 풀리는 건가. 처음에 아마 어처구니없이 놓친 게 있을 거야. 그래, 처음에. 후반은 비교적 진지하게 했으니까.

근본에서 크게 간과한 게 있지 않고서는 이런 불가능 범죄가 성립할 리가 없지. 아무것도 아닌 그 핀 하나를 놓쳐서 일본 전국의 명탐정들이 40년에 걸쳐 그야말로 1억 번이나 반복한 거야. 뭐 지금으로선 나도 그중 한 사람이지만……."

2

우리는 시조가와라마치의 전통 찻집에 자리를 잡았다. 주스를 찔끔찔끔 마시고 있었더니 그럭저럭 5시가 가까워져서 미타라이는 재빨리 공중전화로 뛰어갔다.

잠시 동안 이야기하는 듯하더니, 알겠다고 말하고 돌아왔다. 자리에 앉으려고도 하지 않고 테이블 옆에 선 채 "바로 출발하자, 휴식은 끝났어"라고 말했다.

큰길로 나가니 슬슬 퇴근 시각이라 길이 혼잡해지고 있었다. 미타라이는 인파를 요리조리 뚫고 오늘 아침 타고 온 한큐 전철이 아니라 게이한 전철역을 향해 다리를 건너갔다.

"어디래?"

내가 물었다.

"오사카 부 네야가와 시 고야초 4의 16, 이시하라 장이래. 게이한 전철 고리엔이라고 했어. 저기 게이한 시조에서 탈 거야."

미타라이는 가모가와 강을 건너면서 역을 가리켰다.

"고리엔이 역 이름이야?"

"응."

"아름다운 이름이네."

게이한 시조 역은 가모가와 강 강변에 있었다. 플랫폼에서 전차를 기다리고 있으니 발밑의 가모가와 강이 천천히 석양빛으로 물들었다.

고리엔에 도착하니 어둑어둑해지기 시작했다. 이름에서 연상된 느낌과 보기 좋게 어긋나, 역 앞을 둘러보니 선술집 불빛밖에 보이지 않았다. 그리고 마침 그 불빛들이 의미를 가지기 시작하는 시간대였다.

벌써부터 휘청거리며 걷는 남자가 보였다. 그리고 정말 그럴듯해 보이는 밤의 여자들이 힘 있는 발걸음으로 그들을 앞질러 걸어갔다.

간신히 이시하라 장을 찾았을 때 해는 완전히 기울었다. 관리실이라 쓰인 문을 계속 노크해도 응답이 없어서 2층으로 올라가 가까운 문을 두드렸다. 그러나 얼굴을 내민 중년 여성의 대답은 뜻밖에도 야스카와 씨라는 사람은 살지 않는다는 것이었다.

다른 집도 찾아가 보았다. "아, 요전에 이사한 사람이 야스카와 씨였을지도 모르겠네요"라고 옆집 사람은 말했다.

"전혀 왕래가 없어서요, 어디로 이사했는지까지는……. 아래층 관리인에게 물어보시는 게 어떨까요?"

미타라이의 얼굴에 금세 실망의 빛이 떠올랐다. 지금 발로 공략할 수 있는 단서는 이것밖에 없기 때문이다.

내려가서 다시 한번 관리실 문을 두드리니 운 좋게도 이번에는 응답이 있었다. 야스카와 씨라는 사람을 찾고 있다고 사정을 이야기하자 이사 갔다고 관리인이 말했다. 이사 간 곳을 물으니 이렇게 답했다.

"모르겠습니다. 말하고 싶지 않은 것 같던데 억지로 물어보는 것도 그렇고, 할아버지가 돌아가셨으니 충격도 받았을 것이고."

"돌아가셨다고요?"

우리는 동시에 소리를 질렀다.

"그분이 야스카와 다미오 씨입니까?"

"다미오? 아, 맞다, 그런 이름이었지."

야스카와는 네야가와에서 죽었다. 온몸에서 힘이 빠졌다.

도쿄의 가키노키자카에서 전쟁을 포함한 40년, 그가 어떤 인생을 떠돌다 여기에 이르렀는지 상상도 가지 않지만 어쨌든 잔뜩 금이 간 이 낡은 모르타르 아파트가 인생의 종착역이었다.

관리인의 말이 내게 뜻밖이었던 것은, 야스카와는 혼자가 아니라 서른이 넘은 딸이 있었기 때문이다. 그 딸이 목수와 결혼해서 딸 부부 집에서 함께 지냈던 모양이었다. 딸 부부에게는 자녀가 둘이 있다고 했다. 하나는 초등학생, 하나는 아직 한 살인지 두 살이었다고 했다.

관리실 앞 형광등은 낡았는지 때로 깜빡였다. 그때마다 관리인은 우리에게서 눈을 떼고, 부아가 치미는 얼굴로 천장을 올려다보았다.

아파트를 나갔을 때 다시 한번 건물을 돌아보았다. 이때의 기분은 잘 설명할 수 없지만 뭔가 쓸쓸하면서 어린 시절에 장난하다가 들킨 기분이 떠올랐다. 한 인간의 일생을 뒤쫓는 것은 일종의 엿보기이며, 인간에 대한 모독 같다는 생각이 들었다.

미타라이도 딸을 찾아가야 할지 어떨지 고민하는 것 같았다. 헤어질 때 관리인은 이렇게 말했다.

"이사 간 곳을 꼭 알고 싶으면 이삿짐센터에 물어보세요. 회사는 알겠지. 이사는 바로 지난달에 했으니까. 네야가와 역 앞 네야가와 운송입니다."

지금이 몇 시냐고 미타라이는 물었다.

"8시 10분 전이야."

"아직 이르네…… 그래, 네야가와 운송에 가보자!"

다시 고리엔 역까지 돌아가서 전철을 타고 네야가와로 갔다.

네야가와 운송은 바로 찾았지만 어차피 이런 시각에 큰 수확은 기대할 수 없을 것이다.

미타라이는 가게 앞에서 간판의 전화번호를 메모했다. 그리고 '상담은 부담 없이'라는 글귀가 쓰인 유리문 안에 희미하게 불이 켜져 있는 것을 보고, 우리는 입을 모아 실례합니다, 라고 외쳤다. 그러자 안에서 사람이 움직이는 기척이 났다.

운송 회사 주인의 말은 대략 예상대로였다. 자기는 모르지만, 내일 아침에 출근하는 젊은 직원들은 알지도 모른다. 고야초라면 사토나 나카이가 담당인데, 라고 말했다.

우리는 감사 인사를 하고, 니시쿄고쿠의 보금자리로 돌아가기 위해 전철을 탔다. 이런 일로 시간을 보내도 될까. 이것으로 6일 금요일도 끝나간다. 아마 미타라이도 같은 생각을 하는 것이 틀림없었다.

3

다음 날 아침 나는 미타라이가 통화하는 듯한 목소리를 맹장지 너머로 들으며 잠에서 깼다. 에모토는 아침에 일찍 출근하는지 벌써 나간 것 같았다. 잠자리에서 나와 이불을 개고 인스턴트커피를 타려고 부엌으로 갔다.

커피를 들고 방으로 들어가니 미타라이가 막 수화기를 내려놓는 참이었다. 커피 컵을 코앞에 들이밀자 방금 메모한 종이를 찢어버리고는 대강 알아냈다고 했다.

"오사카 히가시요도가와 구 쪽인 것 같아. 정확한 주소는 모르는데, 도요자토초라는 버스 정류장 바로 근처래. 도요자토초는 종점이니까 버스가 돌 수 있는 교차로가 있고 거기서 오미치야라는 막과자 가게 겸 오코노미야키[57]집이 보인다고 했어. 그 옆 골목길로 들어가면 있는 아파트래.

성은 '가토'로 바뀌었어. 요도가와 강의 강둑 바로 근처인가 봐. 도요자토초행 버스는 우메다에서 출발하는 것 같은데, 한큐 전철 가미신조 역에서도 탈 수 있다고 해. 갈까?"

우리의 보금자리인 니시쿄고쿠는 한큐 전철이 지나서 가미신조까지 한 번에 갈 수 있다. 가미신조에서 버스를 갈아타고 종점인 도요자토초에 내리니 멀리 요도가와 강의 철교가 보였다.

이 주변은 아직 시골답게 잡초가 무성한 공터가 펼쳐져 있고, 여기저기 폐타이어가 뒹굴었다. 우리가 탄 버스가 달린 길이 그대로 철교로 이어져 있었다. 둑 높이만큼 경사가 져서 올라간다.

길만 아주 새것으로 도로 가장자리 시멘트도 아직 하얗다. 주변에는 낡고 변변치 않은 건물이 띄엄띄엄 잔해처럼 서 있었는데, 새 도로에 어울리지 않았다. 오미치야도 그런 건물 중 하나였다. 우리는 그곳을 향해 걷기 시작했다.

---

57) 일본식 부침개 요리.

이 건물들도 폐타이어와 전혀 다를 바 없이 낡아빠졌다. 오미치야의 옆 골목에 들어가 잠시 둘러보니, 가게 뒤쪽은 함석판으로 되어 있었다.

아파트는 몇 동이 있었고, 우편함에서 이름을 찾았는데 별다른 수고 없이 우리는 가토의 이름을 발견했다.

오래된 나무 계단을 올라가니 2층 복도가 나왔는데, 어쩐 일인지 복도에 빽빽하게 세탁물을 말리고 있어서, 우리는 이것을 피해 몸을 숙이면서 가토라는 글자가 작게 붙은 문까지 가야 했다.

문 옆에 불투명한 유리를 끼운 작은 창이 살짝 열려 있었고, 설거지를 하는 듯 그릇이 달그락거리는 소리가 새어 나왔다. 아기 울음소리도 들렸다.

미타라이가 노크하자 대답이 들렸다. 문이 한동안 열리지 않아서 천천히 접시라도 닦고 있는 건가, 하는 상상을 했다.

문이 열렸다. 그다지 외모에 신경 쓰지 않는 사람인지 화장기 없는 얼굴에 머리도 흐트러져 있었다. 미타라이가 구구하게 사정을 이야기하는 동안 그녀는 문을 연 것을 점점 후회하는 것 같았다.

"그런 사정으로, 아버님 되시는 야스카와 씨에 관한 이야기를 좀……." 이렇게 그가 말했을 때 "이야기할 것은 아무것도 없어요!"

그녀는 단호하게 말했다.

"아버지는 아무 관계 없어요. 지금까지 몇 번이나 이런 일로 피해를 봤다고요. 좀 내버려 두세요."

그렇게 말하고 문을 쾅 닫았다. 등에 업힌 아기가 또다시 울음을 터뜨렸다.

미타라이는 냉정하게 닫히며 잠기는 소리까지 노골적으로 들려오는 문 앞에서 한동안 끙끙거렸지만, 의외로 선선히 가자고 말했다.

나는 그녀가 도쿄 말씨를 썼던 점, 적어도 간사이 사투리가 전혀 없었던 점에서 무척 강한 인상을 받았다. 이쪽에 오고부터 나는 간사이 사투리의 홍수에 뛰어든 느낌이었다. 이 말씨는 강렬한 인상으로 다가와, 주위가 모두 만담가로 가득 찬 느낌이 들었다. 이곳에서 도쿄 말씨를 쓰는 여성과 만나리라고는 예상하지 못했다.

"별로 기대하지도 않았어."

미타라이는 억지 부리듯 말했다.

"야스카와가 혹시 살아 있었다 해도 틀림없이 이렇다 할 이야기는 듣지 못했을 거야. 더구나 그녀는 딸이니까. 분지로 씨가 오려고 했지만 못 왔던 교토였으니, 대신 만나보려고 했을 뿐이야. 자, 이걸로 야스카와 아무개를 쫓는 것은 완전히 포기하기로 하자."

"이제 어떻게 할 거야?"

"생각 중."

우리는 가미신조 역으로 돌아가 다시 한큐 전철을 탔다.

"교토에는 수학여행으로 온 적밖에 없다고 했지?"

내가 끄덕이자, 미타라이가 말했다.

"그럼 다음 역인 가쓰라에서 내려서 아라시야마행으로 갈아타고 아라시야마나 사가노 근처를 구경하고 와. 교토 관광 안내서를 빌려줄게. 지금쯤 벚꽃이 피었겠지. 이쯤에서 따로 다니자. 잠시 혼자 생각하고 싶어. 니시쿄고쿠 아파트로 가는 길은 알지?"

아라시야마 역에서 내려 사람들의 물결을 따라 슬슬 걸어가니 곳곳에 벚꽃이 보여서 아름다웠다.

나는 넓은 강가로 나갔다. 가쓰라가와 강이다. 길은 목조 다리로 이어져 있었다. 강폭이 넓어서 다리도 길다. 다리를 건너니 마이코[58]와 스쳐 지났다. 카메라를 목에 건 금발 청년과 함께였다. 그녀가 신은, 이름이 뭔지는 모르겠지만, 나막신 같은 신발에서 작게 나무 소리가 났다. 그 외에는 소리 나는 신발을 신은 사람은 아무도 없었다.

다리를 건너서 다리 이름을 관광 안내서에서 찾으니, '도게쓰쿄(渡月橋)'라고 하는 모양이었다. 그렇구나, 수면에 비친 달을 건넜다는 거구나, 하면서 혼자 끄덕였다.

다리를 다 건너자 지장보살의 신사 같은 작은 목조 건물이 있

---

58) 교토 기온의 게이샤가 되기 위해 숙련 중인 여성. 술자리에서 춤을 추어 흥을 돋운다.

어서 뭔가 하고 다가가 보니 공중전화 부스였다. 전화라도 걸어볼까 했지만, 교토에 아는 사람은 한 명도 없었다.

라쿠시샤까지는 제법 거리가 있는 것 같았다. 그래서 나는 아라시야마에서 가볍게 점심을 먹고, 거기서 바로 게이후쿠 전차를 탔다. 도쿄에서는 이제 좀처럼 볼 수 없는 노면전차가 신기했다.

제목은 잊어버렸지만 내가 좋아했던 추리소설 중에 추리에 머리를 굴리기에는 도덴[59] 안이 좋다는 대목이 있었다. 때때로 도쿄에서 도덴이 없어짐과 동시에 괜찮은 옛날 스타일 탐정소설도 다 죽었다는 생각이 든다.

이 노면전차가 어디로 가는지 나는 잘 몰랐다. 종점인 듯한 곳에서 내리니 시조오미야라는 역이었고, 번화가 바로 옆이었다. 큰 거리를 슬렁슬렁 걷고 있자니 본 기억이 있는 장소가 나왔다. 시조가와라마치였다. 교토에서는 어디로 가도 결국에는 시조가와라마치로 돌아오는 장치가 되어 있는 것 같다.

그곳에서 조금 더 걸어서 기요미즈데라 절까지 가보았다. 산넨자카 근처의 돌계단을 오르락내리락하니 교토에 왔다는 실감이 나서 기뻤다. 선물 가게를 구경하고 처마가 낮은 찻집에 들어가 감주를 마시기도 했다.

나에게 감주를 날라다 준 기모노 차림의 여자아이가 밖으로

---

59) 1903년에 개통되어 도쿄 도가 운영하는 노면전차의 통칭. 현재 아라카와선 하나만 운행 중이다.

나가서 돌계단에 물을 뿌렸다. 건너편 선물 가게에 물이 튀지 않도록 조심하고 있었다.

그 후 다시 시조가와라마치로 나와 갈 곳도 없고 걷기도 지쳐서 니시쿄고쿠로 돌아갔다.

4

아파트에 들어가니 "오셨어요"라고 에모토가 말했다.

"교토는 어떠셨습니까?"

"네, 역시 좋네요."

"어디 갔다 오셨어요?"

"아라시야마와 기요미즈데라 절 근처요."

"미타라이 씨는 어디 가셨습니까?"

"네, 전철에서 저를 쫓아내더라고요."

내 말에 에모토는 진심으로 동정하는 표정을 지었다.

우리가 저녁 식사로 튀김을 만들고 있을 때 미타라이가 몽유병자 같은 얼굴로 돌아왔다. 우리 셋은 간소한 저녁상에 둘러앉았다.

문득 보니 미타라이는 에모토의 외투를 입고 있었다.

"어이, 미타라이, 그거 에모토 씨 옷이잖아. 실내에서는 벗어. 보는 나까지 더우니까."

내 말이 미타라이의 귀에는 조금도 들어가지 않은 것 같았다.

멍한 얼굴로 벽 한구석을 계속 응시하고 있었다.

"어이, 미타라이, 외투 벗고 와."

다시 한번 약간 강한 어조로 말했다. 미타라이는 느릿느릿 일어섰다.

조금 있다가 식탁으로 돌아온 그를 보니 이번에는 자기 외투를 그 위에 껴입고 있었다.

튀김 맛은 최고였다.

에모토의 솜씨는 일류였다. 그러나 미타라이는 전혀 느끼지 못하는 것 같았다.

내일은 일요일이군요, 라고 에모토가 미타라이에게 말했다.

"저도 휴일입니다. 이시오카 씨를 라쿠호쿠 근처까지 차로 안내하고 싶은데 어떠십니까?"

나는 내심 기뻤다.

"이시오카 씨에게 대충 들었습니다. 머리만 쓰는 거죠? 그러면 몸은 차에 타고 있어도 괜찮지 않겠어요? 따로 구체적인 일정이 없으시면."

미타라이는 이번에는 기특하게도 고개를 끄덕끄덕했다.

"뒷좌석에서 계속 입 다물고 있어도 괜찮다면."

에모토의 운전으로 오하라 산젠인으로 가는 동안 미타라이는 어젯밤에 말한 대로 뒷좌석에서 한마디 말도 없이 무뚝뚝한 불상처럼 앉아 있었다.

오하라에서는 가이세키 요리[60]를 먹었다. 에모토는 직업상 열심히 해설을 해주었지만 미타라이는 여전히 건성건성 들었다.

에모토와 나는 마음이 잘 맞았다. 그는 마음씨가 고운 사람으로 도시샤에서 교토대학 주변, 니조조, 헤이안진구, 교토고쇼, 우즈마사의 에이가무라 등 거의 교토 전체를 안내해주었다. 그리고 가와라마치에서는 우리가 사양하는데도(정확하게 말하면 나 혼자 사양했다) 초밥까지 대접해주었고 다카세가와 강 부근의 클래식 카페에서 커피까지 사주었다.

즐거운 하루였다. 그런데 이렇게 8일 일요일도 지나가 버렸다.

다음 날 아침, 잠에서 깨니 옆자리 미타라이의 이불은 싸늘했고 에모토도 나가고 없었다.

공복이 느껴져 일어나 니시쿄고쿠의 거리로 나갔다. 가볍게 식사를 하고 작은 책방을 기웃거리면서 역 앞을 지나 시내를 건너자, 니시쿄고쿠 구장을 중심으로 한 괜찮은 스포츠 공원이 있었다. 운동복 차림으로 구호를 외치며 뛰는 사람들과 몇 번쯤 스쳐 지나며 나는 다시 사건에 대해 생각하려고 했다.

내 생각은 미타라이와 떨어져 행동을 하고부터는 무엇 하나 진전되지 않았다. 그러나 사건은 머릿속에서 떠나지 않았다.

---

60) 원래 차가 나오기 전에 나오는 가벼운 식사를 의미했으나 현대에서는 연회용 요리로 발달했다. 제철 재료로 원래의 맛을 살린다.

이 사건은 분명히 어떤 마력을 지니고 있었다. 나는 《우메자와가 점성술 살인》에서 읽은 사건의 수수께끼를 푸는 데 열중한 나머지 가산을 탕진한 남자나, 환상의 여자의 환영에 홀려 동해에 몸을 던진 마니아의 이야기 등을 떠올렸다. 환상의 아조트, 분명 이런 식으로 열중하니 한 번 보고 싶다는 그들의 열망도 이해가 갔다.

정신이 들자 다시 역이었고, 이번에는 뒤쪽이었다. 니시쿄고쿠 거리도 다 산책했으므로, 일단 다시 시조가와라마치로 가보기로 했다. 어제 갔던 클래식 카페도 나쁘지 않았고 마루젠[61]이 있는 것을 봤기 때문에 그곳에서 미국 일러스트레이터 연감이라도 찾아볼 생각이었다.

니시쿄고쿠 역의 플랫폼 벤치에 앉아서 가와라마치행 전철을 기다렸다. 혼잡해지려면 아직 먼 시간이라 둘러보아도 사람은 햇볕이 드는 벤치에 우두커니 앉아 있는 노인 하나뿐이었다. 레일이 울리는 소리가 나서, 왔구나 하고 고개를 드니 다가오는 전철에 급행이라고 쓴 붉은 글자가 보였다.

급행 전철이 눈앞을 통과했다. 뜻밖의 돌풍 같았다. 햇볕이 내리쬐는 곳에 버려진 신문지가 펄럭거리며 떠오르더니 내가 있는 그늘로 날아들었다. 그때 나는 문득 도요자토초의 버스 정류장 부근이 떠올랐다.

---

61) 일본의 대형 서점 및 문구점 체인.

요도가와 강 강둑 근처는 빈터가 많았고, 폐타이어가 흩어져 있어서 어딘지 모르게 지저분한 인상이었다. 그것은 바로 도쿄 말씨를 쓰던 여자, 야스카와의 딸로 연결되었다.

　미타라이가 지금 뭘 하고 있는지 모르겠지만, 그 여성을 놔두고 사건을 조사할 수 없는 게 아닐까? 그렇게 생각하자 나는 무심코 벌떡 일어났다. 계단을 내려가 반대쪽 플랫폼으로 가 가미신조로 가기 위해 우메다행 전철을 기다렸다.

　가미신조 역에 내렸을 때 플랫폼의 시계는 4시를 조금 지났다. 버스를 타볼까 했지만, 생면부지의 땅을 배회하고 싶은 기분도 들었다.

　가미신조 거리는 역 주변만 허울 좋게 떠들썩했고, 역에서 약간 떨어지니 금세 한적해졌다. 다코야키 가게나 오코노미야키 가게가 많아서 정말 오사카라는 느낌이 들었다.

　제법 걸어갔더니 와본 적이 있는 곳에 도착했다. 멀리 요도가와 강의 철교가 보였다. 곧 버스 로터리와 오미치야도 보였다.

　나 혼자 가면 그녀가 만나줄 거라는 자신이 있었던 것은 아니다. 다만 한편으로 그녀는 부친의 일로 우메자와가의 사건에 관해서는 적잖이 관심도 있을 테니, 분지로의 수기 내용을 들려주면 반드시 흥미를 보일 거라는 계산은 있었다.

　경찰도 아닌 내가 이렇게 깊이 관여하는 이유로는 미사코라는 여성이 예전부터 나와 친한 지인이라고 둘러댈 예정이었다. 또 그래서 내가 그 수기를 읽을 기회를 얻었다고 할 작정이었다.

다케고시라는 이름만 꺼내지 않으면 큰 문제가 되지 않을 것이다. 게다가 그녀는 아버지 때문에 몇 번쯤 귀찮은 일이 있었다고 했다. 그렇다면 그녀도 수기의 내용 정도는 알 권리가 있다.

무엇보다 헤이키치가 살아 있었다는 증거까지는 아니라도, 느낌 정도라도 좋으니 그것을 잡아보고 싶었다. 사건 후 야스카와가 어떤 인생을 보냈는지도 관심이 있다. 알고 싶다. 사건 후 야스카와가 헤이키치와 접촉한 흔적은 없을까?

이번에는 복도에 널어놓은 빨래는 없었다. 문을 노크했다. 문이 열리는 기척, 긴장감이 스쳤다. 얼굴이 보였다. 나를 본 그녀의 표정이 순식간에 어두워졌다.

저, 저기, 하고 나는 매우 다급하게 말을 시작했다. 간신히 열린 문틈으로 있는 힘껏 말을 끼워 넣는 기분이었다.

"오늘은 혼자 왔습니다. 그 전쟁 전 사건에 관해서, 저는 사람들이 모르는 이야기를 알고 있습니다. 정말 우연한 기회에 알게 되었는데, 알려드리고 싶어서……."

내 모습이 너무나 진지했던지 그녀가 훗, 하고 웃었다. 그리고 단념한 듯 문에서 한 걸음 나와, 도쿄 말씨로 말했다.

"아이를 찾으러 가야 하니까 밖에서라도 괜찮으시다면요."

그녀의 등에는 오늘도 아이가 업혀 있었다. 아이는 항상 여기 있다며 그녀는 요도가와 강의 강둑을 올라갔다. 다 올라가니 시야가 확 트였다. 널찍한 모래밭을 눈으로 더듬고 있는 것 같았다.

둘러봐도 아이의 모습은 없었다.

그녀의 보폭이 좁아졌고, 나는 서둘러 준비한 말을 술술 떠들었다. 그녀는 역시 어느 정도 흥미가 생긴 모양이었지만 예상보다 훨씬 시큰둥했다. 그저 가만히 듣고 있었다. 이윽고 그녀가 말할 차례가 되었다.

"나는 계속 도쿄에서 자랐어요. 가키노키자카는 아니고 가마타 근처의 하스누마라는 곳인데요. 가마타에서 이케가미선을 타면 다음 역이죠. 어머니는 언제나 차비를 절약하려고 가마타 역까지 걸어 다니셨어요."

그렇게 말하고 그녀는 살짝 웃었다. 쓴웃음처럼 보였다.

"아버지에 관해서는 옛날 일, 제가 태어나기 전의 일 같은 건 저도 많이 몰라요. 도움이 될지 어떨지…….

아버지는 그 사건 후 징집되어 부상을 입고 오른팔을 못 쓰게 되셨어요. 전쟁이 끝난 후 어머니와 결혼하셨을 때는 다정했는데, 점점 형편이 나빠져서 생활보호를 받게 됐고, 근처 오모리의 경정장이나 오이 경마장으로 매일 출근하다시피 하는 바람에 생활비가 너무 모자라서 어머니가 일을 하셨어요.

그런데 어머니도 점점 진력이 나서 참을 수 없었겠죠. 단칸방 생활에 술만 마시면 손이 올라가고, 점점 머리도 이상해졌던 것 같아요. 살아 있을 리가 없는 사람을 만나고 왔다든지, 그런 거짓말도……."

그 순간 나는 긴장했다.

"만나고 왔다는 사람은 누굽니까? 누구와 만났다고 하셨습니까? 우메자와 헤이키치 아닙니까?"

"그렇게 말씀하실 거라 생각했어요. 아버지가 말한 것은 단지 돈을 변통하는 일이었지만, 분명 그 사람 이름도 들은 것 같아요. 그런 말을 할 때도 있었는데, 주정뱅이의 허튼소리예요. 아버지는 그때 필로폰이나 모르핀 같은 마약도 했을지 모르거든요. 환각도 보는 것 같았고."

"정말로 헤이키치가 살아 있어서, 실제로 만났을지도 모릅니다. 헤이키치가 살아 있었다고 보지 않으면, 이 사건은 설명이 안 되는 부분이 많거든요."

나는 용기를 내어 내 생각을 말했다. 미타라이와 거듭 이야기를 나누었기 때문에, 얼마든지 막힘없이 설명할 수 있었다. 헤이키치의 시체에 수염이 없었던 것, 가즈에가 분지로를 함정에 빠뜨리고 죽은 것. 아조트 살인의 동기가 있는 자는 헤이키치밖에 없다는 것.

그러나 내 기세와는 대조적으로 그녀는 흥이 깨진 것 같았다. 때때로 업은 아이를 달랬다. 강을 건너 불어오는 바람에, 머리를 뒤로 묶은 그녀의 이마나 뺨으로 내려온 머리카락이 흩날렸다.

"야스카와 씨는 아조트에 대해서 말씀하시지 않았습니까? 모습을 묘사했다거나, 아조트를 봤다거나……."

"글쎄요, 들은 것 같긴 한데 그때는 어려서……. 우메자와 헤이키치라는 이름은 바로 얼마 전에도 들은 것 같아요. 제겐 아무래도 상관없지만. 그런 데 흥미를 가진 적은 없거든요. 그 이름을 들으면 저는 기분이 나빠져요. 좋은 추억이 없으니까.

한때 그 사건이 유명해져서 온갖 정체 모를 사람들이 아버지를 만나러 왔어요. 한번은 제가 학교에서 돌아오니 집 입구에 어떤 남자가 걸터앉아 아버지가 돌아오시기를 기다린 적이 있었거든요. 좁은 집이고 단칸방이라 집 안이 훤히 들여다보인다고 생각하니 정말 참을 수 없을 정도로 싫었어요. 아직도 잊히지가 않네요. 그런 일도 있고 해서 교토로 온 거예요."

"그렇습니까……, 많은 일이 있었던 것 같군요……. 그런 일은 상상도 못 했습니다. 저도 폐를 끼쳤군요."

"아니, 그런 뜻으로 말한 게 아니에요. 저야말로 지난번엔 실례했어요."

"어머님께서는 돌아가셨습니까?"

"이혼하셨어요. 아버지가 너무하셔서. 어머니는 저를 맡겠다고 하셨지만, 아버지가 절대로 보내주지 않았어요. 저도 아버지가 불쌍해서 같이 있어주기로 했고요.

아버지는 제게 잘해주셨어요. 맞은 적도 없고요. 좋아하는 일을 못 하게 되어서 안됐죠. 생활은 비참했지만, 그 시절에는 다들 그랬고 더 안 좋은 집도 있었으니까……."

"야스카와 씨와 특별히 친한 사람은 있었습니까?"

"도박 패거리라거나 술친구는 여럿 있었지만, 특별히 친한 사람이라면 한 사람밖에 없어요. 요시다 슈사이라는 분인데요. 친했다기보다 아버지가 일방적으로 따랐던 것 같지만."

"어떤 분이십니까?"

"사주풀이라고 하나요, 점을 보는 분 같았어요. 나이는 아버지
보다 열 살 정도 아래였을 거예요. 예전에 도쿄에 사셨고, 술집 같
은 곳에서 알게 된 것 같아요."

"도쿄 말입니까?"

"도쿄예요."

"야스카와 씨는 점에도 흥미가 있었습니까?"

"글쎄, 어떨지……, 별로 그런 것도 아니었을 거예요. 아버지가
요시다 씨에게 관심을 가진 것은 그분 취미가 인형 제작이라서
그런 것 같아요."

"인형 제작?"

"네, 그래서 말이 통한 게 아닐까요. 요시다 씨가 사정이 있어
교토로 옮겨서 아버지도 교토로 올 결심을 했을 거예요."

요시다 슈사이. 또 한 사람 주목할 만한 인물이 나타났다.

"그 일은 경찰에게 말씀하셨습니까?"

"경찰? 저는 아버지 일로 경찰과 이야기한 적은 한 번도 없어
요."

"그럼 경찰은 요시다 씨라는 인물을 모른다는 말이죠? 아마추
어 마니아들은 어떤가요? 말씀하셨나요?"

"그런 사람들은 제대로 상대한 적이 없어요. 오늘이 처음이죠."

요도가와 강 강가를 어깨를 나란히 하고 걷고 있으니 해는 순

식간에 저물어서, 옆에 있는 그녀의 얼굴은 거의 실루엣이 되어 표정을 읽을 수 없어졌다. 이제 슬슬 마무리를 해야 한다.

"당신은 어떻게 생각하십니까? 마지막으로 이것만 묻고 싶은데, 헤이키치가 정말 죽었다고 보세요? 그리고 아조트는 만들어졌을까요? 아버님은, 야스카와 씨는 그 점을 어떻게 생각하셨을까요?"

"글쎄, 저는 아무것도 몰라요. 아무 생각도 하고 싶지 않아요, 그 일에 관해서는.

아버지 생각이 어떤지는, 알코올중독이 심한 상태였으니까 확실한 건 모르겠지만 이미 이승에 없는 사람이라고는 생각하지 않았던 것 같았어요.

제가 몇 번이나 말했듯이 주정뱅이의 헛소리니까, 그것을 믿고 행동하셔도 좀……. 당신도 그때 아버지 모습을 보셨으면 틀림없이 제 말을 이해하실 거라 생각하는데…….

아버지 생각이라면, 아까 말한 요시다 씨에게 물어보면 될 거예요. 저는 아버지 말을 진지하게 듣지 않았으니까. 아버지는 요시다 씨에게는 분명히 제대로 말했을 거 같아요."

"요시다, 뭐라고 하셨죠?"

"슈사이 씨예요. 빼어날 수 자에, 채색 채 자를 써요."

"어디에 살고 계신가요?"

"정확한 주소나 전화번호는 모르겠어요. 저도 한 번밖에 만난 적이 없으니까. 아버지 말로는 아마 교토 기타 구 가라스마 차

고 근처였을 거예요. 가라스마 차고는 교토 사람이라면 누구나
다 알아요. 가라스마도리 길 끝, 차고의 담 바로 근처라고 하셨어
요."

나는 정중히 감사를 표하고, 그녀와 요도가와 강 강둑 위에서
헤어졌다. 잠시 걷다가 멈추어 서서 뒤돌아보니, 그녀는 아이를
달래며 한 번도 뒤돌아보지 않고 땅거미 속으로 곧장 사라져버
렸다.

그 후 나는 휘청거리며 둑을 내려와 모래밭 갈대 수풀에 들어
가 볼까 생각했다. 갈대는 가까이서 보니 예상보다 훨씬 컸다. 내
키보다도 훨씬 커서 2미터는 될 것이다. 가느다란 길이 갈대숲
안쪽까지 이어져 있었다. 성큼성큼 들어가 보니 수풀 안이 터널
처럼 이어졌다. 점점 바닥이 질퍽거렸다. 시든 갈대 냄새가 났다.

생각지도 못했는데 갑자기 물가가 나왔다. 검고 딱딱한 점토
질 흙에 강물이 찰랑찰랑 밀려오고 있었다. 왼쪽에는 땅거미 속
에서 철교가 시커멓게 보였고 자동차의 전조등이 왔다 갔다 하
고 있었다.

사건을 생각했다. 지금이야말로 나는 경찰도 미타라이도 모르
는 엄청난 단서를 손에 쥔 것 같다.

요시다 슈사이, 이 남자와 야스카와는 어떤 이야기를 했을까.
두 사람의 대화 속에 헤이키치가 살아 있었던 증거가 있는 게 아
닐까? 그럴 가능성은 누구도 부정할 수 없을 것이다.

방금 그녀는 그 이야기를 주정뱅이의 허튼소리라고 내게 몇 번

이나 강조하듯 말했다. 그러나 야스카와는 헤이키치가 살아 있다고 생각한 것은 틀림없다. 나는 그것이 주정뱅이의 허튼소리라고는 도저히 생각할 수 없었다.

지금이 몇 시인가 싶어 나는 시계를 보았다. 7시 5분이 지났다. 오늘은 9일 월요일이다. 그것도 이미 지난 거나 마찬가지였다. 데드라인인 목요일까지 앞으로 사흘밖에 없다. 태평하게 있을 수 없다. 마감 따위와는 차원이 다르다. 금요일에는 분지로 씨의 수치가, 조금 과장해서 말하면 만천하에 공표된다. 나는 다시 갈대 숲으로 거칠게 발을 들여놓고 온 길을 서둘러 돌아갔다.

버스를 기다려 가미신조 역까지 가서 전철을 탔지만 니시쿄고쿠에서 내리지 않고, 그대로 종점인 시조가와라마치까지 갔다. 그리고 가라스마 차고행 버스를 탔다. 나중에 물어보니 이것은 별로 좋은 방법은 아니었던 것 같다. 가라스마 차고에 가려면 가와라마치보다 하나 앞인 가라스마에서 내리는 편이 낫다고 했다. 기다리는 데 시간을 많이 낭비해서 가라스마 차고의 블록담에 도착하니 이미 10시 가까이 되었다.

사람의 왕래도 이미 거의 끊어져서 길을 묻기도 불가능했다. 어쩔 수 없이 블록담을 따라 가라스마 차고 주위를 터덜터덜 한 바퀴 돌았다. 그러나 이 담을 따라 있는 집 가운데 요시다라는 문패는 없었다. 어쩔 수 없이 나는 큰길로 나가서 파출소에 들어가 물어보았다.

요시다 집 문 앞에 섰다. 물론 안은 어두웠고, 주인은 잠자리에

든 것 같았다. 전화번호는 모르니까 내일 다시 여기에 올 수밖에 없다.

어차피 나는 오늘 밤 안으로 요시다 슈사이라는 인물과 만나고 싶었던 것은 아니다. 깨어 있으면 좋겠다고 생각하지 않은 것은 아니지만, 별로 기대는 하지 않았다. 오늘 밤중에 집을 찾고 싶었다. 그렇게 하면 내일 아침 첫차로 여기에 올 수 있다. 일찍 오면 그가 외출할 예정이 있다고 해도 엇갈리지는 않을 것이다.

마지막 버스와 마지막 전철을 뛰어들 듯이 잡아타고 니시쿄고쿠의 아파트로 돌아오니, 이미 미타라이와 에모토는 잠들어 있었다. 미타라이는 나를 배려했다기보다 옆에서 부스럭거리는 것을 방지하려고 내 잠자리도 봐두었다. 황송해진 나는 소리를 내지 않도록 조심하면서 이불로 기어들어 갔다.

5

다음 날 아침 눈을 뜨니, 이번에도 미타라이와 에모토의 이불은 텅 비어 있었다. 아차 하는 생각이 들었다. 어제 가토 씨에게 얻은 새로운 단서를 미타라이에게 말하지 못했다. 어젯밤 흥분해서 좀처럼 잠들 수 없었던 탓이다.

그러나 생각을 고쳐먹었다. 내가 사건을 해결해서 안 될 이유는 없다. 나와 미타라이의 팀이 해결하면 되는 것이다.

일어나서 외출 준비를 하고 바로 니시쿄고쿠 역으로 가서 가라스마 역으로 향했다. 어젯밤 미리 조사를 해놓았으므로, 요시다 씨 집은 바로 찾아갈 수 있다. 시계를 보니 이제 오전 10시를 조금 지났을 뿐이었다.

현관 유리문을 열고 실례합니다, 라고 말했다. 그러자 안에서 기모노를 입은 할머니가 종종걸음으로 나왔다. 부인일 것이다. 요시다 씨는 댁에 계십니까, 라고 말하고 오사카의 야스카와 씨의 따님에게 물어 찾아뵈었습니다, 라고 했다.

남편은 어제부터 외출 중입니다, 라고 고상한 할머니가 말했다. 나는 매우 실망했다.

"그러면 어디로……."

"나고야에 간다고 하셨어요. 오늘 중으로는 돌아온다고 하셨으니 저녁에는 오실 겁니다."

나는 전화번호를 물어보고, 나중에 전화로 댁에 계신지 확인한 후 다시 찾아뵙겠다고 말했다.

시간이 많이 비어서 약간 맥이 빠졌다. 아무 생각 없이 가모가와 강까지 걸어가, 강을 따라 남쪽으로 내려가 보자고 생각했다.

교토의 이 강은 흥미롭게도 가모가와(賀茂川)라고 쓴다. 조금 더 남하하면 동쪽에서 오는 다카노가와(高野川) 강과 Y자 모양으로 합류해 한 줄기로 흐르는데, 그곳부터는 가모가와(鴨川)[62]라고 쓰는 것이다. 그 합류 지점이 이마데가와로, 헤이키치의 전처 다

---

62) 賀茂川과 鴨川은 똑같이 가모가와로 읽음.

에의 부모가 니시진오리 가게를 열었다가 실패한 부근일 것이다.

그러자 생각은 당연히 사건으로 옮겨 갔다. 미타라이는 다케고시 형사에게 일주일 안에 사건을 해결해 보이겠다고 호언했는데, 해결이란 어떤 상태를 말하는 것일까. 음모(그런 것이 있다면)를 밝히고 범인을 지명한다는 것일까. 책상머리에서 지적하는 것만으로는 그 형사는 절대로 만족하지 않을 것이다. 우선 그것만으로 범인을 증명하기란 어려울 것이다. 아직 죽지 않았다면 범인의 현주소를 밝혀내어, 거기에 가서 지금도 범인이 살고 있다는 것을 확인해 오는 정도까지는 해야 할 것이 아닌가.

오늘은 10일 화요일이다. 오늘을 포함해 사흘밖에 남지 않았으므로, 오늘까지 범인을 밝혀내지 못하면 절망적이다. 범인은 일본 전국, 아니 꼭 일본에 있다고는 할 수 없지만, 어딘가에 살고 있을지도 모른다. 설령 국내라고 해도 왓카나이[63]일지도 모르고 오키나와[64]일지도 모른다. 내일과 모레 이틀 정도는 그 범인이 있는 곳을 찾기 위해 비워두어야 한다.

이틀이라 해도 빠듯하고, 이틀 이상 걸릴 가능성이 더 크다. 어쨌든 40년이나 지난 사건이다. 그리고 가능하다면 목요일은 도쿄로 돌아가서 다케고시 형사나 미사코 씨에게 사건을 설명하고 노트를 태우도록 하는 편이 좋다. 가능하면 내일 수요일 중으로

---

63) 일본 최북단에 가까운 홋카이도의 도시.
64) 일본 최남단의 제도.

해결하고, 밤에는 도쿄로 돌아가는 것이 제일 좋다. 오늘 미타라이가 사건의 수수께끼를 풀지 못하면 절망적이다.

내 경우, 그렇게 잘 되지는 않겠지만 요시다의 말에서 헤이키치가 살아 있다는 확증을 잡았다고 치면, 범인은 헤이키치라는 뻔한 이야기가 되지만, 헤이키치의 현주소를 알 수가 없으므로 마지막으로 만난 곳을 묻고, 내일 거기로 가서 소식을 물어 다시 모레 추적하면 되니까, 나도 데드라인이 간당간당했다.

정신이 아득해질 정도로 시간이 천천히 흘러 오후 2시를 지났다. 전화 부스에 들어가 요시다 씨 댁으로 다이얼을 돌렸다. 그러나 역시 아직 오지 않았다. 죄송합니다, 라고 부인이 정중하게 대답했다. 너무 전화를 자주 해도 실례일 것이고, 그때마다 저렇게 사과받으면 오히려 내가 주눅이 들어버린다. 5시까지 기다리기로 결심했다.

가모가와 강이 내려다보이는 공원 울타리에 잠시 걸터앉아 봤다가, 서점을 돌아다니다 거리가 내려다보이는 카페에 들어가, 남은 2시간 정도를 그냥 가만히 의자에 앉아서 보냈다. 그러나 가게의 시곗바늘이 5시 10분 전을 가리키자 도저히 참지 못하고 전화기로 뛰어갔다.

예상대로 요시다 씨는 집에 있었다. 방금 돌아왔다는 말에 나는 지금 바로 찾아뵙겠습니다, 라고 하고는 내던지듯이 수화기를 내려놓았다.

현관에서 맞아준 요시다 슈사이는 가토 씨의 말로는 예순 살 정도였는데, 완전히 은발로 변한 머리카락에서 빛이 났고 일흔이 넘어 보였다.

현관에서 장황하게 말을 꺼내려는 내게 일단 들어오라며 응접실로 맞아주었다. 나는 안내받은 소파에 앉는 시간조차 아까워하며 설명을 시작했다. 예전부터 친하게 지내던 지인의 부친이 얼마 전 돌아가셨습니다만, 서재를 정리하니 어떤 수기가 나왔습니다, 라고 분지로 씨 이름은 덮어두고 일단 수기의 내용을 간추려서 설명했다.

그리고 친구의 선친을 위해 사건을 해결하고 싶다고 했다. 또 헤이키치가 살아 있었던 것이 틀림없다는 등 평소의 내 지론을 다시 한번 말했다.

"그런 이유로 야스카와 씨 따님과 만났는데, 야스카와 씨는 헤이키치가 살아 있다고 생각한 것 같습니다. 그리고 그 생각을 요시다 씨께 자세히 말씀하셨다고 하셔서, 요시다 씨를 찾아뵈어야겠다고 결심했습니다. 헤이키치 생존설에 관해서 어떻게 생각하십니까? 그 문제도 그렇고 아조트는 실제로 만들어졌을까요?"

요시다는 차분한 색의 소파에 몸을 푹 파묻은 채 듣고 있다가 내가 이야기를 끝내자 "상당히 흥미로운 이야기군요"라고 말했다. 다시 얼굴을 봐보니, 요시다 슈사이는 빛나는 은발 아래에 작고 높은 코, 약간 살이 빠진 볼과 때때로 극단적으로 예리해졌다가 다시 부드러워지는 눈을 하고 있었는데, 무척 매력적인 용모였다. 몸에는 군살도 없고, 노인 치고는 키도 크다. 사람됨은 모르지만 고고한 사람이라는 표현에는, 이 사람의 용모만큼 어울리는 게 없을 거라는 생각이 들었다.

"예전에 그 사건을 점쳐본 적이 있습니다. 그러나 헤이키치에 관해서는 아무리 해도 생사는 반반으로, 확실한 괘가 나오지 않았습니다. 한데 지금은 4 대 6의 확률로 죽었다고 생각합니다.

그런데 아조트는 말입니다, 제가 인형 제작을 취미로 삼고 있으니 이렇게 말하면 약간 뭣하지만, 그만큼 살인을 했으니 완성되었을 거라 생각합니다. 앞뒤가 모순되는 것 같지만요."

그때 부인이 쟁반에 차와 과자를 담아 응접실로 들어왔고, 나는 황송해서 몇 번이나 머리 숙여 인사를 했다. 그리고 빈손으로 온 것을 깨닫고는 나 자신의 결례에 얼굴이 붉어졌다. 아무래도 미타라이의 나쁜 부분이 전염된 것 같다.

"허둥지둥한 탓에 빈손으로 와버렸습니다. 정말 죄송합니다……."

그렇게 말하니 요시다는 웃으며 "그런 염려는 하실 필요 없습니다"라고 했다.

나는 그제야 비로소 응접실을 둘러보았다. 들어왔을 때는 투우장의 소처럼 머리에 피가 몰려 있어서 그럴 여유가 없었다. 점술에 관한 책들이 많이 보였고, 요시다의 작품인 듯한 크고 작은 인형들, 목제로 보이는 것도 있는데, 합성수지로 만든 것도 많다. 대체로 사실적인 작품이었다.

나는 인형의 완성도에 대해 찬사를 늘어놓고(실제로 완성도가 뛰어났다), 잠시 인형 이야기를 했다.

"이건 플라스틱입니까?"

"아, 그건 FRP입니다."

"오……."

노인의 입에서 영어가 나와서 조금 놀랐다.

"인형 제작에는 어떻게 관심을 갖게 되셨습니까?"

"음, 설명하기가 좀 힘든데, 저는 인간에게 관심이 있습니다. 그런 말을 해도 이해는 못 하시겠지만, 관심이 없는 사람에게는 취미의 이유를 설명하기는 어렵습니다."

"아까, 선생님이라면 아조트를 만들었을 거라고 하셨는데, 인형 제작이 그렇게 매력이 있습니까?"

"마력이라고 해도 될 겁니다. 실제로 인형을 인간을 구현한 것이니까요. 설명하기 어려운데, 인형을 만들면서 잘 되고 있다고 생각할 때 내 손가락이 닿은 인형이라는 물체에 점점 혼이 들어가는 느낌이 있습니다.

그런 느낌을 몇 번이나 맛보았습니다. 인형 제작은 그러니까 어떤 의미에서는 무서운 겁니다. 시체를 만들고 있는지도 모르겠다는 생각도 들고요. 그런 의미에서 매력 같은 얌전한 단어로는 부족함을 느낍니다.

가령 이런 게 있습니다.

일본인은 인형이란 것을 결코 만들지 않은 민족입니다. 역사를 보면 명확합니다. 하니와[65] 같은 것이 있지만 그것은 완전히 인간의 대역을 하고 있었지요. 실로 상징적이기는 하지만 인형이나 조각 같은 개념은 아닙니다.

일본인의 역사에는 조각상은커녕 초상화도 극히 적습니다. 그리스나 로마를 보면 위정자나 영웅의 초상화나 조각, 부조가 상당히 많습니다. 유명한 인물은 대부분 그런 식으로 남아 있다고 해도 되지요. 그런데 일본 위정자의 얼굴을 알고 싶어도, 대체 어떻게 된 거냐고 생각할 정도로 없습니다. 초상화가 간간이 있는 정도고, 불상 이외에는 아예 조각도 없어요.

일본인이 기술이 없었던 게 아니라 두려워한 겁니다, 혼을 빼앗길까 봐. 그래서 그림도 적지요. 요즘은 그림쯤이야, 라고 생각하지만, 그림조차 적습니다.

따라서 일본에서는 인형 제작은 남의 눈을 피해 몰래 해야 하는 작업이었습니다. 취미는커녕 전심전력을 다한 엄숙한, 정말 목숨을 건 작업이었습니다. 인형 제작이 취미나 도락의 대상이 된 것은 겨우 쇼와(1926년~)에 들어와서가 아닐까요."

"그렇군요, 그러면 아조트는……."

"물론 완전히 사도(邪道)입니다. 그런 사고방식은요. 인체 이외의 재료를 써서 만들어야 비로소 인형입니다. 진짜를 쓰면 안 되는 거죠.

---

65) 무덤 주위에 묻어 두던 인간이나 동물의 상. 토용.

인형 제작은 아까도 말한 대로, 역사적으로 봐도 본래 어둡고 참혹한 정신세계의 작업입니다. 그래서 그러한 발상이 나온 것도 저는 이해합니다, 일본인이니까.

아니, 나 정도의 나이대에서 인형 제작에 한 번이라도 진심으로 열중한 적이 있는 사람이라면 이해는 할 수 있지요. 심정은 당연히 이해할 수 있습니다. 그런데 나라면 하겠는가 하면, 이것은 다른 문제입니다. 도덕이나 그런 것과는 다른, 근본적인 인형 제작에 대한 발상, 창작의 자세가 우리와는 다릅니다."

"그렇군요. 아까 아조트는 만들었을지도 모르지만 헤이키치는 살아 있지 않았을 거라고 하셨는데, 그건 무슨 말씀입니까?"

"저는 인형 제작이 취미인 사람으로서 한때 그 사건에 흥미를 가졌던 적이 있습니다. 헤이키치와 만난 경험이 있는 야스카와 군이라는 지인도 있었고요. 그런데 사건의 구체적인 내용까지 파고들 정도로 흥미가 있던 건 아닙니다. 그래서 지금까지 왠지 모르게 그렇게 생각했을 뿐입니다. 분명히 모순이지요. 만일 당신에게 추궁당한다면, 변명을 생각하지 않으면 안 되겠지요. 그런데 이미 매사를 이론적으로 잘 생각하지는 못해서, 특히 당신 같은 젊은 사람에게 논리적인 설명을 하기는 이제 힘이 듭니다.

다만 헤이키치라는 사람이 혹시 살아 있고, 계속 생활을 해나간다면, 이웃과 교제도 하지 않을 수는 없지요. 깊은 산속에서 혼자 사는 것도 말처럼 간단하지 않고, 식량을 구하러 다니다가는 도리어 소문이 나버립니다. 도인이 이 산에 산다는 식으로 말이죠. 또 결혼을 하지 않고 살면 여러 가지로 불편할지도 모르고, 괜히 눈에 띄지 않기 위해서는 세상 사람들과 똑같이 행동해야 하는데, 그렇지 않으면 부인의 친정에서 이것저것 조사해보겠지요. 좁아터진 일본에서는 실제로 불가능하다고 생각합니다. 죽은 것으로 된 헤이키치가 사람 눈을 피해 몰래 살아간다는 건 말이죠.

아조트를 만들고 바로 자살했을지도 모르지만, 그렇게 되면 뜻밖의 변사체 발견 같은 식으로 화제가 됩니다. 자신의 시체를 완전하게 없애는 방법을 택해서 죽으면 몰라도, 그게 혼자서 되겠습니까. 뒤처리를 해줄 사람이 필요합니다. 묻든지 태우든지 하지 않으면, 결국 발견되니까. 게다가 그렇게 되면 아조트 옆에서 죽지 못할 수도 있고, 저는 막연히 그렇게 생각했습니다."

"역시 그렇군요……. 야스카와 씨에게도 그런 말씀을 하셨습니까?"

"했습니다."

"야스카와 씨는 뭐라고 하시던가요?"

"아니, 그 사람은 덮어놓고 전혀 믿지 않았습니다. 약간 광신적인 면이 있어서 헤이키치가 살아 있다고 믿어 의심치 않았습니다."

"아조트는……."

"아조트도 만들어져서, 일본 어딘가에 반드시 있을 거라고 했지요."

"어디라고는 말하지 않았습니까?"

그러자 요시다는 소리 높여 웃었다.

"아하하하, 말했어요."

"어딥니까?"

"메이지무라에 있다고 하던데."

"메이지무라?"

"모르십니까?"

"아, 이름만 들어봤습니다."

"메이테쓰[66]가 나고야의 이누야마에 만든 마을입니다. 우연이 네요, 조금 전에 메이지무라에 갔다가 돌아왔거든요."

"네? 그렇군요, 그건……. 그래서 메이지무라 어디? 어딘가에 묻혀 있다는 겁니까?"

"아니, 메이지무라에 우지야마다 우체국이 있어요. 내부가 작은 박물관인데, 우편의 역사를 한눈에 알 수 있는 파노라마로 되어 있습니다. 자주 있지요? 에도 시대 파발꾼 마네킹, 옆에는 메이지 시대의 우체통, 그 옆에는 다이쇼 시대의 우편배달부가 있는 식으로."

"아, 있지요."

"그 파노라마 안쪽 구석에 여자 인형이 하나 있는데, 그게 아조 트라는 겁니다."

66) 나고야 철도 주식회사의 약칭.

"아……, 그런데 왜 그런 곳입니까? 만들어서 반입한 사람은 알고 있지 않습니까?"

"아니, 그게 말이죠, 소소한 미스터리 같습니다. 만든 사람이야 잘 압니다, 제가 만들었으니까.

그 인형들은 나고야의 오와리 마네킹과 함께 제가 의뢰를 받아 만들었습니다. 저는 나고야와 교토를 오갔고, 나고야 쪽에서도 교토에 있는 제 아틀리에에 오가면서 서로 만든 인형을 각각 메이지무라에 가져가서 전시했는데, 오픈할 때 가보니 하나가 늘어났기에 오와리 마네킹 사람들에게 물어봐도 모른다는 겁니다. 좀 놀랐지요.

애당초 여자 인형은 만들지 않았습니다. 우체국 역사에 여자는 필요 없었으니까요. 그래도 그 상태로는 쓸쓸할 거라며 메이지무라 관계자가 놔뒀겠지 했는데, 그것도 약간 미스터리인 데다 좀 으스스하게도 너무 잘 만든 인형이라서, 야스카와 군이 그렇게 말하는 것도 무리는 아니었죠."

"아, 그렇습니까……, 이번에 가신 것은 그 인형 때문에?"

"아니, 그건 별 상관 없습니다. 메이지무라에 친구가 있습니다. 예전에 인형 제작을 취미로 하던 시절의 동료입니다. 그것과는 별개로 메이지무라가 마음에 들었고요. 그래서 이 나이가 되어서도 버스와 전철을 갈아타고 자주 갑니다. 그곳에 가면 마음이 편해서.

저는 도쿄에서 어린 시절을 보냈기 때문에, 도쿄 역 파출소나

신바시 철도 공장 같은 것도 모두 기억합니다. 옛날 생각이 나게 잘 만들었어요. 스미다가와 강 다리도 데이코쿠 호텔도.

휴일을 피하면 사람도 적고, 그곳을 걸으면 마음이 편합니다. 거기서 일하는 친구가 부러울 정도지요. 내 나이쯤 되면 도쿄 같은 곳은 힘들고, 교토, 그것도 이런 변두리가 좋지요. 메이지무라 같은 곳도 좋고."

"메이지무라가 그렇게 좋은 곳입니까?"

"저는 좋습니다. 당신네 젊은이들은 어떨지 모르지만."

"아까 하던 이야기로 돌아가면, 요시다 씨는 야스카와 씨의 말이나 생각을 어떻게 보십니까? 가능성을 인정하지 않으시는 겁니까?"

그러자 요시다 슈사이는 또다시 살짝 웃었다.

"미친 사람의 망상입니다. 적어도 진지하게 받아들일 것은 아니죠."

"야스카와 씨는 요시다 씨가 교토로 이사를 왔기 때문에 따라서 옮겨 왔다더군요?"

"음……, 그런가요?"

"상당히 가깝게 교제를 하셨지요?"

"자주 왔어요, 여기도, 아틀리에 쪽도. 돌아가신 분을 안 좋게 말하면 안 되지만 돌아가시기 전에는 상당히 이상해져 있었으니까…….

그 사람은 우메자와가의 점성술 살인에 홀린, 이른바 마니아이자 희생자라고 할 수 있습니다. 일본 전국에는 그 사람 말고도 그런 사람들이 많지만 사건의 진상을 밝히는 것이 하늘이 내린 사명이라 믿어 의심치 않는 것 같았습니다. 약간 친해지면 이 사람 저 사람 할 것 없이 그 일을 이야기하며 논쟁을 하는 겁니다. 그 정도면 이미 병이지요.

그는 주머니에 작은 싸구려 위스키병을 넣고 다니지 않은 적이 없습니다. 나이도 들었으니 끊으라고 몇 번이나 말했는데, 신통하게 담배는 피우지 않았던 것 같아요. 그 작은 병을 홀짝홀짝 들이켜면서 우리 집에 모인 사람들에게 항상 그 이야기를 해서 다들 야스카와 군이 오면 돌아가 버렸습니다.

죽기 얼마 전에는 저도 호의적이지 않아서 잘 오지 않게 됐어요. 그래도 가끔은 왔는데, 대체로 그때는 재미있는 꿈을 꾼 다음 날로, 집에 오면 꿈 이야기를 자세하게 하는 겁니다. 언제나 끝에는 꿈인지 현실인지 알 수 없는 이야기가 되었지만요.

그리고 결국 꿈에서 계시를 받았는지 어떤지 모르겠지만, 제 동료 중 하나를 헤이키치라고 하는 겁니다. 너무 단정적이라서 그가 와 있을 때면 항상 무릎을 꿇고 절하듯 몸을 숙이고, 오랜만입니다 이런 말을 하더군요. 그 친구는 눈썹 한쪽에 화상 자국이 있는데, 그것도 헤이키치라는 강력한 증거라고 했습니다."

"어째서 화상 자국이 헤이키치라는 증거가 됩니까?"

"글쎄, 그건 모르겠습니다. 자기만 아는 이유가 있겠지요."

"그분과 요시다 씨는 아직도 교제하고 계십니까?"

"네. 가장 친한 친구입니다. 아까 말한 메이지무라에서 일하는 친구가 바로 그 사람입니다."

"성함이 어떻게 되십니까?"

"우메다 하치로(梅田八郎)라고 합니다."

"우메다?"

"아, 야스카와 군도 그렇게 말했는데, 우메자와 헤이키치와 '우메(梅)' 자가 같다고 헤이키치라는 증거가 되지는 않습니다. 오사카에서는 역에도 우메다가 있을 정도이니까, 간사이 지방에선 드문 성씨가 아닙니다."

하지만, 하고 나는 생각했다. 그때 영감을 느낀 것은 우메다가 아니라 이름인 하치(八)로 쪽이었다. 점성술 살인으로 살해당한 사람은 헤이키치, 아니 헤이키치와 닮은 남자와 여섯 명의 딸, 그리고 가즈에, 모두 여덟 명이 아니었나?

"우메다 군은 도쿄에 산 적은 없을 겁니다. 게다가 나이도 저보다 몇 살 어리고, 헤이키치라 하기엔 아무튼 너무 젊습니다."

"메이지무라에서 어떤 일을 하고 계십니까?"

"교토 시치조 순사 파출소라는 건물이 있습니다. 메이지 시대의 건물인데 거기서 영국인처럼 수염을 기르고 양검(洋劍)을 찬 메이지 순사 차림으로 하루 종일 서 있습니다."

그때 나는 일단 가봐야겠다고 생각했다. 요시다는 내 의중을 꿰뚫어본 듯 말했다.

"메이지무라에 가는 것은 당신 마음이지만, 우메다 군은 절대로 헤이키치가 아닙니다. 나이도 그렇고, 야스카와 군은 자신이 도쿄에서 만났던 젊은 시절의 헤이키치와 우메다 군이 닮았다고 생각했나 봅니다. 그사이 시간의 흐름을 완전히 잊어버리고 말이지요.

게다가 헤이키치라는 사람은 내향적이고 어두운 성격이었는데, 우메다 군은 익살스럽고 쾌활한 남자이고 사람을 웃기는 게 인생의 낙인 타입이니까. 그리고 헤이키치는 왼손잡이였지요. 우메다는 그렇지 않아요, 오른손잡이입니다."

나는 정중히 감사의 말을 하고 요시다 씨 댁을 나왔다. 부인이 배웅을 나와서 멀리 안 나가겠습니다, 라며 정중히 고개를 숙였다.

요시다는 게다를 끌고 큰길까지 나왔다. 메이지무라에 가려면 요즘은 여름철 영업이라 폐관은 저녁 5시인데 교토나 오사카에서 가는 사람은 오후 3시, 4시에 도착하는 바람에 자주 실패한다, 아침 10시부터 여니까 유의하는 편이 좋다, 메이지무라를 전부 보려면 넉넉잡아 2시간은 걸린다며 알려주었다.

나는 고개를 깊이 숙이고는 버스 정류장으로 향했다. 해는 떨어졌고 자동차의 노란색 차폭등이 눈에 띄었다. 10일 화요일도 저물어가고 있었다. 앞으로 겨우 이틀 남았다.

니시쿄고쿠의 아파트로 돌아오니 에모토는 이미 돌아와서 멍하니 레코드를 듣고 있었다. 나도 옆에 앉아서 오늘 있었던 일 등을 잡담하듯 이야기했다.

"미타라이는? 어떻게 됐습니까?"

나는 물었다.

"아까 밖에서 만났습니다."

에모토가 말했다.

"어떻던가요?"

바로 물어보았다.

"그게……."

그가 머뭇거렸다.

"엄청난 눈초리로 저를 쳐다보면서, 꼭 찾아서 보여주겠다고 말하고 어디론가 사라졌습니다."

조금 암담한 기분이 들었다. 그리고 노력해야겠다고 결심했다. 지금까지의 경과를 좀 더 자세히 이야기하고 메이지무라로 가고 싶으니 내일 차를 빌려줄 수 있는지 에모토에게 물었다. 여기서는 교토 인터체인지에서 메이신 고속도로를 타고 고마키 인터체인지로 내려가서 북쪽으로 올라가면 메이지무라다. 시간은 별로 걸리지 않을 것이다. 에모토는 흔쾌히 승낙했다.

내일은 6시에 일어나서 출발하려고 마음먹었다. 피곤하니 일찍 잠들 수 있을 것이다. 교토의 도로 사정은 잘 모르지만 도쿄에서 7시가 지나면 출근길 정체가 시작된다. 교토도 비슷하다고 해도, 6시쯤 나가면 틀림없이 도로는 원활할 것이다.

미타라이와 이야기를 나눌 기회가 없지만 어쩔 수 없다. 그는 자기 나름대로 일을 할 것이고, 내일 그가 일어날 때를 기다리면 도로 정체가 시작된다. 이야기는 돌아와서 해도 되겠지.

나는 옆에 미타라이의 잠자리도 펴두고 얼른 이불을 뒤집어 썼다.

6

긴장했던 탓인지 다음 날 아침에는 새벽이 겨우 밝아오는 시간에 자연스럽게 눈이 떠졌다. 눈앞 맹장지에 노란 아침 햇살이 비치고 있다.

꿈을 꾼 것 같았다. 그러나 도무지 내용이 생각나지 않았다. 느낌만 기억하고 있었다.

좋은 꿈은 아니었다. 그러나 나쁜, 고통스러운 꿈도 아니었다. 생각해내려니 답답했다. 슬프고 약간 괴로운 느낌도 있었지만 심각한 것은 아니다. 꿈은 느낌만을 남긴다.

옆에서 미타라이가 자고 있었다. 내가 천천히 일어났을 때 괴로운 듯 신음을 냈다.

계단을 내려와 아침 공기 속으로 나간다. 숨을 내쉬니 하얗다. 몸도 머리도 아직 충분히 깨지 않은 듯하지만, 오히려 그것이 상쾌하다. 8시간 가까이 잤을 것이다. 수면 시간은 충분하다.

메이신 고속도로는 생각대로 잘 뚫렸다. 2시간쯤 달렸을 때,

추월선으로 나와 버스를 앞질러 주행선으로 돌아오려고 왼쪽을 보았다. 밭에 커다란 간판이 세워져 있었다. 냉장고 광고였는데, 웃고 있는 여자아이의 머리카락이 바람에 옆으로 흩날리고 있었다. 그 순간 나는 오늘 아침 꾼 꿈이 생각났다.

바다 밑이었을 것이다. 냉장고 광고처럼 머리가 긴 여자의 나신이 푸른 광선 속에서 흔들거리고 있었다. 새하얀 피부의 유방 아래쪽과 배, 그리고 무릎 근처에 실을 꽁꽁 감은 듯이 오목한 부분이 있었다.

눈을 떠 나를 보는 것 같았는데, 다음 순간 얼굴에 아무것도 없었던 것 같은 느낌도 들었다. 입술은 아무 말도 하지 않았지만, 이윽고 손짓으로 부르는 시늉을 하며 어두운 바다 밑으로 가라앉아 버렸다. 지금에야말로 뚜렷이 생각이 났다. 아름다운 듯 무서운 이상한 꿈이었다.

지금 당신이 가는 곳에 내가 있다는 꿈의 계시일지도 모른다, 그렇게 생각하니 나는 몸속부터 서늘해졌다. 야스카와 다미오나, 동해에 몸을 던진 마니아의 에피소드도 떠올랐다. 드디어 나도 그런 사람들의 경지에까지 도달해버렸나, 하고 생각하니 소름이 돋는 것 같았다.

아침 일찍 나왔지만 메이지무라의 주차장에 들어가니 벌써 11시였다. 교토에서 5시간 가까이 걸렸다. 고마키 인터체인지를 내려갔을 때 정체가 시작되었기 때문이다.

주차장을 나오면 바로 메이지무라의 입구가 있는 것은 아니었다. 어쨌든 여기서 다시 메이지무라행 전용 버스를 타야 하는 것 같았다.

버스가 출발하고 계속 언덕길을 올라가서 다소 의외였다. 길이 별로 넓지 않아서 길옆으로 튀어나온 나뭇가지가 창을 스쳤다. 때로는 유리창을 때렸다. 그리고 스쳐간 가지의 건너편에 푸른 수면이 보였다.

호수라고 할 정도로 크지는 않은 그 연못은 메이지무라를 걷는 동안에도 여기저기서 내려다볼 수 있었다. 메이지무라의 이루카이케 연못이 바로 발밑으로 보이는 곳이었다.

걸어 들어가 보니 천장이 없는 박물관 같았다. 시간이 일러서 일단 순서대로 걸어가 보기로 했다.

100년 전에 만들어진 일본 거리를 걷는데 미국 시골에 있는 기분이 드는 것은 신기한 일이다. 유럽이나 미국의 집 구조는 지금도 100년 전과 기본적으로 변함이 없는데, 일본의 경우는 완전히 변했다고 해야 할 것이다.

지금 베이커가에 사는 영국인은 홈스와 별다를 것 없는 집에 살고, 비슷한 가구에 둘러싸여 있다. 그러나 일본인의 경우는 그렇지 않다. 일본인의 생활양식은 메이지 이후 눈이 핑 돌 정도로 바뀌었다. 전통이 태어날 짬도 없다. 100년 전의 이것도 원래 일본 것은 아니었다.

그렇다면 현재의 선택은 정말 올바른 것일까? 모르타르 벽과 블록담, 가능한 한 재미를 없앤 창문, 일본인은 평생을 비석 색깔 속에서 보낼 결심을 굳힌 모양이다.

메이지 사람들의 직접적인 모방은 문제가 있었다. 고온 다습한 일본에서는 서양식의 프라이버시를 중시한 건물은 결국 맞지 않았다. 그러나 지금은 에어컨이 보급되어 일본인의 집은 다시 서양식으로 돌아가고 있다.

일본인의 집 구조, 거리 구조는 시대에 뒤떨어졌다. 이곳을 걷다 보니 무척 기분이 좋았는데, 일본 길거리와 전혀 다르다고 느끼는 가장 큰 이유는 블록담이 없는 것이다. 일본인은 풍요로워졌다. 모든 가정이 냉난방 설비를 갖추고 집이 다시 이런 식으로 돌아간다면 슬슬 블록담을 없애버릴 때가 온 게 아닐까? 메이지 무라를 걸으며 나는 그런 생각을 했다.

오이 쇠고기 전문점, 성 요하네 교회를 지나니 모리 오가이[67], 나쓰메 소세키의 집으로 소개된 일본 가옥의 툇마루가 나왔다. 팻말에 따르면 이 집에서 〈나는 고양이로소이다〉를 썼다고 한다.

앞을 걷던 네댓 명 중 한 사람이 툇마루에 걸터앉아 안쪽을 향해 "어이, 고양이, 고양이" 하고 큰소리로 부르고 있었다. 이럴 때 떠오르는 농담은 대체로 그 정도일 것이다. 미타라이가 여기에

---

67) 일본의 소설가. 나쓰메 소세키와 함께 제2차 세계대전 이후 일본의 문호로 불림.

있었다면 역시 비슷한 말을 하지 않았을까. 이 집에서 하루 종일 낮잠이라도 자고 있으면, 찾아오는 사람들마다 연달아 똑같은 농담을 하는 것을 들었을 것이다.

그러나 내가 그때 생각한 것은 고양이보다, 〈풀베개〉의 유명한 구절이었다.

이지(理智)로 움직이면 모가 난다. 감정에 치우치면 휩쓸
린다. 아무튼 사람 세상은 살기 힘들다.

이지로 움직여 모가 난 전형이 미타라이일 것이다. 지구상에서 그만큼 이 말에 적합한 인간은 좀처럼 없을 것이다.

반대로 감정에만 치우쳐 그저 휩쓸리는 나약한 인간이 나다. 그리고 나도 미타라이도 아직 돈이 없어서 끙끙거리고 있으니, 확실히 이런 두 종류의 인간이 살기 힘든 것임에 틀림없다.

그리고 분지로도 감정에 휩쓸리는 것밖에 몰랐던 사람이다. 그 수기를 읽으니 남 일 같지 않았다. 내가 그의 입장이었더라도 결과가 전혀 다르지 않았을 것이다. 그 사람에게 세상은 그저 살기 힘들다고 말할 수 있는 간단한 것이 아니었다.

나쓰메의 집을 지나 돌계단을 내려가니 마침 하얀 고양이가 눈앞을 가로질러 가기에 웃어버렸다. 그렇다면 아까 그것은 딱히 농담이 아닐지도 모른다. 여기에 고양이를 데려온 메이지무라의 누군가는 농담을 아는 듯하다.

고양이는 정말 사는 게 편해 보였다. 거리에 차가 다니지 않기 때문이다. 과연 이런 점도 메이지무라답다고 나는 생각했다.

돌계단을 다 내려오니 광장이 나왔다. 낡은 시덴[68]이 비틀비틀 달려갔다. 젊은 아가씨들의 환성이 들려와서 그쪽을 보니, 금실 장식이 들어간 호화로운 검은 바지를 입은 아저씨가 턱[69]을 발라서 모양을 낸 듯한 영국인 수염을 다듬으면서, 여자아이들에게 둘러싸여 사진을 찍는 참이었다. 허리에는 번쩍이는 양검을 차고 있었다.

사진사가 종종걸음으로 오가며 두 명, 세 명 부르며 교대를 지시하는데, 대체 어떤 이유인지 그때마다 새된 환성이 터져 나왔다. 그러나 금실 바지를 입은 남자는 정말 참을성 있게 서 있었다.

아무래도 그가 우메다 하치로인 것 같았다. 촬영 시간이 좀 걸릴 것 같아서, 나는 먼저 한 바퀴 돌고 오기로 했다. 사실 그보다는 어서 빨리 우지야마다 우체국을 보고 싶었다.

이곳도 관광명소이지만 아직 잘 알려지지 않은 탓인지 사람들로 들끓지는 않았다. 그래서 그런지 이곳에 근무하는 노인들이(어쩐된 일인지 젊은 사람은 거의 없었다) 아주 친절했고 활기차게 일하고 있었다. 아니면 활기차게 일하고 있기 때문에 친절한 것일까.

---

68) 시영 노면전차.
69) 1900년대 초반부터 프랑스에서 수입한 머릿기름.

교토 시덴에 탔을 때 운전사 노인이 내 표를 검표한 후 메이지무라 스탬프를 굳이 찍어주고는 기념입니다, 라고 말하며 쥐여 주었다. 도쿄 생활을 오래 한 나는 전철 승무원이라고 하면 만원일 때 등짝을 걷어차는 사람이라는 이미지가 강해서 깜짝 놀랐다.

그러나 차장 노인이 더 대단했다. 전차가 움직이기 시작하자 기다렸다는 듯이, "오른쪽에 보이는 것이 시나가와 등대, 좌측이 고다 로한[70]의 자택입니다"라며 유창하게 안내를 시작했다. 게다가 그 목소리는 무척 깊은 맛이 있었다. 목이 완전히 쉬었지만, 차내에 낭랑하게 울려 퍼졌다. 틀림없이 이 사람은 전에 야담가였을 것이다. 목소리에 자신감이 넘치는 것이 느껴졌다.

다만 안타까웠던 것은 매너가 별로 좋지 않은 중년 부인들이 노인의 안내에 맞추어 차내를 물소 떼처럼 뛰어다녀서 그때마다 노쇠한 귀중한 전차는 성냥갑처럼 흔들렸다.

차장 노인에게 놀란 것은 목소리뿐만이 아니었다. 전차가 반환점에 도착했을 때였다. 그때까지 차분해 보이던 노인이 달아나는 토끼처럼 전차에서 뛰어내렸으므로, 나는 무슨 일인가 하고 창문에 얼굴을 대고 눈으로 그 행방을 좇았다.

팬터그래프[71]에서 로프가 하나 늘어져 있었다. 작은 체구의 노

---

70) 메이지 시대의 소설가.《오층탑》등의 작품이 있음.
71) 전차나 전기기관차의 지붕에 장치한 집전장치.

인은 여기에 온몸으로 매달렸다. 체중을 이용해 팬터그래프를 끌어 내리더니 바로 로프를 잡고 전차 옆으로 호를 그리며 후다닥 달려 팬터그래프를 앞으로 가지고 가서 손을 놓았다. 그는 팬터그래프의 방향을 바꾸었던 것이다. 그리고 서둘러 다시 올라탔고, 전차는 차장의 정열에 어울리지 않는 느릿느릿한 속도로 달리기 시작했다.

도쿄에서처럼 과밀한 시간표로 운전하는 것도 아니다. 좀 늦어도 불평할 사람도 없는데(애당초 시간표 같은 게 있을까), 그가 보여주는 정열적인 행동은 도저히 노인의 것이라고 할 수 없었다. 나는 마음속 깊이 감탄했다.

그러나 걱정스러운 생각도 들었다. 노인의 가족이 보면 더 그럴 것이다. 저러면 신경통도 싹 가셔서 밤에 꿈도 안 꾸고 숙면할지도 모르지만, 업무 중에 뚝하고 뼈가 부러지면 어떻게 하나. 딱히 그렇게까지 노력할 필요는 없는 게 아닐까.

그래도 그 자체만으로도 훌륭하다고 생각을 고쳐먹었다. 은퇴한 노인이 되어 자식이나 손주에게 폐를 끼치다가 죽기보다, 팬터그래프의 끈을 잡고 죽는다면 그야말로 남자의 꿈이다. 요시다가 부럽다고 한 이유가 이런 건가 하고, 나는 혼자 고개를 끄덕였다.

전차를 내려서 철도청 신바시 공장과 공부성 시나가와 유리제조소를 걸어서 돌아가니, 가는 길에 검은 상자가 세워져 있었다. 아무래도 우체통 같았다. 저거다! 하고 속으로 소리를 질렀다. 저기 있다, 우지야마다 우체국이다. 나는 달려가고 싶은 기분을 꾹 참았다.

두세 단 정도의 정면 돌계단을 뛰어올라, 기름이 스며든 듯한 갈색 마루를 걸어 들어갔다. 심장이 두근거렸다.

어찌된 일인지 그곳에는 구경꾼 하나 없이, 높은 창문에서 오후의 햇빛이 바닥으로 떨어져 먼지가 떠다니는 것이 보였다.

파발꾼 마네킹이 눈에 들어왔다. 그리고 메이지 시대 제1호 우체통을 비롯해 우체통 몇 개가 늘어서 있었다. 마지막의 붉은 원주형은 본 적이 있다. 그리고 그 옆에는 메이지 우체부, 그리고 다이쇼, 쇼와의 우체부……. 아조트는? 나는 초조하게 눈으로 좇았다.

있다! 한낮의 햇빛이 양달을 만든 건너편. 바깥 태양에 익숙해진 눈에는 침침해 보이는 방구석에, 여자 인형이 기모노를 입고 직모 머리카락을 뺨까지 늘어뜨린 채 조용히 서 있었다.

이것이 아조트?

나는 어둠이 지닌 흉악함에 떠는 아이처럼 쭈뼛쭈뼛 그녀에게 다가갔다.

붉은 기모노다. 손은 똑바로 내리고 아무런 자세도 취하고 있지 않았다. 머리카락과 어깨에 살짝 먼지가 쌓여 있는 것이 40년이라는 시간을 보여주는 듯해서 어쩐지 으스스했다. 그리고 머리카락 바로 밑에 빠끔히 뚫린 구멍 같은 유리 눈동자로, 그녀는 나를 멍하니 응시했다. 꿈과는 전혀 다른 여자였다.

언제인지 모를 아득한 어린 시절에 본 해양 영화에서, 심해에 수중등의 빛이 뻗어 가는 가운데, 불쑥 나타나 나를 놀라게 한 상어의 눈이 떠올랐다.

대낮인데도 이 넓은 마을에 나 하나밖에 없는 듯한 착각에 빠졌다. 나는 지금, 혼자서 이 인형(으로 보이는 것)과 대치하고 있다. 압도적인 고요가 곧 같은 양의 공포로 변해갈 것이 틀림없다는 예감이 들었다.

나는 힘껏 용기를 냈다. 차단봉에 기대어 몸을 움직였다. 겨우 얼굴만 내밀어졌다. 몸이 뻣뻣하게 굳은 것을 느꼈고, 그것은 이 물체가 꿈틀하고 움직일 때를 대비한 경계 태세라는 것을 깨닫고 놀랐다.

가까이 갈 수 있는 한 최대로 얼굴을 들이밀었다. 그래도 그녀와 나는 내 키 정도 되는 거리를 두고 있었다. 이 거리에서는 햇빛 때문인지 눈 주변에 작은 주름이 있는 것처럼 보였다. 그런데 눈은 분명히 유리다. 손은? 인간의 손이 아니다. 여기에서는 잘 보이지 않지만, 저것은 아니다. 손은 인형의 것이다. 그런데 얼굴은?

얼굴은 어떻게 된 것인가. 저 미묘한 잔주름은?

여기서는 잘 보이지 않는다. 나는 입구를 돌아다보았다. 아무도 없다. 좋아, 차단봉을 뛰어 넘자며 다리에 힘을 주려던 순간, 철커덩 하고 심장이 오그라들 듯한 소리가 나더니 여자 청소부가 들어왔다. 손에 빗자루와 긴 자루가 달린 쓰레받기를 들고 있었다. 금속제 상자 모양 쓰레받기가 절그럭절그럭하고 과장된 소리를 냈다.

그녀는 재빨리 마루 청소를 시작했다. 담배꽁초나 작은 돌을 쓸어 모아 바닥에 작은 산을 만든 뒤 그 앞에 쓰레받기를 거칠게 놓고 안으로 쓸어 담았다.

어쩔 수 없이 나는 건물을 나왔다. 물론 나중에 다시 갈 작정이었지만, 일단은 비탈길을 터벅터벅 내려갔다.

왼쪽에 카페풍의 매점이 보였다. 문득 배가 무척 고파왔다. 메이지무라에는 식당이나 카페가 전혀 없다. 정문 앞에 한 군데 있는데, 가려면 메이지무라 밖으로 나가야 한다. 나는 빵과 우유를 사서 요시다가 말했던 데이코쿠 호텔 중앙 현관이 보이는 벤치에 걸터앉아 먹었다. 벤치는 그가 말했던 스미다가와 강의 신오하시 다리 옆에 있었다.

그 주변은 메이지무라의 제일 안쪽이라서, 여기까지 오면 다시 되돌아가는 길밖에 없었다. 앞에는 연못이 있고 덴도메가네바시라는 다리가 있었다. 물 위에는 백조도 떠 있었다. 그 물은 조금씩 이루카이케 연못을 향해 흘러 내려갔다. 제법 마음이 편해지는 곳이었다. 널찍한 주위를 둘러보니 사람은 없었다. 나무들 위로 연기가 다가온다고 생각했더니 기차였다. 3량뿐인 객차를 달고 있었다. 멀리 높은 곳에 있는 육교 위로 갑자기 기차가 모습을 드러냈다.

상식적으로 생각하면 저 인형이 아조트일 가능성은 없다. 40

년이나 옛날의, 그것도 살아 있는 인간이었던 것이 이런 곳에 장식되어 있다니. 많은 사람의 눈을 거쳐 확인 후에 반입된 인형이다. 사람들이 아조트 같은 것을 반입 허가했을 거라고 생각하는 것 자체가 상식에 어긋난다.

그렇다면 저 인형이 어디에서 반입되었는지, 어디서, 누구에 의해 만들어졌고, 어떠한 루트로 들여왔는지를 확인한 후 부정해야 할 것이 아닌가. 그런 것들이 모두 확실하고, 반입할 때 다른 것으로 바뀌었을 가능성이 전혀 없다면, 저 인형은 단호하게 잊어야 한다. 계속 저 인형에 집착하는 것은 그저 시간 낭비일 뿐이다.

나는 일어나서 다음 건물은 대충 보고, 다시 우지야마다 우체국으로 되돌아갔다. 청소부가 없으면 차단봉을 뛰어넘을 생각이었다.

그런데 다시 들어가니 맥이 풀렸다. 구경꾼이 몇 명 있었고, 이쪽으로 오는 사람들이 보였다. 이래서는 도저히 무리다.

나는 다시 한번 방 한가운데까지 가서 그 인형을 보았다. 그녀는 몇 명의 구경꾼 어깨 너머로 분명히 나만을 가만히 바라보고 있었다.

나는 우체국을 나와 한눈도 팔지 않고 교토 시치조 파출소로 서둘러 갔다. 순사 파출소 앞 광장에 가니 우메다가 빗자루로 돌계단 위를 쓸고 있었다. 여자아이들 일행이 지나가며 안녕히 계세요, 라고 말했다. 그도 안녕히 가세요, 라고 대답하며 가볍게 경례를 했다. 그 모습은 상당히 판에 박힌 진짜 순사 같았다(생각해보면 나는 진짜 순사가 경례하는 장면을 본 적이 없다).

가까이 가 보니 의외로 온화해 보이는 이목구비에 말 걸기 편한 인상이었다. 그래서 나는 부담 없이 말을 걸 수가 있었다.

"우메다 하치로 씨 되십니까?"

"네, 그렇습니다."

이름을 불리고도 전혀 놀라지 않는 것을 보면 상당히 유명한 것 같다.

"실은 요시다 씨에게 물어서 찾아왔습니다만, 저는 이시오카라고 합니다. 도쿄에서 왔습니다."

우메다는 요시다의 이름을 듣고 나서야 비로소 의외라는 표정을 지었다. 나는 세 번째이기 때문에 이미 익숙해졌는지, 같은 말을 반복하는 세일즈맨처럼 가토와 요시다에게 한 이야기를 또했다.

그는 빗자루를 양손에 쥔 채, 화려한 복장으로 때때로 맞장구를 치면서 이야기를 들어주었고, 이야기가 끝나자 순사 파출소로 나를 초대해주었다.

내게 의자를 권하고 자신은 바퀴 달린 회색 사무실 의자를 끌고 와서 앉은 후 우메다는 말했다.

"그렇군요, 그런 사람이 있었지요. 야스카와라는 애주가 할아버지, 기억합니다. 그 사람 이미 죽었겠지요. 여기로 왔으면 오래 살았을 텐데 안타까운 일입니다. 여기는 공기도 좋고 한가로우니까요. 음식도 맛있고. 점심 때 술을 마시면 안 되는 것만 빼면 완전히 천국입니다.

이 차림도 제법 멋지지 않습니까? 어릴 때 동경했어요. 양검을 찰 수 있다면 선전판을 거는 거든 뭐든 상관없다고 생각했는데, 뜻밖에 이쪽에서 제안이 왔어요. 이것 외에도 전차 운전사, 차장, 뭐든 할 수 있었는데, 빌다시피 사정사정해서 순사를 하게 됐습니다."

이야기를 들으면서 나는 실망을 금하지 못했다. 우메다라는 사람은 지적인 인상과는 상당히 거리가 멀었다. 연기로도 보이지 않았다. 이것이 천성인 것 같다. 이 정도 지성을 가진 사람이, 아니, 이 말이 실례라면, 이렇게 선량한 사람이 피비린내 나는 일련의 사건을 계획하고 냉철하게 실행했다고는 믿기지 않는다. 게다가 이 사람은 젊다. 예순도 되지 않은 것 같다. 어쩌면 살기 좋은 환경이 그를 젊어 보이게 하는지도 모른다.

나는 우메자와 헤이키치라는 단어를 한 번 던져보았다.

"우메자와 헤이키치? 오, 오오, 그 애주가가 무슨 눈이 뒤집혔는지, 나를 그 사람이라면서 굽실거렸습니다. 아무리 아니라고 해도 믿지를 않았습니다. 아마 어지간히 닮았나 봅니다, 제가.

근데 그 사람 아주 나쁜 사람 아닙니까? 별로 기쁘지 않습니다, 그런 사람이라는 말을 들어도. 노기 대장[72]이나 메이지 덴노

---

72) 노기 마레스케. 메이지 시대를 대표하는 군인.

와 닮았다고 한다면야 기쁘겠지만요. 와하하하하하!"

"1936년경에는, 벌써 40년도 전이지만 어디에 살고 계셨습니까?"

"그게, 그거죠? 들어봤는데, 아르바이트? 아니, 아니야……, 아르, 아르……."

"네?"

"아르바이인지 아르바이트인지 하는……."

"아, 알리바이요! 아니, 그런 뜻은 아니고 그냥 물어본 겁니다."

"40년 전은 스무 살때죠, 전쟁 전이고……, 시코쿠의 다카마쓰에 있었습니다. 다카마쓰의 술집에서 일을 배웠지요."

"아, 그렇습니까……."

일반인인 내가, 메이지 시대라고는 해도 경찰에게 알리바이를 묻는 것도 기묘한 광경이었다. 그 이상 꼬치꼬치 캐묻는 것은 실례일 것이다.

"다카마쓰 출신이십니까?"

"그렇습니다."

"그런데 오사카 사투리를 쓰시네요."

"네, 오사카에서 오래 살아서 그렇습니다. 군대에 갔다가 돌아온 나 같은 사람은 오사카에서도 제대로 된 일자리를 구할 수 없던 시절이었습니다. 오사카의 술집에 다시 굴러 들어갔는데 그곳도 망해버렸지요. 그 후 여기저기 전전하면서 온갖 일을 다 했습니다. 포장마차에서 라면을 뽑거나 마네킹 인형 가게도 했지요."

"요시다 씨와는 거기서 알게 되셨습니까?"

"아뇨, 아닙니다. 그 사람과 알게 된 것은 훨씬 나중, 비교적 최근이지요. 난바에서 건물 수위를 했던 무렵이었는데. 그래도 벌써 10여 년……, 20년 가까이 전인가……. 그 건물에서 일하던 예술가 선생님이 계셨는데, 인형 조각상 같은 게 작업장에 많이 있어서 이따금 가서 마네킹을 만드는 일을 했던 적도 있습니다. 말하고 보니 그립네요. 교토에 자기 친구가 하는 인형 동호회가 있다며 참가해보는 게 어떤가, 소개장을 써주겠다, 라고 해서 그리로 가봤지요. 그 주재자가 요시다 씨였고.

그 후에는 교토에서 건물 수위를 하면서 요시다 씨 일을 거들었습니다. 그분은 인형 제작이 취미라고 말했지만, 말도 안 됩니다. 인형 제작 솜씨는 두말할 것 없이 일본 최고입니다. 아니, 저만 하는 말이 아니라, 높은 선생님도 그렇게 말씀하셨습니다. 뭐든 잘 하지만, 특히 서양풍 얼굴을 만든다면 일본에서 그분을 따라갈 사람이 없습니다. 확실합니다.

그 사람은 그 시절 내가 알게 된 무렵에 도쿄에서 막 옮겨 왔지요. 그래서 몇 번 도움을 준 적이 있었습니다.

요시다 씨와 친해진 건, 만국박람회 일 때문이었습니다. 둘이서 나잇살이나 먹어서 밤샘 같은 걸 하고, 힘들기는 했지만 좋은 추억입니다……."

야스카와도 그랬지만, 우메다도 이른바 요시다에게 반해서 한때 교토로 이사 와 살았다. 어제 이야기한 요시다 슈사이라는 노인에게는 분명히 그런 매력, 일종의 멋이 있었다.

그렇다고는 해도 이 사람은 상당히 홀가분한 인생을 보내온 것 같았다. 처자식은 없는 걸까.

"처자식은……, 그야 있었지요. 멀고 먼 옛날 일이라 생각해내기도 힘듭니다. 전쟁에서 공습으로 죽었지요. 남편이 동남아에서 살아 돌아왔더라도 고향에 있던 아내가 죽으면 어떻게 할 도리도 없지요.

그때부터 혼자 살았습니다. 이제는 장가갈 생각도 없고, 혼자 있으면 홀가분하고, 게다가 일단 익숙해져 버렸으니. 홀몸이 아니었으면 이런 곳에도 오지 못했겠지요. 지금쯤 시코쿠에서 따분한 영감이 되었을 겁니다."

과연 그럴지도 모르겠다. 그렇지 않을지도 모르지만, 젊은 내가 참견할 말이 없었다.

"요시다 씨가 어제 여기에 오셨지요?"

"오셨습니다. 그분은 자주 오십니다. 이곳이 마음에 든다고 하시며, 한 달에 한 번은 꼭 오십니다. 저도 그분을 만나는 게 즐거워서 한 달 이상 얼굴을 못 볼 때는 제가 찾아갑니다."

대체 요시다라는 사람의 매력은 어디에서 오는 것일까? 접술가라는 직업에서는 아닐 것이다. 예술가라서일까? 그러고 보니 요시다는 어디서 그런 인형 제작 기술을 터득한 것일까? 듣자 하니 우메다와도 그리 오래전부터 아는 사이는 아니었다.

"요시다 씨에 대해서는 잘 모릅니다. 나도 묻지 않지요. 회원에게 물어봐도 잘 모릅니다. 어디 부잣집 아들이라던데, 젊은 시절부터 집과 아틀리에를 갖고 있었다고 하니까. 도쿄 사람이라는 건 확실하고. 그런 건 어찌되든 상관없습니다. 교주 같은 면이 있는데 대단한 사람이지요. 저는 그분을 만나면 안심이 됩니다. 아마 회원들 모두 그럴 겁니다. 뭐든지 잘 알아요. 온갖 경험을 쌓았더군요. 나한테도 그분이 장래 일어날 일을 여러 가지 일러줬습니다. 잘 맞고, 아니 그게 아니라, 아는 겁니다, 그분은 알고 있지요……."

알고 있다, 이 말을 들었을 때 나는 일순 벼락을 맞은 듯한 충격을 느꼈다. 어째서 여태껏 깨닫지 못했을까! 우메다를 의심할 바에는 훨씬 더 수상한 인물이 있지 않나.

비현실적인 매력이 있고 지식도 있고 머리도 예민하고 인형 만드는 기술도 뛰어나고 점을 보는 재능도 있다.

요시다 슈사이―!

그렇게 생각하면 짚이는 구석이 수없이 많다. 예순이 될까 말까 한다지만 보기에 따라서는 여든 이상으로도 보인다. 아니, 무엇보다 머릿속에 번쩍 떠오른 것은 요시다의 말이었다.

"헤이키치는 왼손잡이였지요. 우메다는 그렇지 않아요, 오른손잡이입니다."

헤이키치가 왼손잡이라는 사실은 내가 숙독한 《우메자와가 점성술 살인》에도 나와 있지 않았다. 요시다 슈사이는 어째서 그런 것까지 알고 있을까?

죽었다는 인간이 몰래 살아간다면, 이러저러한 문제가 있다고도 했다. 그 말은 묘하게 생생했는데, 그의 실제 경험이 아닐까?

일본 역사에서 인형이라는 것에 관해 조금 말해주었는데, 그 것은 헤이키치의 노트 뒷부분에 이어 쓰여야 할 내용이 아니었을까?

그리고 야스카와 다미오, 왜 그가 일부러 도쿄에서 교토로 거주지를 옮기면서까지 요시다를 쫓아온 것일까?

그에게 매력을 느꼈다는 것 외에 다른 이유는 없었을까?

나는 생각지도 못하게 흥분해서, 무언가 위를 쥐어짜는 듯한 느낌이 들었다. 심장이 밀려 올라와 목 언저리에서 뛰고 있었다.

그러나 우메다는 내 상태를 전혀 눈치챈 기색 없이 요시다를 찬미하는 말을 줄줄 늘어놓고 있었다. 우메다가 범인일 가능성은 거의 없어졌다고 생각되는 지금, 내가 알아내야 할 것은 우지야마다 우체국의 인형에 대해서였다. 나는 맞장구를 치면서 우메다의 말이 끊어지기를 기다려, 재빨리 그 인형을 화제로 꺼냈다.

"우지야마다 우체국의 인형? 그거야 요시다 씨와 오와리 마네킹이……. 아, 알고 있습니다. 뭐? 딱 하나 아무도 몰랐던 인형이 있다고? 그건 몰랐습니다. 저는 몰랐어요, 처음 들었습니다. 요시다 씨도 모르실까요, 정말인가……, 허어…….

꼭 알고 싶으시면, 입구에 있는 사무소에 가면 됩니다. 거기에 관장님이 계실 겁니다. 무로오카 씨라고 하는데, 그분이라면 알 겁니다."

나는 정중하게 감사의 말을 하고 예상 외로 선량했던 우메다에게 작별 인사를 했다. 신기하게도 한순간 그와 헤어지는 것이 서운했다. 물론 이제 만날 일도 없을 것이다. 그는 이 메이지무라에서 금실 바지에 양검을 찬 순사로 일생을 마치는 것에 조금의 후회도 없어 보였다.

사무소에서 무로오카 관장을 만나고 싶다고 하니, 관장실로 들여보내 주었다. 명함을 받았지만 나는 내밀 명함이 없어서 어색했다. 명함도 없이 취재도 아니고 인형을 만드는 취미가 있는 사람도 아닌 내가, 관장에게는 이상한 면회인이었을 것이다.

나는 요시다가 소소한 미스터리라 평했던 그 인형에 관해 그가 말한 대로 다시 한번 설명하고는 어떻게 된 일이냐고 물어보았다.

관장은 소리를 높여 웃고 나서 "그건 별 대단한 일도 아닙니다"라고 말했다.

"전시를 해보니 허전하다고 같이 보고 있던 남자에게 말했더니, 그 사람이 메이테쓰 직원인데, 자기네 계열 백화점에 남는 마네킹이 있으니 다음 날 가져오겠다고 한 겁니다."

나는 물어보는 김에 그 사람의 이름과 어디로 가면 만날 수 있는지 물었다. 그곳은 나고야 역 근처였는데 근무처이므로 지금 바로 가도 만나기는 힘들다고 했다. 내가 메이지무라를 나왔을 때가 마침 폐관 시각이었다.

차로 메이신 고속도로를 향하며 생각했다. 메이테쓰 직원은 스기시타라고 했다. 오늘 밤 이 근처에서 묵고 내일 아침에라도 스기시타를 만날까? 내일은 마지막 날, 즉 12일 목요일이었다. 마지막 날 아침에 미타라이와 만나지 않는다니 아무리 생각해도 아닌 것 같았다.

생각해보면 미타라이와는 7일 토요일에 한큐 전철에서 헤어진 이후로, 매일 밤 1미터 거리에서 자는데도 제대로 이야기도 하지 못했다. 서로 파악한 정보를 공유하는 것은 역시 필요하다. 내일 같은 중요한 날에 반나절 정도라도 홀로 나고야를 헤매고 다니는 것은 좋지 않다.

고마키 인터체인지가 보였다. 나는 주저 없이 고속도로 입구 대열에 합류했다. 역시 스기시타를 만나는 것은 포기하는 편이 좋겠다. 그에게서 그렇게 재미있는 이야기를 들을 수 있을 것 같지도 않았다. 어차피 무로오카 관장의 말과 비슷할 것이 뻔하다.

그리고 요시다 슈사이, 그 사람이야말로 마지막 하루를 써서 부닥처 봐야 할 도박에 가장 부족함이 없는 상대라는 생각이 들었다. 그쪽이 우선이다. 요시다는 내면의 숨겨진 무언가를 느끼게 하는 인물이다. 정말 수상하다. 적어도 뭔가 있을 것 같다.

길이 완만하게 구부러지면서 고속도로에 접어들었다. 나는 추월선에 합류하지 않고 주행선을 탄 트럭 뒤쪽에 붙은 채 생각을 계속했다.

나는 아까부터 뭔가를 생각하고 있었다. 요시다와 대화하면서 그가 범인이 아니면 알 수 없을 어떤 한마디를 무심코 입에 올리게 할 좋은 방법은 없을까, 라는 것이다. 요시다가 실언으로, 그자신이 범인이었다는 것을 증명하는 어떤 것, 나중에 어떤 말을 하더라도 수습할 수 없는 실언으로 그를 몰아붙일 좋은 책략은 없을까?

헤이키치 살해는 자신의 존재를 없앤 속임수이다. 만일 요시다가 헤이키치라면 사건의 최후도 그런 속임수로 끝을 맺이하는 것이 적당하다. 트릭을 이용한 완벽하고도 산뜻한 마무리, 그것을 위해 무엇을 준비하면 될까? 혹시 미타라이가 만에 하나 별다른 진전이 없으면 같이 생각해도 될 것이다. 그 녀석은 연극 같은 걸 잘 하니까 좋은 아이디어를 내놓을지도 모른다.

그가 안 한다고 해도, 나는 혼자서 할 작정이었다. 만일 요시다가 범인으로 판명된다면 우지야마다 우체국의 인형이야 나중에 얼마든지 조사할 수 있다.

그러고 보니 오늘 메이지무라에 간 것은 무의미했을 수도 있다. 어젯밤에 이것을 깨달았으면, 오늘 요시다와 만나는 것으로 하루를 절약했을지도 모른다.

그러나 좋은 점도 있었다. 하나밖에 없는 단서인 야스카와에게는 큰 기대를 걸 수밖에 없었다. 나는 야스카와가 범인을 알고 있다는 생각마저 들었다. 그리고 고생해서 찾아낸 야스카와가 메이지무라에 아조트가 있다고 하고, 우메다 하치로라는 인물을 헤이키치라고 했다. 그리고 그 남자가 지금 있는 곳을 물으니 메이지무라라고 하는 게 아닌가. 이것만 보면 우메다가 자신의 아조트를 메이지무라에 몰래 놓아두고, 곁에서 살고 있지 않을까 하고 누구든 의심할 것이다. 역시 올 수밖에 없었다. 오지 않고 행동했으면 나중에 틀림없이 마음에 걸렸을 것이다.

게다가 요시다가 헤이키치일지도 모른다고 느낀 것은, 우메다의 말 때문이다. 요시다의 과거는 아무도 모른다는 말에서 근거를 얻었다. 누군가가 1936년경의 요시다 슈사이를 잘 알고 있고, 사건 당시 우메자와가에 없었다는 것을 완벽히 증명한다면 그를 의혹의 대상으로 삼기는 불가능하다. 적어도 그와 가까운 인간이 그 무렵의 요시다를 전혀 모른다는 사실을 확인하지 않고서는 요시다를 의심할 수는 없다. 우메다의 말 덕분에 겨우 그것을 확인했다. 역시 오늘 메이지무라행은 무의미하지 않았다.

고속도로는 귀가하는 차들로 붐비고 있었다. 수요일의 해가 저물어간다. 나는 혼잡한 시간대를 피할 겸 드라이브인에서 가볍게 식사하기로 했다.

테이블에 앉아, 나는 생각했다. 요시다의 허점을 잡는 것은 상당히 어려울 듯했다. 요시다라는 남자는 상당히 머리가 좋은 것 같으니 오늘 우메다를 상대하는 것과는 차원이 다르기도 하고, 이것은 범인밖에 모르는 사실이라고 지적하려면 범인 외에는 알 수 없는 사실이라고 내가 증명할 수 있어야 한다.

그런데 그에게는 헤이키치를 아는 야스카와라는 친구가 있다. 나는 야스카와가 가진 헤이키치에 관한 지식의 범위를 파악한 것도 아니고, 또 파악할 수도 없어서 요시다가 야스카와 씨에게 들었다고 하면 반론을 할 수가 없다. 말하자면 야스카와라는 사람은 요시다에게 피난처와 같이 편리한 존재인 것이다.

고속도로를 다시 타고 니시쿄고쿠의 아파트로 돌아온 것은 10시가 지나서였다. 미타라이는 돌아오지 않았고 에모토만 텔레비전을 보고 있었다. 나는 메이지무라에서 사 온 작은 기념품을 꺼내어, 차를 빌려준 것에 대한 사례를 했다.

잠시 메이지무라 이야기를 하고 있으니, 머지않아 강렬한 졸음이 덮치는 바람에 힘겹게 두 사람의 잠자리를 펴고는 이불에 쓰러졌다.

7

한번 6시에 일어났더니 습관이 되었는지, 다음 날 아침에도 나는 전날과 같은 시각에 눈을 떴다. 그 순간, 요시다 슈사이다! 라며 바로 어제의 결심을 떠올렸다. 더 자는 것을 포기하고 미타라이 쪽으로 돌아누웠다. 혹시 그가 잠을 깨면 서로의 진전 상황을 주고받으면 된다. 다음 순간 나는 깜짝 놀라서 완전히 잠에서 깨버렸다. 미타라이의 이불이 텅 비어 있었기 때문이다.

벌써 일어나서 행동을 개시한 건가, 대단하네, 라고 생각했다가 바로 그게 아니라는 사실을 알아차렸다. 왜냐하면 이 이부자리는 분명 어젯밤 내가 비몽사몽간에 깔아놓은 그대로였고, 그 증거로 자리가 심하게 삐뚤어져 있었다. 어떻게 된 일이지? 나는 잠자리에 누워서 생각했다. 미타라이는 어젯밤에 돌아오지 않은 것이 분명하다.

어쩌면 막다른 곳까지 범인을 추격하다 위험한 일을 당해서 돌아오지 못한 건가, 하는 생각이 먼저 들었다. 어디에 감금된 게 아닐까? 그러나 내가 속한 세계가 영화처럼 전개될 거라고는 믿을 수 없었다.

적어도 어느 정도 성과가 있기 때문일 거라고 생각했다. 여전히 머리를 쥐어짜 내는 것뿐이라면, 이불 속에서도 할 수 있다. 그렇게 하지 않은 것은 밖에 있어야만 하는 이유가 생겼고, 그의 조사에 진전이 있었다는 것 외에 다른 이유는 없을 것이다. 하물며 오늘은 12일 목요일, 마지막 날이다. 오늘은 진짜 데드라인이니까 그도 일분일초를 아끼며 행동하고 있을 것이다.

어쩌면 교토가 아닌 곳에 가 있을지도 모른다. 아니, 반드시 그렇다. 그래서 돌아오지 못한 것이다. 나는 그렇게 생각하고 좀 안심했지만 동시에 얼른 미타라이를 만나 이야기를 듣고 싶었다. 나도 이야기하고 싶은 것이 산더미처럼 쌓였다. 빨리 그에게 들려주어야 한다.

나는 어제까지의 내 행동이 헛되지 않았다고 생각한다. 미타라이가 얻은 것도 틀리지 않았다면, 내가 조사한 사실과 어느 정도 관계가 있을 것이다. 그가 만약 아직도 완전한 결론에 도달하지 못했을지라도, 내 것과 맞추어보면 바로 정답이 나올 가능성도 있지 않을까.

어느 쪽이든 그는 여기로 전화를 할 것이다. 기다리면 된다. 나는 이부자리 위에 웅크리고 앉았다가 다시 털썩 누웠다. 그러나 도저히 잠을 이룰 수 없이 초조했다. 뭐든 상관없으니 행동을 하고 싶다. 나는 다시 상체를 일으켰다.

에모토는 자는 것 같았다. 그가 일어날 때까지는 아직 1시간 가까이 남아 있었다. 나는 그를 깨우지 않도록 천천히 일어나 산책을 가기로 했다. 만일 그 사이에 미타라이로부터 전화가 오면 에모토가 받을 것이고, 혹시 그가 놀라서 뛰쳐나가더라도 쪽지 정도는 남겨 놓을 것이다.

태어나서 처음 와본 니시쿄고쿠의 거리가 지금은 완전히 익숙해졌다. 스포츠 공원까지 걷다가 슬슬 에모토가 일어났을 시간에 아파트로 돌아왔다. 문을 살짝 여니 에모토가 이를 닦고 있었다. 미타라이의 전화는 없었다.

이윽고 8시가 가까워져서 에모토가 출근할 시간이 되었다. 나갈 때 그는 내게 물었다.

"어떻게 하시겠습니까? 같이 나가실까요?"

"아니, 미타라이에게 전화가 올 것 같으니까 여기 있겠습니다."

"아, 그렇군요, 그게 좋겠습니다."

문이 닫히고, 에모토가 계단을 내려가는 구두 소리가 그치고 아스팔트 거리로 이제 나갔구나, 하고 생각했을 때 펄쩍 뛰어오를 정도의 요란한 기세로 전화가 울렸다. 그 소리에는 사람의 불안을 돋우는 무언가가 있었다.

수화기를 들었다.

"이시오카……."

남자의 목소리가 말했다. 그러나 나는 그 목소리가 미타라이라고는 생각지도 못했다. 오랜만이니까 평소의 미타라이라면 시시한 농담이라도 던질 타이밍이었다. 그러나 애처로울 정도로 목소리에 힘이 없고, 거의 잠겨 있었다. 말이 거의 들리지 않을 정도였다. 불안해서 가슴이 죄어왔다. 역시 뭔가 있었던 것이다.

"어떻게 된 거야? 지금 어디야? 위험한 일이라도 있었어? 무슨 일 있었던 거지? 괜찮아?"

목소리가 무심결에 높아졌다.

"아……, 힘들어서……."

그리고 상당한 시간이 지났다.

"죽을 것 같아……, 빨리 와줘……."

꽤 심각한 사태라고 나는 판단했다.

"어디야? 무슨 일이야?"

이것은 올바른 질문이 아니었다. 아무튼 일단 장소를 확실히 알아야 한다. 미타라이의 목소리는 너무 가냘파서 거의 들리지 않았다. 속삭이는 것보다 더 작았다. 때때로 차 소리와 통학 중인 듯한 아이들의 목소리가 들렸다. 그 소리가 더 클 정도였다. 아무래도 밖인 것 같다.

"무슨 일이 있었냐니……, 지금 한가하게 설명……."

"알았어, 알았어!"

나는 말했다.

"됐고, 바로 갈 테니까 어디 있는지 말해!"

"철학의 길……, 입구…… 쪽에 있어……. 긴카쿠지 절 쪽이 아니고……, 반대……쪽 ……입구."

철학의 길? 그게 뭐야? 그런 이름은 들은 적이 없었다. 착란 상태에서 이상한 소리를 지껄이는 것은 아닐까, 라고도 생각했다.

"철학의 길이라는 길이 있어? 있겠지, 분명히. 택시 기사에게 물어보면 알겠지?"

"알 거야……. 그리고 오면서 빵과 우유를 사 와……줘……."

"빵이랑 우유? 뭐 하려고?"

"빵과 우유……, 먹는…… 것 말고…… 뭘 해?"

괴롭게 숨을 내쉬면서도 여전히 밉살스러운 소리를 하고 있다. 어지간히 성격이 비뚤어진 녀석이다.

"다치지는 않았어?"

"다치……지 않았어……."

"알았어, 아무튼 바로 갈게. 거기에 가만히 있어!"

나는 수화기를 내팽개치고 방을 뛰쳐나와 니시쿄고쿠 역까지 뛰었다. 예전에 있었던 좋지 않은 사건이 뇌리를 스쳐 지나갔다. 미타라이는 대체 어떻게 된 거지? 설마 죽는 건 아니겠지. 그는 어쩔 수 없는 녀석이지만 내 유일한 친구다. 밉살스러운 말을 했다고 해서 꼭 안심할 수는 없다. 선향의 연기와 함께, 안녕히, 하고 못된 장난 같은 말을 남기고 죽은 사람도 있다. 미타라이도 분명히 그런 부류다.

시조가와라마치에서 빵과 우유를 사서 택시를 잡아 뛰어들었다. 이 길 끝이야, 라고 기사가 알려준 언덕길을 빵과 우유가 든 봉투를 안고 달려가 보니 '철학의 길'이라 새겨진 돌이 세워져 있었다. 비석이 있는 곳까지 가니 작은 공원이 있었다. 그러나 그곳에는 아무도 없었다.

공원을 지나자, 시냇물을 따라 철학의 길이 시작되었다. 좀 더 가보니 벤치가 있고 수염이 무성한 부랑자 같은 남자가 자고 있었다. 옆에 검은 개가 그 남자를 향해 열렬히 꼬리를 흔들고 있었는데 설마 그가 내 친구라고는 생각하지 못했다. 자칫하면 지나칠 뻔했다.

미타라이의 얼굴을 들여다보니, "이시오카냐"라면서 일어나려 했다. 그러나 힘이 전혀 없는지 내가 등에 손을 대고 도와주어야 했다.

벤치에 겨우 앉은 미타라이의 얼굴을 보고, 나는 새삼스레 놀랐다. 잠자는 얼굴 정도는 봤지만 생각해보면 너댓새는 만나지 못했으니까 무리는 아니다. 수염은 길었고, 머리는 부스스하고, 눈은 움푹 들어간 데다 충혈되었고 볼은 홀쭉하게 살이 빠졌다. 피부색도 병적으로 창백해서, 병에서 겨우 회복한 부랑자 아니면 길가에 쓰러진 실업자처럼 보였다.

"빵은? 사 왔어?"

미타라이는 제일 먼저 그것을 물었다. 나는 서둘러 내밀었다.

"먹는 걸 완전히 잊어버렸지 뭐야. 인간은 정말 불편해. 먹고 자고 하는 쓸데없는 시간을 절약할 수 있다면, 인간은 훨씬 대단한 일을 할 수 있을 텐데."

그렇게 말하면서 그는 봉투를 뜯는 것도 답답하다는 듯이 빵을 물어뜯었다.

나는 한순간, 혹시나 하고 생각했다. 미타라이의 모습에는 여유가 전혀 없었다. 하고 싶은 일이 잘 되고 있을 때는 그는 좀 더 여유가 있다. 안 좋은 예감이 스쳤지만 애써 부정했다. 그럴 리가 없다. 행동하고 있었기 때문에 먹는 것을 잊었을 것이다.

굶은 아이처럼 빵을 물어뜯는 미타라이를 보며, 나는 웬일인지 맥이 빠짐과 동시에 그가 가여워졌다.

"아무것도 안 먹었어?"

"어, 깜빡했어. 그저께부턴가 그끄저께부턴가……. 아무튼 요새 식사를 한 기억이 없네……."

그러니까 미타라이는 이상하게 배가 고팠다는 것 같다. 괜히 걱정했다. 그는 이렇게 상식이라는 것이 전혀 없는 남자여서 누군가 옆에서 식사를 하라거나 슬슬 잘 시간이라고 지시를 해주지 않으면 틀림없이 오래 살지 못할 것이다.

나는 어쨌든 내 진행 상황을 말하고 싶었고, 우선은 미타라이의 이야기를 듣는 게 순서라고 생각했다. 나는 그가 다 먹기를 기다려(천천히 먹으라고 몇 번이나 주의를 주었다) "진전은 있었어?"라고 가능한 자극하지 않는 말투로 물었다. 그러자 미타라이는 대답은 하지 않고, 웬일인지 낮은 신음을 냈다. 그러고는 갑자기 "아침이라는 녀석은 어제의 찌꺼기야!"라고 소리쳤다. 나는 어안이 벙벙했다.

"이 얼마나 기만인가!"

미타라이는 계속했다.

"도카이도[73]를 메뚜기처럼 뛰어서, 이렇게나 불면의 밤을 거듭했는데, 어째서 다들 아침 인사를 할 때 그렇게나 먼 어제 일을 하나도 남김없이 기억하고 있을까!"

미타라이의 눈에는 핏발이 섰고 광기에 지배되었다.

"불면의 밤도 조금이라면 괜찮지. 몸의 저항력이 적당히 약해져서, 보여야 할 것이 제대로 보이니까. 보이는 건 온통 유채꽃밭이야. 아, 책을 잔뜩 엎어놓은 것 같은 이 거리. 그리고 브레이크 소리! 곳곳에서 울리고 있어! 너도 들리겠지. 왜일까? 괴롭지 않아?

아니야! 코스모스밭이야. 맞아, 그건 코스모스밭이었어. 목검으로 줄기를 헤치며 걸었던 저 거친 모습. 그 칼을 잃고 이제 아무에게도 위협이 되지 못해. 가시도 없고, 발톱도 없고, 어금니도 없고, 목검마저 어디에 치워버렸는지 잊었지.

---

73) 도쿄 역에서 신오사카 역을 잇는 도카이 여객철도의 고속철도 노선 및 그 열차.

이끼다! 이끼가 달라붙었어! 마치 곰팡이처럼 말이야. 참 좋은 광경이구나. 사진을 찍는 게 어때?

기념이 될 거야.

두더지야! 두더지……, 아, 맞아! 빨리 찾으러 가야 해! 이렇게 있을 수는 없어. 도와줘. 빨리 구멍을 파지 않으면 두 번 다시 잡을 수 없게 된다고!"

큰일 났다! 나는 직감했다. 일어서려는 미타라이를 서둘러 붙잡고, 너는 지쳤다고 두세 번 되풀이해 말했다. 사실 그는 완전히 지쳐 있었다. 일단 누우라고 하면서, 미타라이를 차가운 돌 벤치 위에 천천히 눕혔다.

그러고 나니 새삼 발끝에서부터 절망이 솟아올라 눈앞이 캄캄해졌다. 그것은 말뿐만이 아니라 실제로 일어난 것이다. 틀림없다. 미타라이는 한 걸음도 나아가지 못했다!

우울증 상태로 일을 시작한 것이 좋지 않았던 것 같다. 미타라이와 다케고시 형사의 경쟁이라면(상당히 불공평한 경쟁이지만 미타라이가 무모하게도 일방적으로 선언했으니까 어쩔 수 없다), 미타라이는 분명히 패했다.

처음부터 승산 없는 경쟁이었다. 상대는 그저 가만히 있으면 되는 것이고, 미타라이가 도전한 수수께끼는 일본 전체가 40년간 머리를 쥐어짜도 풀지 못한 난해한 문제였다. 설령 지금 막 수수께끼를 풀었다고 해도, 이미 늦었다. 범인을 알았더라도 오늘 안으로 그를 찾아내기는 시간상 불가능하다고 단언할 수 있다.

일본 전국, 아니 세계의 어디에 있는지 모른다. 미타라이는 졌다.

남은 한 가닥의 희망은 내가 가진 정보일 것이다. 요시다가 혜이키치일 가능성이다. 희박하지만 여기에 희망이 있다. 나는 어느 정도 자신이 있었다. 요시다라는 노인에게는 뭔가 있다. 그러나 시간이 너무 없었다. 미타라이를 내버려 두고라도 지금 즉시 행동해야 한다. 여하튼 희망은 이제 이것뿐이다. 우리로서는 이것에 남은 몇 시간의 희망을 맡기지 않으면 안 된다.

그런데 이런 상태의 미타라이에게 지금까지의 내 성과를 말해야 할지 어떨지 망설여졌다. 더 이상해질지도 모른다. 미타라이는 아무래도 어젯밤 이 벤치에서 밤을 샌 것 같다. 무리한 짓을 하는 녀석이다. 한심한 자신을 벌주려 했던 것일까, 비라도 내렸으면 어쩌려고.

손목시계를 보았다. 9시를 상당히 지났다. 더 이상 이렇게 있을 수는 없다. 만일 미타라이의 상태를 계속 지켜보아야 한다면 전화로 에모토라도 불러내고 나 혼자 요시다의 집으로 쳐들어갈 수밖에 없다. 그렇게 생각했을 때, 미타라이가 입을 열어 이번에는 보통 사람도 알아들을 수 있는 말을 했다.

"전에 네가 말한 것처럼 홈스의 험담을 너무 해서 벌을 받은 것 같아. 네가 말한 대로야. 나는 분수를 몰랐어. 그 정도 수수께끼는 바로 풀 수 있다고 생각했지. 사실 풀리고 있긴 했어. 느낌이 있었거든. 핀 하나야. 딱 핀 하나, 그걸 아는데도 제길! 성실하게 기본을 채우는 게 지나쳤는지 전혀 풀리지 않아! 뭔가, 계기가 있어야 해. 약간의, 정말 약간의 계기가 있어야 하는데!"

미타라이는 머리를 감싸쥐었다.

"아파! 대단해. 네가 말한 대로 진짜 입이 부었잖아. 말하니까 아파. 페이스를 잃어서 완전히 망했어. 넌 상당히 진전이 있었다던데, 듣고 싶어. 어떻게 활약했는지 말해줄래?"

오늘의 미타라이는 정말 안쓰러웠다. 인간은 가끔 좌절도 필요한 것인가. 그러나 좌절의 대가는 크다. 나는 이때, 새삼스레 이 친구가 그 오만방자한 남자 앞에 무릎을 꿇게 하지는 않겠다고 결심했다. 미타라이는 어딘가에 숨게 하고 혼자서 형사와 대결할까, 등등을 생각했다.

어쨌든 나는 이때다 하고 히가시요도가와의 가토 씨를 다시 찾아간 것, 그녀에게 요시다 슈사이라는 인물에 대해 듣고 가라스마 차고까지 간 것, 그리고 야스카와가 헤이키치라고 했던 우메다 하치로와 아조트를 찾아서 어제 메이지무라까지 원정간 것 등 지금까지의 일을 빠짐없이 이야기했다.

팔베개를 하고 돌 벤치에 반듯이 누운 미타라이의 눈에 당연히 떠올라야 할 흥미의 빛은 조금도 느껴지지 않고, 이상하게 멍하니 허공을 바라볼 뿐이라, 역시 멀쩡하지는 않다고 생각했다. 전혀 다른 일을 생각하는 것 같았다. 미타라이는 이미 포기하고 사건을 반쯤 내팽개친 것이다. 나는 마음속 깊이 실망했다.

미타라이는 조금 안정되었다. 그냥 내버려 두어도 괜찮을 것 같아서 나는 혼자 요시다의 집에 가기로 결심했다. 괜찮은 작전은 결국 떠오르지 않았지만 어쩔 수 없다. 만나면 어떻게든 되겠지. 어쨌든 오늘은 마지막 날이다. 미친 사람과 놀고 있을 때가 아니다.

"슬슬 냐쿠오지가 열겠네……."

벤치에서 일어나 잠이 덜 깬 목소리로 미친 사람은 말했다.

"냐쿠오지? 절이야?"

"응, 신사야……. 아니, 그게 아니고! 저거."

그가 가리키는 쪽을 보니, 오솔길 아래쪽에 서양식 주택풍의 작은 시계탑이 있었고, 끝부분이 나무들 사이로 튀어나와 있었다.

우리가 있는 철학의 길은 시냇물 옆의 둑 위에 있는데, 이 둑은 제법 높고 근처의 건물은 모두 길에서 4, 5미터 정도 낮은 땅에 세워져 있다. 저 건물도 그중 하나인데, 보니까 오솔길 옆에 문이 있어서 그곳으로 들어가 돌계단을 내려간다. 시계탑이 있는 서양관으로 이어지는 것 같다.

"카페?"

"응. 따뜻한 게 마시고 싶어."

몸이 쇠약해진 미타라이가 따뜻한 것을 마시고 싶다는데 반대할 수 없었다.

우리는 일어나서 문으로 들어가, 함께 비틀비틀 돌계단을 내려가서 서양관으로 들어갔다.

이름 있는 배우가 자택 정원의 일부를 개방해서 만든 가게라고 한다. 맨 앞쪽은 선룸[74]풍의 유리를 끼운 공간이었다. 자리에 앉으니, 정원에 놓인 스페인풍 돌우물과 조각이 보였다. 아침 햇살이 우리 테이블에 쏟아졌고, 우리 말고 손님은 없어서 꽤 마음이 편했다.

"좋은 가게네."

나는 잠시 그 기분을 즐기며 커피를 거의 다 마시고 나서 말했다.

"응."

미타라이는 여전히 멍했다.

"나는 이제 아까 말한 요시다의 집에 갈 거야. 너는 어떻게 할 거야? 같이 갈까?"

미타라이는 한참을 곰곰이 생각한 후 말했다.

"그래, 그것도 좋겠어……."

"그럼 시간이 없어! 어쨌든 오늘 중으로 시비를 가려야 하니까."

나는 바닥에 남아 있던 커피를 마저 마시고 벌떡 일어나 테이블에 놓인 계산서를 움켜쥐었다. 그때 커다란 유리를 뚫고 실내를 비추던 아침 해가 갑자기 흐려졌다. 순간 어라, 하고 생각했다. 방금 전까지 맑았던 날씨가 이제 나빠질지도 모른다.

미타라이는 먼저 슬렁슬렁 나갔다. 나는 계산하려고 지갑을

74) 일광욕을 위해 벽 지붕 등을 유리로 만든 방.

꺼냈는데 마침 잔돈을 다 썼는지 만 엔짜리밖에 없었다. 가게문을 연 지 얼마 되지 않아 거스름돈이 없었는지, 점원이 안으로 돈을 가지러 들어가는 바람에 미타라이보다 상당히 늦게 나왔다.

나는 서둘러 그러모은 듯한 천 엔 지폐 아홉 장을 평소 버릇대로 같은 방향으로 가지런히 정리하면서 철학의 길로 나가는 돌계단을 올랐다. 아홉 장 중에 한 장이 찢어져 셀로판테이프로 이어 붙인 지폐가 있었다. 이토 히로부미 얼굴의 오른쪽 절반이 테이프 밑에 붙어 있었다.

미타라이는 다시 벤치에 앉아 있었다. 그러자 어딘가에서 아까 그 개가 또 왔다. 개는 미타라이를 좋아하는 것 같다. 같은 부류로 보이는 거겠지. 가라스마 차고로 가려고 미타라이를 재촉해서 걷기 시작했다. 드디어 최후의 도박이다. 나는 내심 불타오르고 있었다.

가지런해진 아홉 장의 천 엔 지폐를 지갑에 넣으며 나는 별 생각 없이 지폐를 미타라이에게 보였다.

"이거 봐, 이렇게 테이프로 붙인 걸 줬어."

"설마 불투명 테이프는 아니겠지?"

미타라이가 말했다.

"셀로판테이프구나. 그럼 괜찮아."

"뭐가 괜찮다는 거야?"

"아니, 천 엔 지폐라면 일단 가능성은 없는데, 만 엔 지폐에다 불투명 테이프였다면 위조지폐일 가능성이 있어."

"왜 불투명 테이프가 붙은 지폐는 위조지폐일 수 있다는 거야?"

"그건 그러니까……, 아니 설명하기 귀찮네, 말로 하기가 좀. 그림을 그리면 간단한데. 위조지폐라는 단어는 정확하지 않아, 만 엔 지폐 사기라고 하는 편이…… 괜찮을……지도…… 모르……겠……."

아무래도 또다시 말할 기운이 떨어진 모양이다. 어미가 잘 들리지 않았다. 그에게는 때때로 이런 일이 일어난다. 대개 우울증의 징후이다.

나는 맙소사, 라고 생각하며 미타라이의 얼굴을 보았다. 그런데 나는 거기서 상상도 못 했던 미타라이의 표정을 보고 등줄기에 긴장감이 스쳤다. 이런 그의 얼굴을 본 것은 처음이었다. 눈을 부릅떴는데, 새빨간 혈관이 튀어나온 것까지 뚜렷이 보였다. 그리고 광기로 인한 강렬한 에너지가 격렬하게 공중에 퍼졌다. 입은 그와 대조적으로 힘없이 떡 벌어져 있었다.

그 순간 나는 너무 당황해서 어떻게 해야 할지 도무지 알 수가 없었다. 드디어 절망적인 사태가 닥쳐온 것이다. 나는 힘이 빠져, 혼란 속에서 종언의 순간을 기다렸다.

그것은 순식간에 시작되었다. 미타라이는 두 주먹을 근육이 떨릴 정도로 세게 쥐고 앞으로 내밀며 "오오오……" 하고 큰소리로 울부짖기 시작했다.

우리와 스쳐 지나간 커플이 멈추어 서서 뒤돌아보았다. 개도 무슨 일인가 하며 숨을 죽이고 미타라이를 보고 있다.

지금까지 셀 수 없을 정도로 여러 가지 불평을 했지만, 나는 단 한 번도 그의 두뇌가 우수하단 걸 의심한 적은 없다. 그 정밀함은 존경마저 하고 있었다. 그러나 그런 정밀함 때문에 파멸의 순간을 맞은 것이다. 나는 절망적인 슬픔 속에서 그의 뇌가 죽는 것을 그러니까 그가 진짜 광기의 문으로 빠져나가는 것을 보았다.

"어떻게 된 거야? 미타라이, 정신 차려!"

그러나 나는 방관자가 될 수는 없다. 물어볼 필요도 없는 어리석은 질문을 외치며 정신이 아찔해질 정도로 평범한 행동(그러나 그것 말고 무엇을 할 수 있을까?), 즉 그의 어깨를 붙잡고 흔들려고 한 것이다.

그러나 그의 얼굴을 보았을 때 나는 이상한, 일종의 감동을 느껴 동작을 멈췄다. 살이 움푹 빠진 볼까지 수염을 길렀고 수척해진 몸으로 온 힘을 다해 의미를 알 수 없는 소리를 쥐어짜 내는 미타라이는, 자존심만 세서 먹이를 얻지 못해 죽어가는 주제에 여전히 열심히 울부짖는 자긍심 높은 여윈 사자 같았다.

갑자기 여윈 사자는 울부짖기를 멈추고 쏜살같이 달려 나갔다.

미친 사람의 발작은 누구의 도움도 거부한다고 외치듯이 박력으로 가득 차 있었다. 나는 마음이 약해져 미타라이의 뒤를 쫓아가면서, 그래, 이 녀석은 아이가 강에 빠지려는 것을 보고 아이를 구하려고 뛰쳐나간 거라고 반쯤 진심으로 생각했다. 틀림없이 그럴 것이다, 아니, 그랬으면 좋겠다! 이런 생각이 머릿속에서 바쁘게 돌아갔다. 생각해보면 말이 안 되는 일이다. 나는 강에 아무도 빠지지 않았다는 것을 알기 때문이다.

미타라이는 30미터도 달리지 못하고 끼익하고 브레이크를 걸어, 나와 거의 부딪칠 뻔했지만 몸을 돌려 반대 방향으로 달렸다. 서 있던 커플이 전속력으로 도망치기 시작했다. 나도 필사적으로 뒤를 쫓았다. 미타라이는 눈 깜짝할 사이에 그들을 추월해 멈추었고, 이번에는 머리를 감싸 안고 털썩 주저앉았다. 현명한 검은 개는 훨씬 전부터 안전한 장소로 피해 있었다.

대체 무슨 일인가 생각하면서 터덜터덜 걸어가니, 겁먹은 커플이 비난의 눈초리로 나와 위험한 미타라이를 번갈아 쳐다보았다. 미타라이가 웅크리고 앉은 곳은, 아까 멀리서 울부짖던 그 근처였다. 요컨대 나는 그저 가만히 기다렸으면 됐을 것이다.

내가 다가가니 미타라이는 얼굴을 들었다. 그는 평소 집에서 볼 수 있는 장난스럽고 여유 있는 표정으로 돌아와 있었다. 그리고 "어라, 이시오카, 어디 갔다 왔어?"라고 했다.

아직 방심은 할 수 없지만 이때 느낀 안도감은 이루 말할 수 없었다. 나는 다른 생각은 전혀 할 수 없었다.

네가 발이 빠른 건 알겠는데, 라고 말하려 했다. 실제로 미친 사람의 발은 빠르다. 그러나 그는 내가 입을 열기 직전에 재빨리 외쳤다.

"나는 정말 바보였어!"

그야 동감이지, 라고 나는 생각했다.

"무슨 이런 멍청이가 다 있어! 나는 머리 위에 걸쳐놓은 안경을 찾느라 온 방 안을 뒤집어엎는 남자를 평생 바보 취급할 수 없겠어. 이제부터는 처음부터 진지하게 해야지. 그런데 이렇게 갈팡질팡했다고 피해자가 생긴 건 아니니까 다행이야. 아, 다행이야!"

"뭐가 다행이라는 거야? 내가 있어서 다행인 거지? 저 커플만 있었으면 지금쯤 구급차 사이렌이 다가오고 있을 때……."

"핀이야! 핀 하나라고, 이시오카! 드디어 찾았어. 드디어 찾았어! 생각한 대로야. 생각한 대로, 이 핀 하나를 뽑으면, 봐, 순식간에 콰쾅, 한 방에 깔끔하게 정리가 됐잖아.

그런데 이 녀석은 정말 대단해, 머리가 절로 숙여지네! 어쨌든 내가 너무 멍청했어. 제대로 했으면 너한테 처음 설명을 듣자마자 알았을 텐데! 정말 어처구니없이 간단한 사건이잖아! 대체 난 뭘 한 거지! 밭에 심어놓은 무를 훔치려고 지구 반대쪽에서 굴을 판 두더지 같아!

뭐 해, 이시오카? 너는 나를 비웃어야 해. 모두 다 비웃어도 돼. 저기 지나가는 당신, 당신도 나를 비웃어줘. 허락할게. 나는 피에로였어. 이 사건에서 그게 제일 놀랄 일이지. 나라는 사람이 말이야, 이런 간단한 수수께끼로 이렇게 끙끙거렸다니! 어린애도 푸는 수수께끼야. 서둘러야 해! 이시오카, 지금 몇 시야!"

"응?"

"몇 시냐고. 왼팔에 찬 거 시계 아냐?"

"……11시인데……?"

"11시! 큰일이냐, 이제 시간도 얼마 없어. 서둘러야 해. 도쿄행 신칸센 막차는 몇 시지?"

"아마 8시 29분이었던 것 같은데……?"

"좋아, 그걸 타자. 니시코고쿠 아파트로 돌아가서 내 전화를 기다려, 이시오카. 시간이 없어, 그럼 안녕!"

"자, 잠깐만! 어디 가는 거야?"

미타라이는 순식간에 멀어지더니 조금 더 큰 소리로 말했다.

"당연한 걸 뭘 물어, 범인이 있는 곳이지!"

나는 어안이 벙벙했다.

"뭐라고? 또 미친 거야? 너, 아직 포기 안 했어? 대체 범인이 어디에 있다는 거야."

"지금 찾으러 가는데, 괜찮아, 저녁때까지는 찾을 수 있어."

"저녁? 뭘 찾는지 알고나 있어? 잃어버린 우산 같은 게 아니라고! 요시다 슈사이는 어떻게 할 거야? 안 가도 돼?"

"요시다 뭐? 그게 뭔데? 아! 아까 네가 뭐라고 했던 사람. 안 가도 돼, 그런 데는."

"왜?"

"그야 그 사람은 범인이 아니니까."

"어떻게 그렇게 단언할 수 있어?"

"내가 범인을 아니까."

"어이……, 범인이라니……."

내가 말을 마치기도 전에 미타라이는 모퉁이를 돌아 재빨리 자취를 감추었다.

고작 두세 시간이었지만 나는 녹초가 되었다. 무슨 팔자로 저런 미친놈과 친구가 되었을까. 전생에 어지간히 나쁜 짓을 했는지도 모른다.

그러나 혼자가 되고 보니 선택을 해야 하는 큰 문제가 있다는 것을 깨달았다. 요시다 슈사이, 그를 어떻게 할 것인가. 미타라이는 가지 않아도 된다고 했다. 그러나 미친 사람의 말을 대체 어디까지 믿어야 될까.

어처구니없이 간단한 사건? 어처구니없이 간단? 어디가 간단해? 이렇게 어처구니없이 복잡한 사건은 없다. 어린애도 푼다고? 네 녀석이 미친놈이란 건 어린애라도 알 거야.

미타라이는 무엇을 알았다는 걸까? 무엇보다 정말로 알아차린 걸까? 저건 아무리 봐도 미친 사람의 발작이었다. 갑자기 뛰어다니고 울부짖고 큰 소리로 외치다니, 멀쩡한 인간이 할 짓이 아니다. 어차피 망상이 부풀어 올라 수수께끼를 풀었다고 착각했을 것이다.

백보 양보해서 녀석이 뭔가 단서를 잡았다 해도 범인을 저녁 때까지 찾아내기는 절대로 불가능하다. 40년이나 걸렸지만 아무도 찾지 못했다. 그런데 단 몇 시간 만에 전화 부스에 두고 깜빡한 우산처럼 범인을 찾아낸다면 나는 교토 전역을 물구나무서기를 하고 걸을 것이다. 그 말은 틀림없이 미친 사람의 허튼소리, 그것도 상당히 중증이라고 자신 있게 단언할 수 있다. 우체통이 빨간색이라는 것에 의심을 품은 사람도 그가 미친 사람이라는 것에는 반론하지 않을 것이다. 열 명이면 열 명이 고개를 끄덕일 것이다.

우선 미타라이는 나와 똑같은 예비지식밖에 없었다. 아니, 요시다 슈사이, 우메다 하치로 등은 알지 못하니까, 나보다 훨씬 정보가 적다. 그런 미타라이가 범인을 오늘 안으로 찾아낸다니 기가 막힌다!

나더러 돌아가서 전화를 기다리라고 했다. 만일 내가 그렇게 한다면 저 중병 환자가 오늘 중으로 범인을 찾아낸다는 꿈같은 대허풍을 아주 조금이라도 믿는 것이 된다.

그 가능성은 상식적으로 말해서 전혀, 완전히, 절대로 없다. 그러나 짐작이 빗나갈 우려는 크다 해도, 저 말기 증상의 선생은 이미 달려 나갔으니(정말 말 그대로 달려 나갔다), 어차피 내 도움이 필요해질 거라는 느낌이 들었다. 그 이유 때문에라도 돌아갈 필요가 있었다. 그런데, 어떻게 된 일일까?

제한 시간은 오늘까지였다. 만일 미타라이가 실패하면 어떻게 하지? 그때를 대비해 내가 해둘 일은 없을까?

요컨대 미타라이가 시간이 없었던 탓도 있지만, 제대로 설명도 하지 않고 튀어 나갔기 때문에 이렇게 고민해야 하는 것이다. 저 녀석의 머릿속에서 번쩍 떠오른 생각이 맞다고 납득이 갔으면 나도 군말 없이 아파트로 돌아가 전화기 앞에 앉아 있을 마음도 들겠지만, 저 상태로는……. 무심코 하늘을 쳐다보았다. 지금 하늘은 완전히 두터운 구름에 묻혀, 내 머릿속처럼 잔뜩 흐려져 있었다.

일단 미타라이가 정말로 사건을 해결했을 가능성이 있는지 어떤지에 관해 고찰해보려고 했다. 아주 조금이라도 그럴 가능성이 있을까. 발작을 일으켜 울부짖기 시작한 게 언제였더라? 맞아, 셀로판테이프를 붙인 지폐를 보여줬을 때부터였다. 그렇다는 것은 지폐가 힌트가 되었다는 것이다.

나는 서둘러 지갑을 꺼냈다. 테이프가 붙은 천 엔 지폐를 꺼내보았다. 딱히 아무 이상도 없다. 투명한 테이프가 붙어 있을 뿐이다. 이걸 보고 무슨 생각이 났을까? 뒤집어보았다. 뒤에도 셀로판테이프가 붙어 있었다. 그러나 미타라이는 뒤쪽을 보지는 않았다.

무슨 글이라도 쓰여 있나 해서 자세히 관찰해봐도 아무것도 없었다. 색깔도 특별히 다른 것은 없었는데. 이토 히로부미라는 이름이 무슨 실마리가 된 걸까? 그런 일은 있을 것 같지 않았다. 그러면 천이라는 숫자인가? 이것은 가능성이 있을 것 같다. 그런데 아무 생각도 떠오르지 않는다.

지폐, 즉 돈이라는 개념 자체와 관련이 있을지도 모른다. 사건에 금전이 얽혀 있다거나. 그러나 그것은 당연한 이야기다. 이제 와서 무슨 문제냔 말이다.

그게 아니다. 아니, 그게 아니야, 생각이 떠올랐다. 위조지폐다!

365

위조지폐가 어쩌고 했다. 이거다!

그 사건에 위조지폐가 얽혀 있었나? 우메자와가의 사건은 점성술 살인으로 꾸몄지만 실제로는 위조지폐와 관련된 범죄였을까? 헤이키치는 예술가이니까 어쩌면?

그러면 지금까지 얻은 자료와 어떻게 연결될까? 여태껏 위조지폐 사건이라는 냄새, 혹은 징후는 전혀 없었다.

그러나 미타라이의 호들갑과 위조지폐라는 단어가 관계가 없다고는 절대 생각할 수 없다. 위조지폐라는 단어가 어떤 힌트가 되었을 것이다. 그러면 어떤 식으로?

게다가 그 외에도 불투명 테이프로 붙여놓았으면 위조지폐라고 했다. 그리고 천 엔 지폐라면 가능성이 없지만, 만 엔 지폐라면 있을 수 있다고 했다. 왜지? 만 엔 지폐 쪽이 종이질이 좋아서 그런 걸까.

아, 그래, 알았다. 이런 것이다. 가짜 천 엔 지폐를 만들어도 큰 이익은 없다. 만 엔짜리 위조지폐라면 열 배의 이익이 있다. 10만 엔 지폐가 있었다면 당연히 그쪽을 위조할 것이다. 그런 뜻일 것이다.

그런데 왜 셀로판테이프가 아니라 불투명 테이프가 붙어 있으면 위조지폐라는 걸까? 위조지폐는 판을 새로 만들어 인쇄하는 것이다. 따로 테이프를 붙일 필요는 없다. 이상한 소리를 하는 녀석이다.

이것저것 생각한 끝에 나는 결국 아파트로 돌아가기로 했다. 저녁때까지는 연락한다고 했다. 그리고 그가 실패했다는 것을 알게 되면, 그 시점에 내가 집을 뛰쳐나가 서둘러 요시다의 집으로 가는 것도 불가능하지는 않다. 바보와 천재는 종이 한 장 차이라고 하지 않는가. 나는 내키지는 않지만 이번만큼은 그 종이 한 장에 걸어볼까 하고 생각한 것이다.

독자에 대한 도전

조금 늦었을지도 모르겠다. 그러나 완벽한 페어플레이를 기하는 것은 물론이고, 한 사람이라도 많은 독자들이 이 수수께끼를 풀었으면 하기 때문이다.

용기를 내어, 나는 이쯤에서 그 유명한 말을 써두겠다.

'나는 독자에게 도전한다.'

이제 와서 말할 것도 없지만, 이미 독자는 완벽 이상의 자료를 얻었다. 또한 수수께끼를 풀 열쇠가 아주 분명한 형태로 눈앞에 있다는 것도 잊지 마시길.

시마다 소지

IV
봄날의 우레

1

나는 감히 사고를 멈췄다. 이 사건이 지금 마무리 단계라고는 보지 않았으므로, 조금이라도 생각하기 시작하면 이곳을 박차고 나가 요시다의 집으로 가고 싶어질 것이 분명했다.

껴안고 있다고 해도 될 만한 거리에 전화기를 놓고 누운 나는 정신적으로는 그다지 유쾌한 상태가 아니었다. 그러나 공기 빠진 풍선 같던 미타라이가 일단은 기운을 되찾아서, 친구로서는 기뻐하지 않을 수 없다.

아파트로 돌아오는 길에 저녁때까지 전화 앞에서 어떻게 시간을 죽일지만 생각했다. 따라서 이른 점심 식사도 열심히 시간을 들여서 먹었다. 그러나 그런 걱정은 전혀 쓸모없었다. 아파트에 돌아와 전화기 옆에 벌렁 드러누운 지 20분도 채 되지 않았을 때

벨이 울렸기 때문이다. 너무 빨라서 미타라이라고는 생각지도 못했디. 그래서 수화기를 들고 "네, 에모토입니다"라고 말했다.

"너는 이시오카잖아?"

놀리는 듯한 미타라이의 목소리가 들렸다.

"뭐야, 너냐, 엄청 빠르네. 잊어버리고 간 물건이라도 갖고 오라는 거야?"

"지금 아라시야마에 있어."

그는 말했다.

"어, 그거 잘됐네, 그 근처가 마음에 들더라. 특히 네가 싫어하는 벚꽃이 핀 쪽이 좋던데. 그런데 뇌 상태는 어때?"

"세상에 태어난 이후로 지금처럼 좋은 때가 없어! 아라시야마의 도게쓰쿄 다리 알지? 거기를 건너면 지장보살 집처럼 생긴 전화 부스 있었던 거 기억나?"

나는 확실히 기억하고 있었다.

"지금 거기야. 전화 부스 길 건너편에 고토키키 찻집이라는 가게가 있거든. 사쿠라모치[75]가 맛있더라, 팥소가 안 들어서. 지금 당장 먹으러 와. 만나게 해주고 싶은 사람이 있어."

"알았어, 그런데 누군데?"

"만나 보면 알아."

미타라이는 이럴 때는 절대로 가르쳐주지 않는다.

---

75) 팥소를 넣고 소금에 절인 벚나무 잎을 두른 떡.

"너도 틀림없이 만나고 싶은 사람일 거야. 나만 독점한다면 분명 너한테 평생 원망을 들을 것 같아서. 아무튼 서둘러. 유명인이라서 바쁘니까, 빨리 오지 않으면 돌아가 버릴 거야."

"무슨 스타 같은 거야?"

"아, 뭐, 비슷해. 그것도 앞에 큰 대 자가 붙지. 그리고 날씨가 좀 이상해. 바람도 불고, 비가 한바탕 쏟아질 것 같아. 그러니까 우산 가져오고. 현관에 에모토의 박쥐 우산과 흰 싸구려 비닐우산 두 개가 있어. 예전에 비 맞았을 때 내가 사 온 거야. 그 두 개를 들고 오면 돼. 그럼 빨리 와!"

나는 벌떡 일어나 외투를 걸쳤다. 현관 쪽으로 가니 신발장 뒤에 흰 우산과 검은 우산이 보였다. 나와 미타라이가 쓸 것이다.

또다시 역으로 뛰어갔다. 오늘은 많이 달리는 날이다. 틀림없이 건강에 좋을 것이다. 달리면서 생각했다. 미타라이는 왜 이렇게 바쁠 때, 영화 스타인지 뭔지 모르지만 그 사람을 만나게 해주려는 거지? 대여배우라면 만나 보고 싶지만 사건과 무슨 관계가 있다는 걸까.

아라시야마 역을 나가니 해가 높이 떠 있을 시간인데도, 날씨 탓인지 하늘은 누런 잿빛으로 어스레해서 마치 땅거미가 지는 듯했고 때때로 세찬 바람에 나뭇가지 끝이 사각거렸다. 종종걸음으로 도게쓰쿄 다리를 건널 때, 번개가 친 것 같아 하늘을 올려다보았지만, 기다려도 더 이상은 번쩍이지 않았다. 봄날의 우

373

레인가.

고토키키 찻집에 들어가니, 손님은 별로 없었고 붉은 천을 걸어놓은 창가 테이블에 앉아 있는 미타라이가 보였다. 나를 보고 살짝 손을 들었다. 그 앞에 기모노를 입은 부인의 등이 보였다.

우산을 든 채 두 사람의 테이블로 다가가 미타라이 옆에 앉으니, 미타라이의 얼굴 건너편으로 강과 도게쓰쿄 다리가 보였다. 뭘로 하시겠어요, 라는 목소리가 들려서 내 바로 뒤에 여성 직원이 따라온 것을 깨달았다. 사쿠라모치 달라고 미타라이가 멋대로 말하고 직원에게 100엔 동전을 몇 개 건넸다. 선불인 것 같다.

나는 테이블 하나의 거리를 사이에 두고 그 여성과 마주 보았으므로 얼굴을 확실히 볼 수 있는 위치였다. 눈을 조금 내리뜨고 있었다. 뭐라 말할 수 없는 귀족적인 이목구비에 품위가 있었고 젊었을 때는 필시 아름다운 사람이었을 거라는 생각이 들었다.

나이는 40대 중반 정도일까, 50은 되지 않았을 것이다. 쉰 살이라 해도 사건 당시에 열 살 정도였을 테니 이렇다 할 참고인이라고도 할 수 없다. 미타라이는 무엇을 물어보려는 걸까?

부인 앞에는 사쿠라모치와 차가 손도 대지 않은 채 놓여 있었다. 아마 식은 것 같았다. 나는 이 여성이 어째서 고개를 숙이고 있을까 생각했다.

계속 떠올려봐도 이 여성의 얼굴을 본 적은 없었다. 텔레비전에서도 영화관에서도 본 기억이 없다.

자리에 앉는 대로 미타라이가 소개시켜줄 거라 생각했으므로, 이런 어색한 침묵의 시간은 예상외였고 넌지시 몸짓으로 미타라이를 재촉하려고 했다. 비상식적인 미타라이도 눈치는 있는지, "사쿠라모치가 오면"이라고 하고는 다시 입을 다물었다.

오래 기다릴 것도 없이 바로 작은 접시와 차를 쟁반에 올린 여성 직원이 오는 것이 보였고, 내 앞에 그것들이 놓였다. 그리고 직원이 등을 돌림과 동시에 미타라이가 입을 열었다.

"이 사람이 같이 온 친구 이시오카 가즈미입니다."

그 부인은 가볍게 미소 지으며, 처음으로 내 얼굴을 흘끗 보았다. 그리고 가볍게 고개를 숙였다. 그 불가사의한 웃음을 띤 얼굴을 나는 얼마 동안 잊을 수 없었다. 나는 쉰 살의 여성이 이런 식으로 미소 짓는 것을 태어나서 처음 보았다. 수줍음을 머금은 듯했다고 하면 오싹할 정도로 진부하지만, 어쨌든 그때는 거짓이 느껴지지 않는 소녀 같은 웃음이라 생각했다. 이것이 어른의 매력인가, 싶다가 절대로 그렇지 않다고 생각을 바꾸었다.

미타라이가 내 쪽을 돌아보았다. 그리고 꿈속의 등장인물인 것 같은 신기한 대사를 입에 올렸다.

"이시오카, 이쪽은 스도 다에코 씨야. 우리가 존경하는, 우메자와가 점성술 살인사건의 범인이셔."

그 순간 나는 정신이 아득해지는 듯했다. 그리고 그 느낌에 기대며 셋이서 긴긴 시간을 가만히 마주 보며 지나온 것 같은 기분이 들었다. 어쩌면 그것은 40년이라는 시간에 필적하는 것이었을지도 모른다.

이 정체를 알 수 없는 시간에 결말을 지으려는지, 봄날 우레의 섬광이 격렬하게 번뜩여, 어둑어둑했던 가게 안을 한순간 한낮보다도 더 밝게 만들었다. 안쪽에서 여성의 비명이 들렸고, 조금 후 땅을 울리는 듯한 소리가 이어졌다.

마치 이것이 신호라도 된 듯 세차게 내리는 소나기가 창밖을 가리기 시작해서, 강도 다리도 순식간에 물보라로 흐려져 보이지 않았다. 가게 안은 몰아치는 비가 지붕을 두드리는 소리로 가득해서, 큰 소리를 내지 않으면 대화가 불가능했다. 그래서 우리는 잠자코 있었다.

비는 점점 거세게 내리쳐서 유리를 두드리기 시작했고, 가까스로 보이는 부연 수묵화 같은 세계를 사람들이 허둥지둥 피해 가는 것이 보였다. 그중 몇 명은 거칠게 미닫이문을 열고 가게로 뛰어 들어왔다. 그들이 큰 소리로 이야기를 나누는 것이 내게는 먼 세계의 소리처럼 들렸다.

내 안에서 뭔가가 빠져나간 것처럼, 웬일인지 불에 타서 동그랗게 말리는 종이가 자꾸 눈앞에 떠올랐다.

점점 나는 미타라이가 또 어떤 무례한 농담을 했을지도 모르겠다는 느낌이 들어 미타라이를 째려보려고 했지만, 상대방 여성의 모습을 보니 그렇지도 않은 것 같았다.

그러면 왜일까? 나는 가까스로 그런 생각을 하고는 흥분할 여유를 찾았다.

스도 다에코라고 했다. 그런 이름은 처음 듣는다. 그러면 우리가 전혀 모르는 인물이었나?

이 사람은 고작 쉰이다. 1936년에는 열 살도 되지 않았다. 쉰다섯이라고 해도 열다섯 살, 그런 어린아이가 무엇을 할 수 있었다는 말인가?

범인이라면 일련의 사건, 즉 헤이키치 살해, 가즈에 살해, 아조트로 이어지는 연쇄살인을 이 여성이 혼자서 했다는 건가? 열 살이 될까 말까 하는 어린아이가?

분지로를 편지로 협박해 움직이게 한 것도 이 여성 한 사람의 소행이란 말인가?

이 사람이 여자 여섯 명의 몸을 토막 내어 아조트를 만들려고 했다고?

요시오도, 야스카와도 아니고, 아야코도 아니고, 헤이키치도 아닌, 이 여성이 혼자서? 정말 혼자서?

동기는?

애당초 이 사람은 우메자와가와 어떤 관계일까? 우리가 지금까지 얻은 자료 중에 어린아이는 없었다. 대체 어디에 숨어 있었을까? 우리는, 아니 일본 전체가 완전히 못 보고 놓쳤다는 말인가? 그렇게 어린아이가 여섯 명의 어른을 어디로 어떻게 데려가서 독살했다는 걸까? 무엇보다 그런 독을 어디에서 손에 넣었다는 말인가.

아니, 그보다 더 알 수 없는 것이 있다. 만일 이 여성이 40년 동안이나 일본 전국에 연막을 친 범인이 맞다면 미타라이는 어떻게 이 짧은 시간에 찾아낼 수 있었을까? 뛰쳐나간 후에 철학의 길에서 여기로 오는 시간과 기껏해야 식사할 시간 정도밖에 없었다.

오늘 아침 내가 철학의 길에 달려갔을 때까지 수수께끼는 완전히 그대로였다. 1936년 당시와도 별 차이는 없었을 것이다. 그는 냐쿠오지에서 나왔을 때 비로소 실마리가 번쩍 떠오른 것이다. 그런데 어째서? 어떻게 된 일이지?

바깥은 여전히 빗줄기가 거셌고, 때때로 번개가 번쩍여서, 가게 안은 소나기 특유의 찌는 듯한 기운으로 가득했다. 다른 손님들에게 우리는 완전히 돌이 된 것처럼 보였을 것이다. 얼마 안 가 빗소리가 서서히 잦아들어 잠시 동안의 격렬함이 가신 것이 느껴졌다.

"결국은 누군가 찾아오실 거라 생각했습니다."

이때를 기다렸다는 듯 느닷없이 부인이 입을 열었다.

의외로 목소리는 잠긴 것처럼 쉬어 있어서, 나는 그 목소리를 눈앞의 여성과 연결 짓기 힘들었다. 저런 목소리라면 더 나이가 든 사람일지도 모른다.

"제 입장에서는 그 정도의 수수께끼로 40년 이상이나 걸렸다는 게 오히려 신기하네요. 그래도…… 분명 당신 같은 젊은 분이 오실 거라 생각했습니다."

"한 가지만 여쭙고 싶습니다."

미타라이가 정중하게 말했다.

"어째서 그렇게 뻔한 곳에 계속 계셨습니까? 다른 곳으로 옮길 수도 있었을 겁니다. 당신 정도로 머리가 좋다면 외국어를 마스터하는 것도 그렇게 어렵지 않았을 텐데요."

창밖은 아직도 누르스름한 잿빛으로 가득했고, 비는 변함없이 부슬부슬 내렸고, 때때로 어두운 하늘에 번개가 쳤다.

"그건…… 설명하기는 좀 어렵습니다만 아마…… 기다렸기 때문일 거예요. 저는 고독했고 제 운명의 사람도 결국 찾지 못했습니다. 제게 오는 사람이라면 적어도 틀림없이 저와 같은 부류일 테니까…… 아, 아니, 저처럼 나쁜 사람이라는 뜻은 아닙니다."

"물론 알고 있습니다."

미타라이는 진지한 얼굴로 끄덕였다.

"만나 뵙게 되어 기뻤어요."

"저는 세 배쯤 더 그렇습니다."

"당신은 우수한 능력이 있습니다. 앞으로 틀림없이 큰일을 하실 분이에요."

"벌써 했습니다. 이 이상 큰일을 앞으로 만날 수 있을까요."

"이런 사소한 수수께끼 따위에 그런 말씀을 하시면 안 돼요. 젊은 데다 앞날이 창창하니까요. 당신은 엄청난 힘을 갖고 계신데, 제 사건을 푼 정도로 만족해서 자만하지는 말아주세요."

이때 나는 이 교훈적인 말의 의미를 가만히 생각했다.

"하하, 그런 거라면 걱정 없습니다. 초반에 너무 진척이 되지 않아서, 실컷 골머리를 썩였거든요."

미타라이는 말했다.

"자, 너무 이러고 있으면 저도 변변찮은 성공에 괜히 취할 것 같으니 슬슬 끝을 내야 합니다. 정말 후회스럽지만, 저는 오늘 밤 도쿄로 돌아가면 내일 경찰에 당신에 대해 말하겠다고 사정상 약속을 했습니다. 당신도 잘 아시는 다케고시 분지로 씨의 아들인 다케고시 형사에게 말이죠. 침팬지가 정장을 걸친 것 같은 멍청한 남자인데, 저는 어떤 이유가 있어서 그렇게 결심했습니다. 그 이유를 말씀드리면 당신도 분명 찬성하실 겁니다.

그것만 아니면 저는 당신과 헤어져 도쿄로 돌아가면 일주일 전부터 내팽개쳐 둔 일을 그냥 계속했을 겁니다. 그렇지만 오늘 당신과 만난 것 이상의 만족스러운 일은 존재하지 않는다는 것을 저는 잘 알고 있습니다.

침팬지와 만나는 것은 내일입니다. 따라서 그 녀석이 동료를 꼬드겨 당신에게 들이닥치는 것은 아마 내일 저녁때쯤 될 겁니다. 그때 어디에 계시든 당신의 자유입니다."

"그런 말씀을 하시면, 시효가 지난 사건이라 해도 도주방조가 될 것 같네요."

그러자 미타라이는 옆을 보며 웃었다.

"하하하, 여태껏 많은 경험을 했지만 불행하게도 유치장이 어떻게 생겼는지는 아직 모릅니다. 저는 범죄자와 만난 적은 가끔 있지만, 그들이 언젠가 들어가게 될 장소를 설명할 수 없어서 항상 곤란했어요."

"당신은 젊어요. 두려운 게 없겠죠. 여자인 저조차도 젊을 때는 그랬습니다."

"소나기라고 생각했는데, 아직 그치지 않네요. 우산 가져가세요. 이런 거라도 비에 젖는 것보다는 나을 겁니다."

미타라이는 흰 비닐우산을 내밀었다.

"돌려드릴 수 없을 텐데요."

"상관없습니다. 어차피 싸구려입니다."

우리 셋은 나란히 의자에서 일어났다.

스도 다에코는 들고 있던 가방을 열어 왼손을 넣었다. 나는 그녀에게 묻고 싶은 것이 산더미 같았다. 그것들이 목구멍까지 올라왔지만, 분위기를 깰 것 같아서 말하지 못했다. 나는 기초도 모르는 주제에 대학 강의에 간 꼴이었다.

"예를 표할 건 아무것도 없으니, 이것을 드리겠습니다."

스도 다에코는 가방에서 꺼낸 염낭을 미타라이에게 건넸다. 빨간 실과 흰 실이 복잡하게 엮인 천으로 만든 것이었고, 무척 아름다웠다.

미타라이는 자리의 분위기에 어울리지 않을 정도로 무뚝뚝하게 감사합니다, 라고 하고 염낭을 왼손 손바닥에 척 올려놓고 바라보았다.

가게를 나온 우리는 검은 우산을 함께 받쳐 들고 다리 쪽으로 걸어갔고, 부인은 흰 우산을 쓰고 반대쪽인 라쿠시샤 방향으로 걸어갔다. 헤어질 때 부인은 미타라이에게 고개 숙여 인사하고, 이어서 내게도 했다. 나는 당황해서 허리를 숙였다.

좁은 우산 아래를 비좁게 걷다가 다리에 접어들어 넌지시 뒤 돌아보니, 그 부인도 마침 돌아본 참이었고 걸어가며 다시 고개를 숙이는 것이 보였다. 우리도 나란히 꾸벅 인사를 했다.

이때도 나는 멀어져 가는 저 가냘픈 사람이 일본 전국을 떠들 썩하게 한 장본인이라고는 믿을 수 없었다. 부인은 천천히 걸어 갔다. 수많은 사람들이 그녀와 스쳐 지나가지만 누구 하나 주의를 기울이지 않았다.

번개가 더 번쩍일 기미는 없었다. 극적인 시간은 갔다. 나는 아라시야마 역을 향하며 미타라이에게 말했다.

"차근차근 이야기해줄 거지?"

"그야 물론이지. 네가 듣고 싶다면."

그 말에 나는 버럭 화가 났다.

"듣고 싶지 않을 거라 생각해?"

"아니, 다만 네 머리가 나보다 떨어지는 걸 인정하기 싫을 것 같아서."

나는 침묵했다.

2

미타라이는 니시쿄고쿠의 아파트에 돌아가서 도쿄로 장거리

전화를 걸어, 미사코 씨와 이야기를 하는 모양이었다.

"네……, 해결했습니다. 아……, 물론 알고 있습니다.

살아 있더군요. 지금 만나고 온 참입니다. 누구냐고요? 아, 그 럼…… 알고 싶으시면 내일 오후에 저희 교실로 와주세요. 당신 의 오라버님, 성함이 뭐라더라……, 후미히코? 후미히코라고 합니까. 아, 그렇습니까, 의외로 귀여운 이름이네요. 후미히코 씨에게도 오시라고 전해주십시오. 반드시 분지로 씨의 수기도 가져오라고 제가 당부했다고 전해주시고요. 수기를 안 가져오시면 아무것도 알려드릴 수 없습니다. 예, 내일은 하루 종일 있습니다. 몇 시든 상관없습니다. 오시기 전에 전화만 해주십시오. 그럼……"

다시 다이얼을 돌리는 소리가 났고, 이번에는 에모토에게 건 것 같았다.

나는 부엌에서 빗자루를 찾아내어, 미타라이 옆으로 가서 일주일 동안 편하게 머무른 방을 거침없이 청소했다. 전화를 끊은 후에도 미타라이는 방 한가운데에 멍하니 앉은 채 움직이지 않아서, 청소에 무척 방해가 되었다.

비는 이제 안개비가 되어, 창문을 열어놓아도 방에 들이치지 않았다.

우리가 손에 작은 짐을 들고 교토 역 플랫폼에 가니 에모토가 벌써 기다리고 있었고, 우리에게 도시락 꾸러미를 두 개 건네주었다.

비는 이미 그쳤다.

"선물입니다. 또 오십시오."

에모토는 말했다.

"신세를 많이 졌는데 이런 것까지 주시니 송구스럽네요. 다음 번에는 도쿄에 꼭 놀러 오십시오. 정말로 폐를 끼쳤네요. 정말 즐 거웠습니다."

"아니, 저는 아무것도 한 게 없습니다. 저희 집에는 사람들이 멋대로 자러 오니까 별 대단한 일도 아닙니다. 언제든지 사양 말고 오십시오. 사건이 해결되어서 다행입니다."

"네, 저는 아직 아무것도 모릅니다. 거참, 여우에 홀린 기분이네요……. 진상은 이 수염 선생만 알고 있어서."

"하하, 또 가르쳐주지 않는군요?"

"그렇답니다."

"이 선생은 옛날부터 그랬지요. 온 집 안에 이것저것 감춰놓고 까맣게 잊어버려요. 그래서 대청소를 하면 어처구니없는 곳에서 잡동사니가 막 나오더라고요."

나는 살짝 한숨을 쉬었다.

"네……, 역시 보통은 아니네요……. 사건에 대해서 빨리 설명하지 않으면 잊어버릴지도 모르겠군요."

"서두르는 편이 좋을 겁니다."

"그런데 점술가 선생은 어째서 이리 비뚤어졌을까요."

"점 같은 건 비뚤어진 노인이 하는 일이니까요."

"아직 젊은데……."

"안타깝습니다……."

"자, 제군! 작별의 인사는 그 정도로 하자. 우리를 오랫동안 갈라놓을, 500년 후의 밤으로 데려갈 열차가 머지않아 미끄러져 들어온다. 우리는 낭만의 갑옷으로 무장하고, 흰 나귀에 올라타야 하지 않겠나!"

"만사 이런 식입니다."

"수고가 많으십니다."

"사건이 완전히 해결되면 편지를 쓰겠습니다, 길게."

"기대하고 있겠습니다. 곧 또 와주세요. 여름에는 다이몬지의 오쿠리비[76]도 있습니다."

신칸센이 달리기 시작해 플랫폼에서 손을 흔드는 에모토가 보이지 않게 되고 해질녘 어스름한 평야로 나왔을 때 나는 미타라이를 돌아보았다.

"힌트 정도라도 어때? 미타라이, 가르쳐줘도 벌은 안 내릴 것 같은데."

사건이 너무나 간단히 정리되었고 미타라이가 잠을 못 잔 탓에 빨리 침대로 들어가고 싶다고 해서 예정했던 막차보다 훨씬 이른 열차를 탔다.

---

76) 매년 8월 16일 교토를 둘러싼 다섯 산에서 글자나 그림 모양으로 불을 지펴 죽은 이의 영혼을 저승으로 보내는 전통 행사.

"힌트는 그러니까……, 셀로판테이프야."

"지폐에 붙은 셀로판테이프가 힌트라고? 진심이냐?"

"지금처럼 진심인 적은 없었어. 힌트 정도가 아니라, 그 셀로판테이프야말로 이 사건의 모든 것이라 해도 되니까."

"……."

나는 무슨 말인지 감도 잡히지 않았다.

"……그럼 오사카의 가토 씨나 야스카와 다미오, 요시다 슈사이 씨, 우메다 하치로 씨는 전혀 관계없어?"

"응, 뭐, 없지는 않지만, 몰라도 다 풀 수 있어."

"아무튼 나는 해결에 필요한 모든 자료를 완전히 갖고 있다는 말이지?"

"물론 그래. 완전히. 무엇 하나 부족한 건 없어."

"그런데…… 범인이, 스도 씨라고 했나? 그 사람이 있는 곳까지는 모르잖아?"

"알 수 있다니까."

"그 정도의 자료로도?"

"그 정도의 자료로도."

"조사해서 알아낸 거 아니야? 내가 모르는 사실을 말이야. 내가 오사카나 나고야에 간 동안에."

"전혀 아니야! 계속 가모가와 강 강가에서 낮잠만 잤는데. 우리는 신칸센을 타고 교토 역에 도착하기 전에 모든 자료를 얻었어. 그래서 나는 교토 역 플랫폼에 내린 그 길로 스도 다에코의 집에 종종걸음으로 갈 수 있었지. 좀 이상할 정도로 진척이 안 된 것뿐이야."

"그런데 스도 다에코는 누구지? 본명?"

"당연히 가명이지."

"그러면 내가 아는 사람이야? 그런 거지? 누구야? 사건 당시의 이름은 뭐였어? 미타라이, 조금이라도 좋으니까 가르쳐줘! 아조트는 어떻게 됐어? 만들어졌어?"

미타라이는 귀찮다는 듯이 말했다.

"아조트 말이냐……. 음, 존재해. 살아서 움직이고 있지. 그 여자가 전부 한 거니까."

나는 자리에서 튀어 오를 것 같았다.

"정말이야? 살아 있다고? 생명을 얻은 거야?"

"어쨌든 마법이니까."

그 순간 내 흥분은 가라앉았다.

"그러냐, 농담이네. 그렇지……, 그럴 리가 없지……. 그런데 오늘 그 사람은 누구야? 그 사람은 누구냐고?"

미타라이는 실눈을 뜨고 히죽거렸다.

"가르쳐줘! 너도 모르는 거지! 난 지금 참을 수가 없어. 죽을 것 같아. 가슴을 쥐어뜯고 싶을 정도로 답답해서 미칠 것 같다고."

"사양 말고 마음껏 해도 돼. 나는 좀 잘 테니까."

창유리에 머리를 기댄 미타라이는 멍한 표정으로 말했다.

"미타라이……."

그렇게 말하고 나는 한숨을 쉬었다.

"너는 그걸로 됐겠지. 그런데 나는 어떡해? 너무 매정하네. 아주 조금쯤은 충실한 친구에게 알려줄 의무가 있어. 계속 같이해왔잖아. 우리 사이에 만일 우정이란 게 있다면 그것을 없애버리는 것도 남기는 것도 지금 네 결심 하나에 달려 있다고 나는 생각해."

"오버하지 마! 무슨 소리야? 협박이냐. 설명하지 않겠다고는 안 했어. 그래도 대충 할 수는 없다고. 하는 이상, 제대로 논리적으로 철저하게 설명하고 싶어. 그것이 지금 말하지 않는 이유 중 하나야.

또 한 가지, 지금은 너무 피곤해. 몸도 마음도 다. 네 질문에 찔끔찔끔 대답하다가는 전혀 피로가 풀리지 않을 거야.

그리고 또 한 가지 이유는 지금 너한테 설명해주고 다시 다케고시 집안의 후미히코에게 설명하면, 똑같은 이야기를 두 번 해야 된다고. 게다가 여기에 그림을 그릴 칠판도 없어. 이런 여러 조건을 충족하는 방법은 하나, 내일 우리 집에서 한 번에 하는 거야. 너도 그렇게 생각하지? 말귀 못 알아듣는 소리 하지 말고 잠이나 자. 딱 하루만 참으면 되잖아."

"나는 전혀 졸리지 않아."

"아, 난 너무 졸린다. 이틀이나 못 잤더니. 수염도 빨리 깎고 싶어. 아무래도 수염이 기니까 이렇게 창가에 기댔을 때, 따끔따끔해서 잘 못 자겠어. 이시오카, 남자는 왜 수염이 나는 걸까? ……

알았어, 하나 정도는 말해줄게. 너는 스도 씨를 몇 살이라고 생각
해?"

"쉰 살은 안 된 거 아닐까?"

"그래 가지고 그림을 그린다고! 예순여섯 살이야. 얼마 전에 막
예순여섯이 됐어."

"예순여섯? 그러면 40년 전에는 스물여섯인가……."

"43년 전이야."

"아, 43년 전……, 그러면……? 음, 스물셋……?

그렇구나! 그러면 여섯 명의 딸들 중 하나다! 역시 구덩이를 깊
게 파서 고의로 부패시킨 시체 중에 다른 사람 시체가 있었구나!
그렇지?"

미타라이는 크게 하품을 했다.

"오늘 예습은 이 정도로 하자. 그렇게 딱 맞는 같은 나이대의,
그것도 발레리나 시체를 조달할 수 있겠냐는 말이야."

"뭐? 그럼 아닌 거야? 거짓말이지……. 하지만, 뭐, 확실히 그건
그래……. 전에도 그렇게 생각했어……. 젠장! 오늘 밤은 졸리지
도 않네."

"너야 하룻밤이잖아. 내일은 해답을 들을 수 있어. 딱 하룻밤
정도라도 나한테 맞춰줄래? 우리 사이에 있는 것 같은 우정의 증
표로 말이야."

미타라이는 그렇게 말하고는 다시 기분 좋은 듯이 눈을 감았
다.

"……재미있냐?"

"별로, 그냥 졸릴 뿐이야."

미타라이는 말과 달리 다시 눈을 뜨고 뭔가 부스럭거리고 있었다. 그리고 스도 다에코에게 받은 염낭을 가방에서 꺼내어 손바닥에 올려놓고 바라보았다.

창밖은 몇 시간 전의 뇌우가 거짓말 같았다. 천천히 움직이는 지평선, 암막에 한 일 자 모양으로 뻗은 오렌지색 균열처럼 뜻밖에도 저녁놀이 나타났다.

나는 교토에서 체류한 일주일을 돌이켜 보았다. 오사카의 요도가와 강 강가에서 가토 씨와 이야기했던 일, 가라스마 차고로 요시다를 찾아간 일, 우메다가 순사 차림으로 우두커니 서 있던 이누야마 메이지무라의 일. 고작 일주일인데도 상당히 많은 일이 있었다.

그리고 마지막으로 아라시야마에서 스도 다에코와 만난 것이 오늘, 그것도 단 몇 시간 전이라고는 정말 믿을 수 없었다. 봄날의 우레로 어둠침침했던 오후가 오히려 지금보다도 더 늦은 시각이었던 것 같은 착각이 가시지 않는다.

"그러면 나는 오사카나 메이지무라처럼 완전히 빗나간 방향으로 한가롭게 돌아다녔던 거구나. 헛걸음을 했네……."

나는 누구를 향한 것인지도 모를 패배감으로 가득 차 있었다. 미타라이는 염낭을 여기저기 만지작거리면서 건성으로 대답했다.

"꼭 그런 건 아닐 거야."

나는 어쩌면 내가 조사해 온 것도 미타라이의 판단에 참고 정도는 되었나 하고, 기운을 내서 물었다.

"어째서?"

"그거야……, 메이지무라를 구경했잖아."

미타라이는 염낭을 뒤집어서 흔들었다. 그러자 작은 주사위 두 개가 그의 왼손 손바닥으로 굴러 나왔다. 미타라이는 손바닥 위에 놓인 주사위를 오른손 손가락으로 굴리다가 말했다.

"그 여자는 자기를 찾아오는 사람은 분명 우리 같은 젊은 사람일 거라 생각했다고 했지?"

불쑥 이렇게 말했다. 내가 끄덕이자 "우리 같은 젊은 사람이어서 괜찮은 걸까"라고 다시 한번 말했다.

"무슨 뜻이야?"

"아니, 별 뜻은 없어."

미타라이는 계속 손 안에서 주사위를 가지고 놀았다. 맞은편에 저녁놀이 지고 있었다.

"마술의 막은 내렸어."

미타라이가 말했다.

두 번째 도전장

미타라이의 말에 무엇 하나 과장은 없다. 나는 이 두 사람이 교토 역 플랫폼에 도착한 시점에서, 독자에게 첫 번째 도전장을 쓸 수도 있었다. 그러나 그러기에 문제가 지나치게 어려워서 큰 힌트가 나타나기까지 기다리기로 했다.

노골적인 힌트를 제시했고, 게다가 범인까지 등장시켰다. 그러나 이것으로도 역시 대다수의 독자들은 여전히 풀지 못했을 거라 짐작한다. (어차피 일본 전체가 40년간이나 풀 수 없었던 어려운 문제니까) 그래서 나는 대담하게도 여기서 두 번째 도전장을 던지는 바이다.

스도 다에코는 누구일까? 당연히 그녀는 여러분이 잘 아는 인물이다. 그리고 그녀의 범행 방법은? 사태가 여기까지 이르렀으면 이제 그만 풀어주길 바란다.

시마다 소지

V
시간의 안개가 일으킨 마법

1

스도 다에코라는 여성은 이제 어떻게 되는 것일까? 나는 법률 지식이 부족해서 잘 모르겠지만 미타라이의 말로는 공소시효가 15년이라고 하니까 사형이 되지는 않을 것이다.

영국이나 미국에서는 모살에 시효가 없고, 아우슈비츠의 나치에게도 영구히 시효가 없다고 한다. 그 사람은 일본인이지만 어차피 앞으로 더 이상 평화로운 생활을 바랄 수 없다.

다음 날인 13일 금요일, 쓰나시마 역에서 내려 길을 빠져나가니 이른 아침이라 그런지 평소 때는 그다지 품위가 있다고 할 수 없는 호텔 거리도 쥐죽은 듯 잠들어 있었다.

각오했던 대로 어젯밤 나는 거의 잠을 자지 못했다. 밤새 사건에 대해 생각했지만 갑자기 등장한 스도라는 여성이 누구인지 전혀 알 수 없었고, 머리도 혼란스러워져서 예전에 《우메자와가 점성술 살인》을 읽고 이것저것 생각했던 때보다 한층 더 오리무중이 된 꼴이었다. 차라리 그 무렵에는 사건의 진상을 짐작할 수 있을 듯한 느낌이 들었다. 나는 내 머리가 평범하다는 것을 절실히 느꼈다.

예전에 몇 번 간 적이 있는 카페에서 주인이 나와 영업 중이라고 쓴 푯말을 입구에 거는 것이 보였다. 카페에 들어가 모닝 세트를 먹으며 앞으로의 극적인 시간에 대비했다.

미타라이의 사무소에 도착하니, 반쯤 예상은 했지만 미타라이는 역시 정신없이 자고 있었고, 나는 전혀 극적이지 않은 시간을 몇 시간이고 소파 위에서 흘려보내야 했다.

오늘은 최소한 손님이 두 명은 올 테니, 커피 컵 등을 씻어서 준비해두었다. 미타라이는 저런 인간이니, 그냥 놔두면 아무것도 하지 않을 것이다. 그 후 나는 미타라이가 깨지 않도록 작게 레코드를 틀어놓고 소파 위에 누워 있었다. 그러다 그만 깜빡 졸았는지 침실 문이 열리고 미타라이가 나오는 소리에 눈을 떴다.

미타라이는 문 쪽에 서서 하품을 하며 머리를 긁고 있었다. 마구 자란 수염은 멋지게 면도가 되어 있었고, 어젯밤에는 목욕도 했는지 의외로 깔끔한 인상이었다.

"피로는 풀렸어?"

나는 말했다.

미타라이는 대충, 이라고 대답하고 "엄청 일찍 출동하셨는데, 잠을 못 잤나 봐"라고 말했다.

"오늘은 극적인 날이잖아."

"극적? 뭐가?"

미타라이는 말했다.

"그야 오늘은 40년의 수수께끼가 공식적으로 풀리는 날이잖아? 너도 특기인 연설을 할 수 있고."

"침팬지를 상대로? 흠, 별로 극적이라고도 할 수 없는데. 나에게 극적인 순간은 이미 끝나버렸어. 오늘은 축제 다음 날의 뒷정리 같은 거야. 그래도 너한테 설명을 할 필요가 있고, 그것도 상당히 의의가 있다고 생각은 해."

"그래도 오늘은 공적인 작업이라고 할 수 있잖아."

"공적인 뒷정리."

"어떤 식으로 말하든 상관없는데, 오늘 이야기할 상대는 둘이지만 그 사람들은 마이크라고 할 수 있어. 나중에 스피커로 1억명이 들을지도 몰라."

미타라이는 어딘가 메마른 목소리로 웃었다. 그리고 이렇게 말했다.

"아, 그래. 그거 영광인데. 이라도 닦아야겠네."

미타라이는 아무래도 별로 내키지 않는 모양이었다. 세수를 끝내고 소파에 걸터앉고 나서도, 곧 스스로 만들어낼 기념할 만한 시간을 위해 긴장하는 기색이 없었다. 어쩌면 범인과 만나고 나서 형사에게 그녀의 존재를 알려야 하는 역할 때문에 마음이 무거워졌을지도 모른다.

"미타라이, 너는 오늘 영웅이 되는 거야"라고 나는 말해보았다.

"관심 없어! 나는 수수께끼를 풀었고, 그걸로 끝이야. 더 이상 뭘 하라는 거지? 범인이 극악무도한 살인광이고 앞으로도 시체를 마구 만들어낼 우려가 있다면 모르지만, 이 경우는 그런 것과 가장 동떨어진 케이스이고.

너도 스스로 납득할 만한 완성도로 좋은 그림을 그렸다면, 그다음은 어떻게 하지? 좋은 화가는 좋은 그림을 그리면 그걸로 된 거잖아. 거기에 가격표를 붙이거나 팔아줄 부자를 찾아 돌아다니는 건 화상의 역할 아닌가?

나는 가슴에 훈장 따위 달고 싶지 않아. 무거우면 달리는 데 방해가 돼. 정말 좋은 그림에는 요란한 장식은 필요하지 않지. 사실 하고 싶지 않아. 침팬지를 돕는 건 딱 질색이야. 분지로 씨의 수기만 없었다면, 약속을 뒤집는 무책임한 남자쯤이야 얼마든지 될 수 있는데."

미사코 씨로부터 전화가 온 것은 정오를 조금 지났을 때였다. 네, 상관없습니다, 하고 미타라이가 전화에 대답하고 나서 당사자들이 오기까지 다시 1시간 정도 걸렸다. 미타라이는 단념한 듯, 그사이 꾸준히 뭔가를 그리고 있었다.

드디어 기다리고 기다리던 노크 소리가 났다.

"어서 오십시오! 들어오시죠."

미타라이는 미사코 씨를 향해 쾌활하게 말했다. "이쪽에 앉으십시오"라고 말하고 나서 약간 의외라는 표정을 지었다.

"어라, 후미히코 씨는 어떻게 되신 겁니까?"

그러고 보니 덩치 큰 형사의 모습이 보이지 않고, 대신 몸집이 작고 무척 마른 데다, 또한 대조적으로 겸손한 인상의 남자가 미사코 씨를 따라왔다.

"그게, 오라버니가 전날 너무 실례를 했습니다. 무례한 말을 했다더군요. 오라버니 성격이 좀 그래서, 정말로 뭐라 사과를 드려야 할지…….

오늘 오라버니는 도저히 빠질 수 없는 일이 생겨서 저희 남편이 대신 왔습니다. 저희 남편도 경찰이니까 오라버니를 대신할수 있을 거예요."

미사코 씨의 남편은 우리에게 두 번씩 머리를 숙이고, 의자에 앉았다. 나는 그에게서 나쁜 인상은 받지 않았다. 그는 형사라기보다는 차라리 포목전 지배인 같은 느낌의 인물이었다.

미타라이는 다소 안타까운 모양이었지만, 그래도 남자답게 마음을 고쳐먹고 이렇게 말했다.

"그렇습니까. 만일 제가 실패했다고 해도 빠질 수 없는 일이 들어왔을까요. 뭐, 높으신 분은 바빠서 못 쓰겠네요. 어라, 이시오카, 커피를 끓여준다고 하지 않았어?"

나는 튕겨나듯 일어났다.

"자, 오늘 이렇게 모이시게 한 것은……."

미타라이는 나를 부엌으로 내쫓고는 말을 시작했다.

"우메자와가 점성술 살인, 지금으로부터 43년 전의 사건입니다만, 이 사건의 범인을 여러분께 알려드리기 위해서입니다. 아차, 잊어버릴 뻔했군. 아버님의 수기를 가지고 오셨겠지요? 좋습니다. 이리로 주십시오."

미타라이는 그런 식으로 말했지만, 그의 머릿속에서 수기라는 존재가 한시도 떠난 적이 없는 것은 확실했다. 그 증거로 수기를 받아 들고 누구에게도 넘기지 않겠다는 듯이 꼭 쥔 탓에 손등에 혈관이 튀어나오는 것이 보였다. 생각해보면 이 수기를 위해 미타라이는 그런 무모한 정열을 쥐어짜 낸 것이다.

"자, 범인을 알려드리는 것은 간단합니다. 이름은 스도 다에코, 교토에서 염낭을 취급하는 작은 가게를 하고 있습니다. 주소는 신마루타마치도리 길 기요타키카이도아가루, 교토 사가노의 기요미즈데라 절 근처입니다. 가게 이름은 '메구미야', 사가노에 같은 이름의 가게는 없으니 바로 알 수 있을 겁니다. 이 가게의 주인이 스도 다에코 씨입니다.

이상으로 되셨겠지요? 어차피 제가 여기서 한 차례 설명해도, 그분에게 꼬치꼬치 캐물을 테니까……. 아, 안 됩니까? 그럼 할 수 없지, 설명하기로 합시다. 약간 길어질지도 모르니 각오하세요. 그러면 이시오카가 준비한 커피가 도착하면 강의에 들어가도록 하겠습니다."

미타라이가 당당한 태도로 진행하는 강의는 천 명 정도의 청강생을 앞에 둔 곳에서 어울릴 것 같았다. 미타라이의 아담한 교실은 그가 점성학 강의를 하기 때문에 작은 칠판이나 긴 의자 등이 있어서 제법 모양새는 좋지만, 학생이 나를 포함해 겨우 세 사람이라 우리는 등을 구부정하게 앉아 커피를 홀짝거리며 진지하게 경청했다.

"사건 자체의 성격은 지극히 단순합니다. 들으면 이게 뭐야, 라고 하지 않을 사람은 없을 겁니다. 스도 다에코라는 여성이, 물론 이것은 현재 이름인데, 이 여성 한 사람이 우메자와가 사람들을 차례로 죽였다, 단지 그뿐입니다.

그런 단순한 사건의 트릭이 어째서 40년이 넘도록 풀리지 않았나, 그것은 스도 다에코라는 여성이 마치 투명인간처럼 보이지 않았기 때문입니다. 저기 있는 이시오카가 언젠가 말한 것처럼 속임수를 썼기 때문입니다. 그는 그것을 헤이키치가 자기 자신을 없앤 속임수라고 생각했지만, 그게 아니라 스도 다에코라는 여성이 자신을 없앤 것입니다.

이시오카의 말대로 이 일련의 사건에는 범인이 보이지 않습니다. 아니, 이시오카뿐만이 아닌 일본에 있는 사람 모두가 40년간 그런 식으로 속아왔습니다. 그것도 무리가 아닙니다. 범인은 자신을 투명하게 만드는 속임수를 썼고, 트릭은 서양 점성술, 즉 점성술의 마법입니다.

이 속임수의 구조는 사건의 제일 중요한 포인트이기 때문에 나중에 천천히 설명하기로 하고, 우선은 헤이키치 밀실 살인부터 순서대로 풀어가 볼까요.

아틀리에 천장 창문을 비롯한 모든 창문에 철 격자가 달려 있어서, 살아 있는 사람이라면 출입할 수도 없고, 다른 비밀 문도 없는 데다 화장실로도 출입하기는 무리입니다. 문은 튼튼한 데다 빗장과 동시에 자물쇠라는 정말 번거로운 물건이 안에서 걸려 있었습니다. 게다가 밖은 30년 만에 큰 눈이 내려 그곳을 오간 사람은 발자국을 남기지 않을 수 없는 이중의 밀실입니다.

피해자인 헤이키치는 살해당하기 직전에 수면제를 먹었습니다. 또 수염을 가위로 짧게 깎았거나 깎였습니다. 깎았다면 그렇다고 할 수 있겠지만 깎였다, 즉 매우 짧아졌다는 것인데, 왜일까요. 아틀리에에는 가위 같은 건 없었다고 합니다.

바깥에는 발자국이 두 종류 남아 있었습니다. 여자구두 발자국과 남자구두 발자국, 그리고 남자구두 쪽이 나중에 돌아갔습니다. 눈이 그친 시각은 오후 11시 반, 사망추정시각은 오전 0시경으로 오차 허용 범위는 앞뒤로 1시간씩. 그때의 모델은 40년 후인 지금도 밝혀지지 않은, 아주 수수께끼로 가득 찬 사건입니다. 다만 눈 위에서는 남자구두도 여자구두도 아틀리에로 들어갈 때의 발자국은 사라져서, 이 두 사람은 당연히 아틀리에 안에서 얼굴을 마주했을 겁니다.

한편 이 발자국을 고려하면 헤이키치가 살해당한 수법에는 대략 어떤 경우가 있을까요?

먼저 헤이키치의 사망추정시각은 11시부터 시작이니까, 11시에서 1분이라도 지났을 때 누군가가 와서 헤이키치를 죽이고 재빨리 돌아간 경우. 이렇더라도 그 후 29분 가까이 눈이 내렸으니 발자국은 갈 때 올 때 둘 다 사라질지도 모릅니다.

다음으로 여자구두를 신고 온 모델이 혼자서 죽이고 간 경우.

마찬가지로 남자구두가 단독으로 죽이고 간 경우.

두 사람이 공모한 경우.

다음으로 발자국은 사실 트릭이고 아틀리에에서 돌아간 사람은 한 사람밖에 없었고, 그 사람이 남자구두와 여자구두 발자국을 둘 다 찍었을 경우가 있습니다.

우선은 모델이 두 발자국 다 찍었다고 합시다.

혹은 모델은 눈이 내리는 동안에 돌아갔고, 돌아가자마자 들어온 남자구두 쪽이 여자구두를 준비해 와서 두 종류의 발자국을 찍었다고 하는 것.

이 정도일까요……? 또 침대 끌어 올리기설이 있지만, 상식적이지 않아서 제외합니다. 자, 몇 개가 되지. 흠, 여섯 가지가 되나요.

발자국 미스터리는 제법 재미있기는 해도, 논리를 따져서 해답에 이를 수 있는 정도로 친절한 퍼즐은 아닙니다. 이유도 몇 가지들 수 있는데, 이 여섯 가지는 모두 앞이 막혀 있습니다. 일본 전국의 명탐정들이 40년간이나 길을 잃은 것은 도입부에 이런 미로 같은 장치가 되어 있던 탓도 있습니다.

그러나 역으로 그것이 해답을 가리키고 있지요.

각각의 방법에 관해서 검토해보면, 먼저 첫 번째로 11시 1분설은 아니라고 할 수는 없지만 좀 드물다 싶게 묘합니다.

왜냐하면 범인이 일을 마친 현장을, 그러니까 헤이키치의 시체가 뒹굴고 있는 곳을 여자구두와 남자구두 혹은 이들을 한 사람이라 해도 범인 이외의 사람이 보고 있었던 것이 됩니다. 그러나 그런 증언을 한 사람이 나타난 사실은 없습니다. 이 사람에게 자기가 본인임을 밝히고 나오지 못한 이유가 있었을지도 모르겠지만, 글쎄요, 투서라도 할 수 있었을 겁니다. 죄 없는 자신의 발자국이 범인 것으로 의심받고 있으니까 어떻게든 해명하고 싶었을 겁니다. 따라서 이 가설은 생각하기 어렵지요.

두 번째로 여자구두를 신은 모델이 혼자서 죽인 경우는 전혀 가능성이 없다고 봅니다. 눈이 그친 시각을 생각하면 남자구두와 여자구두는 아틀리에에서 가깝게 대면했을 것이고, 남자구두가 멍하니 보는 앞에서 여자구두가 헤이키치를 죽였다는 게 됩니다. 그동안 남자구두는 제지하지도 않고 나중에 증언도 하지 않았다. 이것도 생각할 수 없습니다.

세 번째로 남자구두가 혼자서 한 경우. 이것은 앞의 경우보다는 가능성이 있지만, 마찬가지로 이번에는 여자구두가 살해 현장을 보고 있었던 것이 됩니다. 이것도 남자구두로서는 나중에 일이 번거로워지니까 그렇게 했을 것 같지는 않습니다.

네 번째로 두 사람의 공모설. 이것은 앞에 말한 두 경우보다는 낫습니다. 그런데 여기에도 문제가 있습니다. 헤이키치의 수면제 말인데요. 남녀라고 한정할 수는 없지만 사람이 둘이나 있는 동안에, 아무리 친하다 해도 수면제 같은 것을 먹겠습니까? 협박해서 먹게 했을지도 모르지만 그렇다면 뭣 때문에 그렇게까지 수면제를 먹일 필요가 있었을까요? 생각할 수 있는 이유는 그저 침대 끌어 올리기설을 뒷받침해주기 위해서입니다.

그렇게 되면 다음번 가즈에 살해와 아조트 살인도 두 사람의 짓이라는 가능성이 커집니다. 범인이 여러 명이면 탄로 날 확률도 높고요. 냉철한 사람은 그렇게 하지 않습니다. 이 사건은 단독 범죄 냄새가 많이 납니다. 두 사람이라면 가즈에나 아조트 살인의 모양새도 바뀌었을 것이고, 분지로 씨가 휘말릴 일도 없었겠지요.

다섯 번째로 여자구두가 혼자서 했고 발자국은 트릭이라는 것. 여기에도 문제가 있습니다. 이 모델은 눈이 내리기 시작한 25일 오후 2시 이전에 아틀리에에 들어갔다는 점이 그렇습니다. 그 시점에는 눈은 내릴 기미도 없었고, 더구나 30년 만의 적설이라는 예상을 할 수 없는 날씨여서, 미리 남자구두를 준비해 왔다고는 생각하기 어렵습니다.

방법이 있다면 헤이키치의 구두를 썼다는 것인데, 그의 구두는 두 켤레밖에 없었고, 두 켤레 다 현관에 제대로 놓여 있었습니다. 게다가 그 발자국을 봐서는 어떻게 해도 헤이키치의 구두를 현관에 되돌려놓기란 불가능합니다.

즉 아틀리에 입구에서 자기 구두로 쪽문까지 나온 다음 발끝으로든 어떻게든 되돌아오는데, 이때는 큰 보폭으로 걷고는 헤이키치의 남자구두로 바꿔 신고 발끝으로 걸은 발자국을 밟아서 없애면서 나간다고 해도, 그 외에는 발자국이 없기 때문에 무슨 수를 써도 남자구두를 현관에 돌려놓을 수가 없습니다.

그리고 또 한 가지, 이런 귀찮음을 무릅쓰고 어째서 일부러 남자구두 발자국을 포함한 두 종류의 발자국을 남겼는지 이유를 알 수 없습니다. 남자구두만 남겨도 되지 않을까, 제가 곤란했던 것은 이 점입니다.

생각할 수 있는 가능성이라면, 수사를 교란시키기 위해서겠지요……, 아마도.

수사진은 두 방향으로 헤맸습니다. 하나는 침대 끌어 올리기 설, 또 하나는 가즈에 살해와 관련해 범인이 남자라는 잘못된 판단을 내린 것. 경찰은 당연히 분지로 씨의 체액 때문에 가즈에 살해는 남자의 범행이라고 봤습니다. 그 생각과 맞추려고 한 거겠지요. 그러나 이것도 남녀 두 종류의 발자국이 있기 때문에 갈피를 못 잡은 게 아닙니다. 남자구두 한 종류로도 충분히 헷갈립니다.

여섯 번째로 그 반대를 생각할 수 있습니다. 남자구두가 혼자서 왔다. 그런데 눈이 내리기 시작하고 상당히 지난 후에 왔기 때문에, 발자국 문제를 예측할 수 있었다. 그렇기 때문에 여자구두를 준비해 올 수 있었다. 모두들 이 가설이 가장 가능성이 크다고 생각했겠지요.

그런데 이것도 트릭은 여자구두 하나로 충분하다는 점, 다섯 번째 케이스보다 더욱 그 경향이 강합니다. 여자구두라면 모델 것으로 생각하겠지만, 남자구두라면 금세 범인 것으로 의심을 사게 됩니다. 그리고 또 하나, 헤이키치는 눈앞에서 수면제를 먹을 정도로 가까운 남자인 친구는 없었다는 점, 이런 사실만 봐도 이것도 막다른 곳에 다다른 거지요.

이런 식으로 여섯 가지의 가설이 결국 전부 깨졌습니다. 한 걸음 더 나아가 자세히 검토해보면, 정답은 다섯 번째 케이스밖에 없는 것을 알 수 있어요. 동시에, 앞에 든 여섯 가지 경우는 추리를 진행해가는 여섯 단계라고도 할 수 있겠습니다.

첫 번째 케이스가 부정되었다는 것은 두 종류 발자국 중에 적어도 하나는 범인이어야 한다는 사실로 귀결됩니다. 그렇죠?

그리고 네 번째 케이스, 즉 남자구두, 여자구두의 공모설이 부정된다면 범인은 한 사람이라는 게 됩니다. 여기서 큰 조건이 하나 더해지는 셈이지요.

게다가 두 번째, 세 번째에서 아틀리에 안에서 이 두 사람이 마주치는 것이 이상하다면, 필연적으로 이 두 종류의 발자국 중 하나는 트릭이라는 결론에 이릅니다. 그러면 정답은 다섯 번째 혹은 여섯 번째 케이스 중 하나라는 결론이 지극히 자연스럽죠.

그리고 여섯 번째 경우는 아까 말씀드린 대로 트릭으로 여자구두 발자국을 찍는다면, 남자구두 자국까지 남기는 것이 결정적으로 이상합니다. 그래서 다섯 번째밖에 없습니다. 결론은 다섯 번째로 낙착됩니다.

그러면 아까 다섯 번째 옵션을 부정하게 된 이유, 즉 구두를 되돌려놓을 수 없는 점, 혹은 여자구두 발자국까지 남긴 점, 이것들은 역으로 수수께끼에 다가갈 강력한 열쇠로 바뀌는 겁니다.

여자구두가 혼자서 했고 발자국이 트릭이었다. 이것이 정답인데 다만 이때 여자구두가 곧 모델인가 하는 문제가 남습니다. 이 모델이 아직도 신분을 밝히지 않은 점, 그리고 여자구두의 주인일 가능성이 높은 메디시스의 도미타 야스에가 알리바이나 동기 면에서 제외되는 점 등을 맞춰보면, 모델과 여자구두를 동일인으로 생각하는 것은 그리 부자연스럽지 않은 것 같습니다.

그렇다면 이 모델은 헤이키치가 눈앞에서 수면제를 먹을 정도로 그와 가깝고, 발자국 트릭을 위해 사용했을 헤이키치의 구두를 원래대로 아틀리에의 입구에 되돌려놓는 것이 가능한 여자가 됩니다. 이것은 대단히 한정된 조건입니다.

그렇습니다, 그 모델이 바로 스도 다에코입니다. 그녀가 포즈를 취하는 동안 밖에 눈이 내리기 시작했고, 게다가 예상도 못 할 정도로 큰 눈이 내려서, 고민 끝에 계략을 생각해 헤이키치의 구두를 쓰기로 했습니다. 어쨌든 생각할 시간은 충분히 있었을 테니까요.

그녀로서는 침대 끌어 올리기로 꾸며서 마사코와 딸들을 함정에 빠뜨리기로 사전에 계획하고, 그러기 위해 일부러 아틀리에 천장의 창문 유리를 깨어 새것으로 갈도록 해놓을 정도로 주도면밀한 준비를 해왔는데, 눈이 내린 것은 계산 외였지요. 내심 크게 당황했을 거라 쉽게 짐작할 수 있는데, 포즈를 취하면서 타고난 침착함으로 머리를 굴렸습니다. 모두 함께 침대를 끌어 올린 후 그 여자들이라면 어떻게 할까, 이렇게 말이죠. 설마 모두가 발자국을 남기지는 않겠지.

그녀는 다음번 가즈에 살해 계획도 이미 다 세워놓았을 겁니다. 남자의 짓으로 꾸민다, 그렇다면 이것도 아예 남자구두로 하자는 식으로 생각한 게 아닐까요. 약간 일관성이 없지만 그녀로서는 어쨌든 자기가 범인이 아니라는 것을 보여주면 되니까. 헤이키치의 사망 원인을 바닥에 머리를 부딪혀서 생긴 뇌타박상으로 꾸미기 위해 프라이팬 모양의 흉기도 준비했을 테니, 눈이 내렸다고 해서 간단히 계획을 변경할 수는 없었을 겁니다.

헤이키치를 때려 죽이고 나서는 바닥에 부딪힌 것처럼 보이게 하려고 바닥 먼지라거나 작은 돌 같은 것을 헤이키치의 머리에 묻혀뒀을 겁니다. 그다음에 헤이키치의 수염을 가위로 깎았는데 왜 이런 이해 안 되는 짓을 했을까요?

굳이 말해보자면 아마 동생인 요시오가 헤이키치와 많이 닮은 것을 알았기 때문에 헷갈리게 하기 위해서일 겁니다. 그렇다면 차라리 완전히 깎아버리는 게 더 나았다고도 할 수 있겠지만요. 다만 헤이키치 생존설이 나올 것은 당연히 예상했기 때문에, 이런 것도 해두면 좋겠다는 발상이었겠지요. 정말로 젊은 범인다운

409

발상 아닙니까?

아이디어가 정말 좋은 데다 범행이 침착하고 완벽하게 수행되었기 때문에 사건이 미궁에 빠졌다고 일반인들은 믿고 있지만, 사실은 그렇지 않습니다. 잘 보면 작은 실수들이 도처에 있습니다.

예를 들어 가즈에 살해 때 덜렁대는 남자에게 폭행 살해되었을 가즈에의 흐트러진 기모노 옷자락을 별 생각 없이 정돈해둔 것도 젊은 아가씨다운 실수였지만, 발자국 같은 것이 제일 좋은 예입니다.

이것은 명백히 첫 살인을 앞두고 머리가 뒤죽박죽이 된 데다, 생각이 지나쳐서 잘못 생각한 예입니다. 발자국은 남자구두, 여자구두 두 종류를 찍을 필요는 없었습니다. 남자구두만 찍으면 됐고, 그편이 침대 끌어 올리기설에는 훨씬 효과적입니다. 모델이 있는 동안에 지붕에 올라가기보다, 모델이 돌아가고 나서 올라갔다는 편이 추리하는 쪽을 속이기 쉬우니까요.

헤이키치는 눈이 그친 시점에서 이미 잠들었을 수도 있고, 모델은 눈이 내리는 동안에 돌아갔다고 하는 편이 훨씬 자연스럽습니다. 저는 이 두 종류의 발자국 덕분에 안심하고 침대를 끌어올렸다는 설은 부정할 수 있었고요.

그렇습니다, 범인의 계산 밖이었던 것이 또 하나 있습니다. 헤이키치가 자신이 있는 동안에 수면제를 먹어버렸던 겁니다. 아마 여기서 그녀는 다시 머리가 혼란스러워졌겠지만, 결국 계획대로

할 수밖에 없었을 겁니다.

네, 그렇습니다. 구두는 어떻게 되돌려놓았는지, 그 후에 자물쇠를 채운 밀실을 어떻게 만들어냈는지 하는 큰 문제가 남습니다. 여기서 무리하게 설명하기보다, 계속 진행하다 보면 저절로 알 수 있는 요소입니다. 빗장만으로 된 밀실이라면 간단하겠죠? 발자국이 마구 찍혀 있던 창문 쪽에서 실 한 가닥으로도 쉽게 걸 수 있습니다. 고리 모양으로 만들면 실을 회수하기도 간단하고요.

다음으로 가즈에 살해로 넘어가 봅시다. 이 사건은 그리 어렵지는 않습니다. 모두 근본적으로 간단한 실수가 있었습니다. 아까 것은 좀 복잡했지요, 실례했습니다. 세세한 부분까지 길게 이야기하기가 점점 귀찮아져서 결론부터 말하겠습니다.

분지로 씨가 가즈에의 집에 간 것이 오후 7시 반, 나온 것이 9시 10분 전, 사망추정시각은 7시부터 9시 사이니까 이상하다고 생각할 수 있는데, 별 게 아니라 가즈에는 이미 살해당해서 옆방에 있었던 겁니다. 분지로 씨가 만일 맹장지를 열어보았다면, 경찰이 검시했을 때와 전혀 다르지 않은 현장을 보았을 겁니다. 범인은 가즈에와 분지로 씨의 육체관계, 그리고 가즈에 살해라는 두 사건의 순서를 의도적으로 바꾸려고 했습니다.

분지로 씨를 유혹한 사람은, 그러니까 그와 육체관계를 한 사람은 가즈에가 아니라, 그렇습니다, 스도 다에코였습니다. 이유는 물론 분지로 씨를 협박해서 시체를 전국으로 흩어놓기 위해서고, 또 하나는 분지로 씨의 정액이 필요했던 겁니다. 그렇게 해서 가즈에 살해는 남자의 범행으로 보이게 했습니다.

헤이키치를 죽일 때 남자구두 발자국을 남겨놓았으니 그것과 연결시켜서, 만일 마사코나 딸들이 죄가 없다고 밝혀져도 일련의 사건을 남자의 범행으로 생각하게 해서 신변의 안전을 꾀하려는 의도였습니다.

저는 처음에 이 정액을 어딘가에서 가져왔을 거라 생각했는데, 자신에게 사정한 것을 옆방의 시체에 옮겼기 때문에 아주 신선했을 겁니다. 아마 시간 행위가 있었던 것처럼 보이게 하려고 잔꾀를 부린 것일 텐데, 여성의 깊은 원념을 이해하기에 좋은 사례일 겁니다. 분지로 씨는 살아 있는 여자와 육체관계를 맺었지만 가즈에는 시간당한 것이 정설이 되었습니다. 그것이 이렇게 어긋난 이유입니다."

"사건들을 남자의 소행으로 꾸미려 했다면, 지나가던 도둑을 범인으로 삼지 않는 편이 나았던 게 아닐까."

나는 말했다.

"아니, 그건 아니야. 지나가던 도둑으로 보이게 하지 않으면, 경찰은 헤이키치 살해에 관련이 있다고 보고 가즈에의 집을 몇 번이나 드나들 가능성이 생기잖아. 그러면 창고에 있는 딸들의 시체가 발견될 테니까, 그걸 계산에 넣었던 거지.

그리고 일련의 사건을, 그러니까 헤이키치 살해도 포함해서 남자 짓으로 보이게 한 이유는 어디까지나 마사코가 무죄가 되었을 때를 대비해서야.

다만 도둑으로 꾸미면 경찰이 절대로 오지 않느냐 하면 그것도 큰 의문이지. 지나가던 도둑이라도 살인은 살인이니까.

그래서 분지로 씨를 엄청 재촉했던 건데, 그건 아주 위험했다고 생각해. 가미노게가 당시 시골이어서 다행이었지. 경찰들도 태평했고.

그런 식으로 생각하면 이 트릭도 현재의 검증으로는 통하지 않았을 거라 생각합니다.

신문에 실린 사진이 당시보다 훨씬 선명할 테니까, 가즈에의 사진을 보고 분지로 씨는 다른 사람이라는 것을 알아차렸을 겁니다. 뭐, 얼굴 사진은 젊을 때 것을 쓰기도 하고 수정도 하니까 신문 사진이라면 지금도 별 차이 없을지도 모르겠네요.

자, 이렇게 생각하면 여러 가지를 알 수 있습니다. 두꺼운 유리 꽃병의 피가 닦여 있었던 이유는 분지로 씨에게 피가 묻지 않은 상태를 보여주려 했기 때문입니다.

나중에 다시 피를 묻혀도 되고 미리 분지로 씨에게 보여둘 필요는 딱히 없을 것 같지만, 사실은 그렇지 않습니다. 아, 그 꽃병이었구나, 하고 분지로 씨가 떠올리게 하는 편이 나중에 더 공포감을 줄 거라 계산했고, 무엇보다도 분지로 씨가 오기 전에 가즈에가 살해당했을 가능성을 그가 생각하지 않게 하기 위해서입니다.

그리고 거울 앞에서 살해당한 것. 이것은 가즈에와 스도 다에코가 상당히 가까운 관계였다는 것을 자연히 나타냅니다. 따라서 그녀는 그 사실을 감추기 위해 거울에 튄 피를 신경 써서 닦아 내어, 살해 장소를 거울 앞이 아닌 곳으로 옮기려 했습니다. 이것도 그녀가 잘 했다고는 생각하지 않습니다. 차라리 다른 곳에서 하는 게 나았지요.

그런데 여성들은 거울로 자신의 얼굴을 바라볼 때가 의외로 가장 방심하고 있을 때일지도 모릅니다. 만일 그렇다면 스도 다에코 자신도 여자이니까 알고 있었겠지요.

게다가 바로 앞에서 자기 얼굴을 바라보고 있는 여자에게, 뭔가 살의의 기폭제가 될 요소가 있었을지도 모릅니다. 스도는 그것도 계산에 넣었을지 모르죠. 어느 쪽이든 저는 여자가 되어 본 경험이 없으니 허무한 상상일 뿐입니다.

가즈에 살해는 앞에 말한 이유 외에 동기를 두 가지쯤 더 짐작할 수 있습니다. 먼저 가즈에에 대한 원한이겠지요. 이것은 일련의 살인 동기이기도 하니 나중에 이야기하도록 하고, 또 하나는 아조트 살인에 대한 복선을 깔기 위해서입니다.

아마 이 집이 딸들을 살해한 현장일 겁니다. 그러니까 이 살인은 딸들을 독살할 장소, 그리고 딸들을 모을 이유를 제공하는 것, 그리고 많은 시체를 한시적으로 놓아둘 장소의 확보, 또 시체를 절단할 장소의 확보, 입지 조건도 더할 나위 없다, 이런 다양한 이유를 겸하고 있었던 겁니다. 그러……면."

미타라이는 거기서 잠깐 멈추었다. 우리는 드디어 나오는구나 하면서 숨을 삼켰다.

"다음은 드디어 아조트입니다. 이것이야말로 범인이 흰 손수건의 앞뒤를 팔랑팔랑 흔들어 보이면서, 40여 년간이나 우리를 현혹시킨 회심의 트릭이겠지요! 처음 이 사건의 줄거리를 들었을 때 여기에 뭔가 있겠다고 직감적으로 예상했지만, 허들 경주에서 첫 번째 허들을 실패한 것처럼, 점프를 해도 해도 절묘한 타이밍에 허들에 부딪쳐서 좀처럼 일어날 수 없었습니다.

이 수수께끼가 풀린 것은 겨우 어제인데, 이것과 아주 비슷한 문제가 기억났기 때문입니다. 그다음부터는 아주 순조로워서, 불과 2시간 후에는 범인 앞에 설 수가 있었습니다. 그러니까 이 사건의 트릭은 그만큼 단순하다는 겁니다. 다만 너무나 대담무쌍하게 단순해서 여러분이 설마 하고 생각한 바람에 풀 수 없었던 게 아닐까요. 항상 마음에 새기고 있는 겸허한 자세로 한 번 말해 봤습니다.

자, 그 아주 비슷한 문제란 무엇인가. 경찰 관계자라면 이 범죄 또한 아실 겁니다. 이 사건을 설명하면 바로 아조트의 트릭을 이해하시겠지요.

이 사건은 3, 4년 전 간사이 지방을 중심으로 유행한, 상당히 교묘한 만 엔 지폐 사기사건입니다. 전 이 사건을 당시 알았는데, 가게에서 식사를 하며 멍하니 텔레비전을 보는데 뉴스에서 나왔습니다. 이미 상당히 예전 일이라서 아나운서가 어떤 식으로 설명했는지 정확한 것은 잊어버렸지만 대강 이런 식이었습니다.

'오늘 모 구 모 동네에서, 가운데 부분이 잘려 나간 만 엔 지폐가 발견되었습니다. 이 지폐는 일부분이 잘려 나갔기 때문에 좌우의 길이가 약간 짧고, 잘려 나간 곳에는 테이프가 붙어 있습니다.'

그 지폐의 사진과 그와 나란히 보통의 만 엔 지폐도 비춰졌습니다. 길이의 차이를 보여주려고 한 것입니다. 그러고는 이렇게 말하더군요.

'이 지폐는 잘려 나간 부분을 이용해서, 또 한 장의 지폐를 만들려 한 것입니다. 간사이에서 발견된 예가 있는데, 간토에서 발견된 것은 처음입니다. 또한 이 지폐의 특징은 좌우의 일련번호가 다르다는 것입니다.'

대충 이런 식이었던 것 같은데, 뉴스만 보면 어떻게 했는지 바로 알 수가 없습니다. 실제로 그때 옆 테이블에 있던 학생들이 '조금씩 잘라 낸 부분을 모아서 지폐를 한 장 만드는 건가, 그러면 테이프투성이 아코디언 바람통처럼 되잖아, 그 돈을 쓸 수나 있겠어?' 라는 말들을 했습니다.

그런 설명만으로는 저렇게 생각하는 것도 무리는 아닙니다. 뉴스에서 만드는 방법을 너무 정확하게 설명하면 사람들이 바로 따라 하게 되어 긁어 부스럼이 됩니다. 그렇기 때문에 대충 보통 지폐와 구별하는 포인트만을 뉴스로 내보냈겠지요.

좌우의 일련번호가 다르다고 해서 저는 아까 그 학생처럼 생각하지는 않았지만, 어떤 트릭인지는 바로 알아차리지 못했습니다. 그래서 집에 돌아와 생각을 해봤습니다. 그림으로 그리면 간단합니다. 이다 씨는 물론 아시겠지만, 이시오카나 미사코 씨는 아마 모르실 것 같으니 잠시 설명을 해볼까요……."

그렇게 말하면서 미타라이는 칠판에 지폐 같은 그림을 잔뜩 그렸다.

"이런 식으로 스무 장의 지폐를 늘어놓았다고 합시다. 열 장이어도 되는데 그렇게 하면 결손 부분이 너무 커져서 위험도 커집니다. 서른 장이라면 더 안전하지만 이익이 적어집니다. 열다섯 장에서 스무 장 정도가 적당하겠지요.

이 지폐 스무 장을 선을 따라 각각 자릅니다. 절취선은 전부 스무 개 있으니까, 지폐의 좌우를 21로 나눈 거리만큼 선을 옮겨 가면 됩니다. 이렇게 하면 스무 장의 지폐는 각각 이등분되어 마흔 개의 조각이 됩니다.

그리고 이 마흔 개 조각에 지금 작게 숫자를 매기겠습니다……이렇게요. 이 작은 숫자로 나타낸 것처럼 2와 2, 3과 3, 4와 4로 옮겨 가면서 테이프로 붙입니다. 셀로판테이프로 붙여도 되지만, 그러면 딱 맞게 붙여야 하니까 좌우 폭이 짧아집니다. 그래서 조금 떨어뜨려서 불투명한 테이프로 이어 붙일 필요가 생깁니다.

이걸 보십시오, 여러분. 이것이 1입니다. 그리고 이것과 이것이 2, 이것과 이것이 3, 이런 식으로 새로운 지폐를 만들면 마지막에는, 보십시오 21이 생깁니다, 그렇죠? 이상하지 않습니까? 스무 장의 지폐를 밑천으로 가위와 테이프만 가지고 불과 30분 정도의 노동으로 만 엔을 번 겁니다. 재미있죠?

1과 21 두 장은 약간 옆이 떨어져 나간 지폐가 되는데, 접어서

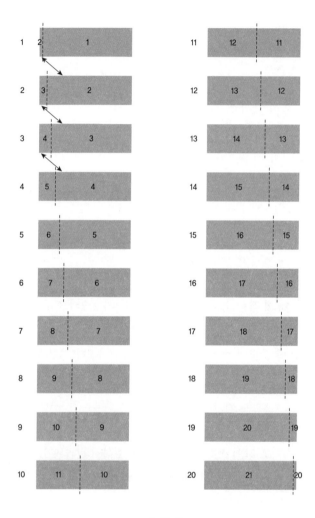

〈그림 6〉

낼 수 있는 곳이라면 쓸 수 있습니다. 어릴 때는 자주 이런 식으로 찢어진 것을 일본전통종이 같은 것으로 이어 붙인 지폐를 보았으니까요.

자, 지금부터가 본론입니다. 이 지폐들은 사용할 때, 그러니까 우리 눈에는 스물한 장으로 보이는데, 실제로는 스무 장에 불과합니다.

제가 무슨 말을 하고 싶은지 아시겠지요? 이 지폐 사기사건은, 제가 사건의 본질을 깨달은 계기에 지나지 않습니다. 두 사건, 아조트와 만 엔 지폐 사기사건에는 30여 년의 세월이 있지만, 본질적으로는 똑같습니다.

우리는 아조트 살인에서 젊은 아가씨들의 시체를 여섯 구라고 믿어 의심치 않았습니다. 실제로 우리 눈에 보인 것은 분명히 여섯 구였습니다. 그러나 사실은 다섯 구의 시체밖에 없었던 겁니다!"

2

나는 앗, 하는 소리를 냈다.

눈앞에서 사라졌다! 신기루처럼.

그렇구나! 저건 신기루였구나?

나뿐만 아니라, 미사코 씨 부부도 적잖이 흥분한 것을 느꼈다.

신기루다! 나는 마음속 깊이 외쳤다.

바로 앞에서 서치라이트가 켜진 것처럼, 눈앞이 새하얘져서 아무것도 보이지 않았다. 서 있을 수 있는 것이 신기할 정도여서, 이때만은 미타라이가 존경스러웠다. 목덜미 뒤로 연달아 소름이 돋는 것이 느껴졌다.

"이 경우는 지폐와 다르니까, 잘라낸 시체를 테이프로 이어 붙일 수는 없습니다."

미타라이는 흥분한 우리는 전혀 상관하지 않고 담담하게 말을 이었다.

"따라서 그것을 대신할 강력한 접착제가 필요했습니다. 그러니까 불투명 테이프의 역할을 한 것이 아조트라는 환상입니다. 이 이론인지 환상인지가 너무나 강렬하고 엽기적이어서, 우리는 시체의 일부분들을 옮겨서 맞추어본다는 지극히 간단한 생각을 하지 못한 겁니다. 각각 한 부분이 부족한 여섯 구의 시체가, 아조트를 만들기 위해 한 군데씩 잘려 나간 결과라 믿어 의심치 않았습니다.

네? 그렇죠, 그렇습니다. 아조트는 만들어지지 않았습니다. 범인은 애초부터 만들 생각이 없었습니다. 이게 다입니다. 이 이상 제가 구구하게 설명하지 않아도, 여기 모이신 여러분이라면 충분히 스스로 보충할 능력을 갖고 계십니다. 그럼……."

"좀 더 설명해줘!"

나는 무심코 소리를 질렀다.

미타라이와 마주 보고 있던 우리 셋은 목 언저리에서 심장박

동을 느끼며 흥분의 한가운데 허덕이고 있었는데, 미타라이는 내가 앗 하는 소리를 냈을 때 히죽 웃기는 했지만, 곧 귀찮아진 것 같았다.

이때 내 머릿속에 떠오른 것은 좀 이상하지만 '원근법'이라는 세 글자였다. 그것이 철로 건널목의 빨간 등처럼 높고 또 낮게 관자놀이의 혈관을 진동시키며, 끊임없이 머릿속에서 깜빡였다.

르네상스 대가의 붓이 그린 듯한 아조트라는 교묘한 '눈속임 회화', 그 미소가 너무도 수수께끼로 가득 차 있어서, 40년간 사람들을 현혹해 잘못된 길로 이끌었다.

얄궂을 정도로 기능적인 '일점 투시'라는 원근법, 아조트는 이 수법으로 그려졌고, 지금 내 눈이 억지로 향해진 곳은 그 그림의 모든 선이 응축된 '소실점'이었다.

아조트의 소실점. 나는 이때 아조트에 얽힌 수많은 거짓 풍경이 눈앞이 아찔해지는 기세로 멀어져, 바늘 끝의 한 점으로 변해 사라지는 것을 보았다.

그러나 나는 아직 의문부호가 빽빽이 들어선 숲속에 서 있는 기분이었다. 격정의 강풍에 휘말려 귓가에 폭풍이 부는 것 같았다.

그렇다면 범인은?

어째서 시체를 깊게 묻거나 얕게 묻었을까?

전국에 걸쳐 시체를 배치한 것은 점성술 이론에 입각한 것이 아니었나?

아오모리나 나라 등의 구체적인 지역은 어떤 이유에서 나온 것인가?

동경 138도 48분은?

늦게 발견된 시체, 빨리 발견된 시체, 이것들은 어떤 의미가 있을까?

동기는?

자취를 감춘 후 범인은 어디에 있었나?

무엇보다도 헤이키치의 노트는 어떻게 되는 걸까? 헤이키치가 쓴 것이 아니었던가? 아니라면 누가 썼을까?

"아무래도 너는 취향이 한쪽으로 쏠린 것 같아."

미타라이가 말했다.

"내가 이것보다 훨씬 가치 있는 이야기를 할 때는, 항상 귓등으로도 안 듣는 주제에.

오늘은 아무래도 범인을 칭찬하는 강연회 분위기 같네요. 항상 생각하는데, 이런 일은 범인이 해야 합니다. 수수께끼 풀이의 해설 같은 건 말이죠. 제가 범인이라면 다른 사람에게 맡기지 않을 겁니다. 여러분, 아직 저한테서 설명을 듣고 싶으십니까?"

이다 형사는 고개를 세로로 끄덕였다. 나도 물론 끄덕였고, 미사코 씨는 눈알이 튀어나올 것처럼 눈을 부라리며 필사적인 기세로 몇 번이나 끄덕였다.

미타라이는 진심인지 아니면 익살을 부릴 작정인지 살짝 한숨을 쉬고는 "방법이 없네요. 대출혈 서비스로 연장전에 돌입하겠습니다"라고 말했다.

"여섯 구의 시체를 발견된 순서대로 늘어놓은 그림입니다."

그렇게 말하고 미타라이는 아까 그림(그림 7)을 그린 종이를 모두에게 돌리라는 듯이 내게 건넸다.

"이걸로는 알기 힘드니까, 아니, 그보다 의도적으로 제일 알기 힘든 순서로 발견되도록 범인이 꾸몄는데, 알아보기 쉽게 위부터 순서대로, 그러니까 사라진 부위가 머리, 가슴, 배 이런 순서로 다시 늘어놓아 봅시다. 즉 양자리 도키코, 게자리 유키코, 처녀자리 레이코의 순서입니다."

이렇게 말하면서 미타라이는 먼저 그린 지폐의 그림을 지우고, 칠판에 다음과 같은 인체 그림(그림 8)을 그렸다.

"이것을 어떻게 본인인지 확인을 했냐면, 네 번째, 다섯 번째, 여섯 번째로 발견된 유키코, 노부요, 그리고 레이코는 날짜를 보면 1년 가까이 지났으므로, 부패되어 얼굴을 알 수 없었겠지요. 그러나 그 외에는 대략 사후 2, 3개월 정도 지난 시체여서, 아마도 얼굴, 즉 머리와 옷으로 판단했을 겁니다. 백골 시체 쪽은 수기를 참고로 판단했다고 보입니다.

이 시체의 상부와 하부에 이름을 붙이면 이렇게 됩니다. (그림 9)

이런 식으로 화살표라도 붙여서 대각선으로 연결하면 그냥 각각이 하나의 시체가 되는 거지요.

아까 지폐처럼 써보면, 이런 식으로 다섯 구의 시체를 잘라낸

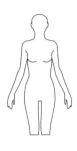

1. 도모코(26세)
≈ ♄
1936년 4월 15일
미야기 현
호소쿠라 광산에서 발견
무릎 아래가 없음

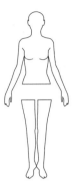

2. 아키코(24세)
♏ ♂
1936년 5월 4일
이와테 현
가마이시 광산에서 발견
허리가 없음

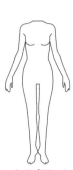

3. 도키코(22세)
♈ ♂
1936년 5월 7일
군마 현
군마 광산에서 발견
머리가 없음

4. 유키코(22세)
♋ ☽
1936년 10월 2일
아키타 현
고사카 광산에서 발견
가슴이 없음

5. 노부요(20세)
♐ ♃
1936년 12월 28일
효고 현
이쿠노 광산에서 발견
허벅지가 없음

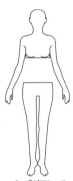

6. 레이코(22세)
♍ ☿
1937년 2월 10일
나라 현
야마토 광산에서 발견
배가 없음

〈그림 7〉

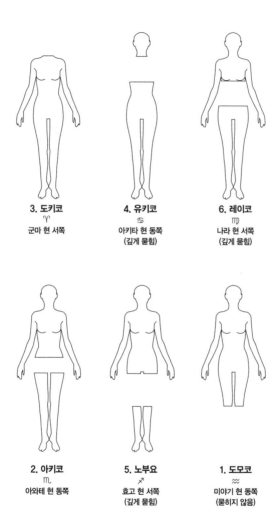

3. 도키코
♈
군마 현 서쪽

4. 유키코
♋
아키타 현 동쪽
(깊게 묻힘)

6. 레이코
♍
나라 현 서쪽
(깊게 묻힘)

2. 아키코
♏
아와테 현 동쪽

5. 노부요
♐
효고 현 서쪽
(깊게 묻힘)

1. 도모코
♒
미야기 현 동쪽
(묻히지 않음)

〈그림 8〉

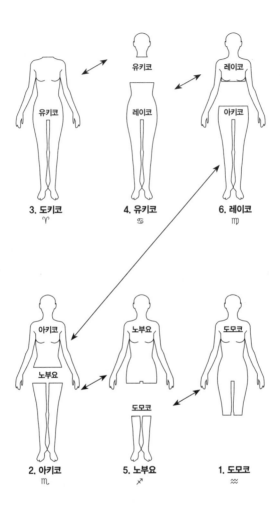

〈그림 9〉

겁니다. 그리고 옮겨서 늘어놓은 것뿐이라는 말이지요. (그림 10)

여기에도 맹점이 있는데, 범인은 여자 혼자라는 말을 듣고 우리는 상당히 의외라고 생각했습니다. 그 이유는 지금까지 이 범인은 여섯 구의 시체 중 네 구의 시체는 몸의 두 군데를 절단했고, 나머지 두 구는 한 군데를 절단해서, 총 열 군데나 절단을 했다고 우리는 멋대로 생각했기 때문입니다. 그렇게 잘라낸 여섯 부분을 어딘가로 운반해서 짜 맞추는 힘든 일까지 했다고 마음대로 상상했습니다. 남자가 아니면 도저히 불가능한 큰 작업입니다. 시간도 걸리지요.

그런데 지금 이렇게 생각해보면 범인이 실제로 해야 했던 일은 극히 적다는 것을 알 수 있습니다. 시체를 전국에 유기하러 돌아다닌 것도 본인이 아니고, 절단 부분도 다섯 구의 시체에서 한 군데씩, 고작 다섯 군데에 지나지 않습니다. 그리고 자르고 나면 옆 시체와 바꾸는 것뿐. 옷을 갈아입히는 수고야 했겠지만, 그걸로 전부 끝입니다. 그 정도라면 여자 혼자서도 충분히 할 수 있습니다.

이렇게 만들어낸 여섯 구의 시체는, 이것들이 발견된 시점에 한데 모아 늘어놓으면, 아무리 아조트 환상으로 눈속임을 하더라도 배열을 바꿔본다는 발상이 나올 수 있기 때문에 전국에 흩어놨던 겁니다. 이것이 시체 유기 장소가 전국에 흩어진 진짜 이유입니다. 그녀는 시체 배치에 관한 주술적인 의미를 진짜로 믿지는 않았을 겁니다. 유기 장소는 도쿄를 중심으로 대략 동과 서로

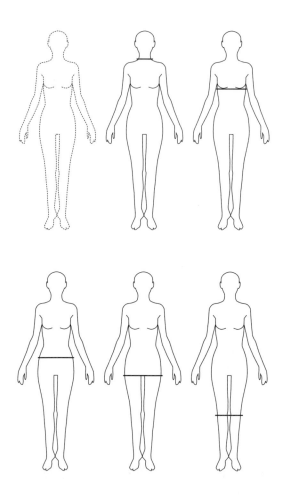

〈그림 10〉

크게 나눌 수 있는데, 같은 몸에서 잘라 낸 부분은 반드시 동과 서로 갈라져 있습니다.

범인은 물론 이 여섯 명의 여자들 중에 있습니다. 몸 쪽은 어떻게든 어물쩍 넘기더라도 머리 쪽은, 즉 얼굴은 속일 수가 없습니다. 그러니까 머리가 없는, 얼굴이 없는 사람이 범인이 됩니다. 이렇게 대충 훑어보면, 그렇죠, 도키코의 머리가 보이지 않네요. 따라서 도키코가 범인입니다."

미타라이는 여기서 말을 끊었고, 우리 셋은 아무 소리도 내지 못했다.

잠시 후, 내가 가까스로 입을 열었다.

"그럼 스도 다에코가……."

"도키코야."

다시 침묵이 이어졌다. 모두 각자의 혼란스러움을 안은 채 말이 없었다.

"자, 다른 질문 있습니까?"

나를 제외한 두 사람은 미타라이와 그다지 가깝지 않다. 이다 형사는 오늘 첫 대면이어서 좀 어색할 것이다. 이런 경우 미타라이에게 적극적으로 질문을 퍼붓는 것은 내 역할이다.

"네 번째 이후 상당히……, 그러니까 반년이나 지나서 발견된 유키코, 노부요, 레이코의 시체는, 이들이 깊이 묻혀 있었던 탓이겠지? 어째서 이 셋은 깊게 묻었을까?"

"그건 말이야, 칠판의 그림에서 이웃하는 시체, 예를 들어 도모코와 노부요는 시간차가 많이 나게 발견되어야 했기 때문이지. 왜냐하면 아무리 멀리 유기해도 도쿄나 어디로 가져와서 나란히 늘어놓을 가능성이 절대 없다고는 할 수 없거든. 늘어놓으면 아주 위험해. 절단면이 부합하고, 옆의 시체와 짝 맞춰보려고 생각할 수도 있어. 옷을 입고 있으니까 좀처럼 그런 발상을 하긴 어렵겠지만.

그러니까 한 몸에서 잘라 낸 시체의 한쪽이 상당히 늦게 발견되면, 일단 다른 한쪽의 시체가 그때까지 보존되지는 않을 거라고 생각했겠지. 이것도 잘했다고 생각하는데, 전반에 발견된 세구의 시체는 모두 봄에 발견되었으니까, 그때부터 여름까지는 유체가 가장 부패하기 쉬운 계절이야. 따라서 여름까지는 일단 화장하겠지. 유럽처럼 매장하는 관습이 있는 나라라면 위험하겠지만.

도모코의 시체를 제일 먼저 발견되게 한 이유는, 그러니까 두구의 시체를 합친 게 아닌 한 부분만으로 된 시체니까, 절단면이든 혈액형이든 트릭이 들킬 단서가 없는 절대적으로 안전한 시체인 거지.

반대쪽의 도키코도 마찬가지로 한 구로 만 된 시체인데, 이쪽은 머리가 없고 실제로도 도키코가 아니니까, 범인으로서도 이시체가 처음 발견되는 게 두려웠을 거야. 최초로 발견시키는 방법은 간단해. 묻지 않으면 되니까.

아무튼 도모코의 시체를 첫 번째로 발견되게 한 후, 아키코, 유키코를 다음으로 발견시키고, 노부요, 레이코, 도키코를 아주 늦게, 부패가 진행되어 백골이 될 때까지 늦춰버리는 게 제일 좋아. 그렇게 하면 만에 하나 전반에 발견된 부분들이 보존되어 있더라도, 절단면의 부합 상태까지는 알 수 없으니까. 즉 시체 세 구씩 각각 전반과 후반 발견으로 나누는 거야. 그렇게 하면 전반 그룹의 시체는 후반 그룹의 시체가 발견될 무렵에는 틀림없이 처리되었을 테니까, 절단면을 대조하거나 할 염려가 없어.

그리고 각각 다른 몸에서 잘라 낸 세 시체라면, 이들 전반 그룹이 한데 모이는 일이 혹시 있더라도, 배열을 바꾸어 맞출까 봐 걱정할 필요는 없지. 아무튼 이런 이유로 후반 그룹의 노부요, 레이코, 도키코는 깊이 묻어야 했어.

응, 그래 알아. 그런데 도키코로 보인 시체는 깊이 묻혀 있지 않았어. 유키코는 깊이 묻혀 있었고. 그러니까 도키코와 유키코가 앞뒤 그룹이 바뀌었던 거야. 왜냐하면 도키코로서도 자신을 대체할 시체에 대해 불안이 남았기 때문이겠지. 아무리 발이나 발톱의 변형 상태로 발레리나라고 확인되어도 그것만으로는 약해. 아무튼 얼굴이 없으니까 가짜로 의심받을 위험이 있어. 또 설령 그렇지는 않더라도 얼굴 없는 시체이니까 끈질기게 조사할 가능성도 당연히 생각할 수 있는 거지.

그래서 이 시체에만 또 하나의 판별 근거를 마련했어. 반점 말이야. 분명 헤이키치의 수기에 있었지? 도키코는 허리인지 어디에 반점이 있다고. 이것은 사실 유키코의 몸이니까 유키코에게 반점이 있다는 것을 도키코가 알고 이용했을 거야. 부패하면 반점을 식별할 수 없어지잖아. 백골이 되면 발레리나의 특징인 발톱의 변형도 사라질 수 있어. 다른 시체라면 몰라도, 이 시체만은 무슨 일이 있어도 부패되기 전에 발견될 필요가 있었다. 뭐, 그런 이유로 이 시체는 깊게 묻을 수 없었던 거지.

그런데 그렇게 되면 몇 가지 위험한 문제가 발생해. 우선 유키코와 나란히 놓일 가능성이 있다는 거야. 군마와 아키타는 상당히 떨어져 있기 때문에 일단 괜찮다고는 보이지만, 낙관은 할 수 없어. 만일 나란히 늘어놓으면 큰일이야. 도키코 쪽으로 목을 옮기면 완전한 유키코의 시체가 완성되니까, 이야기 끝이지.

그리고 반점을 판별하는 근거로 한다는 것은 유키코의 몸에 반점이 있다는 게 되잖아. 그런데 유키코는 마사코의 친딸이니까 엄마가 딸의 허리에 반점이 있다는 것을 모를 리가 없어. 따라서 도키코의 시체는 마사코에게 보이지 않고, 유키코 쪽은 부패하고 나서 모친에게 보이는 순서가 되어야 해. 게다가 도키코의 시체는 호야의 다에가 볼 테니까. 도키코는 다에에게 자신의 허리에 후천적으로 반점이 생겼다는 것을 보여둘 필요도 생겼던 거지.

이런 식으로 문제점이 자꾸자꾸 나타났지만, 도키코는 하지 않을 수 없었어. 다에에게는 반점을 만들어 보이면 된다 치고, 앞의 두 가지 위험은 간단히 회피할 방법이 있잖아. 그러니까 유키코를 깊이 묻는 것, 그거면 돼. 그런 이유로 유키코와 도키코로 보이는 시체는 그룹을 바꾼 거야.

그런데 이렇게 시체를 바꾸는 것 때문에 새로운 위험이 발생할 가능성이 있어. 아까 말한 건데, 전반에 발견된 그룹의 시체 세 구를 한데 늘어놓는 일이 생기면, 같은 몸에서 잘라 낸 부분이 포함되는 게 아닌가 하는 점 말이야.

그런데 정말 절묘하게도, 후반 그룹에서 그렇게 되고 전반에는 같은 사람의 몸은 없어. 아키코와 도키코는 같은 몸에서 잘라 낸 부분이 아니야. 그리고 후반 그룹 쪽은 부패할 테니 문제는 없고.

부패시키는 후반 그룹을 노부요, 레이코, 유키코로 한 것은 또하나의 의미가 있어. 마사코는 용의자로 체포된 몸이니, 정신 상태도 심상치 않을 거야. 그래서 뭔가 이상하다고 눈치를 채고 무슨 소리를 한다고 해도 경찰이 받아들이지 않을 가능성이 커. 또 상당히 부패되어 있어서, 육친이라도 식별이 어려울 정도의 시체라면, 현재 체포 구류한 사람을 경찰이 굳이 확인시키러 데려가지 않을 가능성도 높지. 따라서 유키코는 친어머니가 보지 못하고 화장될 가능성이 높았던 거야.

그런데 요시오의 부인 아야코는 달라. 그녀는 자유의 몸이니까, 딸의 시체가 발견되면 어디든 바로 가겠지. 그리고 당연히 친딸의 시체를 자세하게 확인할 거야. 모친의 집념으로. 만일 아야코가 수상한 점이 있다고 말하면, 마사코의 경우와 달리 경찰은 귀를 기울이겠지. 따라서 아야코의 딸들 쪽은 상당히 부패시키거나 백골로 만들 필요가 있었던 거야.

여러 가지 이유로 도키코는 얕게 묻는 시체, 깊게 묻는 시체의 그룹을 나누었을 거라고 생각해."

나는 감탄했다. 이 정도로 잘 계획된 범죄라고는 생각하지 않았다.

"그렇구나……, 놀라워. 그런데…… 그룹을 바꾸는 무리수를 두지 않아도, 도키코로 꾸민 유키코의 시체가 포함된 쪽 그룹을 얕게 묻는 그룹, 그러니까 전반 발견 그룹으로 하면 되는 거 아냐? 그러면……."

"참나! 그러니까 설명했잖아. 첫 번째는 경찰도 깜짝 놀라서 깊이 파고들 거 같으니까, 도키코는 그게 무서웠고.

예를 들어 도키코를 두 번째나 세 번째로 발견되도록 의도했다고 하자, 얕게 묻어서. 그러면 노부요나 레이코를 첫 번째로 가져와야 해. 그렇게 되면 이 둘은 모두 위아래가 다른 사람 거잖아. 어느 쪽이 첫 번째가 되어도, 도모코처럼 묻지도 않고 팽개쳐 두면, 틀림없이 모친 아야코가 이상하다는 걸 깨닫겠지. 내기를 해도 좋아, 어머니란 그런 점이 대단해. 도키코가 이 계획에서 제일 경계한 것은 경찰보다는 모친이었다고 생각해.

게다가 말이야, 멀쩡한 상태로 이렇게 다른 사람의 몸을 조합한 요란스러운 시체가 발견되면, 아무리 시골 경찰이라 해도 감을 잡을 수 있어. 온 힘을 다해 지혜를 쥐어짜겠지.

그러면 문제의 얼굴 없는 시체를 첫 번째로 발견되게 할 것인가, 이것도 한 부분밖에 없는 시체인데. 그런데 이 녀석은 더 불안하지. 아까 설명한 대로.

비를 맞게 내버려 둔 최초의 시체는 아무리 머리를 짜내도 도모코라고밖에 생각할 수 없어."

"그러면 차라리……."

"전부 묻어버리라고? 그렇게 하면 시작을 할 수가 없잖아. 경찰이 헤이키치의 노트에 생각이 미치지 못해서, 여섯 구의 시체가 전부 나오는 데 10년이 걸릴지도 모르고, 그렇게 되면 반점은 물론, 발레리나의 특징인 골격이나 발톱의 변형도 사라져버리잖아.

늦게라도 발견되면 그나마 낫지만, 잘못하면 시체가 영원히 발견되지 않을지도 모르고, 다섯 구만 발견되고, 우연히 목 없는 시체만 발견되지 않는 일도 절대로 없다고는 할 수 없어. 그러면 '우연'이 범인을 가리킨다는 어처구니없는 일이 되지. 그래서는 무슨 일인지 알 수도 없고, 고생해서 자기 시체까지 준비했는데 말이야.

여섯 구의 시체가 모두 발견되어야 비로소 자신이 안전해지는 거지, 도키코로서는. 그것도 시간이 너무 지나지 않았을 때 발견되어야 해. 발레리나의 특징이 사라지지 않을 동안이라는 것뿐 아니라, 범인이 나오지 않는 어려운 사건이니까, 시체가 발견되지 않은 사람이 범인이 될 위험성이 높아. 그렇게 되면, 여섯 구 다 발견되기 전까지는 숨어서 도망을 다녀야 하니까, 너무 오래 걸리면 도키코로서는 달갑지 않겠지."

"아…… 그렇구나……."

나는 깊은 한숨을 쉬었다.

"위아래가…… 아무튼 따로따로인 다른 사람의 시체였구나……. 그런 일이 있을 수 있어? 혈액형이라거나, 잘도 경찰까지 속인 거네……."

"혈액형은 우연히 모두 A형이야. 별자리도 적절하게 분산되어 있었고. 그러니까 이 계획을 생각해낸 거겠지.

네 말도 맞아. 지금이라면 전혀 고민할 거리도 못 되는 트릭이야. 이다 씨는 전문이니까 혈액형도 자세히 아시겠지만, 지금은 ABO식뿐만이 아니야. MN식, Q식, Rh식 등 여러 가지가 있거든. 요컨대 항체가 여러 가지 발견되었다는 말인데, 이것을 각각 조합해보면 순열과 조합 공식으로 인간의 혈액형은 천 종류 정도로 분류할 수 있어.

혈액형뿐만이 아니라, 아래위로 잘라낸 시체라면 당연히 염색체부터 골조직까지 미세한 범위에 걸쳐 조사하기 때문에 도저히 속일 수가 없지."

"아무리 시골 경찰이라도?"

"아무리 시골이라도 서너 시간 안에 큰 병원이 있는 동네까지 나올 수 없는 곳은 지금 일본에는 없지 않아? 있다고 해도 경찰에 법의학자 정도는 있으니까 설마 ABO만 조사하는 경우는 지금은 없을 거야.

그래도 MN식, Q식 같은 것이 발견된 것은 전쟁이 끝난 후라서, 이다 씨, 경찰이 이것을 도입한 시기는 아십니까? 아, 역시 전쟁 후 상당한 시간이 지나고 나서입니까. 1936년 당시에는 ABO식밖에 없었어."

"염색체라는 건 혈액으로 알 수 있어?"

"염색체는 어떤 것에서든 채취할 수 있어. 혈액에서도, 타액, 정액, 피부, 뼛조각으로도 알 수 있지. 그러니까 시체를 까맣게 태웠다고 해도, 백골이 되었다 해도 이제 이런 트릭은 무리야. 1936년이니까 가능했지. 지금이라면 백골로 만들어서 뼈를 보슬보슬한 가루가 될 때까지 갈아버리지 않으면 안 돼. 그렇게 하면 혈액형도 염색체도 골조직도 알 수 없게 되니까. 지금은 현미경 단위까지도 수사의 대상이니까, 그런 의미에서 현대는 범죄자에게 꿈이 없는 시대야."

"여기까지는 잘 이해했어. 이런 거라면 네가 울부짖은 것도 무리는 아니지. 그런데 이것만 가지고 어떻게 스도 다에코, 아니 도키코가 어디 있는지 안 거야?"

"하하! 그런 건 간단하잖아? 동기를 생각해보면 알 수 있어."

"맞아, 동기를 모르겠어. 왜 그런 거야?"

"너 책 가지고 있잖아, 《우메자와가 점성술 살인》, 그거 줘봐.

으음……, 자, 여기 가계도가 있어. 이렇게 보면 도키코만 전처 다에의 자식인데, 다에라는 사람은 가계도에 등장한 인물 중에서 압도적으로 불행한 사람이야. 이 여성의 하나뿐인 친딸 도키코가 어머니의 복수를 하려고 한 것 같아.

여기서부터는 상상인데, 부친 헤이키치는 무책임한 남자로 수

완가인 마사코와 결혼하면서 내성적인 모친을 쉽게 버린 남자야. 마사코와 딸 셋은 말할 것도 없이 적이고, 도키코는 그녀들과 함께 살면서 여러모로 소외당한 게 아닐까.

레이코와 노부요, 그리고 유키코, 이들과 도키코는 혈연관계지만, 이것도 말하자면 어머니를 괴롭힌 헤이키치를 통해 이어져 있고. 이 여섯 명, 아니 마사코, 도키코도 포함해서 여덟 명의 여자가 다 같이 있을 때 도키코만 소외감을 느끼는 일들이 이따금, 어쩌면 빈번하게 있었을지도 모르지. 직접적인 살의로 발전했을 어떤 사건이 말이야.

어제 물어보지 않아서 몰라. 아무리 그래도 이런 계획을 세울 정도로 고민했으니, 내가 물어본다고 몇십 분 안에 간략하게 대답할 수 있는 단순한 문제가 아니라고 생각했거든.

어쨌든 대략적으로 말하면 분명히 도키코의 사적인 원한도 있겠지만, 그 이상으로 너무나 불쌍한 모친 다에를 위해서 저지른 범죄일 거야.

다에는 양친이 사업에 실패하고부터는 고생을 거듭해왔어. 겨우 헤이키치라는 제법 돈 많은 부자와 결혼해서 행복해지나 했더니, 이번에는 마사코라는 여자에게 남편을 빼앗겨버렸어. 요즘 여성이라면 더 요령 좋게 움직여서 마사코 같은 여자를 집에 들이지 않았겠지만, 다에는 옛날 사고방식에 소극적인 여자라서 그렇게 하지도 못했고, 금전적으로든 뭐든 너무 불쌍해서 하다못해 돈 정도는 받게 해주려는 것이 이 범죄의 동기겠지.

그렇게 생각하면 현주소의 후보지가 하나, 아주 또렷하게 떠올라. 다에는 사가노에서 염낭 가게를 하고 싶어 했어. 교토의 사가노만 다에에게 좋은 추억을 안겨준 곳이었으니까. 그러나 결국 꿈을 이루지 못하고 호야에서 죽어버렸지. 그렇다면 도키코가 엄마를 대신해 꿈을 이루려 했다 생각해도 이상할 건 없겠지. 물론 이미 거기에 없을지도 모르지만, 다에에 대한 강렬한 동정과 애정이 이 범죄의 동기라면 사가노에 가볼 가치는 있어.

도키코는 역시 있었어. 40년 후인 지금도 계속 그곳에 숨은 듯 살고 있었지. 나는 가게 이름도 모친과 연관된 이름을 붙인 게 아닐까 생각했어. 다에에서 딴 다에야라거나 메구미야라고 붙였을지도 몰라 파출소에서 근처에 그런 이름의 염낭 가게가 없는지 물어보니 메구미야가 있더라고. 도키코는 이름도 다에코로 바꾸었고."

"그러면 헤이키치의 수기라는 것도 헤이키치가 쓴 게 아니겠네?"

"당연히 도키코가 썼지."

"그러면 그 2월 25일 눈 내리던 날, 헤이키치의 모델이 된 게 도키코였어?"

"그렇게 되네."

"헤이키치는 친딸을 모델로 쓴 건가……. 말 나온 김에 그 자물쇠 밀실, 그것도 설명해줘."

"그런 건 별거도 아닐 거야, 여기까지 오면. 헤이키치의 구두 문제도 그렇지만, 이제 와서 설명할 것도 없어.

모델을 하는 동안에 눈이 내리기 시작했지. 그래서 발자국 트릭을 생각해냈어. 이건 아까 말했지?

헤이키치는 도키코를 믿으니까, 그녀가 아틀리에에 있는 동안에 수면제를 먹은 거야. 도키코는 돌아가려던 참이었을 테고.

그런데 갑자기 도키코는 아버지를 죽였어. 그렇게 하고 침대를 끌어 올린 것처럼 보이게 침대를 비스듬하게 해놓고, 헤이키치의 양발을 침대 밑에 넣고 수염을 깎았지. 그리고 밖으로 나가서 발자국이 어지럽게 찍힌 창문 옆에서, 고리 모양의 실인지 끈인지로 빗장을 걸었어. 하지만 자물쇠까지는 당연히 걸지 못했고.

그 후 쪽문이 있는 곳까지 여자구두를 신은 채로 나가서, 특기인 발끝으로 서서 보폭이 큰 걸음으로 돌아와 입구에서 헤이키치의 구두로 바꿔 신고, 창문 쪽 발자국을 철저하게 밟고는, 좀 전에 생긴 발끝 자국을 밟아 없애면서 걸어서 밖으로 나갔지.

이후 어디로 갔는지는 몰라. 호야의 어머니 집에 갈 수도 있겠지만, 이미 버스나 전철은 없고 택시를 잡으면 꼬리가 잡힐 테니까, 아마 어딘가에 숨어서 아침을 기다렸겠지. 30년 만에 대설이 내린 밤을 떨면서 아침을 기다린 거야. 그때 흉기도 처분했을 거야.

아침이 되어, 우메자와가에 돌아왔어. 그때 주머니나 가방 정도는 반드시 들고 있었을 거야. 왜냐하면 그 안에 헤이키치의 구두가 들어 있었을 테니까.

그리고 아침을 만들어 헤이키치에게 들고 가서, 창문으로 안을 들여다보고 시체를 발견한 것처럼 꾸몄을 때, 창문에서 현관으로 구두를 던졌겠지. 구두가 현관에 나뒹굴고 있어도 전혀 상관없어. 어차피 문은 모두 함께 부수게 될 테니까.

사람들을 불러와서 문에 몸을 부딪쳐서 부수고, 모두가 헤이키치가 있는 곳에 달려가서 대소동이 난 사이에, 도키코는 혼자서 문을 일으켜 세우는 척하면서 자물쇠를 채웠어.

몸을 부딪치기 전에 모두가 창가에 몰려가서 아틀리에 안을 들여다봤다면 한 사람 정도는 문에 자물쇠가 채워져 있지 않았던 것을 눈치챘을지도 몰라. 그런데 창문 아래의 증거인 발자국을 없애면 안 된다는 대의명분으로, 도키코는 모두를 창가로 못가게 할 수 있었던 거야."

"그렇구나……, 경찰이 자물쇠가 채워져 있었냐고 물으면, 도키코는 채워져 있었다고 대답하면 되겠네. 어쨌든 안을 들여다본 것은 도키코뿐이니까……."

"맞아."

"호야의 다에는 도키코의 알리바이를 위증했던 거지?"

"그렇게 되네."

"그러면 가미노게에서 가즈에를 죽이고 분지로 씨를 함정에 빠뜨린 것도 도키코겠지?"

"우메자와가 사건들은 어찌되었든 간에 다케고시 분지로라는 전혀 관계없는 사람이 휘말린 게 이 사건에서 제일 마음에 안 드는 점이야. 그 때문에 분지로 씨는 인생의 후반을 고통스럽게 보냈어. 오늘 우리는 정말 늦었지만, 분지로 씨의 고통을 조금이라도 덜어줄 수 있는 입장에 있어. 이시오카, 저쪽 방에 겨울에 쓰던 등유 남은 것이 든 통이 있어. 가져다줄래."

내가 얼마 담기지 않아 별로 무겁지 않은 석유통을 가져오자 미타라이는 타일로 된 싱크대 앞에 서서 기다리고 있었다. 그리고 싱크대에 분지로의 수기를 툭 던져 넣고, 펌프로 등유를 약간 끼얹었다.

"미사코 씨, 성냥이나 라이터 있습니까? 아, 있어요, 잘됐네요. 좀 빌려주십시오. 어라, 너도 갖고 있었냐, 이시오카. 그냥 주머니에 넣어둬. 미사코 씨 것이 더 좋겠지."

미타라이가 불을 붙이니 수기는 순식간에 타올랐다.

우리 네 사람은 싱크대를 둘러싸고 작은 캠프파이어처럼 불타는 수기를 가만히 바라보았다. 미타라이가 때때로 막대기로 쿡쿡 찌르자 검은 재가 된 종이 부스러기가 두세 조각, 팔랑팔랑 날아올랐다.

나는 미사코 씨가 작은 목소리로 다행이라고 중얼거리는 것을 들었다.

3

사건은 분명히 해결되었지만, 내게는 여전히 많은 의문점이 남아 있었다. 미타라이의 수수께끼 풀 때는 너무 놀라서, 순간적으로 미타라이에게 물어야 할 의문들조차 묻지 못했는데, 혼자서 생각해보니 흙탕물을 휘저은 듯한 혼란이 점점 가라앉으며 몇 가지 불명확한 점이 보였다.

먼저 가장 큰 의문점은, 당시 스물두 살 아가씨였던 도키코가 독살에 사용한 아비산을 비롯해 산화연이나 산화제이철 같은 약품을 대체 어디서 어떻게 모았나 하는 것이다. 수은 정도라면 체온계를 여러 개 부수어서 얻을 수 있지만 질산은이나 주석 같은 것은 약학대학이라도 출입하지 않으면 갖출 수 없을 것이다.

다음으로 자취를 감추고부터 어디에 숨어 살았는지도 짐작이 가지 않는다. 40년 후에는 분명 사가노에 있었지만, 사건 후 바로 이름을 바꾸고 사가노에서 새 생활을 시작하기가 별 위험 없이 가능할까? 언젠가 요시다가 내게 말한 것처럼, 일단 죽은 사람이 아무런 주의도 끌지 않고 몰래 살아간다는 것은 의외로 어려울 거라 생각한다.

이런 것도 있다. 도키코가 아버지의 아틀리에에서 모델을 하는 동안 딸들이 아틀리에에 불쑥 놀러 오지 않는다고 장담할 수 없다. 그런 위험을 군이 무릅썼을까?

그런데 헤이키치로서도 다른 딸들이나 마사코에게는 비밀로 해두고 싶은 사정이 있었을 것이고, 안에서 창을 잠그고 커튼도 쳐두면, 그러니까 헤이키치 자신이 몰래 하려는 의지가 강하면 큰 문제는 아닐지도 모른다.

그렇다면 이것은 어떨까? 이 계획은 도키코가 아니라 모친 다에가 세운 것, 혹은 모녀 두 사람이 계획했을 가능성은 없을까?

그렇게 생각하면, 다에가 도키코의 알리바이를 아무 거리낌 없이 위증한 점, 그 후 다에가 도키코의 것으로 보이게 만든 유키코의 시체를 보러 갔을 때, 이상한 건 없다고 한 점도 이해가 간다. 헤이키치를 살해하던 날 밤에도 도키코는 갈 곳이 생기고, 눈 내리는 새벽에 떨면서 기다릴 필요가 없어진다. 무척 가능성이 클 것 같은 이야기다.

그리고 또 하나, 헤이키치가 왼손잡이인 것을 어떻게 요시다가 알고 있었는지 하는 점이다. 나는 이것이 너무 마음에 걸려서, 집에서 그에게 전화를 걸었다. 결과는 반쯤 예상했지만, 야스카와로부터 들었다는 정말 싱거운 대답이었다.

미사코 씨 부부가 미타라이의 교실 문을 밀고 이 놀랄 만한 진상을 세상에 알리고자 돌아가니 미타라이는 아무 일도 없었다는 듯 예전의 게으른 생활로 돌아가서, 나도 얼른 집에 돌아오기는 했지만 약간 흥분했는지 좀처럼 원래의 페이스를 찾지 못했다.

그리고 전쟁을 끼고 1936년부터 1979년에 걸친 우메자와가 점성술 살인사건이 완전한 종언을 맞이하기에는 또 하나의 사건이 더 필요했다. 수수께끼 풀이를 들은 다음 날 아침, 나는 가슴을 두근거리며 신문을 펼쳤다. 그리고 실망했다. '우메자와가 점성술 살인, 40년 만에 해결' 같은 큰 표제를 기대했지만, 그런 것은 없고 대신에 좀 더 심각한 기사가 있었다.

4면 구석에 중간 크기의 기사로 스도 다에코의 자살이 보도되어 있었다. 미타라이는 어떻게 생각했는지 모르지만, 나는 마음속 어딘가에서 이러한 결과를 예상했었다. 그렇다고 역시 충격을 받지 않을 수는 없었다.

기사에 따르면 13일 금요일 밤 발견됐다고 하니까, 아마 이다 형사의 연락을 받은 경찰 관계자가 찾아냈을 것이다. 사인은 아조트 살인과 같은 비소계 화합물에 의한 중독사. 메구미야의 안쪽 다다미방에서 조용히 죽어 있었다는 기사에는 짧게 한 줄, 전쟁 전 우메자와 일가 몰살 사건과 관련이 있다는 견해도 있다, 라고 덧붙여져 있었다.

기사에 따르면 유언을 남겼다고 하는데, 가게 직원이던 여자아이 두 명에 대한 짧은 사과문이었던 것 같다. 적어도 신문에는 그렇게 쓰여 있었다. 유언에는 직장을 잃을 여자아이들을 위해 돈도 들어 있었다고 한다. 나는 신문을 돌돌 말아 쥐고 미타라이를 만나야 한다며 아파트를 나왔다.

기사를 읽고, 바로 머리에 번뜩인 것이 있다. 비소라는 말에 스도 다에코는 이전 자신의 범죄에 쓴 극약 남은 것을 40년간 몰래 몸에 지니고 있었던 게 아닐까 하는 상상이었다. 그렇게 생각하면 스도 다에코라는 여성의 고독이 조금씩 이해가 되었다. 그러나 그녀는 왜, 아무 말도 하지 않고 죽은 것일까?

역까지 나오니, 내가 들고 있는 신문은 참으로 태평한 신문사의 것이라는 걸 알았다. 매점 앞에 '점성술 살인 해결', '범인은 여자' 따위가 쓰인 커다란 활자가 보였고, 정말 날개 돋친 듯 팔리고 있었다. 신문으로 만든 기둥이 내 눈앞에서 순식간에 낮아졌다. 다 팔리기 전에 나도 샀다.

그런데 기사는 시체 유기 트릭을 그림을 넣어 설명한 것이 아니라, 1936년 사건의 개요를 다시 한번 간단히 설명하고, 40년이 넘도록 이어진 경찰의 성실한 수사 덕분이라고 끝으로 맺어서, 사실을 아는 사람에게는 다소 핀트가 어긋난 내용이었다. 물론 미타라이 기요시라는 이름은 어디를 찾아봐도 없었다.

미타라이는 평소대로 아직 자고 있었다. 내가 침실까지 성큼성큼 들어가 스도 다에코가 죽었다고 말했을 때, 미타라이는 침대 속에서 눈을 번쩍 뜨고 그렇군, 이라고 한 마디 했다.

팔베개를 하고 잠시 그렇게 있기에, 나는 곧 극적인 말 한마디라도 하는 게 아닌가 해서 기다리고 있었는데, 미타라이가 말한 대사는 커피를 끓이고 싶지는 않느냐는 것이었다.

커피를 마시며 미타라이는 내가 사 온 신문을 열심히 읽다가, 곧 테이블 위에 툭 던져놓고 히죽거렸다.

"읽었어? 성실한 수사의 승리래."

미타라이는 말했다.

"다케고시 형사 같은 인간들이 성실한 수사 같은 걸 100년을 더 한들 뭔가 알아냈을까? 신발 가게는 돈을 벌었겠네."

나는 이 기회에 의문점을 물어보려고 여섯 종류의 약품 이야기를 꺼냈다.

"글쎄, 어떻게 했을까? 전혀 모르겠어."

"아라시야마에서 내가 도착하기 전까지 시간이 있었잖아."

"아, 그래, 그래도 이야기는 거의 하지 않았어."

"왜? 겨우 찾아낸 범인인데."

"너무 물어보고 그러다가 정이 든단 말이야. 그리고 나는 성실한 수사 끝에 도달한 게 아니니까 그녀를 마주했을 때도, 아, 고생했구나, 이런 감개무량함도 별로 끓어오르지 않았고."

거짓말하고 있네, 라고 나는 생각했다. 그렇게 반쯤 미친 상태가 될 정도로 괴로워한 사람은 누구였다는 것일까.

이 미타라이라는 남자는 숨이 끊어질 듯 달리는 주제에 내 앞에서는 거친 숨을 죽이고 자기 같은 천재에게 그런 건 간단하다고 잘난 척하는 면이 있다.

"그리고 물을 것도 없어. 나는 중요한 부분에서 모르는 점은 없었으니까. 본인에게 세세한 부분을 물어보고 확인한다고 해봤자 별다른 의미도 없어."

"그럼 약품의 출처를 가르쳐줘."

"또 그거냐! 너도 성실한 수사를 하고 싶은 모양이네. 그 약품이나, 동경 138도 48분은 이른바 기둥을 장식하는 부조야. 1급 데커레이션이라고. 그녀의 재능이 진짜였기 때문에 장식도 정교하고 생명력을 가져서, 우리는 건물 전체를 보는 것을 잊어버릴 정도로 매혹당했어. 그래도 문제는 골조야. 나라면 그게 가장 흥미로울 것 같은데. 장식만 분석해봐야, 건물의 구조는 파악할 수 없는걸. 약품도, 지금 네가 그 약품이 꼭 필요해서 구하지 못하면 생명이 위태롭게 된다면 어떻게든 구하겠지? 어느 대학에 청소원으로 변장해서 숨어들었는지를 밝혀냈다고 해도 큰 의미는 없어."

"그러면 이건 어때. 그 계획은 도키코 혼자 세운 것이 아니라 모친 다에와 공동으로 모의했다거나, 아니면 더 대담하게 다에가 세운 계획으로 도키코가 움직였다는 가능성은 어떨까?"

"그럴 가능성은 없다고 생각해."

"도키코 혼자 했다고?"

"그렇게 생각해."

"그래도 있을 법한 것 같은데. 너는 확신하는 거지?"

"대충. 그래도 증거는 없어, 그렇게 생각할 뿐이야."

"납득이 안 돼. 그럼 증거는 없어도 되니까 이야기를 좀 더 해줄래?"

"논리적으로 명쾌하게 결론이 날 문제가 아니야. 이건 그녀들의 감정 문제로 추측하는데.

우선 40년 후인 오늘날, 도키코가 다에코라는 이름으로 메구미야라는 염낭 가게를 그것도 사가노에서 하고 있다는 사실, 이게 설명되지 않아. 아니, 해도 되는데, 어제까지 위험을 무릅쓰고 할 필요는 없었잖아? 마치 그런 사실과 함께 동반 자살할 작정이었던 것처럼 보인다고. 응, 그랬지, 자살했잖아.

두 번째로 돈 문제도 있어. 공동모의라면 다에에게 돈이 들어옴과 동시에, 혹은 잠시 지나고 나서 그중에 반은 없어져야 해. 적어도 다에는 자기 마음대로 이 돈을 자유롭게 쓰지는 않겠지. 실제로는 제대로 조사한 건 아니니까 확실하다고는 잘라 말할 수 없지만, 그런 사실은 없었다고 생각해.

첫 번째 얘기를 조금 더 하자면, 그러니까 계획 성공, 즉 돈이 들어온 시점에서 만일 다에 옆에 도키코가 있었다면 다에는 바로 교토 사가노로 가지 않았을까. 다에는 꿈을 실현할 수 있었을 거야. 고독했던 다에는 큰돈을 얻었어도 그 고독함 때문에 결국 아무것도 하지 못했어. 도키코는 다에가 작은 꿈조차 실현하지 못했다는 사실 때문에 계획을 완수했다는 만족감도 느끼지 못한 게 아닐까. 그래서 도키코는 위험을 알면서도 그곳에 있었다고 생각해."

"그렇군……."

나는 기분이 조금 울적해졌다.

"그래도 이건 논리적인 증명이 아니야. 열정적으로 반론할 생각이 들면, 같은 이유로 완전히 반대로 주장할 수 있겠지. 본인이 죽은 지금은 아무도 영원히 알 수 없네."

"아까워……, 천재일우의 기회를 놓쳤어."

"그런가, 그걸로 된 거야."

"그래도 네 앞으로 2, 3일 안에 유서가 도착하지 않을까."

"말도 안 돼. 주소는 물론이고 이름도 제대로 말하지 않았어. 극적인 장면에서 당당히 대기에 별로 적절한 이름이 아니니까."

"아, 그건……."

그것도 그렇다고 말하려다 입을 다물었다. 나는 미타라이를 아주 조금 동정했다.

"그런데 스도 다에코는, 아니 도키코는 사건 후 어디로 숨었을까……."

"그 이야기라면 조금 했어."

"어디야?"

"만주에 있었다고 했어."

"만주……, 그렇구나, 영국의 범죄자가 미국으로 도망가는 것 같은 거네."

"일본에 돌아왔을 때 기차에서 창밖을 보면, 우리는 창에서 보는 산을 먼 거리를 나타내는 대표적인 개념으로 생각하잖아? 그런데 그녀는 일본 기차에서 보이는 산들이, 품에 뛰어들어 오는 느낌이었다고 했어, 일본은 좁으니까. 시적이고 참 좋지? 정말 인상적이었어."

"음……."

"그 시절은 좋았을지도 몰라. 지금의 일본인은 지평선을 한 번도 보지 못하고 죽는 사람도 의외로 많아."

"스케일이 작아졌겠지……. 그런데 이건 엄청난 범죄였어, 대담무쌍한 범인이고 그것이 그저 한 사람, 그것도 스물세 살의 여자였다니."

그러자 미타라이는 먼 곳을 보는 듯한 표정을 지었다.

"그래……, 대단한 녀석이야. 단 한 사람에게 일본 전체가 40년 간 한 방 먹은 거지. 그런 여자는 처음 봤네. 두 손 들었어."

"음……, 그런데 너는 어떻게, 아니, 지폐가 힌트가 된 건 알겠는데, 그것만은 아니겠지? 이런 트릭을 어떻게 알아차린 거야? 내 설명을 듣고 갑자기 시체의 트릭이 떠오른 건 아니겠지? 아무리 그래도."

"응, 그야 그렇지. 설명하는 쪽도 아조트는 만들어졌다는 식으로 생각하고 설명해줬으니까.

그래, 다만 그 아조트 말이야, 아무리 생각해도 이것을 만들 장소도 시간도 있었을 것 같지 않다고 생각한 적은 있어.

아니, 그런 건 아무래도 상관없고 헤이키치의 수기 때문이야. 너무 이상한 부분이 많거든. 가짜 냄새가 났어."

"예를 들면?"

"많이 있는데……. 그래, 일단 근본적으로 이상한 점이 하나 있어. 이 수기는 아조트의 부속품이니, 일본의 중심에 놓여져. 그 누구의 눈에도 뜨이게 할 생각은 없다면서 만일 돈이 들어온다면 다에에게 주면 좋겠다는 소리를 하고 있어. 명백하게 타인에게 읽히는 것을 상정하고 쓴 느낌이 있지.

게다가 범인은 이 노트를 꼭 가지고 가야 하는데도, 헤이키치의 시체와 같이 현장에 남겨놨어. 애당초 범인이 직접 쓴 것이 아니라면, 노트를 갖고 가서 때때로 읽지 않으면, 시체 유기 장소 같은 건 지시할 수 없잖아? 헤이키치가 쓴 것이니까 다른 사람은 복사라도 해두지 않으면 세세한 부분은 잊어버리거든?

헤이키치를 살해할 때 처음 본 게 아니라, 전부터 몇 번이나 읽고 머릿속에 제대로 집어넣었을지도 모르지만, 아무튼 갖고 가는 편이 좋은 건 분명해. 그게 그냥 놓여 있었던 것은 남들더러 읽으라고 하는 게 아닐까. 그렇다면 헤이키치가 쓴 게 아닐 가능성이 높아지지.

그리고 아조트가 자산을 만든다면, 같은 소리를 하고 있어. 정말 이상해. 왜 대일본 제국을 구하기 위해서 만드는 아조트가 자산을 만드는 거지? 이것은 그 계획 전체를 내다보는 사람의 말이야. 거기에 돈은 다에에게 주라고 하고 있어. 이것만으로도 충분히 알아챘어야 했어. 여기에 범인의 의도는 확실히 드러나 있거든.

게다가 말이야, 수기에는 자질구레하게 이상한 점이 더 있어. 예를 들어⋯⋯, 맞아, 헤이키치는 골초라고 했잖아. 그런데 수기에는 담배 연기가 거슬려서 술집에는 별로 자주 가지 않는다는 내용이 있었던 것 같아. 이것은 도키코가 자신의 경우를 쓴 거야.

그리고⋯⋯, 맞다, 음악. 헤이키치는 〈아일 오브 카프리〉나 〈오키즈 인 더 문라이트〉가 좋다고 했어. 이 곡들은 1934년부터 1935년 사이의 히트곡이지. 나는 그 시절의 음악을 예전에 조사한 적이 있어서 꽤 상세히 알아. 둘 다 상당히 좋은 곡이야. 또 한

가지, 카를로스 가르델이 부르는 〈이라, 이라〉 같은 명곡도 있는데……. 아니, 그런 건 됐고, 1935년이라면 살해당하기 직전이야. 당연히 헤이키치는 이미 아틀리에에서 은둔 생활을 하고 있었을 텐데, 대체 어디서 그런 곡을 무심결에 흥얼거릴 정도로 외웠던 걸까. 아틀리에에는 라디오도 전축도 없었어. 하지만 도키코라면 이런 곡은 당연히 들었겠지, 안채 응접실에서. 마사코는 음악을 좋아했다니까."

"그렇군……."

듣고 보니 분명히 나는 많은 내용을 쉽게 간과하고 있었다.

나는 미타라이의 이야기 중에, 스도 다에코의 조용한 죽음을 설명할 요소는 없는지 찾아보았다. 그러나 찾을 수 없었다.

"스도의 자살 말인데……."

나는 말을 꺼냈다.

"왜 그녀는 조용히 죽었을까? 그렇게 세상을 떠들썩하게 한 장본인인데, 설명도 전혀 없이. 어떻게 된 일일까."

"어떻게 된 일일까, 라니 무슨 대답을 하면 만족할 거야?"

미타라이는 마치 자기 일처럼 말했다.

"이 신문을 봐. 아무 의심도 없이 죄가 발각되어 단념하고 죽었다고 단정해버렸어. 이유는 그게 전부라고 생각하는 거지. 수험생이 자살하면 입시 경쟁이 힘들어서라고들 해. 성적이 일등이라도 꼴찌라도 중간이라도, 죽으면 순식간에 입시 경쟁을 힘들어했다는 게 돼. 그렇게 단순한 건가? 웃기지 말라 그래! 대중 차원에

서 하향평준화하는 거라고. 멍청한 범용 속에 있는 자신의 위기
감과 열등감을, 대중이라는 사람들은 이런 폭력적인 행위로 제거
하려는 거야.

한 사람이 몇십 년이나 살아오다가, 그 전부를 지워버리기로
결심했어. 별의별, 그야말로 헤아릴 수 없을 만큼의 사정이 있겠
지. 그걸 이런 무책임한 태도로 벼르고 있는 패거리에게 뭐라고
설명할 거야? 과연 설명할 필요가 있을까? 조용히 죽는 걸로 충
분해! 너라고 예외일 것 같아? 죽는 방법을 운운할 정도니까 자
살한 이유는 이미 알고 있겠네?"

"……."

4

미타라이는 결국 스도 다에코의 죽음에 관해서는 자신의 생각
을 말하기를 회피했다. 그런데 그 이유는 사건의 진상이 드러났
기 때문은 단연코 아니라고 하기에, 뭔가 혼자만 아는 사실이 있
다는 여운이 느껴졌다.

그것이 무엇인지 나는 아직도 짐작이 가지 않는다. 그 후 추궁
할 기회도 몇 번 있었는데, 그때마다 미타라이는 이 핑계 저 핑계
를 대며 말을 돌렸고, 그 주사위야, 라고 말하고는 히죽거렸다.

주사위라고 하면 '우메자와가 점성술 살인'은 어린 시절 정월
에 자주 했던 쌍륙과 비슷하다고 생각한 적이 있다. 침대 끌어 올

리기라거나, 동경 138도 48분이라거나, 4·6·3의 중심이라거나 아조트 같이 도중에 많은 사건이 함정처럼 준비되어 있어서, 미타라이와 나는 야지기타[77] 콤비처럼 주사위를 던지며 일희일비했다. 그리고 승리를 앞에 두고 나는 길을 잘못 들어 혼자 나고야의 메이지무라까지 한가로운 원정을 해낸 것이다.

그러나 나쁜 기억은 조금도 없다. 온갖 장소에 가서 많은 사람과 만났는데, 안 좋은 마음이 든 것은 다케고시 형사 정도다. 얄궂은 일이라고 생각하지만, 제일 좋은 인상을 받은 사람은 범인이었다고 할 수 있다. 나는 이 일에서 어떤 교훈을 느껴야 할까.

나쁜 기억이라고 한다면, 마지막에 맛본 기분을 넣어도 될까.

그 후 세상은 예상대로 난리가 나서 항간에는 우메자와가 점성술 살인 해결에 대한 소문으로 화제가 이어졌다. 신문에는 일주일 가까이 이러쿵저러쿵 관련 기사가 이어졌고 주간지는 앞다투어 특집을 꾸렸다. 텔레비전에서도 특집 프로그램을 몇몇 편성해서, 그 소극적이던 이다 형사가 화면에 등장하는 일조차 있었다. 역시 다케고시 형사는 얼굴이 안방 시청자의 취향이 아닌 탓인지 화면으로 보는 고통을 맛보지 않을 수 있었다.

예전에 이 사건에 관해 식인종설이나 UFO설을 맹렬하게 세상에 내보냈던 용기 있는 출판사도 마지막으로 한 밑천을 잡으

---

77) 에도 시대의 통속소설 《도카이도추히자쿠리게》의 두 주인공 야지로베에와 기타하치. 도카이도를 함께 여행한다.

려는 기세로 몇 권의 책을 서둘러 완성해, 연거푸 세상에 내보냈다.

어딘가에서 읽기로는 이다 형사는 공로를 인정받아 출세했다고 하는데, 미타라이의 교실에는 미사코 씨로부터 쓰나 마나 한 무성의한 감사 문구를 늘어놓은 엽서가 한 장 도착했을 뿐이었다.

그리고 세상에 나온 어느 인쇄물을 확대경으로 보듯이 찾아도, 미타라이라는 글자는 발견할 수 없었다. 내 친구는 세상에서 깨끗하게 무시당한 것이다. 나는 배신당한 기분을 느끼지 않을 수 없었다.

그러나 좋은 면도 있었다. 미타라이의 이름이 표면에 나오지 않고, 경찰관의 성실한 수사가 사건을 해결했다고 알려졌기 때문에, 분지로의 이름이나 그의 수기가 완벽히 세상의 시선으로부터 감춰졌다는 점이다.

무엇보다도 나는 이것이 기뻤다. 우리의 소소한 노력도 완전한 형태로 보답을 받았다고 느꼈기 때문이다. 미타라이도 마찬가지였을 것이다. 아니, 그는 나 이상이었음에 틀림없다. 그러나 역시 나는 친구의 이름이 무시되어 기쁨이 반감된 기분이었다.

미타라이 본인에게 그런 것은 문제로 삼을 것까지도 없는 지극히 당연한 일이었는지, 세상의 어수선함과는 전혀 무관하게 콧노래를 흥얼거리며 살고 있었다.

"분하지 않아?"

나는 무심코 물어본 적이 있었다.

"뭐가?"

미타라이는 천진난만하게 되물었다.

"아니, 이 사건을 누가 해결했냐고? 너잖아? 그런데 완전히 무시당했어! 원래라면 지금쯤 네가 텔레비전인지 그런 데 나와서 훨씬 유명해졌을지도 몰라. 돈도 벌고.

아니, 네가 그런 생각하는 타입이 아닌 건 알아. 그래도 세상에 이름을 알리는 편이 살기 편한 경우가 많잖아. 이 일도 예외가 아니라고 생각해. 조금 더 좋은 건물로 옮기고 이쪽에 좀 더 멀쩡한 소파도 놓을 수 있거든?"

"그리고 이 집은 뇌 대신에 구경꾼 근성밖에 없는 정체 모를 저능한 인간들로 우글거리게 되겠지. 나는 집에 돌아올 때마다, 네가 어디에 처박혀 있는지 큰 소리로 불러서 찾아야 할 거야. 너는 이해 못 할지도 모르겠는데 지금 이 생활이 마음에 들어. 머리를 어딘가에 두고 온 패거리 때문에 내 페이스를 망가뜨리고 싶지 않아.

다음 날 일만 없으면 원하는 시간까지 잘 수 있어. 파자마 차림으로 신문도 읽을 수 있고 좋아하는 연구를 하고, 마음에 드는 일만을 위해 저 문을 나가고. 싫어하는 녀석에게는 재수 없는 놈이라고 말할 수 있고, 백은 백, 흑은 흑이라고 누구 눈치도 보지 않고 말할 수도 있지. 이것들은 모두, 언젠가 형사도 말했듯이 세상이 상대해주지 않는 놈팡이라 불리는 것에 대한 대가로 손에 넣은 재산이야. 아직은 잃고 싶지 않아. 쓸쓸해지면 너도 있고, 나는 외톨이가 아니야. 이 생활이 정말 마음에 들어."

나는 순식간에 어이없게도 가슴이 찡하고 뜨거워졌다. 그렇구나, 그런 식으로 나를 생각해줬구나. 그렇다면 내 우정의 증표로서 나는 해야 할 일이 있을 것 같았다. 그 일을 생각하면, 나는 아무리 억눌러도 내심 웃음이 솟아올랐다.

"그러면 미타라이."

내가 말했다.

"내가 지금까지 일련의 경과를 원고지에 정리해서 출판사에 가져간다고 하면, 놀랄 거야?"

그러자 미타라이는 옛날에 무서워서 달아난 마누라와 밤길에서 맞닥뜨린 듯한 얼굴이 되었다. 그리고 필사적으로 화제를 돌리려고 발버둥을 쳤다.

"심장에 안 좋은 농담은 그만해라……. 아니, 이시오카 벌써 시간이 이렇게 됐어!"

"출판이 될지 어떨지는 모르지만, 세상에 펴낼 가치는 반드시 있을 거야."

"다른 일이라면 뭐든 견딜 수 있어."

미타라이는 이번에는 차근차근 말했다.

"그것만 하지 마."

"왜?"

"아까 내가 한 말을 충분히 이해하지 못한 것 같네. 이유는 또 있어."

"꼭 듣고 싶은데."

"말하고 싶지 않아."

다 쓰면 신세를 진 교토의 에모토에게 제일 먼저 보여줘야겠
다고 생각했다. 이 상태로는 미타라이가 제일 마지막에 읽게 될
것이다. 나는 일러스트레이션을 그리는 게 직업이라 출판사에 안
면이 있는 사람은 많다. 읽어주는 정도라면 그렇게 어렵지 않을
것이다.

"이름을 말했을 때 상대방이 어떤 한자를 쓰냐고 질문하는 공
포가 상상이 안 가는 모양이네……."

소파에 노인처럼 푹 파묻힌 미타라이가 힘없이 말했다.

"네 작품에는 나도 등장해?"

"그야 당연하지. 너 같이 별난 인물이 없으면, 대작으로서 재미
가 떨어지니까."

"그렇다면 내 이름은 쓰키카게 호시노스케든 뭐든, 좀 더 폼 나
는 걸로 해줘."

"하하, 좋고말고. 너한테 그 정도의 트릭이라면 괜찮을 거야."

"점성술사의 마법이군……."

그러나 사건은 이것으로 전부 끝난 게 아니라, 마지막으로 또
하나 의외의 전개가 우리를 기다리고 있었다.

스도 다에코는 미타라이 앞으로 유서를 남겼던 모양이다. 아
무래도 세상에 발표된 사실이라는 것은 이런 식으로 엉터리가 많

은 것 같다. 게다가 우리가 그 사실을 알고 유서의 복사본이 미타라이의 손에 도착한 것은 사건 종료로부터 반년이나 지났을 때였고, 유서를 가져온 것은 다케고시 형사였다.

10월의 어느 오후, 미타라이의 사무소 문에 무척 소심한 노크 소리가 울렸다. 미타라이는 바로 네, 하고 대답했지만, 문에서 상당히 떨어져 있었고 아래쪽을 보며 말해서 방문객에게는 들리지 않았던 것 같다. 잠깐 침묵이 있은 후, 다시 차분한 여성이 두드리는 듯한 노크 소리가 들렸다.

"들어오세요!" 하고 미타라이는 이번에는 큰 소리를 냈다.

머뭇머뭇 문이 열리고, 본 기억이 있는 커다란 남자가 서 있었다.

"아니, 이분은 누구신가요!"

미타라이는 마치 10년 만에 친한 친구가 찾아온 것처럼 의자에서 튕기듯 일어났다.

"반가운 손님이 오셨어. 이시오카, 얼른 차를 우려야지!"

"아니, 괜찮습니다, 바로 갈 거라서."

큰 남자는 그렇게 말하고 가방에서 복사지 다발을 꺼냈다.

"이것을 드리러 왔을 뿐입니다……."

형사는 말하면서 미타라이에게 그것을 내밀었다.

"많이 늦었고……, 또 복사본이라 참으로 실례지만……."

변명을 하듯이 큰 남자는 말했다.

"저희로서도 이것은 중요한 자료이고, 그……, 이것이 누구

앞으로 보냈는지 판단하는 데 얼마간 시간이 필요했기 때문에……."

우리는 무슨 이야기인지 전혀 알 수 없었다.

"그러면, 분명히 건네드렸습니다."

말이 끝나자 다케고시 형사는 휙 하고 우향우를 해서 커다란 등을 우리 쪽으로 돌렸다.

"어라, 벌써 돌아가십니까? 모처럼 만났는데요. 못다 한 이야기도 있고."

미타라이는 비아냥거리며 말했다. 그러나 형사는 대답하지 않고 재빨리 복도로 나가 열어놓았던 문손잡이를 잡고 닫으려 했다.

그러나 문은, 10센티미터 정도 남기고 멈추었다. 다시 한번 열리더니 형사는 한 걸음 집 안으로 들어왔다. 그리고 중얼거리듯 이렇게 말했다.

"이 말을 하지 않으면 남자가 아니겠지."

그는 우리 두 사람의 구두를 지긋이 바라보면서, 말 꺼내기 힘들다는 듯 이야기를 이어갔다.

"일전의 일은 대단히 감사하고 있습니다. 선친도 아마 같은 심정이실 겁니다. 아버지 몫의 감사도 드립니다. 고맙습니다. 요전에는 여러모로 무례한 말씀을 드려 죄송했습니다. 그러면…… 실례하겠습니다."

겨우 그 말만 하고 형사는 재빨리 그러나 정중히 문을 닫았다.

그는 결국 한 번도 우리 얼굴을 쳐다보지 않았다.

미타라이는 입술 끝을 약간 일그러뜨리고 조용히 웃으며 말했다.

"저 녀석도 의외로 나쁜 녀석은 아니네."

"그래, 나쁜 녀석은 아니네."

나도 말했다.

"분명히 이번 일로 너한테 많이 배웠을 거야."

"하하, 그렇겠지……."

미타라이는 말을 계속했다.

"아무래도 노크를 하는 법은 배운 것 같아."

형사가 두고 간 두꺼운 복사지 다발은 스도가 미타라이 앞으로 쓴 유서였다. 이 유서에 의해 사건의 세세한 부분이 전부 명백해졌으므로, 나는 마지막으로 유서의 전문을 소개하며 이 긴 이야기를 끝내려 한다.

아조트의 목소리

아라시야마에서 만난 젊은 분께

저는 당신을 계속 기다리고 있었습니다. 이런 말투가 상당히 이상하리라는 것은 잘 압니다만, 역시 저는 이러한 말투밖에 생각나지 않습니다.

저는 이미 상당히 이상해져 버렸습니다. 스스로도 확실히 느낍니다. 뻔뻔스럽게 그런 악업을 저지른 여자이니 당연하다고도 할 수 있지만, 역시 이 불안정한 마음은 제게는 불가사의합니다.

어머니가 좋아하시던 땅에서 바지런히 연명하는 동안, 저는 힘세고 무서운 남성이 제 앞에 갑자기 나타나 엄하게 꾸짖고는 가게 앞길로 질질 끌어서 감옥으로 데려가는 꿈을 몇 번이나 꾸었습니다. 그리고 그때 저는 언제나 사건 무렵의 저 자신으로 돌아갔습니다. 매일 무섭고 또 무서워서, 다리가 후들거릴 지경이었습니다. 그러나 그것을 기다리던 것 또한 확실합니다.

그러나 제 앞에 나타난 당신은 무척 젊으시고, 또 아주 상냥하셔서, 제게 사건에 대해 무엇 하나 묻지 않으셨습니다. 저는 지금 그 점에 정말 감사하고 있습니다. 그 말씀을 드리려고 펜을 들었습니다.

생각해보면 그렇게 세상을 떠들썩하게 한 사건임에도 당신의 상냥함 때문에, 결국 알려지지 않은 내용도 많을 거라 생각됩니다. 저는 이 세상에 좋은 일은 전혀 하지 않았으니, 그 사건에 대한 설명을 조금이라도 더 많이 남기는 것으로 참회의 말을 대신하고자 합니다.

계모 마사코와 그 딸들과 함께 보냈던 우메자와가에서의 생활은 제게 지옥 같았습니다. 죄 많은 몸이지만, 이렇게 살고 있는 지금도 아직 진정한 의미로 후회되지 않습니다. 그 생활을 생각하면, 저는 어떤 곳에서 어떤 힘든 생활을 강요당한다 해도 참을 수 있을 것 같습니다. 실제 그러했기 때문에 지금까지 이렇게 염치도 없이 살 수 있었겠지요.

어머니가 아버지에게 버림받았을 때, 저는 막 한 살이 되었습니다. 어머니는 저를 맡겠다고 필사적으로 부탁했다고 하는데, 아버지는 어머니가 몸이 약하다는 점을 이유로 허락하지 않았다고 합니다. 그렇게 몸이 약한 여자를 혼자 담배 가게를 하라면서 버린 인간도 정상은 아닙니다.

그래서 계모에게서 자랐지만 모질게 당했습니다. 이제 와 고인이 된 사람의 일을 구구하게 따지고 드는 것은 무척 치사하고 지나친 자기변호 같겠지만, 저는 어릴 적부터 계모에게 용돈이라는 것을 받은 적이 없습니다. 용돈만이 아니라 인형 하나 받은 적도 새 옷을 받은 적도 한 번도 없습니다. 모두 도모코나 아키코에게 물려받았습니다.

유키코와 같은 학교에 다니면서도 학년이야 제가 하나 위이지만, 저와 동갑인 자매가 있다는 것만으로도, 매일 부끄러워 낯이 뜨거운 심정이었습니다. 유키코는 언제나 새 옷을 입었고, 저는 헌 옷이었습니다. 저는 유키코에게만은 지기 싫어서, 제가 훨씬 좋은 성적을 받아 오니, 모녀가 합심해서 제 공부를 방해했습니다.

지금도 이상하게 생각하는데, 어째서 계모는 저를 호야의 어머니에게 보내지 않았을까요? 아마 이웃의 소문이 두렵기도 했고, 넓은 집인데 도우미를 둘 정도의 여유가 없었던 탓도 있었겠지요. 보기에는 그럴듯해도 저는 어릴 적부터 계속 가정부나 마찬가지였으니, 제가 호야의 어머니 곁에서 살고 싶다고 하면 언제나 이런저런 이유를 대며 허락하지 않았습니다. 그래도 제 경우는 이웃 사람들도(그렇다고 해도 별로 친한 교제는 없었으므로), 학교 친구도, 누구 하나 알아차리지 못했습니다. 우메자와가의 담장 안은 세상으로부터 고립된 일종의 별세계였으니까요.

제가 호야의 어머니에게 갈 때마다, 그리고 돌아올 때마다 계모와 딸들은 공모해서 저를 괴롭혔습니다. 그래도 저는 어머니에게 가야 할 이유가 있었습니다.

저는 빈번하게 호야의 어머니 댁으로 가는 것처럼 사람들이 생각하도록 해놓고, 사실은 일을 하고 있었습니다. 거기에는 여러 가지 이유가 있습니다. 우선 첫 번째로 어머니의 작은 담배 가게의 수입은 미미해서 어머니에게 생활비를 드려야 했고, 어머니는 몸이 약해서 언제 병이 날지 몰랐습니다. 그 때문에 다소 저금을 해둘 필요도 있었습니다.

그리고 또 하나는 어느 정도 돈을 쥐고 있지 않으면 우메자와가에서 아주 곤란한 일이 자주 있었습니다. 계모는 저를 위해서는 결코 돈을 쓰지 않았습니다. 그러나 자신의 친딸들은 마치 저를 비꼬듯이 풍족한 생활을 누리는 것을 세상에 보이려 했습니다.

아무튼 저는 제 지갑에 어느 정도의 돈을 넣어두기 위해서 어떻게 해서든 직접 일을 할 필요가 있었습니다. 가난한 어머니로부터 돈을 받을 수는 없었습니다.

어머니는 그런 제 사정을 잘 알아주셨습니다. 그래서 때로 우메자와가에서 전화가 걸려 와도, 제가 이쪽에 와 있다고, 어머니는 언제나 거짓말을 해주셨습니다. 그녀들은 때때로 저를 떠보았습니다. 만일 제가 일하는 것을 알면 우메자와가 여자들에게 무슨 말을 들을지 몰랐습니다.

그 당시는 신원이 아주 확실하지 않으면, 여자 혼자서는 바에서조차 일할 수 없는 시대였습니다. 그래도 저는 뜻밖의 일로 알게 된 분 덕분에, 어느 대학 병원에서 일주일에 한 번 일하게 되었습니다. 그 경위나 대학 이름 등은, 그분이나 자녀분께 폐가 되면 안 되기에 밝힐 수 없음을 이해해주시기 바랍니다. 저는 그분 덕분에 인체 해부를 볼 기회도 얻었습니다.

그러나 그 일은 저를 공허하게 했습니다. 사람의 생명이 정말 부질없다는 생각이 들었고, 이 육체에 생명이 깃든 것 그리고 빠져나가는 것, 이 모든 것이 아주 사소한 운과 불운, 아니면 주위 사람의 의지 하나에 달려 있는 것 같았습니다.

저는 점차 죽는 것, 스스로를 죽이는 것을 생각하게 되었습니다. 지금 생각하면 별로 심각한 이유가 있었던 것은 아닙니다. 요즘 젊은 분들은 어떨지 모르겠지만, 그 시대의 아가씨들은 깨끗한 채로 죽는다는 것에 강하게 동경하는 것 이상의 일종의 신앙이 있었습니다.

대학에는 같은 부지 내에 약학과도 이과도 있었습니다. 비소라고 알려진 약품병 앞에서, 죽음의 결심은 굳어졌습니다. 제가 그 극약을 아주 조금, 작은 화장품 병에 훔쳐서 어머니의 집에 가니, 어머니는 양지에서 화로에 몸을 기울이고 여느 때처럼 웅크리고 있었습니다.

그날 저는 어머니에게 이별을 고할 작정이었는데, 어머니는 저를 보더니 이마가와야키[78]를 종이봉투에서 꺼내어 제게 보였습니다. 제가 올 줄 알고 사두었던 겁니다.

어머니와 둘이서 이마가와야키를 먹으며 아무래도 혼자서는 죽을 수 없다고 생각했습니다. 제가 세상에 태어난 이유가 무엇인지 곰곰이 생각했습니다. 살아 있어서 즐거웠던 적은 한 번도 없고, 전혀 의미 없다고 생각했었습니다. 그러나 그때, 어머니는 그 이상이라는 것을 깨달았습니다.

---

78) 밀가루 반죽에 팥소를 넣어 구운 과자.

언제 찾아가도 어머니는 담배 가게 앞에서 돌돌 말려 잊힌 신문지처럼 쓸쓸히 앉아 있었습니다. 정말, 언제나 그랬습니다. 어머니 집에 왔을 때, 그 모습 이외에는 본 적이 없습니다. 어머니는 이렇게 좁은 가게의 다다미에 앉은 채 죽어가는구나, 라고 생각했습니다. 어쩌면 이렇게 시시한 일생일까, 하는 생각이 들어 점점 우메자와가의 인간들을 용서할 수 없다는 기분이 들었습니다.

제가 우메자와가 사람들을 향해 살의를 품기에 이른 큰 계기, 아니 사건이라고 할 것은 따로 없습니다. 몇 년에 걸쳐 소소한 많은 일들이 쌓이고 쌓인 것입니다.

계모는 화려한 것을 좋아해서 우메자와가에는 음악과 웃음소리가 넘쳤던 한편, 호야에 가면 어머니는 가게에 쓸쓸히 앉아 있어서, 그 차이를 볼 때마다 나는 등골이 서늘해지는 기분을 맛보았습니다.

아, 그래도 계기를 들자면, 하나는 짐작이 갑니다. 우메자와가에 가즈에 씨가 왔을 때입니다. 삐걱거리는 의자가 하나 있었습니다. 가즈에가 그것을 불평하니(그 사람은 하루 종일 지겹도록 불평만 했습니다), 계모는 어디선가 엽낭을 가져와서 다리 한쪽에 끼워보라고 했습니다. 그것은 어머니가 소중히 모으던 것으로, 이 집을 나올 때 잊어버리고 두고 갔던 것입니다.

저는 그때 더 이상 용서할 수 없다는 생각이 들었습니다. 그리고 저는 이미 한 번 죽은 몸이라고 생각했습니다. 어차피 죽는다면 제 몸과 어머니의 행복을 바꿀 방법이 무엇이 있을지 궁리했습니다.

그 계획에 생각이 미친 것은, 부끄럽지만 저는 제 얼굴이 그렇게 못생겼다고는 생각하지 않았습니다. 그러나 몸에는 조금도 자신이 없었습니다. 그런 열등감에 그런 계획을 떠올린 게 아닌가 생각합니다. 비웃으셔도 괜찮습니다.

　저는 그때부터 열중해서 계획을 다듬고, 곳곳을 돌아다녔습니다. 분지로 씨를 알게 된 것도 그때입니다.

　분지로 씨의 일은 정말 후회했습니다. 그분 앞에 무릎 꿇고 사죄하러 나설까 몇 번이나 고민했습니다. 그러나 자수할 바에는 자살하기로 결심했습니다.

　약품은 1년 동안 조금씩 근무처에서 모았습니다. 그리고 1935년 연말에 말없이 일을 그만두었습니다. 근무처에 신원과 주소를 거짓으로 써두었기 때문에, 저를 찾을 방법이 없었을 겁니다. 훔친 약품도 극소량씩이어서, 아마 대학 측도 알아차리지 못했을 겁니다. 일하러 나갈 때 우메자와가의 여자들에게 들켜서는 안 되기 때문에, 저는 꼭 안경을 쓰고 머리 모양을 바꾸었습니다. 그것도 도움이 되었다고 생각합니다.

　아버지는 강렬히 증오할 정도는 아니었습니다. 그저 제멋대로 하는 사람이라는 인상뿐입니다.

　아버지를 죽인 흉기는 대학 구내에 버려진 약품병을 넣는 나무 상자를 이용해 만들었습니다. 이 상자는 판자에 틈도 거의 없이, 아주 튼튼하게 만들어진 것입니다. 이 빈 상자에, 나무 막대로 단단히 손잡이를 달아 한 손으로 겨우 들 수 있을 정도의 무거운 철판을 일단 상자에 넣고, 대학에서 훔쳐 온 석고를 짚과 섞어 상자와 철판 사이에 부었습니다. 짚을 섞은 것은 그렇게 하면 튼튼해진다고 전에 들은 적이 있기 때문입니다. 손잡이는 상당히 튼튼하게 만들었는데도, 아버지를 죽였을 때 부서졌습니다.

그때가 제일 싫었습니다. 아버지는 제멋대로인 사람이지만, 아버지가 저를 특별히 나쁘게 대한 적은 없습니다. 그 며칠 전, 제가 모두에게 비밀로 하고 모델이 되겠다고 하니 둘만의 비밀을 가지는 것을 아버지는 매우 기뻐했습니다. 아버지는 어린아이 같은 면이 있는 사람입니다.

모델을 하고 있는데 눈이 내리기 시작했고, 결국에는 지금까지 본 적도 없을 정도로 눈이 쌓였을 때를 생각하면, 지금도 오싹합니다. 이것은 하느님이 그만두라고 말씀하시는 것 같았습니다.

저는 정말 고민했습니다. 그만두자, 내일 하자고 거의 그렇게 결심한 것은 아버지가 제가 있는 동안에 수면제를 먹었을 때였습니다. 모든 일이 전혀 계획대로 되지 않았습니다.

그러나 내일 하는 것은 불가능했습니다. 왜냐하면 내일이 되면 그림이 상당히 완성되기 때문입니다. 저는 캔버스를 보았습니다. 아직 목탄 스케치밖에 되지 않아서, 얼굴 부분은 열 십 자로 선이 그어져 있을 뿐이었습니다. 내일이 되면 좀 더 그려지니까, 모델이 저라는 것이 알려집니다.

게다가 다음 날인 26일 수요일은 발레 레슨 날이었습니다. 결행을 하루 연기한다는 것은 있을 수 없다고 생각해서, 저는 26일 레슨에 나가기로 계모와 약속했습니다.

각오를 하고 아버지를 죽였습니다. 그러나 이때, 여러분은 모르시겠지만 저는 실패했습니다. 여자 힘으로는 충분하지 않아 아버지는 졸도했지만, 죽지는 않고 고통스러워했습니다. 그래서 저는 젖은 일본 종이로 코와 입을 막고 손으로 꾹 눌러 질식사시켰습니다. 웬일인지 이것은 경찰에게 들키지 않아서, 나중에 상당히 의아한 느낌이 들었습니다.

가위로 수염을 깎은 것을 모두 이상하게 생각하셨겠지만, 원래는 면도칼로 깎을 작정이었습니다. 그래서 면도칼도 준비했지만, 수염을 깎는 도중에 코와 입에서 출혈이 일어나는 바람에 심한 공포가 엄습해서 그만둘 수밖에 없었습니다. 자른 수염도 바닥에 떨어뜨리지 않도록 상당히 주의했지만 잘 되지 않았습니다.

그러고는 아버지의 구두를 들고 밖에 나가서 구두와 가방을 일단 눈이 쌓이지 않는 장소에 놓고 옆 창문 부근으로 간 후, 여기서 실을 이용해 빗장을 건 다음 일단 제 구두를 신고 쪽문 밖까지 나왔습니다. 그리고 사람 눈이 무서워서 바로 안으로 돌아가려다가, 순간적으로 어떤 무서운 사실을 알아차렸습니다. 이 일을 알아차린 것도 지금 생각하면 행운이었습니다.

큰길을 수르 레 푸앵트[79]로 걸어보고, 시험 삼아 그 위를 구두로 밟았습니다. 그러자 예상대로 구두 자국의 중앙에 살짝 팬 곳이 남았

---

79) 발레에서 발가락 끝으로 수직이 되게 서는 것.

습니다. 만일 이것을 알아차리지 못했더라면 하고 생각하니 오싹했습니다.

저는 이때 손에는 아무것도 들고 있지 않았습니다. 당황해서 눈을 한가득 손에 들고 아틀리에 현관까지 발끝으로 걸어 돌아왔습니다.

그리고 이 눈을 가방 안에 넣고, 그래도 충분할 것 같지 않아서 현관 포석 주변의 눈 표면을 살짝 스치듯이 떠서 가방에 넣었습니다. 그리고 아버지 구두를 신고 아까 발끝으로 걸은 자국을 밟기 전에 이 눈을 한 움큼씩 팬 곳에 떨어뜨렸습니다.

큰길로 나가서 가방 안에 남은 눈을 버리고, 아버지의 구두를 넣었습니다. 아침에 다시 한번 조금 눈이 내리지 않았다면, 아틀리에 현관에 눈을 뜬 흔적이 발견됐을지도 모릅니다.

다른 사람과 만나지 않게 조심하면서, 저는 집에서 그리 멀지 않은 고마자와 숲에 갔습니다. 차는 몇 대쯤 지나쳐 갔지만, 사람은 하나도 마주치지 않았습니다. 밤이 늦었다고는 해도 운이 좋았다고 해야 할까요.

고마자와에는 작은 시내가 있고, 그 근처에 제가 좋아하는 곳이 있었습니다. 빈터처럼 되어 있었고, 스치면 따끔한 덩굴이 있는 잡초가 전체를 뒤덮고 있었는데, 그곳만은 한 단 낮아서 밖에서 보이지 않습니다. 만일 죽는다면 이곳이라고 저는 정해놓았습니다.

저는 그곳에 미리 구덩이를 파서, 널빤지 조각으로 덮고 풀을 올려 감추어두었습니다. 그 구덩이에 직접 만든 흉기나, 면도칼, 아버지 수염 등을 버리고 원래대로 덮었습니다.

그 후 숲속에 들어가, 웅크린 채 아침까지 가만히 있었습니다. 움직이면 목격자를 만들 뿐입니다. 그렇게 할 수밖에 없다고 고심 끝에 결정했습니다.

얼어 죽나 싶을 정도로 추웠습니다. 가만히 그러고 있으니 온갖 후회와 불안이 올라왔습니다. 일단 눈이 내리는 동안에 집에 돌아가는 편이 나았던 게 아닌가 하고 생각했습니다. 그러면 사람들이 다니기 때문에, 목격될 위험이 있었습니다.

아버지는 제가 안채에 돌아가야 하는데도, 빨리 가지 않으면 현관이 닫혀버린다고도 말하지 않았습니다. 그런 점은 전혀 눈치가 없는 사람입니다. 계모에게는 호야에서 자고 올 거라고 했습니다. 만일 전화를 걸어도 어머니는 평소처럼 대답해주겠지요.

제가 창작한 노트를 아틀리에에 두고 왔습니다만, 내용에 관해서도 그제야 불안해졌습니다. 많이 생각해서 썼지만, 뭔가 실수가 있을지도 모릅니다. 이런 엉뚱한 계획을 세우지 않았으면 좋았을 거라고도 생각했습니다. 그저 평범하게 모두를 독살하는 계획이면 되지 않았나.

하지만 그러면 곤란합니다. 우선 제가 그런 뻔뻔한 연쇄살인범으로 경찰에게 체포되면, 어머니는 지금보다 훨씬 심하게 세상으로부터 가혹한 꼴을 당할 겁니다. 제가 살해되었다는 편이 차라리 낫습니다. 어머니 앞에 나타날 방법은 나중에 천천히 찾아보면 된다고 생각했습니다. 게다가 계모를 선선히 죽여서는 성에 차지 않을 것 같은 기분이 들었습니다.

아버지의 필적 문제에 관해서는 걱정하지 않았습니다. 아버지는 스무 살 무렵부터 지금까지 글이라는 것을 거의 쓰지 않았기 때문입니다. 아버지는 친구도 아예 없어서, 편지 같은 것도 전혀 남기지 않았습니다. 수기가 아버지의 필적인지 비교할 수가 없기 때문에 확인이 불가능했을 겁니다.

제가 아버지의 필적을 본 것은 젊을 때 유럽 시절의 것뿐입니다. 스케치 옆에 덧붙인 간단한 문장인데, 그때 내 글씨와 닮아서 역시 부녀 간이구나, 하고 생각한 기억이 있습니다.

그런데 제 글씨를 그대로 쓰면 제 필적이 곳곳에 남아 있는 것이 마음에 걸렸기 때문에, 어떤 중년 남성으로부터 받은 편지의 필체를 흉내 냈습니다. 그래도 불안해서, 가능한 한 부드러운 회화용 연필을 이용해 너무 뾰족하지 않게 깎아서, 휘갈기는 느낌으로 썼습니다.

두서없이 여러 가지 생각을 하고 있으니, 아버지가 다정하게 대해준 일들만 떠올라 저는 깊은 죄책감과 미칠 듯한 공포에 휩싸였습니다. 생각해보면 아버지는 저만은 신뢰해주었던 것입니다. 제게는 뭐든 잘 이야기해주었습니다. 그래서 그 수기를 쓸 수 있었습니다. 아버지는 메디시스의 도미타 씨와 저를 몇 안 되는 이야기 상대로 여기고 있었습니다. 그렇게 신뢰받던 제가 공교롭게도 아버지를 죽인 겁니다.

날이 밝을 때까지 정신이 아찔해질 정도로 기나긴 공포의 시간이었습니다. 겨울밤은 너무 길었습니다.

동이 터오자 이번에는 다른 공포가 덮쳐 왔습니다. 우메자와가 여자들 중에 누군가가, 제가 돌아가기 전에 죽은 아버지를 발견하지 않을까 하는 것입니다. 그렇게 되면 저는 구두를 돌려놓을 수 없게 됩니다. 아틀리에에 구두가 두 켤레 있는 것은 딸들도 계모도 아마 알고 있을 것 같았습니다. 그들이 구두 한 켤레가 없어진 것을 알면, 저는 무척 불리해집니다. 그렇다고 해서 제가 너무 일찍 집에 돌아가도 의심을 받습니다. 또 식사를 들고 가기 전에 아틀리에 쪽에 가는 것은 이유도 없이 발자국을 남기기 때문에 할 수 없습니다. 저는 도저히 가만히 있기 힘들었습니다.

또 구두 문제는 갑자기 생각이 떠올라서 했기 때문에, 그런 생각이 떠오르자 차례차례 온갖 불안이 생겨났습니다. 과연 구두를 돌려놓는 편이 정말로 좋은 것일까? 구두가 조금 젖은 것은 아버지가 직접 눈 위에 나가지 않았다는 확실한 근거는 아닐 테니까 괜찮다 치고, 경찰은 현관에 돌려놓은 아버지의 구두를 일단 발자국과 대조해보지 않을까? 이 구두는 매우 평범한 모양이었는데, 그러면 발자국은 아버지 것으로 단정되는 것은 아닐까 하는 등의 공포였습니다. 그렇게 되면 구두가 분실된 것과 별 차이가 없습니다. 아니 그것보다 훨씬 나쁩니다.

그러나 저는 상당히 망설인 끝에, 구두는 돌려놓기로 했습니다. 결과는 운 좋게도 발자국은 아버지 것이라고 확인되지 않아서 저는 목숨을 건졌습니다. 아침에 다시 한번 눈이 조금 내린 것이 다행이었습니다. 어쩌면 경찰은, 확인을 위해 아버지 구두를 발자국에 대어보지는 않은 걸까요?

그러나 저희들에 대한 경찰의 신문은 무척 엄중했습니다. 저는 각오를 해서 괜찮았지만, 다른 딸들은 모두 울었습니다. 그래도 저는 전혀 동정할 생각이 들지 않았고, 오히려 가슴이 후련했습니다.

다만 저는 눈을 맞으며 밤새 서 있었기 때문에 아무래도 감기에 걸렸는지 신문받는 내내 몸에 오한이 들어서 너무 힘들었지만, 아버지가 살해되었으니, 그 모습도 오히려 다행이었을지도 모릅니다.

어머니는 제가 자기 집에도 오지 않고, 우메자와가에도 없었다는 말을 듣고 우연히 근무처에서 무슨 일이 있었던 것이 이 사건과 겹쳤다고 생각한 듯, 이 시점에 거기서 일하던 것이 우메자와가에 알려지면 큰일 난다고 생각해서, 제가 당신의 집에 왔다고 끝까지 주장했습니다.

어머니는 이렇듯 착한 분이었습니다.

가즈에 씨의 사건에 관해서도 이야기하겠습니다. 가즈에 씨 집을 혼자 찾아간 것은 그때가 두 번째였습니다. 두 번 방문하는 동안에도 별로 오래 머무르지 않았습니다. 예비 조사를 위해 자꾸 집에 가거나, 또 가서 오래 있거나 하면 무슨 바람이 불었냐고 하면서, 가즈에가 계모에게 일러바칠 것이 뻔하기 때문입니다.

저는 가즈에와 똑같은 옷을 준비하고 싶었지만, 아무래도 그럴 여유는 없어서 죽인 가즈에의 몸에서 벗겨 내어 입어야 했습니다.

계획대로 길에서 분지로 씨를 기다렸을 때, 기모노 깃에 핏자국이 묻은 것을 알아차리고, 당황해서 어두운 쪽으로 데리고 갔습니다.

생각해보면 저는 사건 때문에 조마조마하거나 오싹해하는 일의 연속이었습니다. 도저히 어린 여자 혼자 힘으로는 감당할 수 없는 대담한 계획을 세웠기 때문입니다. 아버지 때도 그랬지만, 그때도 그에 못지않게 줄곧 조마조마 했습니다.

어두운 길을 남의 눈에 띄지 않도록 걸으며, 혹시 오늘 밤 그 사람의 귀가가 늦으면 어쩌지 하고 생각하니, 현기증이 날 것 같았습니다. 그의 귀가 시간에 맞추어 저는 가즈에를 죽이고 온 것입니다.

늦는다면 차라리 괜찮습니다. 오늘 밤만 그분이 유독 일찍 귀가해서 이미 이 길을 지나간 게 아닌가 생각했을 때는, 다리에 힘이 풀려 길에서 무너져 내릴 것 같았습니다.

분지로 씨와 함께 가즈에의 집에 들어갔을 때도 그랬습니다. 방에 들어가니 뭐라 말할 수 없는 비릿한 피 냄새가 났습니다. 분지로 씨가 눈치를 못 챈 것이 의외였습니다. 옷깃에 묻은 피도 신경이 쓰여서, 저는 허둥지둥 불을 꺼달라고 부탁했습니다.

나중에 알았지만 사망추정시각이 7시에서 9시로 된 것은 행운이었습니다. 실제 살해한 시각은 7시를 조금 지나서이기 때문입니다. 아마 강도에 의한 살인이니까, 조금 늦은 편이 자연스러울 거라고, 감식하는 분이 생각하셨던 게 아닐까요.

분지로 씨와의 일이 제게 첫 경험은 아니었습니다.

가즈에 씨의 장례식 후, 저는 일부러 방석을 몇 개쯤 더럽혔습니다. 그리고 그 커버를 세탁해서 방에 말려두었습니다.

그 외에도 자질구레하지만 몇 개쯤 일부러 일을 남겨두었습니다. 야히코 여행에서 돌아오는 길에, 메구로 집에 도착하기 전 딸들을 가즈에의 집으로 꾀어 들일 구실을 만들기 위해서였습니다.

그 무렵에 저는 살인에 익숙해져서, 요즘 식으로 말하면 게임을 즐기는 듯한 기분조차 들었습니다. 여자 일곱 명의 소름 끼치는 여행도 처음으로 즐거운 기분이 들었습니다.

여행 때는 아버지나 가즈에를 죽였을 때와 달리, 전부 생각대로 진행되었습니다. 제가 아버지의 수기 이야기를 꺼내(저희들에게는 아버지 수기의 내용은 대충만 가르쳐주었고, 게다가 아조트에 관한 내용은 감추었습니다. 이것도 제게는 다행이었습니다), 야히코 여행에 대한 의향을 살짝 비추니 계모는 바로 찬성했습니다. 게다가 이와무로 온천에서 제가 딸들에게 하루 더 지내는 게 어떠냐고 부추기자, 마치 거짓말처럼 계모는 혼자서 아이즈 와카마쓰로 간다고 했습니다.

저는 세간의 이목을 신경 쓰는 계모가 유명해져 버린 우메자와가의 딸 여섯을 줄줄이 거느리고 고향에 돌아갈 리가 없다는 것을 처음부터 계산에 넣었습니다. 그리고 친정에 돌아가도 바깥을 나돌아 다니지 않을 거라고 봤습니다. 다만 저와 아야코 씨 딸 두 사람에게는 집에 돌아가라고 하는 게 아닐까 하는 것만이 걱정이었습니다. 그 때문에, 이때는 평소와 달리 여섯 명이 잘 지내도록 노력했습니다.

돌아오는 열차 안에서는 도모코, 아키코, 유키코 그리고 노부요, 레이코, 저, 이렇게 세 명씩 두 그룹으로 자연스레 나뉘어 그다지 눈에 띄지 않았을 거라 생각합니다.

오는 길에 가즈에 씨의 집에 들러 뒷정리를 오늘 끝내자고 하니 도모코와 아키코가 반대했습니다. 너무 피곤하니까 저더러 혼자 하면 된다고 하는 겁니다. 방자한 불평이었습니다. 가즈에라는 사람은 저와는 아무 관계도 없고, 혈연관계도 없는 사람입니다.

그녀들은 항상 그런 식이었습니다. 그런 일은 이미 셀 수 없을 정도로 있었습니다. 발레 레슨 때도(도모코나 유키코는 놀랄 정도로 서툴렀습니다), 제가 잘 하면 모두 재빨리 그만둬 버립니다. 그러다가 제가 호야에 다녀오면, 계모는 저를 빼고 레슨을 하고 있던 경우가 자주 있었습니다.

열차 안에서 혼자서는 불안하다, 주스를 만들어주겠다고 하며 어르고 달래서 겨우 가기로 했습니다.

가즈에의 집에 도착한 것은 3월 31일 오후 4시를 조금 지났을 때였습니다. 저는 바로 부엌으로 가 주스를 만들어 다섯 명을 독살했습니다. 해가 떨어지면 불을 켜야 했고, 그러면 단독주택이라 해도 사람이 있었다는 증언이 나올 위험이 있기 때문입니다.

저는 아비산의 해독제가 있다는 것을 알고 미리 먹어둘까 했지만, 그 약품은 입수하지 못했습니다. 그래도 그런 트릭을 쓸 필요도 없이 그녀들은 부엌일은 전부 제게 맡겼으므로 아무런 어려움도 없었습니다.

저는 그녀들의 시체를 욕실로 나르고, 그날은 메구로의 우메자와가로 혼자 돌아갔습니다. 미리 준비한 열쇠 달린 로프나 아비산병을 계모 방에 놓아두기 위해서였는데, 잘 곳이 없었던 탓도 있었습니다.

실내에서 말려둔 빨래는 일부러 그대로 놓아두었습니다. 아마 그 후 몇 년이나 그대로 있었을 겁니다.

다음 날 밤 시체가 경직하기를 기다려, 창문으로 비치는 달빛 아래 욕실에서 절단했습니다.

하룻밤을 욕실에 놓아둔 것도 무척 불안했습니다. 그러나 절단할 장소는 욕실밖에 없다고 생각했고, 다섯 구나 되는 시체를 하룻밤 창고에 넣었다가 다음 날 다시 꺼내오는 것은 여자 힘으로는 가능할 것 같지 않아서, 만일 발견되면 그다음 계획은 바로 포기하고 이 집 근처에서 저도 어떻게든 동일범의 손에 살해당한 듯이 꾸미고 비소를 털어 넣을 작정이었습니다. 물론 그것은 어머니를 생각했기 때문입니다. 그렇게 해두면 범인은 아조트를 제작하려고 시체 여섯 구를 만들어 절단하려다가 운 나쁘게 발견되었다는 식이 될 것입니다.

그러나 다행인지 불행인지 시체는 발견되지 않았습니다. 저는 다섯 구의 시체를 절단해서 여섯 구로 다시 만들어, 각각을 미리 준비한 기름종이에 싸서 창고 방에 나른 후 천을 덮었습니다. 가즈에의 집 창고 방은 장례식 때 세심하게 청소를 했고, 걸레질까지 해두었습니다. 이것은 시체에 지푸라기나 간토 지방의 흙 같은 증거가 될 만한 것이 부착되는 것을 방지하기 위해서였습니다.

여섯 명의 혈액형이 우연히도 모두 A형인 것은 우메자와 여자들이 다 같이 헌혈하러 간 적이 있어서, 그 이후 기억하고 있었습니다.

곤란했던 것은 여섯 명의 짐을 처분하는 일이었습니다. 작다고는 해도 여섯 개나 있으니, 시체와 함께 싣고 가서 묻어달라고 할 수도 없었습니다. 할 수 없이 각각 추를 넣어, 다마가와 강에 가라앉혔습니다. 절단에 쓴 톱도 나중에 그렇게 했습니다.

분지로 씨에게 보낸 편지는 상당히 예전부터 준비했기 때문에, 메구로의 우메자와가에서 새벽까지 쉰 날, 그러니까 다섯 명을 독살한 다음 날인 4월 1일, 우메자와가에서 그길로 도심으로 나가 부쳤습니다. 그 후 시체를 절단한 것입니다. 가능한 한 일의 순서를 잘 짜서, 시체가 조금이라도 더 부패하기 전에 일을 끝내려고 생각했기 때문입니다. 분지로 씨가 편지를 받은 다음 망설일 시간도 고려하지 않으면 안 됩니다.

제 몸을 식별하기 위한 근거로 반점을 택한 것은, 계모는 자기 배가 아파서 낳은 자식 외에는 결코 흥미를 보이지 않는 사람이어서, 제 몸에 반점 따위 없다는 것은 알 리 없었기 때문입니다.

다만 어머니는 제 몸에 반점이 없다는 것은 알아서, 억지로 쇠막대로 허리를 쳐서 상당히 예전부터 이런 반점이 생겼다며 어머니에게 보여야만 했습니다. 어머니는 제가 예상한 것보다 훨씬 놀라서, 몇 번이나 손으로 문질러 보았으므로, 화장품 따위로 만들지 않기를 잘했다고 절실히 생각했습니다.

그 후 얼마 동안 가와사키나 아사쿠사 등지의 싸구려 여인숙을 머리 모양과 옷차림을 바꾸며 전전하면서, 입주해서 할 수 있는 일을 찾으며 상황을 보고 있었습니다. 마음에 걸리는 것은 뭐니뭐니해도 어머니를 슬프게 한 일이었습니다.

저는 제법 오래 일을 했기 때문에 저금도 다소 있어서, 한동안은 그런 생활을 계속할 수 있었지만, 국내에 있는 것은 위험하다고 생각했습니다. 그 무렵은 그런 의미에서는 좋은 시대여서 일본은 외국에 식민지가 있었으니, 사건이 제 생각대로 진행되는 것 같으면 지켜보다가 대륙에 몸을 숨길 작정이었습니다.

어머니의 일은 유감이었지만, 저는 어머니 앞에는 잠시 나타나지 않는 편이 좋을 거라고 결심했습니다. 어머니는 진정한 의미에서 거짓말을 할 수 있는 여자가 아닙니다. 어머니에게도 비밀의 일부를 짊어지게 하는 것은 너무나 잔혹하다는 생각이 들었습니다. 게다가 어머니로 인해 사건의 진상이 드러나면, 그보다 어머니에게 불행한 일은 없습니다. 저는 제 마음에 채찍질을 하며, 어머니를 떠나기로 결심했습니다.

사건은 행운의 도움으로, 제 생각대로 진행되었습니다. 그리고 어느 여관에 입주해서 일하는 동안, 고향에 돌아가 시골의 형제들과 함께 만주로 입식개척단[80]으로 이주할 생각이라는 여종업원과 만났습니다. 저는 억지로 부탁해서 그 일행에 들어가 만주로 건너갔습니다.

그러나 만주는 당시 일본에서 요란하게 떠들 정도로 별천지는 아니었습니다. 땅이야 넓디넓었지만 겨울밤이 되면 밭은 영하 40도로 기온이 내려갔습니다.

얼마 지나 저는 밭일을 그만두고 베이안으로 일하러 나갔습니다.

---

80) 농업 종사자 등을 중심으로 부락 등 지연 관계에 의해 단체를 결성해 식민지로 이주함.

당시 여자 혼자 몸으로 인생을 개척할 수 있는 시대는 아니었습니다. 저는 몇 번이나 끔찍한 일을 당했습니다. 자세하게 쓸 수 없지만, 어머니가 젊은 시절 만주에 가지 않았던 이유도 알 것 같았습니다. 제 신변에 잇달아 일어나는 나쁜 일들은 하느님이 내린 벌이라 생각했습니다.

패전 후 일본으로 돌아오고 나서, 저는 계속 규슈에 있었습니다. 그리고 1945년, 또 1955년을 지나 점점 사건이 유명해졌고, 호야의 어머니도 많은 돈을 받았다는 이야기를 여기저기서 읽었기 때문에, 저는 혼자 만족했고 1955년경 어머니는 당연히 교토로 이사해 염낭 가게를 하고 있을 거라 생각했습니다.

그리고 1963년 여름, 저는 더 이상 참지 못하고 어머니를 만나러 교토의 사가노로 갔습니다. 그러나 이틀에 걸쳐 라쿠시샤에서 아라시야마, 다이카쿠지나 오사와노이케 연못 부근까지 찾아 돌아다녀도, 어머니의 가게는 없었습니다.

그때 이루 말할 수 없이 실망했습니다. 저는 그길로 도쿄로 갔습니다.

도쿄는 완전히 변해 있었습니다. 자동차는 몇 배나 늘어나 고속도로가 뻗었고, 거리 여기저기에 올림픽이라는 글자가 눈에 띄었습니다.

저는 일단 메구로에 가서 우메자와가를 멀리서 바라보았습니다. 부지 내의 나무들 사이로 새로 지은 맨션이 보였습니다.

다음으로 고마자와 숲에 가보려고 했습니다. 그 후 고마자와는 골프장이 되었다고 들었습니다. 제가 좋아했던 빈터, 시냇물, 아침을 기다리던 숲, 아버지를 죽인 증거품들을 묻은 장소 등을 다시 한번 보고 싶어서였습니다.

그런데 고마자와에 가서 저는 또다시 놀랐습니다. 여기저기 불도저와 덤프트럭이 마구 달리고 있었고, 숲이나 시냇물 따위는 온데간데없이, 전체가 간토 롬층[81] 특유의 적토색으로 평평하게 메워져 있었습니다. 조금 남은, 발에 스치면 따끔한 덩굴 줄기 위로 순식간에 흙이 쌓였습니다.

계속 길을 따라 돌면서 보니, 시냇물이 있던 근처에 커다란 시멘트 토관이 보였습니다. 시냇물은 저 토관 속으로 들어갔겠지요. 제가 부친을 살해한 흉기를 묻은 곳이 어디인지 이제는 짐작도 가지 않습니다.

사람들에게 물어보니 여기는 내년 올림픽을 위해 경기장과 스포츠 공원이 생긴다고 했습니다.

햇빛이 강해서, 양산을 받쳐 들고 가만히 공사장을 보고 있으니 이마에 땀이 배었습니다. 일하는 반라의 남자들의 그림자도 짙었고, 하나에서 열까지 그날 밤과 달랐습니다. 그 눈 내리던 새벽녘의 가냘픈 빛과 어찌나 다르던지…….

---

81) 화산재가 퇴적되어 생긴 적갈색 토양층.

그리고 저는 호야로 향했습니다. 이때 어머니는 호야에서 움직이지 않았다는 것을 깨달았습니다. 생각해보면 어머니는 이미 일흔이 넘었습니다. 정확히는 일흔다섯이었을 겁니다. 교토에서 가게를 열었을 거라 생각한 1955년경에도 예순이 넘었습니다. 그런 나이에 어머니가 혼자 새로 일을 시작할 리가 없습니다. 저 혼자서 좋을 대로 생각하고 멋대로 만족하고 있었습니다. 어리석었지요.

호야에 내려서 어머니의 가게로 향할 때 다리가 후들거렸습니다. 바로 저 모퉁이를 돌면 어머니의 가게가 보인다, 그러면 어머니와 만날 수 있다, 어머니는 오늘도 가게에 가만히 앉아 있을 것이다.

그러나 모퉁이를 돌았을 때 어머니의 모습은 보이지 않았습니다. 어머니의 집은 무척 더럽고 낡아 있었습니다. 주변은 완전히 변했고, 거의 모든 가게가 길가의 유리창을 깔끔한 알루미늄 새시 판유리로 바꾸어서, 여전한 나무틀 유리문에 그것도 거무스름해져서 유달리 볼품없는 어머니의 가게는 눈에 잘 띄었습니다.

가게에는 담배는 없었고, 어머니는 이미 장사를 그만둔 것 같았습니다. 유리문을 열고 들어서니 이웃 사람 같은 중년의 여인이 나왔습니다. 제가 만주에서 돌아온 친척이라고 밝히자 고맙게도 돌아가 주었습니다.

어머니는 안쪽 방에서 자고 있었습니다. 늙어서 완전히 환자 같았습니다. 저는 어머니 옆에 앉아 둘만 있을 수 있게 되었습니다.

어머니는 눈도 거의 보이지 않는 것 같았습니다. 그래서 제가 누군지 모르고 저를 향해 "늘 죄송했어요"라고 말했습니다.

눈물이 계속해서 흘렀습니다.

저는 이때야 비로소 그 큰 범죄를 후회하는 기분이 들었습니다.

어떻게 이럴 수가 있느냐고 생각했습니다. 어머니는 조금도 행복해지지 않았잖아. 내가 잘못 생각했다고 처음으로 뼈저리게 느꼈습니다.

그 후 며칠 동안 꾸준히 제가 도키코라는 것을 이해시키려고 했습니다. 4, 5일 지나니 어머니는 겨우 알아듣고 저를 도키코라 부르며 기뻐하며 울었습니다. 그러나 어머니는 대체 무엇이 어떻게 된 일인지 잘 이해를 할 수 없는 모양이었습니다.

그 일은 제게는 감사했습니다. 어쨌든 어머니가 제가 도키코라는 것을 알아주면 그걸로 만족했습니다.

이듬해 도쿄 올림픽이 다가와, 저는 그 무렵 나온 지 얼마 되지 않은 컬러텔레비전을 어머니를 위해 샀습니다. 그래도 어머니는 거의 볼 수 없었을 겁니다.

컬러텔레비전은 당시 드물었기 때문에, 자주 이웃에서 보러 왔습니다. 그리고 드디어 기다리고 기다리던 개회식 날, 텔레비전에 비친 제트기가 그리는 다섯 개의 원을 보면서 어머니는 돌아가셨습니다.

저는 어머니를 위해 해야 할 일이 아주 많이 남은 것 같다고 생각했습니다. 어머니를 대신해 사가노에 가게를 한 것도 그 때문입니다. 그러지 않으면, 저에게는 이미 살아갈 이유 따위 없었으니까요.

다만 제게 일반적인 의미에서의 후회는 없습니다. 생각에 생각을 거듭한 끝에 한 일입니다. 어설프게 해버리고 금세 후회할 정도라면 하지 않는 편이 좋다고 생각합니다. 당신이라면 이 심정을 아마 알아 주시겠지요.

그러나 이대로 교토에서 가게를 하며 일생을 편안히 끝낸다면, 너무나 염치가 없는 것 같았습니다. 젊은 아가씨와 셋이서 장사를 하니 소소하지만 즐거운 일도 있었기 때문입니다.

그래서 저는 모험을 한 번 해보자고 생각했습니다. 당신은 서양 점성술을 연구하는 분이시니 아실 겁니다. 저는 1913년 3월 21일 아침 9시 41분에 도쿄에서 태어났습니다.

첫 번째 하우스에 명왕성(♇)이 있고, 그래서 불길한 죽음, 환생의 상징인 명왕성이 제 별입니다. 기괴하고 이상한 것을 좋아하는 성격은 이 별에서 왔겠지요.

다만 저는 어떤 의미에서는 운이 강합니다. 금성(♀)과 목성(♃)과 달(☽)에 의한 행운의 대삼각을 갖고 있습니다. 제 계획이 완전히 성공한 것은 이것의 도움일까요.

그러나 저는 연애나 자녀운을 의미하는 다섯 번째 하우스가 중간에 끼어 소멸했습니다. 또한 반대쪽의 친구나 소원을 관장하는 열한 번째 하우스도 무너져 있습니다. 사실 저는 친구는 한 사람도 사귀지 못했고 진정한 의미의 연애도 할 수 없었고 자식을 가질 수도 없었습니다.

제 인생에 대해 소망이 있다면, 그것은 단 하나뿐입니다. 돈도 집도 명예도 전혀 바라지 않습니다. 단지 한 사람의 남자를 원했습니다. 만일 그런 사람이 나타난다면 저는 곁눈질도 하지 않고, 그저 한결같이 그 사람에게 헌신할 텐데, 라고 생각했습니다.

저는 그래서 가만히 사가노에서 움직이지 않고, 진상을 밝혀내어 제가 있는 곳으로 오는 남성에게 걸어보기로 했습니다. 지금 생각하면 이상하지만, 닫혀버린 연애운도 중년 이후에는 반드시 자연스레 해소될 거라고 제멋대로 해석했습니다. 그리고 저는 운이 강하니까, 이렇게 가만히 운명에 몸을 맡기면 좋은 일이 있을지도 모른다고 생각했습니다. 상대가 설령 어떤 사람이더라도, 그 사건의 진상을 꿰뚫어 본다면 머리 나쁜 사람일 리가 없으니, 그렇다면 저도 분명 사랑할 수 있을 것입니다. 처자식이 있는 분이라고 해도 상관없습니다. 그 사람은 저의 절대적인 약점을 쥐고 있으니 저는 그 사람을 따를 수밖에 없습니다. 그리고 이것이 제 운명이라고 언제부턴가 믿게 되었습니다. 어리석은 일입니다.

그러나 시간은 허무하게 흘렀고 저는 늙어갔습니다. 언젠가 제게 올 사람이 만일 있다고 해도, 저보다 훨씬 젊은 분일 것이 틀림없다고 생각하게 되었습니다. 제 계획이 너무나 성공했기 때문에, 저는 내기에 졌습니다. 얄궂은 일이지요. 그리고 그것이야말로 최고의 벌이라고 해야 할 것입니다.

그래도 당신을 원망하는 마음은 티끌만큼도 없습니다. 당신과 만나서, 저는 그 내기가 적어도 틀리지는 않았다고 생각했습니다. 다만 주사위에서 좋은 눈이 나오지 않았다, 그뿐입니다.

저는 내기에 졌을 때 깨끗이 죽기로 결심했었습니다. 저는 여덟 번째 하우스, 죽음이나 유산 상속을 관장하는 방에 행운의 목성(의)을 가지고 있습니다. 죽음을 손에 넣는 것이 그리 힘들지는 않을 거라 생각합니다.

당신의 건승을 빌며, 저는 이승에서 잡은 마지막 펜을 놓습니다. 앞으로의 활약을 마음으로나마 언제까지나 기원하겠습니다.

4월 13일 금요일 도키코

작가 후기

시마다 소지

나의 대표작으로 불리는 《점성술 살인사건》은 데뷔작이기도 하다. 여전히 데뷔작이 대표작이라는 사실에 상당히 오랫동안 부끄러웠다. 그러나 최근에는 반드시 그렇지도 않다는 생각이 점점 들었다. 지금부터 쓰는 글은 내가 미숙했기 때문에 일어난 일에 대한 것이다.

《점성술 살인사건》을 완전 개정판으로 내면서 지금 새삼 생각하는 것은, 나 자신이 쓴 이야기인 듯하면서도 그렇지 않은, 이 작품만이 가진 이상한 힘에 관해서이다. 이 작품은 어느새 내 것이 아니라 공적인 존재가 되어, 시대나 장르, 때로는 나라를 대표했다. 내 손을 떠나 시대의 대변자로서 힘을 갖게 된 것이다. 명예롭기는 하지만 자랑해도 된다는 생각은 들지 않고, 그냥 멍해진다.

기나긴 시간이 지나기도 한 탓에 이 작품을 썼던 당시의 일은 완전히 잊어버렸다. 어느 동네에서 어떻게 썼는지 이제 기억나지 않는다. 데뷔 후 전력을 다해 많은 작품을 쓰고, 끝이 없을 듯했던 작중 체험이 이 작품을 썼던 당시의 기억을 완전히 머나먼 곳으로 밀어내 버렸다. 어딘가 이국의, 타인의 작품인 양 보게 되어 이 작품이 스스로 개척한 다양한 시대에 대해 요즘 생각하게 되었다.

1970년대 무렵 이미 하늘에 존재했던 이 이야기를 우연히 그곳에 있던 내가 수신했고, 무당의 손을 거치듯 내 손을 통해 원고지 위로 내려왔다는 그런 인상이다. 시대를 어떻게 계획하겠다는 뜻이 있는 하늘의 누군가가 써서 마침 그곳에 있던 내게 맡겼다. 프로 작가라면 이런 일은 일어나지 않았을 것 같다. 미숙한 사람은 백지여서 빙의가 일어나기 쉬웠다고 생각하지 않으면 이 이야기가 시대 흐름을 바꿀 정도의 신적 영향력을 발휘한 근거를 설명하기 어렵다.

이미 잘 알려진 대로 이 작품이 머릿속에 떠올랐을 때는 세이초의 영향 아래 있을 때였다. 에도가와 란포가 개척한 일본 탐정소설은 보다 많은 독자를 확보하려 했던 란포의 계산으로 에도가와 스타일인 선정적인 기괴함이 주류가 되었지만, 동시에 문학계로부터 경멸을 사 장르문학 작가들을 괴롭혔다. 그 상황을 단번에 불식시키며 당차게 등장한 마쓰모토 세이초에 대한 감사가 그 시절 문단을 자연주의 필치 일색으로 물들였다.

세이초의 작풍은 다윈, 모파상, 졸라, 그리고 다야마 가타이,

오해를 무릅쓰고 말하면 다자이 오사무로 이어져 일본에도 근대문학을 꽃피운 이 작풍이 탐정소설에도 잘 맞는다는 것을 보여주었다. 이는 우여곡절을 거친 끝에 이뤄낸 장르문학의 장밋빛 해피엔드로 인식되어 그 이후의 작풍은 절대 존재하지 않아야 했고, 점차 건드릴 수 없는 성역으로 변해갔다.

그러나 이 작풍은 대규모 트릭이나 밀실 발상을 점점 부정하고, 명탐정은 애들 놀이라며 비웃고, 복선도 불필요하며, 상식을 넘어선 동기도 금지, 아크로바틱한 추리 논리를 피력하는 것도 금기했다. 거기에 오로지 섹스, 돈, 출세 등 선정적 잡지 같은, 아니면 〈이불〉[82]에서처럼 인물의 나약함과 그것이 초래하는 범죄를 생생히 그리는 것만 장려하며, 이것을 수사하는 사람은 자격을 갖춘, 두뇌보다는 다리를 활용하는 경찰로 한정했다. 그리고 마침내 이를 위반하는 작가를 문단에서 추방하는 횡포까지 저질렀고, '본격[83]'이란 무엇인가'라는 논의도 위험하다며 경원시하여 시대의 먼지를 뒤집어쓰고 있었다. 지금의 감각으로는 눈 가리고 귀 막은 듯한 상황인데도, 당시에는 아무도 이 사태가 이상하다는 것을 깨닫지 못했다.

1980년대 벽두,《점성술 살인사건》이 그 상황에 정면으로 승

---

82) 다야마 가타이의 중편소설. 일본 자연주의 문학의 대표작으로 사소설의 시초라고도 평가받는다.《신소설》1907년 9월호 게재 당시 성을 노골적으로 묘사해 문단에 큰 충격을 줌.

83) 사건에 얽힌 수수께끼를 논리적으로 풀어가는 것에 중점을 둔 소설.

부하듯 등장해 30년이 지난 지금까지도 화근이 될 말썽을 당시의 문단에 일으켰다. 결과적으로 그것은 일본에 새로운 본격의 시대를 낳는 진통이었다.

아직도 남은 문단의 분노와 정반대로, 데뷔하지 않은 젊고 재능 있는 작가들이 이 작품에 자극을 받아 태동하기 시작했고 곧 '신본격 무브먼트'가 서일본에서 등장했다. 분별 있는 사람들이 걱정한 엽기적이고 선정적이고 기괴한 소재를 지향하는 내용은 전혀 없었다. 즉 지금의 시선으로 돌이켜 보면 《점성술 살인사건》은 일본의 '신본격'이라는 새로운 조류를 멋지게 개척한 존재라는 것을 깨닫는다.

신센구미 공격대장과도 같은 이 작품은 그것으로 그치지 않는다. 1988년 이 작품은 타이완에서 번체자로 번역되어 타이완의 젊은 재능들을 자극해 그 땅에 본격물 창작의 씨를 뿌렸다. 화문(華文) 출판계에 뚫린 바람구멍 사이로 졸작뿐 아니라 대량의 일본 신본격 작품이 흘러들어, 적지 않은 화문의 재능을 끊임없이 싹트게 했다.

새로운 세기가 시작되고 《점성술 살인사건》 번역본은 대륙으로 건너가 간체자로 번역되어, 베이징이나 상하이에도 독자가 많이 생겼고 곧 젊은 신인들이 등장했다. 전진은 더더욱 계속되어 북으로는 한국, 남으로는 베트남, 태국까지 진출했다. 이 작품은 새로운 세기에 들어와서도 생명력을 잃지 않고 '아시아 본격 시대'를 개척하고 있다.

또한 영어로 번역되어 영국과 미국, 프랑스에서도 출간되어 장르문학을 창조한 민족 앵글로색슨이 이 작품을 읽고 장르문학이 황금시대로 돌아갈 준비가 되었다고 말하게 했다. 이렇게 이 작품은 세계적인 규모로 신본격 시대를 열어젖힐 기세마저 보였다. 일본에서 사륙판 소프트커버로 소소하게 등장해 성대한 비난을 스콜처럼 뒤집어썼던 1981년 말을 생각하면, 확실히 격세지감이 있다.

그것은 말 그대로 소나기였는지, 첫 출간된 지 30년이 흐른 뒤 이 작품은 《주간 분슌》에서 선정한 '동서 미스터리 베스트 100'(2012)에 《옥문도》와 《허무에의 제물》에 이어 3위에 올랐다. 혼란과 수난의 시대는 아무래도 끝난 것 같다.

《완전 개정판 점성술 살인사건》은 '시마다 소지 전집 I'에 수록되었고 고단샤 노벨스가 출판되었지만, 주무대라고 해야 할 고단샤문고에는 아직 들어가지 않아서, 앞에 쓴 것과 같이 역대 3위로 통과한 사람으로서 약간 초조했다. 그러나 이제 드디어 안도할 수 있다.

훗날의 연구자들을 위해 완전 개정판에서 어떤 내용을 추가하고 수정했는지 아래에 기록해두고 싶다.

우선은 첫머리부터 끝까지 모든 문장의 흐름을 부드럽게 수정했다. 한자어 사용은 각 수기마다 독립적인 규칙을 만들어 오래된 시대상을 훼손하지 않게 했다.

이렇게 문장을 다듬은 것을 제외하면 수정한 부분은 약 네 가지이다.

첫 번째로 발견한 시체를 정리한 표를 추가했다. 헤이키치 수기에 따라 살해되어 유기된 여성의 시체가 일본 각지에서 순차적으로 발견되는데, 이들의 발견일, 발견 장소, 이름, 매장 깊이 등을 차례대로 기록한 표가 필요하다고 전부터 생각해왔다. 이 작품은 순수하게 이론 지향적이며, 추리에 필요한 단서를 감추지 않고 독자에게 제공하는 동시에 추리 경쟁을 하기 때문에 이런 표가 있는 게 적절하다. 이번에 겨우 실행했다.

두 번째로 작품 속에서 일본 열도의 중요한 사적이나 포인트가 동경 138도 48분이라는 남북 방향 선 위에 늘어서 있다는 지적이 나오는데, 이는 동서 방향에도 있다. 또한 영국에도 비슷한 것이 있는데, 고분이나 제사장이 직선으로 늘어서 있고 그 지명 끝에는 '레이'라는 음이 붙는다고 알려져 있다. 이런 지식을 개정판에서 덧붙였다.

이 작품을 출판한 뒤, 나는 사법 문제나 원죄(冤罪) 구제 활동에 관여하게 되어, 구치소나 법률사무소에 자주 드나들며 원죄 사형수의 인생에 관해 많은 지식을 얻었다. 이 이야기에도 원죄 사형수가 등장한다. 피고가 어떠한 언동을 하며 어떠한 투쟁 활동을 하는지 잘 알게 되었다.

이 부분을 더 구체적으로 묘사한 것이 세 번째 수정 부분이다. 다만 방대한 지식을 너무 많이 적용하면 본격 퍼즐러인 이 책의 구조를 어그러뜨릴 위험성이 있으므로 최소한으로 자제했다.

네 번째 수정 부분은 헤이키치 살해 묘사다. 작품을 다시 읽을 때마다 이 부분에 나의 미숙함이 드러나 수정하고 싶었는데 이번에 겨우 보강했다.

서른 살 당시의 필치에서 느낀 게 그저 미숙함만은 아니다. 개정 작업 중에 느낀 감상도 적어둔다. 무대 장치에 대한 세부적인 사항 등은 아마 연구자가 흥미를 가질 것이다.

이 작품의 무대가 된 도요코선, 도립대학역 주변, 가키노키자카 주택가, 고마자와 올림픽 공원의 지금은 사라진 골프장 터 등은 초등학교 시절에 좋아했던 장소다. 우메자와가의 모델이 된 저택은 당시 살았던 메구로 구 오하라마치(현재의 야쿠모) 집 길 건너편으로 여전히 그 자리에 있다.

준세이의 요리사인 에모토는 당시 알고 지낸 실제 인물로, 그의 아파트에 굴러들어 가 작품과 마찬가지로 실제로 교토의 거리를 걸었다. 이 작품을 위한 취재는 아니었지만 결과적으로 그렇게 되었다.

미타라이와 이시오카가 범인을 만나는 아라시야마의 고토키키 카페에도 이때 갔다. 이 가게는 지금도 그대로 있다. 미타라이가 이시오카에게 전화를 건 전화 부스도 아직 존재하지만 당시의 외관과는 다르다.

현장 검증과 같은 이 부분의 묘사는 교토대 미스터리 연구회의 아야쓰지 유키토 등과 교류하는 계기가 되어, 얼마 후 신본격 무브먼트로 발전했다. 만일 미타라이가 진상을 깨달은 도시가 센다이나 삿포로였다면 신본격 무브먼트의 형태는 달라졌을지도 모른다.

등장인물 중 한 사람이 노년을 보낸 호야 시(현 니시도쿄 시)는 학생 시절에 살았던 동네이다. 새로 나온 컬러텔레비전에 선명하게 비친 도쿄 올림픽 개회식 광경에 눈을 빛내던 추억도 실제 경험이다.

데뷔작 단계에서 작가는 아직 많이 뻔뻔하지 못해서 거짓말은 완벽하게 쓸 수가 없다. 미숙함에서 비롯된 작문적인 묘사는 오히려 당시의 공기를 생생하게 잘 담아내었다고 느껴져, 오히려 내가 독자가 된 느낌이 들었다.

무엇보다 지금 초등학생 시절을 무척 소중하게 느끼는 이유가 있다. 창작하는 데 있어 소중한 무언가가 그 시절에 있다고 느낀다. 이에 대해 쓴 글로 후기를 맺으려 한다. 몇 년 전 중국에서 간체자판 《점성술 살인사건》이 출간될 때 청탁을 받아 쓴 글로, 데뷔하지 않은 신인에게 창작을 권하는 마음을 담았다.

나는 초등학교 시절을 메구로 구 오하라마치(현 히가시가오카 1, 2초메 부근), 그리고 고마자와, 가키노키자카 일대에서 지냈다. 메구로 구의 히가시네 초등학교에 다녔던 당시 에도가와 란포의 '소년탐정단'이나 '괴인 20면상'이 우리의 히어로였는데, 라디오 드라마가 활발히 제작되었고 친구와 에도가와 란포의 책을 서로 빌리고 빌려주며 푹 빠져서 읽었다.

검은 망토를 나부끼며 20면상이 뛰어다니는 도쿄 거리는, 실제로는 아마 야나카나 단고자카, 아사쿠사나 고지마치 근처였겠지만, 함께 탐정단을 결성해 동네를 돌아다니는 친구들에게 야나카나 아사쿠사를 동경하는 마음은 전혀 없었다. 왜냐하면 그시절 고마자와 주변이나 가키노키자카 주택가만큼 20면상이 활약하기에 적합한 장소는 없었기 때문이다.

지금은 고마자와 스포츠 공원이 된 근처는 초등학교 4학년 때에는 널찍한 골프장 터였다. 언덕과 골짜기가 있는 수풀이 우거진 계곡에, 희고 노란 꽃들이 흐드러지게 피면 같은 색깔의 나비가 춤을 추었고 덩굴풀의 잎을 적시며 시냇물이 흘렀다.

그러다 1964년 도쿄올림픽 제2경기장으로 결정되었고, 어느날 공사가 시작되어 언덕은 깎여 나가고 녹지는 메워지고, 시냇물까지 거대한 시멘트 토관에 들어가 버렸다. 당시 우리는 소중한 자연을 잃어 억울하지 않았다. 왜냐하면 이 공사는 되레 우리에게 눈이 핑핑 도는 모험의 무대가 되었기 때문이다.

당시 관리가 엉망이어서 공사가 쉬는 날에는 땅 위로 우뚝 솟은 시멘트 관 위에서 내부 벽에 달린 사다리를 타고 내려가 토관안으로 들어갈 수도 있었다. 조심조심 토관 바닥에 내려섰을 때, 눈앞으로 뻗은 어두운 원통형 길, 새 시멘트 특유의 냄새, 여기에 섞인 물 냄새, 작은 손전등 빛줄기에 떠오른 섬뜩한 끝없는 어둠은, 갈수록 길어져 20면상의 아지트로 이어진다고 믿을 수 있을 정도로 충분히 현실적이었다.

20면상의 비밀 지하요새로 가는 입구는 도시의 길모퉁이, 지극히 평범한 어둠 속에 펼쳐져 있다고 소설에 나와 있다. 올림픽용 대규모 공사라는 설명이야말로 작가의 교묘한 위장이며, 사실 거대한 비밀 지하 요새를 건설하는 게 틀림없다고 우리 가키노키자카 소년탐정단은 생각했다. 이렇게 꼭 맞는 모험의 무대를 얻은 도시의 초등학생은 그렇게 많지 않을 것이다. 이것을 제공해준 고마자와 공사에 우리는 오히려 감사했다.

히가시네 초등학교 우리 반은 점심시간이 되면 책상을 움직여 섬을 만들어 여럿이 함께 이야기를 하며 급식을 먹었다. 나 또한 잠시 그런 잡담에 만족했지만 점점 창조성 없는 대화에 지루함을 느껴, 어느 날 고마자와 공사 현장을 모험하며 한 망상을 모두에게 이야기했다. 에도가와 란포의 흉내를 낸 탐정 이야기였는데 다들 의외로 재미있게 들어주었다. 이야기 도중에 점심시간이 끝나는 종이 울려서, 뒷이야기는 다음 날 급식시간에 하기로 했다.

20면상의 거대한 비밀 지하 요새라는 발상은 사실 태평양전쟁 말기 일본군에게 실제로 존재했고 만들고 있던 것이었다. 중대 기밀이기는 했지만 패전의 기색이 짙어지자 군이 허세를 부리는 식으로 이 존재를 신문에 살짝 흘렸다. 국가 간 전쟁은 적국의 수도에서 벌이는 대규모 시가전으로 결판을 낸다. 저항하는 쪽은 반드시 사방으로 판 지하도에서 게릴라전을 전개한다. 이것은 근대전의 상식이므로 도쿄의 지하에도 분명히 존재했을 것이다.

란포의 어린이용 소설에 그러한 구 일본군의 영향이 있었던 것은 명백하다. 그러나 3월 10일 도쿄 대공습에서 10만이나 되는 도민이 타 죽었는데, 그들을 지하에 피난시키지 않고 죽게 내버려 둔 것을 보면 이런 지하도나 지하 기지가 없었다는 억지 주장이 나왔고 그대로 봉인되어 현재에 이르렀다. 그렇게 생각하면 이런 소년 이야기 자체가 역사의 잠재 기억이다. 지금은 그런 감상도 갖고 있지만 그 당시에는 물론 생각하지 못했다.

다음 날도 또 그다음 날도 입에서 나오는 대로 어떻게든 이야기를 이어나갔지만, 점점 임기응변식 망상도 바닥나 다음 날에 다시 이야기를 술술 떠들려면 상당한 준비가 필요해졌다. 그래서 전날 집에서 공책에 초안을 썼다. 그리고 다음 날 급식 때 책상에 공책을 펼쳐놓고 곁눈질하며 이야기했다. 어느 순간 그것도 귀찮아져서 아예 낭독하기로 했다.

그러자 모두 집중해서 들어주었다. 평소 비판적이고 성가신 것만 지적하며 시비를 걸던 여자아이들도 미간에 주름을 잡고 진지한 표정으로 내 이야기에 푹 빠져서 들었다. 그런 모습을 보니 무척 놀랍고 자랑스러워 이야기의 강한 힘을 느꼈다.

지금은 없어졌지만 당시는 라디오 드라마나 소설 낭독 프로그램이 무수히 많아서 낭독이 하나의 예능 장르였다. 게다가 컴퓨터 게임이나 DVD도 없던 시절이라 나의 오리지널 스토리 낭독은 인기가 치솟아 도저히 끝낼 수가 없게 되었다.

당시의 고마자와 일대는 어린이들에게는 꿈의 나라로, 이야기를 창조하게 하는 에너지가 있었다. 가키노키자카의 한쪽에 당시 놀라운 기세로 보급되던 텔레비전용 프로그램을 제작하던 도에이 텔레비전 촬영소가 있었는데, 여기서 실사판 〈우주소년 아톰〉이나 〈월광가면〉이 만들어졌다. 촬영소에서 출발한 로케이션팀이 곧잘 고마자와 주변에서 촬영하곤 했다. 길에 자동차도 적었기 때문에 촬영은 무척 편해 보였다.

아사쿠사나 야나카가 부럽지 않았던 이유는 여기에 있다. 텔레비전 드라마 촬영을 빈번히 하는 이곳 고마자와야말로 소년들에게는 빛나는 할리우드였다. 로케이션팀과 마주치면 텔레비전에서 본 얼굴이 멀리서 보이기도 해서 정말로 두근두근했다. 내 망상 이야기는 그런 일상 풍경에서 나왔다.

그러나 한때 모험의 무대를 제공해준 고마자와 일대에서 공사가 끝나고 경기장과 스포츠 공원이 완성된 후 그저 깔끔하기만 하고 불필요할 정도로 정돈되어, 예전의 예기치 못한 어둠은 사라져버리고 말았다. 그 인공적인 모습은 아이들의 탐험 충동을 말없이 거절했고, 갑자기 나타난 광대한 평지에서 어른들은 예절 바르게 산책하고, 벤치에서는 커플이 조용히 장래 이야기를 나누었다.

우리의 발걸음은 점점 고마자와로부터 멀어졌다. 그 무렵 겨우 잃어버린 것의 소중함을 깨달았는데, 개인적으로 그러한 상실이 한 편의 미스터리 소설을 가져다주었다.

내가 이어서 한 이야기 낭독이 반에서 점점 호평을 부르자 여기저기에서 뒤를 이어 작가가 나타나, 내게 지지 않겠다는 듯 작품 낭독을 시작했다. 대다수는 내 흉내를 낸 란포풍 탐정소설이었는데, 그중에는 시대극을 들려주던 친구도 있어서 그 어른스러움에 약간 초조하기도 했다.

1987년 고단샤 편집부 우야마 히데오와 나는 힘을 합하여 문단에 '신본격 무브먼트'라는 조류를 일으켰는데, 그보다 먼저 히가시네 초등학교 교실에서 시대를 앞선 신본격 부흥기가 일었다. 고단샤보다 30년 앞선 프리 신본격 붐은 메구로에서 이미 일어났다. 안타까운 점은 반 친구들 중에 작가가 된 사람은 없다는 것이다.

이러한 경험이 전혀 없이 서른 살이 되어 처음 소설 구상을 시작했다면, 유머라거나 어린아이 같은 꿈은 자취를 감추었을 것이다. 아마 시마다 소지의 작풍은 지금과는 전혀 다를 것이다.

그렇게 생각하고 다시 데뷔작《점성술 살인사건》을 읽어보면 깨닫는 점도 많다. 이 이야기의 무대는 틀림없이 가키노키자카 히가시네 소년탐정단의 활동 범위와 같다. 예술가가 사는 야쿠모의 저택에서 수상한 사건이 일어나고, 경찰이 가키노키자카 일대의 주택가나 마네킹 공방을 탐문하며 돌아다니고, 범인은 공사가 시작하기 전 고마자와 일대에 있던 광대한 숲에 숨는다. 히가시네 초등학교에서 낭독했던 소설보다 훨씬 잘 만들었을지 모르지만, 무대와 소재는 그대로이다. 당시 이야기 낭독의 바탕이 되었던 소재들이 이 이야기에서도 그대로 쓰였다는 것을 깨달았다.

점성술 공부와 실제로 도쿄에서 일어난 지폐 사기 사건을 연구하다가 어느 날 갑자기 뇌리에 떠오른 이 이야기의 트릭을 나는 망설임 없이 가키노키자카 소년탐정단의 활동 무대에 올려놓았던 것이다. 나이 서른의 어른이 되어서도, 본바탕은 소년 시절과 전혀 변함이 없었다. 당시와 같은 탐정 충동이 내게 이 소설을 쓰게 한 것이다.

돌이켜 보면 1955~1964년 도쿄 거리는 탐정소설의 공기로 자욱하게 덮여 있었다. 탐정소설이 잔뜩 나왔고, 명탐정 만화책이 그려지고, 라디오에도 새로 나온 텔레비전에도 탐정을 소재로 한 프로그램이 넘쳤고, 뒷골목에는 소년탐정단의 주제가가 들렸다. 생각해보면 그런 거리의 공기를 듬뿍 들이마시면서 자란 내가 탐정소설을 쓰지 않는 아이가 되는 편이 오히려 어려웠다.

서른 살이 되어 소설을 쓰기 시작했지만 진짜 시작은 초등학생 시절이었다. 서른 살까지 기다린 것은 그 나이가 되면 세상의 짜임새를 제대로 이해할 거라 생각했기 때문이다. 그것대로 맞는 면도 있지만, 초등학생 때 집필을 시작하지 않았다면 작풍의 폭을 충분히 넓히지 못하고 계속 창작을 못했을지도 모른다. 또한 스무 살 전후에는 아무것도 쓰지 않았기 때문에 영원히 잃어버린 청춘의 이야기도 잔뜩 있는 듯한 느낌이다.

세상일을 완전히 이해하기까지 글쓰기를 기다려야 하는 이유는 사실 없다. 나이가 얼마든 모르는 것은 있고, 젊을 때 잘 알다가 점점 잃어버리는 세계나 지식도 있다.

　또한 이야기는 살아 있는 것이며, 그것이 만일 걸작이라면 쓴다는 행위 자체가 알지 못했던 것들을 가르쳐준다. 많은 독자가 의미 있게 받아들인 이야기가 세상의 구조에 대해 아무것도 모를 적에 쓴 것이어도 신기하게도 모순이 나타나지 않는다. 그것은 쓰는 사람의 순수한 영혼을 통해 하늘의 누군가가 세상에 대해 이야기하고 있기 때문이다.

　지금 이 글을 읽고 있는 당신이 《점성술 살인사건》을 읽고, 아하 이런 세계도 있구나, 재미있네, 라고 생각한다면 소설을 쓰는 걸 고려해보면 좋겠다. 당신의 내부에, 당신 자신도 모르는 거대한 능력이 잠들어 있을지도 모르기 때문이다.

　나 역시 초등학생 시절, 내 안에 이야기를 쓰는 능력이 숨어 있다고는 전혀 생각하지 못했다 야산을 뛰어다니고, 그림을 그리고, 야구를 하고, 모형을 만드는 능력은 있다고 생각했지만.

　그러나 지금, 그중 어느 것도 아닌 소설을 쓰는 사람이 된 것이 무척 신기하다. 꿈꾸던 시절의 힘 때문이라는 것을 지금은 안다.

　어린 시절 과감하게 이야기를 하고 써보기도 했던 것, 그리고 내 낭독을 진지하게 듣고 격려해준 히가시네 초등학교의 친구들이 있었기 때문에 가능했다.

　그래서 지금 나는 그들에게도 감사한다. 들어준 그들도 그저 재밌었을지 모르지만, 이야기를 쓴 나는 그 몇 배나 즐거웠다. 태어나 처음으로 나라는 인간의 가치를 느꼈다. 마지막까지 이 글을 읽어준 당신에게도 그 시절 나와 같은 즐거움이 찾아오기를.

작품 해설

장경현(조선대 국어교육과 교수, 추리소설 평론가)

1

《점성술 살인사건》을 소개하려면 참으로 많은 수식 표현이 붙어야 한다. '일본 신본격의 시대를 연', '일본 신본격 추리소설 대부의 화려한 데뷔', '일본 엽기 트릭의 대표작', 《소년탐정 김전일》이 무단으로 전용한 바로 그 트릭'……. 아마도 이 정도의 많은 수식어가 뒤따르는 작품은 애거사 크리스티의 《그리고 아무도 없었다》 정도밖에 없지 않을까? 작품 자체의 가치를 따지지 않고 단순히 역사적 의의를 따졌을 때 그렇다는 것이다. 국내에서는 후배 작가들에게 다소 밀리는 느낌이 있어 아쉽지만 이 작품의 위상과 가치는 상상 이상이다. 추리소설 독자라면 언젠가 한번은 거쳐야 하는 필수적인 관문인 셈이다.

시마다 소지의 경력에 대해서는 작가 소개에 나와 있으므로 간단히 언급하는 것으로 그치겠다. 무사시노 미술대학 졸업, 덤프트럭 운전기사, 일러스트레이터, 작곡과 노래 등 다양한 경력으로 알려져 있는 만큼 여타 작가들보다 좀 더 넓은 시야를 갖추었다는 느낌을 준다. 본인이 언급했듯이 오랫동안 사회파 소설이 지배했던 일본 추리소설 문단(심지어 일본 추리소설의 대부라고 할 수 있는 요코미조 세이시조차도 70년대에 와서야 재평가되었다)에서 파격적인 《점성술 살인사건》을 발표하여 '선각자'가 되었을 뿐만 아니라 후진 양성에도 힘을 기울이고 아시아의 여러 나라 추리소설을 발굴하고 알리는 활동을 하고 있다. 현재도 '시마다 소지 선정 바라노마치후쿠야마 미스터리 문학 신인상', 60세 이상만 참가 가능한 '본격 미스터리 베테랑 신인 발굴 프로젝트' 등을 진행하는 등, 단순히 작가의 역할에 머물지 않고 자신의 작품이 갖고 있는 영향력과 자신의 사명에 대해 자각하고 행동하고 있다. 그 덕분에 일본에서는 아야쓰지 유키토를 비롯하여 노리즈키 린타로, 아비코 다케마루 등 많은 작가들이 빠르게 성장할 수 있었다. 어쩌면 일본 추리소설 팬들은 시마다 소지의 이름을 본인의 작품보다 이들 작가들의 작품 속 후기나 해설에서 더 많이 접할지도 모르겠다. 많은 후배 작가들이 그에게 감사와 경의를 표했고 아야쓰지 유키토는 자신의 대표작 '관 시리즈'의 주인공에게 시마다 소지와 미타라이 기요시를 합성한 시마다 기요시라는 이름을 붙였다.

　　작가의 후기를 보면 알 수 있듯이 특이하게도 그는 늘 독자들

에게 망설이지 말고 직접 추리소설을 쓰라고 권유하는데, 이를
통해 그의 추리소설관을 조금이나마 들여다보게 된다. 그는 초
등학교 시절 주변 환경의 변화에 영향을 받아 자기가 좋아하던
란포의 20면상 괴인 이야기를 친구들과 공유하고 스토리를 창
작해 낭독하는 행위가 매우 중요한 경험이었다고 이야기한다. 시
마다 소지에게 추리소설이란 삶을 투영하는 거울인 동시에 자아
를 드러내는 창인 것이다. 시마다 소지가 발굴한 신본격파의 대
표격인 아야쓰지 유키토 같은 작가가 창조하는 세계가 메타텍
스트적인 철저하게 가공된 것임에 비해, 시마다 소지의 작품들은
어이가 없을 정도로 대담하고 비현실적인 트릭을 사용함에도 불
구하고 그 공간 자체는 일본의 시대상과 인물을 선명하게 그리
고 있다. 나아가 본격물을 표상하는 천재 탐정과 주변 인물이란
구도도 작위적인 설정에 빠지기 충분한 것이나, 점성술사 탐정
미타라이나 요시키 형사는 아련한 정서적 상흔마저 일깨워 주고
있어 경이롭기까지 하다.

2

《점성술 살인사건》의 중심이 되는 트릭은 이미 널리 알려진 대
로 《소년탐정 김전일》의 에피소드인 〈이진칸 촌 살인사건〉에서
무단으로 사용하여 원작보다 더 유명해졌다. 물론 그 이후에 많
은 작품들에서 어떤 방식으로든 유사한 트릭을 사용했고 최근

《봉제인형 살인사건》과 같은 서양 작품에서도 비슷한 소재를 볼 수 있으니 이제는 거의 공적 재산이 되다시피 했지만, 당시는 이 트릭이 시마다 소지의 독창적인 발상이었으므로 심각한 논란에 휩싸였다. 원작보다 만화를 먼저 접했던 독자들은 나중에 이 사실을 알고 상당한 충격을 받았을 만큼 만화에서도 임팩트가 강하고 완성도가 높은 트릭이었던 것이다.

엽기적인 시신 훼손과 매우 작위적인 설정이라는 면에서 이 소재는 자극과 선정성을 추구하는 불순한 의도에서 비롯되었다고 생각하기 쉽다. 이후의 파생 콘텐츠들은 그런 방식으로 접근한 예가 많은 것이 사실이다. 그러나 정작 그 시초인 이 작품은 매우 진지하고 깊은 성찰을 견지하며 차분한 어조로 이 끔찍하고 비인간적인 사건을 분석해간다. 이 점을 간과하기 쉽다.

사실, '아조트'라는 존재는 단순히 추리소설의 트릭이라는 관점에서 보면 인간의 육체를 매우 무례한 방식으로 물화한 것에 불과하다. 《소년탐정 김전일》이나 《명탐정 코난》 등의 만화에서 일상적으로 시신을 낚싯줄에 매달아 이리저리 날려 보내는 도구로 사용하는 것과 다를 바 없다. 그렇지만 정작 이 작품에서 아조트는 그 이상의 의미가 있다. 비뚤어진 것이긴 하지만 어떤 종류의 문화와 신념이 집약된 상징으로서 사람들의 이상 속에 존재한다. 인형 제작자 요시다 슈사이의 진술처럼 아조트는 일본 문화에서 매우 이질적이자 불길한 상징물이 되며 선을 넘어선 광적인 이상심리를 드러낸다. 이 작품을 읽어가며 독자는 많은 질문을 던질 것이다. 아조트는 완성되었는가? 아조트는 어떤 모습일까? 아조트를 완성한 범인의 목적은 무엇일까? 이러한 질문들과 마침내 밝혀지는 답은 예상보다 한층 묵직한 불협화음의 울림을 던진다. 이러한 아조트의 상징성을 쏙 빼 버린 채 건조한 알맹이 트릭만 갖다 썼다는 점에서《소년탐정 김전일》의 행위는 더욱 비난받을 만하다. 뒤집어 말하면《소년탐정 김전일》을 이미 읽었다 해도 이 작품의 가치는 전혀 훼손되지 않는다는 의미가 된다.

과연 이 작품은 '시신 훼손'이라는 엽기적 트릭 하나만으로 평가받을 소설인가? 트릭이나 정교한 구성 쪽으로만 자세히 살펴보면 솔직히 비판의 여지가 꽤 있다. 그렇다고 이런 문제점을 들어 이 작품의 가치를 성급하게 평가해서는 안 된다.

이 작품은 도쿄에서 교토로 장소를 옮겨 가며 공간에 대한 묘사를 정성스럽게 하는가 하면 30년대 일본인의 삶과 70년대의 삶을 사건 서술만큼의 양을 들여 이야기한다. 이 과정에서 급변하는 일본의 모습을 바라보며 과거의 향수를 애틋한 어조로 이야기하고 있다. 이러한 풍부한 정서적 요소가 시마다 소지의 작품을 다른 추리소설과 구별하게 만든다. 특히 이시오카가 메이지무라를 방문하여 거리를 걷고 전차를 타고 다니는 장면을 읽노라면 이 작품은 이상심리 범죄를 그리는 작품이라기보다는 문화와 역사를 그리고자 한 작품이라는 생각마저 든다. 본 내용과 큰 상관이 없는 장면인데도 그것이 주는 인상은 무척 강렬하다. 아이러니하게도 인간의 신체를 트릭의 소재로 사용하는 엽기적인 이 작품은 인간에 대한 매우 성실하고 따뜻한 목소리를 내고 있다. 교토에서 이시오카가 만나는 여러 인물들에 대한 묘사는 불필요하다고 느껴질 정도로 상세하다. 개중에는 사건과 직접적인 관련이 없는 인물들도 있으나 이런 부분을 생략한다면 작품 전체의 색깔이 희미해질 것이다. 다 읽고 가만히 생각해보면 '사람됨'이야말로 이 작품을 구성하는 중요한 요소들이기 때문이다.

그리고 다양한 색깔과 관점에서 이 사건을 서술하며 독자를 좋은 의미에서 기만하던 이 작품이 단순히 추리 파티에서 종결되지 않고 마지막에 범인의 숨겨진 삶과 감정을 섬세한 목소리로 들려준 것은 이 작품이 전달하는 역사적·사회적·정서적 메시지를 더욱 묵직하게 와닿도록 한다. 이로써 '중심만 알면 잔가지는 몰라도 좋다'라는 태도를 보이는 미타라이의 기존 퍼즐미스터리 명탐정 같은 가벼운 모습이 완전히 다른 방향으로 바뀌게 된다. 그리고 괴짜 탐정의 전형적인 장광설 같아 보이던 미타라이의 앞선 사담들 또한 다른 의미가 깃들게 되는 것이다. 수기는 매우 자세하면서도 생략된 부분이 있는데 그 여백에 무수한 삶의 배신을 감당해야 하는 이들이 아련하게 드러나 보인다.

《어둠 비탈의 식인나무》와 같은 다른 작품들에서도 과거와 현재를 잇는 시간축과 함께 지역과 지역을 잇는 공간축이 맞닿는 지점에서 사건이 발생하고 마무리되는 것을 볼 수 있는데, 이것이야말로 시마다 소지를 이해하는 가장 중요한 핵심이 아닌가 한다. 고전 추리소설에서도 과거는 사건의 배경과 원인을 보여주

511

는 중요한 요소였지만 시마다 소지는 과거를 단순히 사건의 배경이 아니라 현재까지 그림자를 드리우는 깊은 상처로 제시한다. 《점성술 살인사건》에서 관련 인물들의 과거는 40년 동안 수많은 호사가들에 의해 파헤쳐진 것으로 이야기되는데 사실상 아무도 마지막 범인의 수기 속에 담긴 깊고 오랜 고통에 대해 관심을 기울이지 않았다. 즉 그들은 고전 추리소설의 관점에서 벗어나지 못한 것이다. 그러나 미타라이는 단서들을 정확히 파악하고 당시의 '사람들'에 대해 생각한 다음, 오히려 과거의 세부적인 진실을 덮어둠으로써 상처받은 이들의 마음과 영혼을 위무한다. 작중에 세 개의 수기가 나오지만 그 행간에 숨은 각 인물들의 고통을 정확히 파악하는 것이야말로 사건 해결의 중요한 출발점이 된다. 기계적인 트릭을 밝히는 행위가 오래된 상처를 어루만질 수 있다고 누가 상상조차 했겠는가. 시마다 소지는 이것이 가능하다는 사실을 입증했고 이후 탄생한 신본격파는 퍼즐이 소설에서 가질 수 있는 다양한 기능을 활용하게 되었다. 이것이야말로 《점성술 살인사건》이 독보적인 걸작으로 자리매김하게 된 진정한 이유가 아닐까 한다. 결국 중심 트릭이 도용되고 노출된 것은 이 작품에 있어 사소한 문제에 지나지 않는다.

3

시마다 소지라고 하면 제일 먼저 떠오르는 페르소나인 미타라이 기요시는 1948년 요코하마 출생에 교토대 의학부 중퇴의 학력을 갖고 있으며 활동적이고 용감하고 쾌활하지만 자만심이 강하고 우울증이 있는 점성술사이자 음악가로 묘사되어 있다. 사실 파일로 밴스를 능가하는 만물박사에 모든 방면의 천재인 데다가(다만 추리소설에는 큰 관심이 없어 이시오카의 핀잔을 듣는다) 키가 크고 나이보다 젊어 보이는 미남에 뛰어난 기타리스트라는 설정 때문에 비인간적으로 보일 수 있으나 작품을 읽다 보면 그런 것과 상관없이 기묘한 인간적인 매력을 느끼게 된다.

미타라이 기요시라는 이름은 작중에서 설명했듯이 '화장실 청소'라는 의미를 담고 있다. 속세를 초월한 듯한 천재이자 다재다능한 미타라이를 인간적으로 보이게 하는 유머가 깃든 이름이다. 시마다 소지 자신이 이름 때문에 겪었던 아픔을 캐릭터에 그대로 주입한 것은 어쩌면 완벽한 이상형의 미타라이가 겸손할 수 있도록 한 의도에서가 아닐까 싶다. 이름 이야기가 나올 때마다 짜증을 내고 고개를 숙이는 모습은 애처롭기까지 하다.

또한 그의 인간적인 면모를 돋보이게 하는 것은 왓슨 역의 이시오카의 역할이 큰데, 그는 일러스트레이터로 이 작품에서는 미타라이와 알게 된 지 1년 정도밖에 안 된다고 하며 그래서인지 별로 미타라이에 대한 존경심이 없다. 뭔가 유별나고 나름대로 재능이 뛰어난 인물인 것 같지만 맞서볼 만하다고 생각하고 그의 추리를 반박하거나 비웃기까지 하며 티격태격하는데 이것이 또 상당히 유쾌하다. 그리고 이 작품 전반부는 이시오카의 요약

전달로 서술되는데 이를 보면 꽤 예리한 분석력과 논리정연한 통찰력을 갖고 있음이 드러난다. 《용와정 살인사건》에서는 일본을 떠난 미타라이를 대신하여 이시오카가 탐정 역할을 하기도 한다.

작중에서 홈스에 대해 통렬한 비판과 찬사를 동시에 보낸 미타라이지만, 이 두 사람은 매우 전형적인 홈스와 왓슨의 모습을 그대로 재현하고 있다. 온갖 재능을 타고났지만 불안정한 성격으로 고독하고 여성에 무관심한 미타라이, 매우 성실하고 부지런하며 마음씨가 따뜻하고 여성에 관심이 많은 이시오카. 이 두 사람은 늘 함께 티격태격하면서도 오랜 세월 우정을 유지하는 데다가 미타라이가 본격적으로 탐정 사무소를 차리고 활동할 때 이시오카 역시 그의 활약상을 소설로 발표하여 세간에 알렸다. 일본에 도래한 신본격 무브먼트의 선구자로서 이러한 홈스-왓슨의 재현은 필연적인 일일지도 모른다.

옮긴이 후기

2006년에 《점성술 살인사건》을 번역할 때는 일본에서 출간을 앞두고 있던 개정판 원고를 받아서 했고, 이번에는 그다음 개정판을 번역했다. 그때는 시마다 소지가 프린트 위에 손 글씨로 직접 수정해서 필사적으로 알아보려고 애쓰던 기억이 난다. 그리고 이번에는 완전 개정판 전자책. 시간은 빨리 흐른다.

완전 개정판을 구판과 대조 수정하다가 시마다 소지에게 메일을 보냈다. 확인해보니 마지막으로 메일을 보낸 지 7년이나 지나 있었다. 시마다 소지는 '시마다 소지 미스터리 상' 시상으로 타이베이에 있었는데 올해 안으로 중국과 유럽을 방문해야 해서 무척 바쁜 것 같았다. 최근의 한일 관계를 염려하며 꼭 한국을 찾고 싶다는 말도 남겼다.

《점성술 살인사건》은 작가 후기에 언급된 영국과 프랑스뿐 아니라, 얼마 전에는 이탈리아에도 출간되어 여전히 본격 미스터리의 기수임을 증명했다. 이 작품은 사회파 일색이던 일본 문단의 분위기를 한 번에 반전시키며 본격 미스터리의 시대를 새로이 연 작품으로, 일본을 넘어 아시아 추리문학계에 미친 영향도 크다.

작품이 가지는 큰 의의는 이러한데, 개인적으로는 다시 읽으면서 미타라이에게 더 공감하게 되었다. 경직된 사회에서 잘 볼 수 없는 '일반적으로' 성실하지 않은 캐릭터에 조울증도 있고, 친절하지는 않은 사람. 13년 전 첫 번역 때를 떠올리면 미타라이와 이시오카에 대해 느끼는 감정이 달라졌다. 그때는 이시오카가 참 갑갑하겠다고 생각했는데, 이번에는 이시오카의 비아냥과 못된 말도 미타라이는 대충 넘기는 것 같아 살짝 안쓰럽다는 느낌도 들었다. 그러다 20세기의 일본인 미타라이가 셜록 홈스에 대해 지론을 펼치는 중에 조금 울컥했다.

> 너야 단순하고 소박한 애국심이라고 말하고 싶겠지, 정치에는 무지하다고 왓슨 선생도 말했으니까. 그래도 범죄는 정치와 관계없는 것만은 아니니까, 정의에 대한 근원적인 의식은 국가주의 차원을 초월해야 해. (248쪽)

최근 한국과 주변 여러 나라에서 드러난 다양한 형태의 애국

심을 보았는데, 미타라이는 정의는 국가주의 차원을 초월해야
한다고 말한다. 무척 중요한 부분인데 나도 그렇고 다들 간과하
고 지나가는 것 같다.

또 한 부분,

이렇게 매일 별의 움직임을 뒤쫓으면서 살다 보면, 지구
위 소소한 우리의 행위는 허무한 게 정말 많아.
그중 제일 허무한 것이 다른 사람보다 조금이라도 더
소유하려는 경쟁이야. 그것만큼은 도저히 열중할 수가 없
어. 우주는 천천히 움직이지. 거대한 시계의 내부처럼. 우리
별도 구석에 있는 눈에 띄지 않는 작은 톱니바퀴의 얼마
안 되는 톱니 중 하나야. 인간 따위는 그 끝에 들러붙은 박
테리아 같은 역할이고.
그런데 이 패거리들은 시답잖은 일로 기뻐하고 슬퍼하
면서, 눈 한 번 깜빡이는 시간 정도의 일생을 야단법석을
떨면서 보내지. 자신이 너무 작아서 시계 전체를 볼 수 없
으니까, 그 메커니즘의 영향을 받지 않는다며 자만하고.
(265~266쪽)

눈앞의 것만 쫓아가며 살다가 이런 문장을 보면 정신이 확 든
다. 내 작은 희노애락에 애착이 있지만, 사실 미타라이의 말이 맞

다. 우주에서 일어나는 일에 비하면 여기서 울고불고하는 것은 거의 일어나지 않은 것과 마찬가지다. 아주 작은 일일 뿐이니 그 냥 담담하게 살아가자는 생각이 든다.

미친 듯이 기발했던, 이제는 고전이 된 《점성술 살인사건》을 다시 읽으며, 13년 전의 나와 지금의 나에 대해 돌이켜 생각할 수 있었다. 그리고 박테리아의 소소한 일상보다는 아시아의 미스터리 소설 부흥이라는 거시적인 목표로 분주한 시마다 소지에 대해서도 생각했다. 언젠가는 시마다 소지가 한국을 방문해 독자들과 만나는 날이 오기를 기원한다.

마지막으로 완전 개정판 발간을 결정해주신 편집부에 감사드린다.

2019년 12월
한희선

| 참고문헌 |

《연금술》스타니슬라스 클로소우스키 드 롤라 지음, 다네무라 스에히로 옮김,
　　헤이본샤
《마술과 점성술》알프레드 모리 지음, 아리타 다다오, 하마 후미토시 옮김, 하
　　쿠스이샤

옮긴이 **한희선**

한국외국어대학교를 졸업하고 전문 번역가로 활동하고 있다. 시마다 소지의《점성술 살인사건》《기발한 발상, 하늘을 움직이다》, 미야베 미유키의《대답은 필요 없어》《레벨7》, 아야쓰지 유키토의《살인방정식》《키리고에 저택 살인사건》, 요코야마 히데오의《루팡의 소식》, 가노 료이치의《환상의 여자》등 다수의 작품을 우리말로 옮겼다.

점성술 살인사건

초판　1쇄 발행일 2006년 12월 20일
개정판 1쇄 발행일 2020년　1월 28일
개정판 4쇄 발행일 2025년　3월 20일

지은이 시마다 소지
옮긴이 한희선

발행인 조윤성

편집 김혜정 **디자인** 서윤하 **마케팅** 최기현
발행처 ㈜SIGONGSA **주소** 서울시 성동구 광나루로 172 린하우스 4층(우편번호 04791)
대표전화 02-3486-6877 **팩스(주문)** 02-598-4245
홈페이지 www.sigongsa.com / www.sigongjunior.com

글 ⓒ 시마다 소지, 2020

이 책의 출판권은 ㈜SIGONGSA에 있습니다. 저작권법에 의해
한국 내에서 보호받는 저작물이므로 무단 전재와 무단 복제를 금합니다.

ISBN 978-89-527-5045-7 04830
ISBN 978-89-527-5102-7 (set)

*SIGONGSA는 시공간을 넘는 무한한 콘텐츠 세상을 만듭니다.
*SIGONGSA는 더 나은 내일을 함께 만들 여러분의 소중한 의견을 기다립니다.
*잘못 만들어진 책은 구입하신 곳에서 바꾸어 드립니다.